Best Time

白马时光

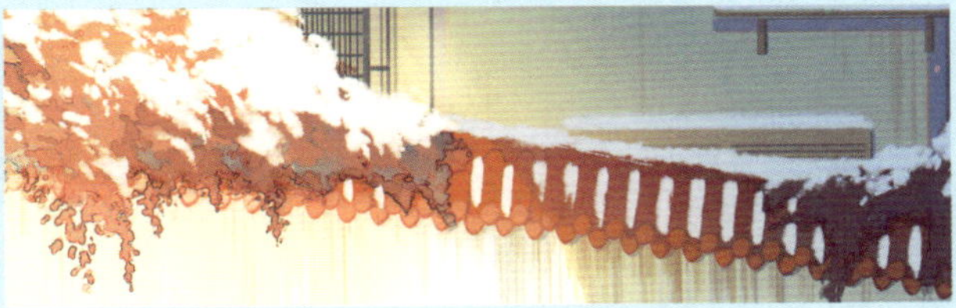

你之于我，

是旧时的辗转反侧，

也是今日的难舍难割。

Your Love, My City.

——你喜欢什么样的?

——你很关心这个?

——不是，就随便问问。

——你空手套白狼啊，问我半天了，你自己呢，喜欢哪种男的?

Your Love, My City.

那时的阿随坐在周池自行车的后座，冬日的风刺骨地吹来，她轻轻地揪着他后背的衣服。

其实，她可以自己坐车回去，而他可以去和同学打球。

可喜欢是什么呢?

大概就是他在树荫下说要照顾她，她心里不禁一热；是他靠在后墙黑板边对她笑，她也跟着笑起来；也是他踩着自行车朝她招手，她便径直走向他……

Y o u r   L o v e .   M y   C i t y .

我曾打架闹事，也曾翘课外出。

我曾睡过课堂，也曾名列倒数。

可因为她，那个说话总是软糯糯、喜欢毛绒玩具的女孩，

我第一次想成为一个成绩优秀的学生。

——周池

Your Love, My City.

周池，班里新来的转校生。

是新上校草榜的男生，也是与我同一屋檐下的闲散少爷。

他像高贵冷艳且带刺的玫瑰花，但漂亮。

一没忍住，我就摘了。

——江随

JIANG SUI ♥ ZHOU CHI

——没人照顾你吗?

——我自己就行。

——要不，我照顾你啊，怎样?

——照顾我什么?

——随便什么，你有事都可以找我，换灯泡、修马桶什么的，我都会，做饭也会……没事也可以找我，带你玩。

# 我的城池

Your Love,
My City.

君约 · · · 著 · · · 上

百花洲文艺出版社
BAIHUAZHOU LITERATURE AND ART PRESS

图书在版编目（CIP）数据

我的城池 / 君约著 . — 南昌 : 百花洲文艺出版社，2019.6
ISBN 978-7-5500-2761-9

Ⅰ . ①我… Ⅱ . ①君… Ⅲ . ①长篇小说－中国－当代 Ⅳ . ① I247.5

中国版本图书馆 CIP 数据核字（2019）第 035395 号

我的城池
WO DE CHENG CHI
君约　著

出品人　李国靖
特约监制　夏　童
责任编辑　刘　云
特约策划　凉小小
特约编辑　凉小小
封面设计　小　贾
版式设计　赵梦菲
封面绘图　阿　岚
出版发行　百花洲文艺出版社
社　址　南昌市红谷滩世贸路 898 号博能中心 I 期 A 座 20 楼
邮　编　330038
经　销　全国新华书店
印　刷　三河市兴博印务有限公司
开　本　880mm × 1230mm　1/32
印　张　13.75
字　数　300 千字
版　次　2019 年 6 月第 1 版第 1 次印刷
书　号　ISBN 978-7-5500-2761-9
定　价　56.00 元（全二册）

赣版权登字：05-2019-44

发行电话　0791-86895108
网　址　http://www.bhzwy.com
图书若有印装错误，影响阅读，可向承印厂联系调换。

# 目　录

CONTENTS

# 目　录

CONTENTS

## 01

# 小舅舅

清早，江随被闹钟叫醒，隔壁屋子一阵鸡飞狗跳，显然是小男孩周应知起床了。江随在这聒噪中洗漱完，提起书包下楼。

楼下餐桌上，小米粥冒着热气，包子煎得油光闪闪。

“阿随不要急，吃饱些！”陶姨提醒她。

陶姨是家里的保姆，今年五十岁，已经在家里做事好多年，谁都给她几分敬重。江随点头应着，越嚼越快，几分钟内吃掉三个生煎包。

陶姨冲着楼梯口呼喊：“知知，小知知欸——”

“还活着呢！”楼上传来小男孩的叫声。

一分钟后，周应知小猴子一般蹿下来，穿一件大红的套头衫，一头乱毛格外招摇，书包在他背上一蹦三跳。

看见江随，他晃着大脑袋跑过去，笑得见牙不见眼：“姐，你今天真漂亮，肌肤雪白似鸡蛋，秀发柔顺有光泽……啊，你坐在这里的模样，就像一只美丽高贵的白天鹅，在清晨的阳光里舒展着雪白的……”

“知知，闭嘴。”

周应知失望地扭了两圈身子：“姐，借我点钱呗，我穷得要卖裤子了！”

他上个月调皮捣蛋过头，被老师一状告了，一向宽容过头的老妈刚好心情不佳，一个电话远程禁了他的零花钱，导致他最近捉襟见肘，活生生从富贵人家的小少爷过成了省吃俭用的可怜蛋，如今唯一的指望只有这个便宜姐姐。

江随问他要钱做什么，周小少爷信口胡诌：“买点儿复习资料，这不快考试了嘛，我打算勒紧裤腰带奋斗一把，争取考个第一给你长长脸。”

“好巧，我也要买书。”江随喝完最后一口粥，像薅狗毛似的在他的大脑袋上薅了一爪子，“你放学后来高中部找我，老地方见。”

她提起书包走了。

“……”

周应知蒙了三秒，反手甩了自己一个大嘴巴。

江随出了门，外头已经很热闹，都是赶着上班、上学的邻居。这一处是市区的老巷子，地段好，全是过时的旧房子，房价却不低。

从巷口出去就是街道，再远一点儿是商业区。

一辆黑色汽车驶到巷口停下，后车门打开，穿风衣的中年女人走下来，妆容精致的脸上绽开笑：“阿随小美女！”

是江随的后妈周蔓。

江随很惊讶地跑过去：“周阿姨，不是下周回来吗？”

“改行程了，等会儿中午就要飞，正好顺路瞄一眼你爸。”

江随的父亲江放是师大哲学系的教授，搞中哲的，这一年都在日本访学。

江放和周蔓是神奇的一对，一个是随性温和的学术书生，一个是雷厉风行的商场强人。据说当年一起坐飞机相识，两人性情迥异，唯一的共同点就是对小孩都持放养态度，只要老师不找就任由大家各自安好。

结婚后夫妻二人住在新区，这处老宅是周蔓母亲留下的。周应知自小就被丢在这儿，江随后来搬来，由陶姨照顾他们俩小孩，一家人极少相聚，倒也相安无事过了四年。

她们讲话时，车里另外两个人也下来了。

前面那人是周蔓的助理小赵。

小赵开了后备厢，江随的目光落到他身后，一个高高的男生站在那儿，站姿松松垮垮，好像刚睡醒，没什么精神。

他穿一件单薄的黑色短袖，下身是同色的锁口运动裤，不知是不是腿太长，那裤子似乎短了一截。他脚上更夸张，这样凉飕飕的秋天，居然还穿着一双夏天的人字拖。

这身打扮不像远道而来，倒像要去家门口的老浴室搓澡去，随意得很。

他侧身站着，江随看到了他左脚踝上的刺青，隔着一段距离看不清晰，好像是一串字母：LI……

那只脚突然动了。

他将书包挂到肩上，往前走两步，从后备厢拎出一辆旧的折叠山地车。

周蔓说："那是知知他小舅，下午小赵送他报到，我跟你们老孙通过电话了。"

江随已经猜到。她记得之前周蔓提过这事。

江随还在盯着看，对方似有所感地转过身，漆黑的眉抬了抬，没什么多余的表情。

周蔓并没有给他们彼此做介绍，直接就说："小赵，你先领他过去，家里有人。"

"唉。"

那男生跟着小赵走了。

周蔓问："看出什么来了？"

江随摇头。

"不想说？行。"周蔓心知肚明地笑了，"他如果在学校捅娄子，你兜着点，别总让你们老孙给我打电话，老孙这人负责是负责，就是太烦，我一听他讲话就尿急。"

江随被她逗笑了："我怎么兜啊？"

"随便！"周蔓毫不在意，就这么把一个千斤顶扔江随兜里了。

周一格外漫长，上午四节课尤其煎熬，还好可以睡个午觉。上课前五分钟，江随被同桌林琳吼醒，看见班主任老孙领着一个人进了教室的前门，她看了一眼就认了出来。

他在 T 恤外面套了一件灰色卫衣，脚上的人字拖换成了浅口的帆布球鞋，旧书包仍挂在左肩上。

老孙站到讲台前，猛敲了一下黑板擦："都安静了，一天就知道瞎吵吵，精力这么旺盛不如多做两套卷子！”

班上寂静了一秒，大家的注意力全然不在老孙身上。

老孙缓了缓脸色，慈祥起来：“我说两句，咱班转来一位新同学，今后就和我们大家一起学习，希望大家团结友爱、友好相处、共同进步！”

对于老孙这种“站在讲台呼唤爱”的行为，同学们选择了自动屏蔽。这个年纪的女生但凡看到长得帅的，多少都会受吸引，男生则纯粹是对任何新事物都保持一分钟的好奇，所以双方兴致勃勃地盯着讲台上的新同学。

“来，你给大家做个自我介绍，说说你叫什么，喜欢什么学科，还有兴趣爱好……”老孙往旁边挪，正要让出讲台中心位置，人家已经介绍完了——

“周池，没什么爱好。”嗓音低，语气温温和和，只是有些散漫。

他个儿高，偏瘦，眉眼长得很夺目，也许是单眼皮的缘故，微微抬着下巴时整张脸庞有些冷峭，讲完这几个字他嘴角翘了翘，笑容短暂而敷衍。

底下的男生看不惯这种皮笑肉不笑的做派，暗嘘：“很狂嘛。”

有些活跃大胆的女生则交头接耳对他的长相评头论足。

“很高欸！”

“他嘴唇好看啊。”

“很帅是不是？”林琳揪了揪江随的袖子，“不知道从哪儿转来的啊。”

江随一面往上扯袖子，一面思考要不要告诉林琳这人是她小舅舅，名义上的。虽然有点扯淡，但大千世界无奇不有。

讲台上被无视的老孙说话了：“那这样，周池你就暂时坐那儿，等下次换座位再说。”他指着窗边那组的最后一排。

周池提着书包走过去。

有个瘦猴似的男生正呼呼大睡，教室里这么大动静都没吵醒他。老孙暴喝一声：“张焕明！昨晚做贼去了？赶紧起来！”

睡梦里被惊雷劈了一道，张焕明蒙蒙地醒来，看着突然多出来的同桌。

“哎哟我去——”

四周一阵爆笑。

周池的存在感很强，即使他坐的角落并不起眼，也不妨碍有人对他感兴趣，整个下午从后门绕出去上厕所的女生比平时多了几倍。

江随正在吃饼干，听见林琳说："果然如我所料，赵栩儿又不甘寂寞了，年纪轻轻尿频尿急，摆明有问题！我可算发现了，她就好这一口，谈的几个男的都是这类型的……"

江随想问这类型是哪类型，但是上课铃响了。

这是今天的最后一节课，大家抖擞精神熬完语文老师的絮絮叨叨，终于放学。

江随今天值日。

这学期她在的值日小组是四个女生，她负责倒垃圾。

整栋楼除了值日生几乎都走光了，为数不多的几个住宿生稀稀拉拉地出了大门往食堂走。江随洗完垃圾桶返回，看见前面藤架下有个人，灰色卫衣、黑裤子、浅口帆布鞋。

他倚着藤架，半边身子笼在夕阳的余光里，一只手捏着手机，另一只手也没闲着……

指间夹着烟。

不知电话那头的人讲了什么，他有些不耐烦地将手机丢到腿边的长凳上，低头抽烟。

江随手里的垃圾桶还没晾干，残留的水滴沿着桶底滴落到地面。她看了一会儿，转身进了教学楼的侧门，等她收好书包再下楼，那个人已经走了。

周应知在高中部大门口的饮料店和江随碰上头，因为早上的谎话，他不得不跟着江随去了一趟书店，装模作样选好两本资料书。

天擦黑，姐弟俩往家走。

周应知一路吐槽："我妈也太过分了，这才什么时候啊，胳膊肘就往外拐了，小阁楼明明是我的地盘，问也不问就赏赐给别人了，她以为她老人家是慈禧太后啊……”

江随不太能理解他的愤怒：“那阁楼你也很少去，都积灰了不是吗？”

“这不是重点！你不懂，我小舅舅又不是什么好人……”周应知忧愁地啧啧两声，“也不知道他要在咱家住多久，真愁人。”

江随说：“别愁了，这事是你妈决定的。”

“你以为我妈乐意？要不是我外公临终那会儿死乞白赖，以我妈那铁石心肠肯定不会管，又不是一个妈生的，她可讨厌小孩了，多亏我从小坚韧勇敢、自立自强，不然都不知道被扔到哪个垃圾桶去了。”

江随：“……”

“小舅舅……”这称呼不太习惯，她改口，“他怎么不好了？”

“坏呗，不做好事呗，尽知道欺负人。”

“怎么听着像你？”

周应知噎了下，一把辛酸泪：“你是亲姐不？”不等江随扎刀，他自己认清真相，“好吧，不是。”

江随也不说话，笑笑地看着他。

周应知都习惯了，江随就是这样，看上去很温柔，有时冷不丁就对他毒舌一下。他觉得一个男孩不应该跟她计较：“信不信随你，反正我没他坏。”

江随问：“他还做什么坏事了？”

“多了去了。你说，他一个人在眉城过得好好的，我妈为啥突然给他转这边来？”

“为什么？”

“打架闹出事了呗。”周应知神秘兮兮地扬扬眉毛，“为个女的。”

啊。

江随顿了一顿，明白了。

“早恋啊？”

“是啊。”周应知嘀咕：这么惊讶干吗，难道你没早恋过？

他可老早就看过她屋里的素描本了。

江随的素描本风光无限，她只画人像，但凡上过校草榜的男生，没有一个逃过她的辣手。那本子有个奇葩的标题——《二中佳丽一锅炖》。

那些“佳丽”，就没一个被她下手过？

即使周应知只是个十三岁的小男孩也早看明白了，江随没那么乖，她脑子里复杂着呢，早恋这种事未必不会做。不过女生都很作，谈恋爱总是分分合合，分手了也说不定。

“反正你信我就对了，他不是啥省油的灯，听我妈说插到你们班了？可真神奇，我姐和我小舅舅成了同学。”

是挺神奇的。

江随也这么想。她从来没有舅舅，现在突然就冒出来一个。

“他多大？”

“多大？”周应知挠挠头，“肯定得比你大，十七岁吧。”

回到家，周应知就喊饿，陶姨一边摆碗碟一边催促他们两个去洗手，忽然想起来楼上还有一个小孩，新来的。

“知知哎，洗好手喊你小舅舅吃饭！”

周应知很不情愿：“您说说，他又不是我二大爷，我还得上楼请他吗？”

“啊呀，不好这样不讲礼貌的呀！”陶姨叫道，“舅舅嘛，差了辈的！”说完又进厨房收拾去了。

江随正在盛饭，周应知一屁股坐到餐桌前。

江随问：“你不去？”

“不去！”周应知捏起筷子夹个大鸡腿，“他又不是三岁，饿了还不知道下来吃吗？”

江随皱眉：“知知，他今天第一次来。”

“可不是嘛，这才第一天就割走了我的阁楼，我也够丧权辱国的了，还不允许我生个气啊？”周应知啃着鸡腿，“要喊你去喊。”

“……”

老房子一共三层，一楼、二楼正常层高，三楼稍矮一点儿，和阁楼差不多，有一个套间和一个大露台，以前一直闲置，周应知有时会领一帮小男孩上去闹腾，现在全成了小舅舅的地盘。

江随走到门口敲了两下，屋里没动静，门却开了一条缝，灯光漏出来。

犹豫了一下，她又继续敲，力度大了。

门内终于有了声音，沙哑慵懒：“谁？”

在睡觉？

“是我。”想到他未必清楚她是谁，江随又说，“我是江随，你……”话没说完，门就开了，男生瘦高的身体杵到门口，他没穿鞋，赤着脚踩在地板上。

江随没猜错，他果然是在睡觉，头发很乱，身上的棉 T 恤睡得皱巴巴，下边卷了起来，一截窄腰要露不露。

江随没讲完的话就断了。

周池好像还没怎么清醒，抬手揉了把脸，眯着眼睛看向她。

“嗯……怎么了？”他嗓子睡涩了，哑得很，边问边挠了下脖子。

太懒了。

江随想不到别的词，就觉得他现在这模样都不像白天那么冷淡了，整个人都太懒了，就像那种古装戏里什么事都不干的闲散王爷，一身软骨头，给张榻他能给你躺出七十二种懒散的睡姿，什么前朝争斗、后宫心计都没有他的戏份，江山美人和他没有半毛钱关系……

也不对，或许和美人还是有点关系的，知知说他有为女孩打架。

江随走神走得很离谱。

她站在门外，地面本来就比屋里矮一截，一米六三的身板在周池面前衬得好小一只。周池高高在上地扫了她两眼，目光还是迷糊的，听见她说：“陶姨做好饭了，你下楼吃吧。”

就是小女孩儿的声音，很软，带着生疏的礼貌。

周池本来就困，听了更要睡，倚着门框低哑地问：“没别的事儿？”

“嗯？”江随看着他那懒到不行的单眼皮，没听懂。

“我忘了说，”周池眉头紧紧地皱了皱，又舒展开，勉强清醒，“以后不用弄我的饭，我什么时候饿了自己弄就行。”

……自己弄？

江随愣了下。

“下去帮我说一声。”他话一丢又进了屋。

那天晚上，江随不知道周池是什么时候下去吃饭的，反正第二天清早陶姨告诉她冰箱里的剩饭没了，还少了两个鸡蛋。很显然，看上去没什么自理能力的小舅舅是会做蛋炒饭的。

也许是因为周蔓交代过要帮忙兜着点，即使知知说了他不少坏话，江随也觉得应该对周池照顾一些。毕竟他是新来的。

可人家好像并不需要。

他似乎天生有种吸引力，明明冷淡得很，可不到一周就差不多成为后排小圈子的中心，日子过得游刃有余，打篮球都有人给他占场地，也有别班女生慕名来围观这个转学生。

“神奇啊，最近没看到赵栩儿上厕所了。”林琳咬着酸奶吸管，“她这回是出师未捷吗？”

“不知道啊。”江随撑着脑袋望着门口，眼睛都快失焦，几个身影从门外晃进来。

领头的就是周池，他今天穿黑色卫衣，后肩那里漏了线，做早操时江随和他擦肩走过。她当时提醒他，他点了个头，话都没说。

他来这一周，江随和他讲的话不超过五句，在家里也很少碰面，周池起得晚，每天踏着铃声进教室，一回家就上了阁楼，晚饭都是自己解决，大多时候在外面吃，偶尔深夜下厨，陶姨只能通过冰箱里少了什么菜来判断他昨晚又弄了什么吃。

阁楼有独立的卫生间，他洗漱全在屋里解决，连衣服都是自己洗好晾好，明明在一个屋檐下，他硬生生过成租客。

江随听陶姨唠叨过几回“这孩子怎么这样”，她私下问知知，可知知只会满嘴跑火车，多年不见，他对自家小舅舅的行事作风也摸不着头脑，拍大腿拍出一个结论：“初来乍到，八成是装的，他啊，比我还少爷！”

即使江随一点儿都不了解周池，也认为知知纯属胡扯。

他那样的人，不乐意装。天天都是那张淡得没表情的脸，也没见他装一回热情洋溢。

江随收回思绪，看到周池拿着一瓶可乐走回座位，旁边的张焕明和几个男生嘻嘻哈哈玩闹，他拧开瓶子仰头喝了一口，下颌的线条硬朗清晰。

“那天听说他们一群男的去唱K了，有几个女的也去了，赵栩儿也在，你说周池会喜欢这类型的吗？”林琳凑过来，很八卦地问。

“也许会。”

前座的许小音买了热豆浆回来，一屁股坐过来：“干吗，聊八卦不带我啊？”

“是你自己跑了好嘛。”林琳压低声音，“在说那谁谁，你懂的。”

许小音“哦”了声，有点小兴奋地说：“跟你们说个新消息，下周赵栩儿不是过生日吗，她要请全班同学去KTV。”

“全班？她要干吗？”

“她不就是这样，弄得人缘很好的样子，再说人家有钱啊，要订三个大包！到时候她问到咱们头上，咱们去不去？”

“干吗不去，去看戏啊，看赵美人勾引新同学！”

江随：“……”

本以为这一周就要平静地过去，周五中午却出了事。

江随吃完午饭回来，教室里乱糟糟的，一群同学叽叽喳喳，说班上男生跟（6）班的打架了。

“就在楼下打的！（6）班那胖子多嚣张，直接一瓶汽水就砸过来，不过咱班男生也不赖，李升志都把那人打趴下了！”

“……你是没看见，周池才彪哪！要不是他过去，张焕明那小子恐怕鼻梁都要断了。”

“现在啊，全在办公室……”

众人七嘴八舌。

具体是怎么发生的，谁也没说清楚，好像跟抢篮球场地有关。

下午第二节课，几个男生陆续回教室，个个脸上都挂彩，垂头丧气。

张焕明最后一个进来，左脸一大块青紫。

数学老师在上头讲试卷，林琳瞥了瞥江随，总觉得哪里不对："阿随，你老往后看什么？"

江随摇摇头，低头写公式。

放学后，值日生开始扫地，张焕明帮周池收了书包，和李升志一起下楼，走到大厅，身后一阵急促的脚步声传来。

"张焕明。"

江随快步走过来，脸被风吹得微红。

张焕明惊讶地看着她，心潮有点澎湃，澎湃了两秒，听见她问："为什么周池没回来？"

五点半。

步行街的小梦山休闲餐厅生意正旺，这里环境好，价格亲民，是学生聚餐的首选地，这个时间外面厅里都快要坐满了。

楼上的三号包厢里，男生们坐在桌边玩牌，桌上已经上了茶点和凉菜，有人拿了喝的进来，朝旁边角落喊："周池！"

倚在小沙发上的人抬起头，手往前移，接住了扔来的一罐啤酒。

他摘了耳机，坐直，抠起拉环开了易拉罐。

牌桌上不知谁赢了，一阵闹腾。

江随进来时，周池那罐啤酒已经喝得见底，他习惯性地对着桌边的垃圾桶投篮，然而状态不好，准头不行，深绿色的易拉罐在空中呼啦啦晃了半圈，直直地砸到江随脚边。

"什么情况……"

打牌的男生齐刷刷看过来，眼睛都亮了，张焕明这大猴子居然带了个女生来!

再一看，更震惊——我去……好像是江随啊?

中学时代，似乎不管在哪个班，漂亮女生大抵分两种，一种活跃高调、交际广泛，就像赵栩儿，在男生堆里很玩得开，可以叫出去吃饭、唱 K 凑场子，也可以口无遮拦地开玩笑，时刻是大家的焦点和话题中心；另一种则是内敛安静的，在（3）班男生眼里，江随就是后一种，话不多，看上去不是很开朗，只跟女生比较要好，男生宿舍夜聊有时会谈到她，大家的心得几乎都是一句：想跟她搭个话都没啥机会。

关于江随，还有个男生群体里人人都知道的秘密——班里的体育委员宋旭飞暗恋她。

据说，宋旭飞的情窦开得十分突然，有一回他百无聊赖地转笔玩，不小心转飞了，江随刚好经过，捡起来递给他。

就这么一个瞬间的事儿。

可在荷尔蒙旺盛的男生堆里一传开，很快就不单纯了，大家有事没事就群嘲体育委员“威武雄壮宋飞飞，十八厘米输给一支笔”。

现在看到江随出现在这儿，大家特别意外。

一个男生嬉笑着问张焕明：“猴子，这什么情况啊？”

“去去去，有你们什么事儿啊。”张焕明推了他一把。

江随也没想到有这么多人在，不只是班里的男生，还有别班的，包厢里有股明显的烟味儿。

张焕明喊：“周池，找你的！”

江随已经看到小沙发上的人，他好好地坐在那儿。

周池抬了抬眉，似乎也有些意外，过了两秒，起身走过来。

“找我？”他低着头，右边额角破了皮，有一块明显的红痕，应该是中午那场斗殴的结果。

“嗯。”

江随看了看旁边，一桌男生全在兴致勃勃地看戏。她小声问：“要不要出去说？”

周池点头，越过她，径自出了门。

靠窗的过道尽头有个休息区，没什么人。

周池插兜站着，窗口有风，他的卫衣帽子被风吹得一动一动的。这里灯光亮，他额上那块伤更显眼，红红的，能看到轻微的血丝渗出来。

江随说：“你这里……”她指着自己的额角，“出血了。”

周池抬手摸了一下，指腹微红。

“没事儿，”他无所谓地说，“死不了。”

“……”

江随从书包侧兜里摸出纸巾，抽出一张给他：“你擦擦吧，有点儿吓人。”

周池看了她两眼，拿过纸巾按了按额角。

江随说：“刚刚你的手机怎么了？是没电了吗，好像打不通，所以周阿姨打给我了。”

周池漫不经心地“嗯”了声：“她说什么了？”

“你打架的事，孙老师应该告诉她了。”

“是吗？这么快。”他眼神没一丝波澜，分毫不在意。

“可能是因为你们没好好罚站，中途就跑了吧，孙老师就打电话给家长了。”刚刚周蔓在电话里是这么说的。

江随停顿了一下，解释道：“我猜的。”

“厉害了。”周池淡笑了声，“猜得挺准。”

你还挺骄傲？

江随不懂他怎么笑得出来，好像打架斗殴被罚站的都不是他。

她想了想，说：“要不……你给周阿姨回个电话吧。”说着她从口袋里摸出自己的手机递过去。

周池想也不想，拒绝了：“不用。”

江随也不知道能说什么，觉得自己跑这一趟好像没什么必要。她将手机揣回口袋，看了看窗外，天都快黑了。

“那我要回去了。”

这句话还没说出口，包厢里的张焕明探出半个身子，扯着嗓子喊：“周池，讲好了没？叫江随进来一道吃饭哦！”

“好了。”周池目光落回江随脸上，淡淡地说，“吃饭。”

他插着兜就走了，走到包厢门口回头，见她站在那儿没动，背着个书包，像个小傻子一样。他喊：“哎，来不来啊？”

“来来来，江随吃这个，这家排骨超好吃！”有男生握着漏勺递过去，一块排骨落到江随碗里。

“尝尝带鱼！”有人把带鱼的盘子转了过来。

“谢谢。”江随碗里已经堆满菜。

又有人倒了杯椰奶递过来：“啤酒喝不了，你就喝这个吧。”

江随又道谢。

张焕明敲敲桌子：“好了好了啊，一个个如狼似虎的，别把人吓坏了，平时也不见你们这么热情好客！”

“就你屁话多！”

“关你屁事儿！”

一群男生吃吃闹闹，包厢里热闹得像过年似的。江随从没有这样吃过饭，平常饭桌上只有她和知知，很冷清。

张焕明啤酒灌了不少，有点兴奋了，大着胆子问：“哎，你俩真是亲戚呀？我怎么之前都没听说啊，是哪种亲戚关系啊？”

江随停下筷子，不知该不该回答，迟疑地朝旁边看了一眼。

周池握着杯子喝酒，眼睛没看她，回了句：“你猜。”

“表兄妹？”张焕明猜测着，眼神看向江随，“对不对啊？”

江随摇摇头，继续吃饭。

一顿饭吃完，张焕明已经胡乱猜了一圈，都不对，一直到散伙也没得到正确答案。

外面天黑透，街上一片霓虹。

江随看着前头瘦高的身影，跟上去：“坐公交车吗？”

他“嗯”了声。

“你的自行车落在学校了吗？”

他又“嗯”了声。

看来他真的很不喜欢说话。江随只好不再问。

等公交车很顺利，只是刚好晚高峰，车上人很多，没有座位。

江随靠窗站着，窗外风景不断倒退，她默默看了一会儿，转过头，看见周池戴着耳机，不知在听什么音乐。

她低头摸出手机，有两条未读消息，一条是周蔓的：“好，晚点打给你。”

另一条是知知的：“陶姨说好的，要注意安全，但我告诉你，我很不开心，孤苦伶仃吃晚饭的滋味明天你也受一受，哼。”

江随看完就笑了。

两人下车时，已经七点半，路灯将老巷子照得很亮。

江随跟在周池身边，走了没几步，周蔓的电话打过来。江随看着来电显示，顿了顿：“是周阿姨。”

周池没应声，脚步停了，靠着路灯柱等她。

那头周蔓在说什么，江随“嗯嗯”地应了两声，过了会儿，抬头看着路灯下的身影，说：“他也回来了，嗯……跟我一起。”

周池仍站在那儿，没有要接电话的意思。

江随讲了两句就挂了电话。两人继续往家走，快到门口时，江随突然停下来：“周池。”

周池回过身看着她，目光很淡：“嗯……怎么？”

江随问：“明天你会写检讨吗？”

“不想写。”

“可是你打架了。”

“是啊。”

“……你还是写吧。”

“我不会写那东西。”他轻飘飘地说。

怎么不会写？就他这个样子，以前肯定写过，可能还不只写过一次。

江随断定他在说假话：“一千字，很快的。”

周池转过头，目光在她身上绕了绕：“怎么，我姐把我交给你管了？”

“……不是。”

“那是怎么？”他眉毛微微挑起，灯光将他的脸照得异常柔和，“你真拿自己当我外甥女啊。”

“……”

江随无话可说，转身要走，身后幽幽地来了一句——

“你帮我写吧。”

江随一巴掌拍上床头小青蛙的大脑袋：“自己捅的娄子不要自己兜吗，不想写检讨你为什么打架？打架的时候你脑子是不是长洞了？”

想起周池刚刚的表情，江随直接把小青蛙的脑袋给拍蔫了。

这时候，房门被拍得砰砰响，伴随着外面小男孩矫揉造作的声音：“我美丽的姐姐，Please open door！”

江随开了门，给他纠正：“Open the door.”

周应知翻了个白眼：“给我点面子你能长肉啊，跟我英语老师一个样，打击学习积极性！”

江随问：“你来干什么？”

周应知高贵地一笑：“本少爷日常巡视。”

行，给根杆子他能爬三丈，拉个大幕他能扭秧歌。

“进来吧。”

周应知凑过来，挠着脑袋：“姐，我兄弟明天过生日，我如果一毛不拔会不会遭天谴啊？这可是我最好的兄弟……”

江随打断他：“你上个月好像也有一个最好的兄弟？”

“那没办法，我人缘好嘛。”

江随懒得跟他争辩：“要多少？”

“两百吧，我就买个小蛋糕意思意思。”

江随给他拿了钱，周应知非常感动：“大恩不言谢，姐你今天的觉悟非常高，明天我给你带一块蛋糕，奶油的！”

说完他就要溜，被江随喊住：“知知，你小舅舅……”

“怎么啦？他欺负你啦？”周应知眉毛拧起，一撸袖子，“要不要我去揍他？”

“……”

果然一对舅甥。

江随无语地让他走了。

周六早上，江随睡到八点多，起来时楼下一个人影都没有，早饭在锅里温着，陶姨大概出门买东西去了，知知也不在家。

江随独自吃早饭，有个人懒洋洋地从楼梯上走了下来。他似乎后知后觉地感受到季节的变化，终于穿上一件长袖，大概是睡得太饱了，他的皮肤比昨天更好，只有额头那块伤有点触目惊心。

江随默不作声地低头喝粥，听着那脚步声越来越近……

周池走到餐桌边，像棵大树遮掉了照进来的阳光，等他的身影走过去，这地方才亮了。

他进了厨房。

冰箱里有挂面、青菜，鸡蛋也还有剩，他轻车熟路地开始煮面。

江随转头看过去，那人挥着锅铲在煎鸡蛋，厨房里热气氤氲，她闻到的全是荷包蛋的香味儿。

周池洗了几片青菜叶丢进面里，煮了一会儿把面倒进大碗，端出去在餐桌边坐下。

两人各吃各的早饭。

然而荷包蛋的香味儿让江随觉得她这碗菜粥十分寡淡，虽然陶姨是按她的口味做的早餐。

周池吃了一口面，似乎感觉到了什么，抬眼看看江随，又顺着她的视线看看自己碗里的煎蛋。他拿筷子分出一半夹到她碗里："吃吧。"又是睡哑了的嗓子，软绵绵的，有种诡异的磁性。

江随盯着碗里的蛋看了一会儿，没扛住。

太香了。

她把蛋和粥都吃完了，去厨房洗碗。刚洗完，一个大碗放过来："帮我洗。"和昨晚让她写检讨的语气一模一样，轻描淡写又理所当然，不等她吭声人就走了。

江随洗完碗刚走出厨房，周池又从楼上走下来，他身上多了件外套，在玄关处换好鞋，出门前回过头："跟陶姨说一声，我晚上不回来。"

他把夜不归宿说得如此平常，江随也无话可讲，想了想说："你自己注意安全。"

出租车停下，周池下车，走进附近的娱乐城，刚到大厅就听到激动的吼声：“池哥！”

周池转头，三个男生跑过来，跑在最前头的胖子冲上来一把抱住他，猛拍他后背：“兄弟们想死你了！”

“好了好了，胖子你那拳头跟千斤顶似的，小心把周池拍死。”后面的张廖和陈宏把他拉开。

周池问他们：“来多久了？”

“刚吃了早饭从宾馆过来！”胖子有点兴奋地说，“我们昨晚两点到的，陈宏开的他哥那破车，路上跟龟速似的！”

陈宏是他们中间最大的，去年就不读书了，已经考了驾照。

“别提了，开得我差点儿就想返程回去了！”陈宏说，“咱们现在去哪儿？”

“找地方坐会儿，先去楼上台球馆吧。”

四个人买了吃的，上楼开了包间，边玩边聊。

这里是省会，和眉城相比自然繁华得多。胖子有点羡慕地说：“在这儿待着很好啊，玩的地方超多，台球馆都比咱们那儿高档多了，看这装修就不一样，居然还有包间！”

陈宏问：“周池，你新学校怎么样啊，比咱们学校好多了吧？！”

周池弯腰盯着球，说：“就那样吧，没什么感觉。”

“对了，在你姐家里住得惯吗，她家人好相处不？”

“还行。”一杆入洞，周池直起身，走到旁边沙发坐下，胖子丢给他一罐喝的，欲言又止。

周池问：“有话说？”

胖子点头，拿出一封信：“这……林思姐给你的，她不知从谁那儿听说我们要来，硬要我们带过来，她说你都不接她的电话了……”

周池没接，边开易拉罐边说：“带回去吧。”

“池哥，这……”胖子试探着劝道，“你还是看看吧，我这样带回去没法交代啊。”

周池瞥了他一眼，接了信，三两下撕碎扔进旁边的垃圾桶。

“……”

陈宏过来拍了拍胖子：“我早说了吧，叫你别多管闲事。”

胖子摸摸鼻子：“行吧，我下次不带了。”

周日傍晚，周池还没有回来。陶姨跟江随唠叨：“这样下去不是办法啊，蔓蔓工作忙的哟，又没有工夫管他，这小孩两天没回家一个电话都没有的呀，找他都没法子找，出了事情家里也不晓得的。”

“我也没有他的手机号。”江随坐在小凳上帮忙择菜，“晚点我问他要一个吧，陶姨，你不要担心，他又不是小孩子。”

“看着是个大小伙子，那个头高的哟。”陶姨露出老妈妈般的慈祥笑容，“模样长得也好，将来娶媳妇不愁的了，蔓蔓也少操点心。”

江随有点接不上话，心道您想得好像有点远了啊。

陶姨越说越有兴致：“那孩子就是性格怪了些，话也不多，做事情倒蛮好，每回做菜做饭的，厨房里头弄得好干净的。”

没错，这是优点，江随也同意。

陶姨忽然又叹口气：“阿随你说说他嘞，不要三更半夜弄饭吃了，胃要搞坏的呀。”

江随应道：“我下次跟他说。”

直到周一早上，江随才在学校见到周池。他迟到了，在教室门口被老孙逮到，老孙气不打一处来，新账旧账一起算，罚他在走廊站到早读课结束。

两节语文课上完，大课间要举行升旗仪式，要求统一穿校服参加。周池上周领的新校服，今天第一次穿过来，和大家一样的蓝白色，穿在他身上却好像有点特别，班上女生忍不住偷看他。

许小音有点兴奋地回过头：“难怪赵栩儿对他一见钟情。”

江随也看了两眼，承认确实挺好看。不过这不能改变他今天要读检讨的命运。

上周五打架打得最狠的几个领头人要当着全校同学的面读检讨书，这是教导主任亲自下的命令。周池就是其中一个。

铃声一响，广播里的音乐播放，各班学生陆续去操场。

周池走在人群里，出了教学楼，快要到操场时，感觉衣角被人拉住。他回过头，看到一张白皙的脸庞。

她走在他旁边，低声问：“你写检讨书了吗？”

“没写。”他淡淡地看着她，“你写了吗？”

江随没回答。

快走到操场时，一张纸头塞到周池的校服口袋里。

“我告诉你，没有下次了。”她快步走进前面的队伍里。

升旗仪式堪称每周一最烦人无聊的事。

乍一看，升旗台下各班队伍站得整齐壮观，把校服穿得年轻又朝气，仔细观察就会发现站姿各异，越往队伍后头越懒散，站在最末尾的基本上都是各班的刺儿头。

学生代表在国旗下发言，底下的问题少年们交头接耳讲小话。

升旗仪式的最后一项，被通报批评的几个同学宣读检讨，上场的五个人是上周五在“（3）班 VS（6）班”斗殴事件中表现突出的代表，其中四个是通报批评名单里的常客，同学们早就见怪不怪，只有一个周池是新面孔。

他第三个上场。

台下明显有些骚动，有别班女生小声地询问：“这个男生，以前好像没见过啊……”

“我们班新来的。”（3）班女生同样小声回答。

周池走到话筒前，头发和眉目都罩上一层暖光，蓝白色校服削减了他身上的冷峭气质，反而显露一点少年的神采，他眉峰微扬，抬手扶了下话筒，摸出兜里的纸头打开，动作十分从容，让人恍惚觉得他接下来要读的不是检讨，而是获奖感言。

“亲爱的老师、同学们……”他垂着眼，慢悠悠地开了个头。

前面两个男生的检讨都是“各位老师同学”，只有这个开头是“亲爱的”，他读得不快，散漫的声音经过话筒的润饰居然变得清朗悦耳。

人群中的赵栩儿笑嘻嘻地说："听见没，这句话四舍五入一下，就是'亲爱的赵栩儿'了……"

几个女生捂着嘴偷笑："不愧是'赵豪放'，真有你的！"

后面的林琳差点听吐了，以口型对江随吐槽："脸皮真厚，我要忍不住了。"

江随捏捏她的袖口，示意她再坚持一下。

台上的人气定神闲地继续读着："对于这次参与打架，我很抱歉，我深知作为一个独立理智的人，应当做到平和宽容，对于强者不畏惧，对于弱者不欺凌。中国古代哲学家孟子曾说过'爱人者，人恒爱之；敬人者，人恒敬之"；台湾女作家三毛也曾说，'从容不迫的举止，比起咄咄逼人的态度，更能令人心折'……"

在升旗台侧候场的张焕明和李升志听蒙了。

"我的妈呀，"张焕明没忍住，"这是他的台词吗？"

李升志挠了半天脑袋，提出一个猜想："他以前是不是没写过检讨啊，这好像……有点像作文？"

台下观众也很惊奇，第一次在听检讨时听到这么多名人名言。

前后的同学都在叽叽喳喳地议论，江随低头听着，写的时候没有感觉，现在听他读才觉得十分尴尬。

她正想到这儿，就听到了："检讨人：高二（3）班，周池。"

"……"

还有两段呢？被他吃了？

升旗仪式结束，周池往教室走，张焕明跑过来猛击他的胳膊："真有你的，检讨书呢，快给我膜拜一下！"

周池将兜里的纸头丢给他。

张焕明打开一看立刻就坏笑："我就说嘛，怎么可能是你自己写的，这一看就是女生的字！"

李升志也抢过去看："谁帮你写的啊？"

"江随。"周池抽回那张纸揣进兜里，去了厕所。

被丢下的两个人面面相觑：靠，有个学霸亲戚真好。

## 02

# 难相处

那次的公开检讨并没有让周池丢脸，反而让他第一次在二中广为人知，最初是二中贴吧的排行榜多了他的名字，后来首页开始时不时飘出一个关于他的帖子，大多是别人偷拍的照片。

他的交友圈进一步扩大，高一到高三都有一起玩的，往他跟前凑的女生也多了不少，好像连赵栩儿都没有位置了。

赵栩儿生日那天，周池也去了，还被赵栩儿带到另一个包厢里，但似乎并没有好结果。到了十二月，大家就发现赵栩儿已经和（9）班的班草在一起。

这些事，江随没有亲眼见到，全是听林琳和许小音聊天知道的，检讨书事件后，她和周池没有太多交集，只是上个月末一起吃了饭，因为那天周蔓回来了。

江随不清楚周蔓对周池说了什么，隔天他找她要了手机号，后来偶尔夜不归宿就会发条信息。

天气变冷之后，他出去的次数少了，但是对打球依然很热衷，江随经常放学后看到他在球场和一群男生打球，好多都是她不认识的。

她觉得他像一个交际花，做什么都呼朋引伴，不像她，好像活到这么大一直挺冷清，以前被江放丢在奶奶那儿，也交过几个小伙伴，只是再也没有联络。

后来呢，家里常年只有知知和陶姨，上高中到现在也只跟座位附近的几个女生交好，她的朋友加起来恐怕都够不上周池的零头。不知道他每天活得这么热热闹闹的，是什么感觉？

“阿随，你发什么呆呢？”林琳伸手在她眼前晃晃，江随回过神：

“你不练健美操了？”

“都要累死了，我休息一下。”林琳抹了把汗，把外套穿上身，坐在江随旁边看着球场上那些身影，“他们男生真是精力充沛，今天这么冷，居然全脱了衣服打球。”

“对啊，我看着都觉得冷。”一个个脱得只剩一件长袖，主席台旁边外套、羽绒服堆成小山。

“可不是吗，”林琳收回视线，“阿随，你头发是不是长了？”

“是长了，我想过几天剪。”

林琳说：“你别剪了，刚好冬天可以捂耳朵，你干脆留到腰吧。”

“洗头太麻烦了。”

“女孩子不就是这样？”林琳想起了什么，笑着说，“自从你头发长长后，情书都收得多了。”

“又胡说。”

“没胡说啊。”林琳压低声音，“哎，我真觉得那个大脸棒棒糖是体育委员放你抽屉里的，我早就听说他喜欢你了，我刚刚仔细观察过，他真的总是看你。”

“我求求你了。”江随说，“你跟我说说就算了，不要在别人面前说。”班里传得最快的就是绯闻八卦，而且很容易被添油加醋，讲出各种版本来。

“你不信就等着呗，他迟早憋不住，总要表白的。”

话没说完，许小音过来喊：“来跑步啦！”

江随的体育很一般，短跑还过得去，稍微长一点儿就比较困难，这次期末又要考八百米，只好先练练。

大家都脱了外套做热身运动，江随借一根皮筋，在脑后绑了个马尾。

班上十九个女生，宋旭飞按照老师的意思，把大家分为两组来跑，江随那组十个人，起跑后允许抢道。

操场的跑道比较宽，起跑的时候没什么问题，江随一直占着最内侧的跑道，没想到转弯的时候外侧的两个女生都要抢道，好巧不巧撞到一起，江随躲避不及，被她们撞倒，一下子跌到跑道内侧的草坪上，左边脸颊直接擦着分界石，额头一阵剧痛，就感觉有热乎乎的液体流了下来。

跑步的女生看到这一幕，一窝蜂围了过去。

体育老师还在终点，看到情况隔空喊了一声体育委员的名字，宋旭飞早已从起点奔跑过来。

江随被人扶起，听到林琳和许小音在旁边慌张地叫她。她摸了摸额头，一手血，大家手忙脚乱地拿纸巾给她摁住伤口，宋旭飞拨开人群，看到她这个样子，有点手足无措。

老师过来一看，喊："快送医务室，愣着干啥！"

"快点快点！"女生七嘴八舌地叫着。

宋旭飞慌张地抱起江随往医务室跑，林琳和许小音都跟过去。

篮球场那边刚好歇了场子，远远看到这边的动静，张焕明一边喝水一边眺望着，吼了一声："怎么回事啊？"

"宋旭飞抱着谁在跑呢？"李升志眯了眯眼睛，自言自语。

周池正在喝水，没往那边看。

那边一个女生大声回答张焕明："江随受伤了！"

张焕明："啊？！"

周池呛了一口，咳得眉头都皱起来："谁？"

体育老师问过情况就赶紧回操场，医务室里围着好几个人，宋旭飞也没走，看着医务老师给江随清理伤口，他话都说不利索："老师，她……她怎么还在流血？"

"正常的，口子在这儿呢。"医务老师边忙边絮叨，"我说你们啊，体育运动要小心哪，安全第一嘛，小姑娘家脸伤了多麻烦，这口子再大点儿就要缝针了。"

两个肇事的女生忙不迭地道歉。

"没事，"江随声音很小，伤口在眉骨上方，她低着头，疼得脸有些白了，"只是意外……"

"好了好了，也没那么严重，"医务老师劝道，"不要都围在这儿，该去上课就去上课，留一个人陪着就行。"

林琳立刻说："我陪她，小音，你帮我跟老师说一声。"

宋旭飞忍不住说："不如我在这里吧，你们先去跑步。"

林琳本要反驳，忽然想到什么，同意了。

四个女生刚走，又有人来了，张焕明的猴嗓子最先喊出声："江随怎么样啦？"

江随侧身坐着，头没法转，眼角余光里有三双脚，她认出了穿黑色运动鞋的那个。

是周池。

张焕明脚步最快，已经跑到病床前："妈呀，伤着脸啦？"

李升志也过来看："还真是。"

医务老师烦死这些聒噪的男生了："吵什么，安静点。"

宋旭飞赶紧把他俩拉到门外："你们怎么来了？"

"怎么能不来啊，"张焕明说，"江随可是周池的亲戚，我们哪能不管？"

宋旭飞之前就听说过这一茬，但他根本不相信，以为是张焕明编出来捉弄他的，他这个时候没心思开玩笑，推了张焕明一把："行了，她都疼得不行了，你们少来看我热闹，赶紧回操场去！"他正要把周池也一道赶走，可刚一转身，人就愣了，周池正站在病床边，按照医务老师的要求扶着江随的脑袋。

"对，就这样，别让她往后缩啊。"医务老师一边叮嘱一边安抚江随，"要消毒嘛，是有点疼，忍着点儿啊。"

江随"嗯"了声。她脑袋两侧热乎乎的，是周池的手掌贴在那儿，他一直没说话，脸也还是那张冷淡脸。

宋旭飞跑过来，看到她的脸更白了，笨拙地安慰："江随，你再忍一下，就快好了。"

医务老师处理完伤口，取出纱布敷上去，一边贴胶布，一边交代各种注意事项。江随小声应着，感觉到那两只大手掌终于撤走，她整个脑袋都松了下来。

还差几分钟下课，几个女生跑来医务室，江随在大家的护送下回到教室，班主任老孙得知情况，也跑来慰问了几句，慰问完，目光在教室里找了找，准确无误地捕捉到刚上厕所回来的周池。

“周池！”老孙的嗓门很有爆发力，“等会儿放学你带江随回去，路上好歹也有个照应，别天天黏在篮球场，舅舅也要有个舅舅的样子！”

“……”

教室里神奇地静了三秒，在场的数十个同学头上飘出一排惊叹号。

江随蒙蒙的，隔着不长的过道和刚刚进门的周池面面相觑。

这一秒，江随深刻地认同周蔓的话：“老孙是个好人，就是情商有点着急，脑子偶尔缺根弦。”

如此一针见血，不枉当年周蔓和老孙同窗十载。

总之，得益于老孙的特别关照，一段不为人知的舅甥关系猝不及防地公之于众，(3)班同学津津乐道了一整节化学课，课堂上气氛莫名活跃，搞得化学老师一头雾水。

五点一刻，放学铃响。

一整楼脱缰的少年涌出去。

江随站在教学楼前的喷泉旁，张焕明和李升志抱着篮球笑着跑过来：“江随，等你小舅舅啊？”

“……”江随感觉受伤的脑袋好像更痛了。

幸好，这时候宋旭飞走过来。

“江随，你怎么样了？”宋旭飞平常大大咧咧，一到她面前就莫名紧张，语气很不自然，“你的头还很痛吗？”

旁边的张焕明和李升志心知肚明地坏笑，学着他的语气问：“对啊，江随你的头还痛吗？”

“好多了。”江随对宋旭飞说，“今天谢谢你。”

“不用、不用……”宋旭飞一个五大三粗的男生居然脸红起来，“不用谢的。”

“江随。”一道声音从不远处传来。

大家转头看去，周池骑在车上，左脚撑着地。

江随和三个男生道了再见，快步走过去，跟在周池后面出了学校大门。

张焕明看着他们的背影，拍拍宋旭飞：“喏，你的春天来了，想搞定江随，不如先搞定她小舅。”

宋旭飞：“你这说的什么屁话？”

“你蠢死了。你想想，要是能跟周池关系好了，还怕追不到他外甥女吗？让他在江随面前说说你的好话，咱们组局玩就叫他把江随带上，处处都是机会啊！不过吧，你也有点吃亏，啧……”

李升志意味深长地笑了声：“这要真追上了，周池不就成了你小舅嘛。”

宋旭飞：“……”

校门外，人潮分为几拨儿涌向不同的方向，天边夕阳的光辉愈渐稀薄。

缓慢前行的单车停了下来。

“上来。”听不出情绪的声音。

江随顿了一下，紧走两步，侧身坐上后座。

“扶好。”

“扶好了。”她扶着座椅下面。

周池松了脚，车往前驶，他车速不慢，但骑得很稳。

江随裹着围巾，抬头看一眼周池，注意到他什么防风措施都没有，只穿着一件黑色的薄款羽绒服，没有帽子，也没有围巾，他的头发被风吹得像短麦苗一样。

她很奇怪地想到他的脸是那种细腻的皮肤，挺白的，风一吹肯定会发红。这种冬天，骑单车上学并不好受吧。

江随神思胡乱跑着，又想起今天在医务室的时候。其实她没有想到他今天会去，虽然他们是名义上的亲戚，但交情太淡了，四舍五入等于零。

这段大路人多车多，嘈杂吵闹，转弯后换了道，安静许多，江随看着眼前男生宽阔的后背，说：“其实刚刚在走廊我是想跟你说，我自己回去没有关系，你可以去打球，可你走得太快了。”

前面人“嗯”了一声，很淡，风一吹就没了。

江随没有听见，等了一会儿，又说：“你在生气吗？是因为今天孙老师说的话？”

下坡，车速变快，风在耳边呼呼响。过了会儿，平稳了，前面飘来疏淡的一句：“血流得不够多吗，还有力气说废话？”

“……”

江随彻底闭嘴了，回去后也没再跟他说话。

陶姨和知知被江随的伤吓了一跳。

“啊呀，不会要破相吧？”陶姨担心得很，“学校里的医生管用吗，好不好再到正规医院检查检查的？小姑娘家脸庞好要紧的呀。”

知知也忧心忡忡：“姐，你可别搞毁容了。”

江随费了不少口舌解释，没想到陶姨居然焦虑过度，晚上还打电话给周蔓。

也赶巧，周蔓刚好结束会议，下飞机后没回新区，深夜拖着箱子来老宅住了一晚。江随第二天起床才得知周蔓回来了，于是她的脸又接受了周蔓的检阅。

“陶姨说得好像你已经毁容了一样，吓我一跳。”周蔓捏着她的下巴仔细观察完，“看来夸张过度啊，没事儿，过几天好了还是一张漂亮小脸蛋儿，走吧，我送你上学，再给陶姨买个菜，她做的家常豆腐我可想死了。”

“那不等知知和周池吗？”江随说，“他们还没起来。”

“管他们干吗，俩男孩好手好脚的。”

“……”

江随心想其实我也好手好脚的。

送完江随，周蔓买了菜，回来就在厨房帮点小忙。她私下和平时工作两个模样，没什么架子，爽快直率，和陶姨讲起家常也推心置腹。

周池下楼时就听见她的声音一点不收敛，正在说和江放离婚的事。

“手续上周就办完了，现在没必要告诉阿随，阿随心思重，又死心眼，不像知知没心没肺，这事儿未必对她没有影响。我跟江放商量好了，也就一年半，等高考完再说，她现在住这边上学最方便，反正以后我认阿随做干女儿，没区别。”

“哎呀，”陶姨连连叹气，“你们两个呀……我不晓得怎么讲你们，阿随可怜的哟，怎么瞒得住？”

“这有什么，我跟江放还是做朋友最合得来……欸，”周蔓眉毛抬了抬，看着在客厅换鞋的周池，惊奇，“你怎么还在这儿？！”

“睡过头了。”

“行，你比知知厉害多了，”周蔓指指他，“刚刚听到的，不许多嘴。”

周池：“她有那么傻？”

他说完就走了，到学校时，早读已经结束。老孙不在，周池光明正大地走进教室。

班里同学一大半都不在，剩下一小半在吃早餐，各种饺子、包子味儿。

周池扔下书包，坐到桌边。

江随正在和后桌的同学讲话，不知说到什么，她笑得眼睛都弯了，额头的纱布有点滑稽。

周池淡淡地瞥了一眼。

果然，什么都不知道的小傻子最能瞎开心。

江随和周池的关系被班上同学打趣了几天，之后又出现新的插曲，一周之内，江随被三个素不相识的女孩搭讪，一个请她转交情书，一个打听周池的过往情史，一个询问周池的 QQ 号。

林琳问：“你都帮了？”

“我怎么帮，”江随说，“你觉得他会跟我倾诉情史吗？”

林琳边笑边说：“QQ 号也没有？你们没有互加好友？”

“只有手机号。”

“递情书的那个呢？”

“在我书包里。”江随说，“她直接就塞过来了，跑得比兔子还快，不知道的还以为她跟我表白。”

“哈哈哈哈！”林琳笑得不行，“我告诉你一条生财之道，你干脆兼职做你家小舅舅的专属邮递员，十块一封，等到高中毕业你就成富婆了！”

“……”

天气越来越冷，转眼就要到圣诞节。

江随吃完早饭洗了手，从盥洗室出来，碰上刚下楼的周池，江随微微一怔，没料到他今天居然不睡懒觉。

两人第一次同时出门，一前一后，中间保持三米左右的距离。

路上碰到买菜回来的邻居。

“阿随上学去啦。”

“嗯，您早啊。”她打完招呼，再看一眼前面高高的背影，他手插在兜里，懒得讲话，不爱和家里人讲，更不会和这些陌生人打招呼，看上去总是很沉默。

他今天穿了长款的羽绒服，依然是薄款、黑色，显得更清瘦，明明腿长，可走路的步伐并不快。

看了半天，江随想起书包里躺了三天的粉红色信封。

这个时机似乎不错。

她小跑两步，跟上去，和他并排。

周池转过头，江随戴着黑色的毛线帽，她眉骨上方的痂已经掉了，有一块小小的红印，在白皙细腻的脸庞上很显眼。

他移开了视线。

“你今天没骑车吗？”江随问。

周池“嗯”了声：“坏了。”

“啊。”江随没想到是这个原因，“那送修了吗？”

“没，还在学校。”

江随想了想，说：“我知道修车的地方，离学校不远。”她上学期陪林琳去取过一次车。

周池说：“行，放学你带路。”

江随答应了，又走了几步，说：“你收到过情书吗？”话题跳转飞快，她这一句没头没脑。

周池不咸不淡地反问："你说呢？"

这就是有了。江随又问："你对收情书讨厌吗？"

"你在试探什么？"

江随不说话了，边走边从书包里摸出粉红色信封递过去："有人写给你的，她胆子小，不敢自己拿给你。"

"嗯，"周池嘴角微挑，笑了一声，"你胆子大。"这么说着，他手一伸，接了那封信揣进口袋。

江随没计较他的嘲讽，轻轻舒了一口气，擦掉手心里的一层薄汗，默默想一个问题：我为什么要这么怕他？

好像每次和他讲话，她不知不觉就落到不利地位，而他次次姿态昂扬。

这种悬殊感越来越明显。

江随觉得他是一只长颈鹿，别人在他眼里都是地鼠，他永远习惯俯视。

情书像个烫手山芋被送掉，江随一身轻松，暗暗发誓下次再也不做这种事，谁喜欢他自己去追，没胆子就别追。不是说爱就是无所畏惧吗？

放学后，江随带周池去修车的地方。

周池的自行车很旧，出点问题很正常，这次是轮胎破了，只能推着走。

"在前面那个巷子。"江随指给他看。

二中后面有一条美食街，这条街走完就到了修车的地方。修车铺在狭窄的老街，是个逼仄的小门面。

师傅给车补胎时，江随百无聊赖，东看西看，发现对面是个小花店，而修车铺隔壁的隔壁是个老旧的音像店。

江随觉得很惊奇，想起读小学每天去逛音像店的时候。因为电脑网络的普及，音像店已经没落，现在很少再见到。

"你看，那是个音像店！"她指给周池看，语气里有明显的惊喜。

周池抬头看了一眼，听到她说："我去看一下。"没等他答话，她已经绕过地上的零件箱，快步跑过去，扎在脑后的马尾一蹦一蹦，树杈里落下的一点夕阳在她头顶洒下一片柔软的暖黄色。

音像店真的很小，江随慢悠悠地看了一会儿门口的展示板，发现居然有周杰伦十一月新出的专辑《我很忙》，看来货还挺新。

小店老板坐在门口的破柜台上，热情地和她打了声招呼，继续跷着脚看电视。

江随往里走，沿着屋里的展示架慢慢看过去，抬头时发现周池不知什么时候也来了。他站在最里边的小货架旁，低头看着什么。

江随走过去说：“没人看着他修车，没事吗？”

“能有什么事？”他往旁边挪了两步，看向另一个小货架。

灯光幽暗，江随瞥了一眼，没看清，她走近：“这些是什么？”

周池忽然拿手遮了一下：“别看。”

“是电影吗？”江随拿起一个，刚看清，愣住了——封面上是个赤身裸体的女人，妖娆妩媚，眼神迷离。

江随心口一跳，再单纯也明白这是什么，她的脸都红透了，低头把它放回原处，没有看周池的表情，默默地转身走出去。

为什么一个好好的音像店会有这东西卖？现在的生意真的这么难做了吗？为什么那个人还能一本正经地盯着这东西看？

周池站在修车铺门口，看了一眼对面的花店，刚刚江随从音像店出来，说了句“我去那儿看看”，就钻进了花店，到现在都没出来。

修车师傅已经补好车胎，周池付过钱，推着车走到花店门口。

“江随。”他喊了声。

“来了。”小声的一句。过了会儿，她抱着两盆仙人球出来，老板拿了袋子给她装上，说：“三十块。”

江随摸摸口袋，掏出一张二十的，又去摸书包，没翻到钱包。她尴尬地站了两秒，回过头看向周池：“……能借我十块钱吗？”

回去的路上，周池的自行车前头挂着两盆仙人球，一路摇晃。江随坐在后座，脸缩在围巾里。

经过正在改造的旧路，车轮碾过小石块，剧烈地颠簸了一下，江随差点掉下去，“啊”了声。周池摁住刹车：“怎么了？”

“没事，没掉下去。”

“你扶哪儿呢？”他蹙了蹙眉，把车重新骑起来，不耐烦地丢来一句，“扶着我。”

江随顿了顿，手从车座底下挪上来，抓住了他的衣服。

车往前驶，上了小坡，风迎面吹来。

晚上，周池依然没下来吃晚饭。陶姨想想这样下去真不行，问江随：“怎么还是这样呢，你上回跟他讲过没有？”

没有讲过。

没敢。

江随含糊地应着：“讲了。”

“蔓蔓也真是，这孩子这样倔，她倒好了，也不过问，年纪轻轻的正要长身体，吃饭这样没有规律的，能熬得住？”陶姨想了又想，对江随说，“你上去叫叫，就这样讲，他不下来吃陶姨做的饭，陶姨今天也就不吃了。”

“啊？”江随怔了下。

“去诓诓他。”

江随夸：“您真厉害。”

她快步上楼，到了阁楼门外，发现门还是和之前一样掩着的。

她轻轻敲两下，没人来开。

“周池？”

也没人应。

江随将门推开一条缝，屋里开着灯，没看见人，她脑袋往里探，门越开越大，忽然，侧面洗手间的小门开了，吱呀一声响，江随闻声看过去。

那里走出一个人，赤足，头发湿漉漉的，脸庞、脖颈全是水滴，上身赤裸，下身一件黑色短裤，精瘦的长腿在灯光下直晃眼。

他转了个身，随手拿起边几上的白色毛巾盖上脑袋，半湿的脚踩在木地板上，留下微乱的水印。

周池的身体长得很好，肩阔腰窄，没有那种少年人的羸弱，也没有吓死人的夸张肌肉，胸腹紧实，背肌流畅，锁骨漂亮得让人汗颜。他斜站着，长腿微屈，佝头搓着短发。

墙边的那盏落地台灯温柔地照着，他出浴后的皮肤清爽干净。

擦完头发他丢了毛巾，直起身，一抬眼，愣了下。

房门不知什么时候开了一小半，门口一个瘦瘦的身影，她的手还摁在门把上，目光笔直地看着他。与他视线相对的瞬间，她一秒转过了脸。

周池捡起小沙发上的运动裤套上，一边穿 T 恤一边说："进来。"

那身影顿了一会儿，轻手轻脚地进了门，站在鞋架旁。

"陶姨叫你去吃饭。"细软的声音道。

周池眉尖抬起，声音很冷："说过不用叫我，忘了？"

江随看了一眼他身上的黑T恤，神思不怎么集中："……陶姨说，你那样吃饭没规律，身体弄坏了她担不起，你要是不吃她做的饭，她今天也不吃饭。"

"……"

周池看着她，江随与他对视了一眼，脑子里胡乱飘过一些别的画面。

她默默地移开目光："我先下去了。"转身往外走，被旁边小小的换鞋凳绊了一下，她扶墙站稳，快步走出去，在门口的墙上靠了一会儿。

脸快要烧成火炭，有点儿腿软。

居然没被灭口……

她摊开汗湿的手心，慢慢下楼。

楼下，知知已经吃完饭，正在喝汤，看到江随下来，他有点奇怪："姐，你发烧了吗？脸怎么红成蟠桃了。"

"空调太热了。"

知知挠挠头，没管她，喝完汤就上楼玩游戏了。

过了五六分钟，周池下来了。他穿了件灰色的薄线衫，短发干得差不多了，很蓬松。

陶姨很欣慰，给他盛上满满一碗饭，又善意地絮叨了好一会儿，叮嘱他以后都要这样正常吃饭。

江随听见他应了几声。

怎么这么听话啊？

大概是给陶姨面子。

陶姨闲不下来，又去洗衣间忙碌，小餐厅只剩他们两个。江随低头吃着一个小紫薯，眼睛盯着碗边的花纹，吃得心无旁骛，快吃完的时候，悄悄抬头，瞥了一眼坐在对面的人。

他垂着眼眸，筷子夹走一片菠菜，不紧不慢地吃着，漆黑的睫毛微合了下，又分开，目光朝她看来。

“还有吗？”他脸庞微抬，视线落在江随碗里。

江随一怔：“嗯？”

“紫薯。”

“哦，有的。”她起身，从厨房的蒸篮里拿出一个紫薯装在小碟子里给周池，说，“刚刚对不起。”

周池掀眸看她。

江随又说：“我不是故意的。”

听到他“嗯”了一声，她松口气，低头喝汤。过了没几秒，对面飘来轻轻淡淡的一句——

“看了多久啊？”

“……”

江随被汤呛到了，咳得脸通红，恍惚听到他笑了一声，刻薄又嘲讽。

幸好陶姨及时出现打破绝境。

“阿随吃完了？多吃点的呀，你这身板瘦的哟！”

“我吃饱了！”江随快速收拾好自己的碗筷，上楼回房。

十点半，江随做完一套数学试卷，收拾好书包，靠在床头看小说。

这本书是林琳借给她的，很普通的一本言情。

江随不太喜欢看这种，她爱看的是悬疑推理类的，无奈林琳竭力推荐，让她看完交流读后感。故事很简单，少男少女爱来爱去，然后乱七八糟虐了一通，年少的爱情禁不起波折，最后悲剧收场。

人人都说，悲剧更有牵动人心的力量，但江随看完并没有太多共鸣。既然喜欢一个人，哪有那么多分开的理由，只会想和他在一起。除此之外，她还在书里发现很多不合逻辑的细节。

没意思。

江随合上书，闭眼躺了一会儿，很奇怪，居然毫无睡意。她对着天花板发了五分钟的呆，然后翻身起来，从抽屉里摸出素描本，重新削了一支新铅笔。

本子还剩最后一页空白。

电脑没关，她点进二中贴吧，点开校草排行帖，对照自己的素描本看了看，已经画到陈耀，她从上往下拉，帖子里有各种新的提名，照片很丰富。

一个熟悉的名字从屏幕上滑过去，江随手指停顿，鼠标上滑，几秒后停住——

“周池，高二（3）班。”

下面有两张照片，一张蓝白校服正面照，他站在篮球场，手插兜，略微低头，眉目如画。

这张清晰度一流，八成是（3）班内部人士贡献的作品。

另一张应该是斜侧面偷拍，背景是操场主席台，他穿灰色卫衣、黑长裤，一根手指顶着篮球，微微抬着下巴，脸庞线条绝佳。

江随看了一会儿，灵感丰富，可惜思路跑偏了，眼前来来去去都是今天晚上他湿漉漉走进台灯光里的那一幕。

眉眼、锁骨、胸腹、腰臀、长腿、脚踝、水滴……

江随，你有病吗?

这不是欣赏美，这是……下流。

江随猛拍了一下脸颊，揉揉眼睛，鼠标下拉，继续往后看别人。

看了不知道多久，素描本仍然空白。快到十一点半，她又将鼠标拉回去，光标停在周池的眉眼间。过了半分钟，她提笔，构图打形。

第二天早上，江随破天荒地错过了闹钟，陶姨早就出门去买菜了，连知知都已经走掉，江随匆匆忙忙赶到学校，早读课已经开始十五分钟。

走廊里四个男生站成一排，全是迟到的，周池站在末尾，鹤立鸡群。

老孙正气呼呼地进行批评教育，唾沫横飞。

江随背着书包，跑出一脸汗，尴尬地停在老孙身后，进也不是，退也不是。

教室里的人都看着她。

（3）班明文规定，但凡迟到，早读课就不能进教室，要站在走廊读书，以示惩罚。江随是好学生，班里同学一半诧异，一半看好戏，就想看看老孙怎么处理，是包庇偏袒还是一视同仁？

老孙骂完男生，转过头看到江随站在门口，他从办公室过来就在走廊训人，还没进教室，没想到江随居然也迟到。

老孙瞪了瞪眼睛："江随，今天怎么回事啊？"

"对不起，我睡过头了。"江随的脸被风吹得红扑扑的，头发没梳整齐，有几分狼狈。

众目睽睽，老孙也不偏袒，指了指周池后面的位置，江随自觉地站过去，拿出英语书。

老孙摇摇头，拂袖进了教室。

几个迟到的男生看到江随也在，莫名觉得荣幸，笑着拿出书装模作样地读一读。

江随却一个字也看不进去，睡眠不足，她的脑袋昏昏沉沉的。

空气里有一丝薄荷香，江随闻了闻，转过头往旁边看，发现是周池在嚼口香糖。

他大概睡得非常好，眼睛都睡肿了，然而并不影响美貌，那单眼皮像画过眼线似的，到眼尾变细，微微往上翘出一点儿，不仔细看很难发现。

江随想起昨晚的素描……

或许，眼睛要调整一下。

周池偏过头，跟她对视了一眼。

"还有口香糖吗？"江随问。

周池在口袋里摸了摸，手递过来，掌心一个绿色小盒，江随抽出一片："谢谢。"

嚼了一会儿口香糖，江随清醒了，背单词背到下课，林琳看着江随的黑眼圈，问："你昨晚没睡好啊，怎么还迟到了？"

"熬夜了，闹钟没起作用。"江随放下书包，听林琳叫道："是不是熬夜看我那本小说了？很好看是不是！"

江随看了看她兴奋的脸，敷衍地点头。

## 03
# 走　近

周五这天晚上周池没回家，从学校去了汽车站，江随很晚才收到他的信息。

他回了眉城。

江随不知道周池回去做什么，他不会主动交代，江随也没有立场刨根问底，反正周一早上，江随发现他和往常一样出现在学校，好像有点感冒，脸色不怎么好。

这天是平安夜，这种有噱头的日子都是少男少女用来玩耍聚会的。

江随也是少女，难以免俗，和去年一样，她被林琳、许小音拉出去逛到很晚，回家的时候陶姨和知知已经睡下。

江随洗完澡收拾妥当，已经过了十一点。她吹完头发，调好空调温度，钻进被窝，刚熄掉灯，手机就响了，屏幕显示来电人是周池。

江随一愣，接通了，电话那头嘈杂吵闹，有歌声、有吼声，然后她听到了张焕明的喊声："江随，你们家住哪儿啊？"

江随惊讶："怎么了？"

"周池喝醉了，你说下地址，我现在把他送回来，你能不能出门来接一下？"

喝醉了？

江随把地址报给他，赶紧起床穿衣服。

十一点半，她在巷口等来出租车，张焕明跌跌撞撞地把喝醉的周池弄下车，江随跑过去帮忙，闻到一股明显的酒味。

把周池弄上阁楼后，张焕明累得气喘吁吁，他也喝了不少。江随送他到门口，他顶着个红脸庞对江随说："你照顾一下你舅啊，这家伙感冒了，好像还有点发烧，我们也不知道，一拼酒就拼多了。”

“我知道了，你回去小心点。”

“行，明天见啊！”

张焕明脚步虚浮地走了。

周池被张焕明扔在沙发上，以一种不太舒服的姿势躺在那儿，两条腿很委屈地蜷缩着。江随进门后就拿湿毛巾给他擦脸，他眉头皱得很紧，脸庞泛红，迷迷糊糊地睁眼。

“周池？”江随喊了一声，他不知听清没有，眉尖抬了抬。

不知道喝酒了能不能吃感冒药？

江随决定下去百度一下。

她放下毛巾起身，手却被捉住，周池力气很大，江随没有防备地被他拉得跌倒。他自己也从沙发上滑下来，半个身子压在她身上，脑袋在她颈窝处轻轻地蹭了蹭。

“你跑什么……”他生病的嗓子喑哑阴沉，有种罕见的脆弱。

江随愣了一下，他是不是……把她当成别的人了？

她僵着身体，用手推他。

周池好像很难受，攥住她的手，脑袋抬起来，眼角微红，目光不太清明，忽然头一低，嘴唇印在她的脸颊上。

气息滚烫，带着浓浓的酒味儿。

落地灯孤零零地立在床边。

周池的脑袋还搁在江随颈上，他刚刚支撑不住，脑袋耷下来，嘴巴碰了江随的脸颊，居然就这么睡了过去。

江随的小身板扛不住他一米八二的身体，费了九牛二虎之力才把人弄到床上，帮他脱掉鞋和外套，抖开被子盖好。

她在地板上坐了一会儿。

床上的人闭着眼，呼吸渐渐平缓。

江随扭头看过去，他半边脸埋在被子里，薄唇紧抿，眉心依然是微蹙的。屋里阒然无声，刚刚的所有动静仿佛都没有出现过。

江随转回脑袋，摸了摸脸颊，意识到他大概只是没力气才摔到她身上，不小心碰到了她的脸。

待了一会儿，她起身下楼。

第二天，周池头昏脑涨地醒过来，烧已经退了，一身汗，睁着眼睛躺了一会儿，依然难受得很。他撑肘坐起，随手拿起床头柜上的玻璃杯，半杯凉水灌进喉咙，嗓子疼得厉害。

对面墙上的小挂钟显示十一点半。

房间窗帘拉了一半，阳光透过玻璃照在床边。

是个大好的晴天。

周池起身下床，柔光下的地板上躺着一个女孩用的黑色发卡，细细长长，没有任何花纹图案，是最简单实用的样式。

他捡起那个发卡，往前走，瞥见书桌上的感冒药，走过去，看见药盒下面压着张字条，有黑色笔写的几个字：我帮你请假。

混沌的记忆中有些片段清晰了些，他记起昨晚屋里瘦瘦小小的身影。她身上有牛奶沐浴露的香味。

周池抿着唇，失神地站了片刻。

中午的食堂人来人往，学生成群结队，各自占了一片座位。林琳将校服外套一丢，对旁边的高一学妹说："不好意思啊，这片归学姐了。"

江随去窗口买了热饮回来，许小音端着三份盖浇饭边跑边喊："快快快，接我一下，坚持不住啦。"

"你千万别松手！"江随慌忙跑过去接下。

她们坐下来边吃边聊，吃到一半，张焕明不知从哪儿蹦了出来："嘿，美女们！"

三个女孩吓了一跳，林琳白他一眼："真稀罕，你们这种少爷也会来食堂吃饭？"

"谁说我是来吃饭了？"张焕明龇牙笑了下，脑袋转向旁边，"江随，兄弟们派我来问问你，周池怎么样啦？他手机到现在都关机，我们都打过几遍了！"

江随摇头："我也不知道，我走的时候他还在睡。"她早上出门时，陶姨不在，她也没法让陶姨看一下周池。

"啊，"张焕明叫道，"他该不会一个人烧糊涂昏过去了吧？"

江随握筷子的手顿了一下，刚夹住的豆角掉回碗里。

林琳骂张焕明："你能不能别这么乌鸦嘴，故意吓阿随啊？"

"没有没有！"张焕明对江随说，"我就瞎猜猜，行行行，你们先吃，我撤了！"

他前脚刚走，后脚又来了个人。

"学姐，又看到你啦！"穿粉色羽绒服的女生跑过来，坐到江随对面的空位上，殷勤地放了一杯热巧克力到她面前，"谢谢你上次帮我递信。"

啊。

江随看着她漂亮的小圆脸，认出来了："是你啊。"

"对对对，是我是我，""小圆脸"笑起来露出俩酒窝，又好看又可爱。

江随发觉她比之前更漂亮，好像化了妆，眼睛大了，还涂了口红，难怪刚刚一眼没认出来。可是学校不是不让化妆吗，她是怎么躲过教导主任那双鹰眼的？

林琳和许小音四目一对，心知肚明，开开心心看戏。

"你有什么事吗？"江随把那杯热巧克力往她面前推，"我已经买了饮料喝。"

"不，学姐你一定要收下，这是我的心意。""小圆脸"说，"我特别喜欢你，学姐，你人特别好，对了，我听说周池生病了，是不是真的？"

江随都惊讶了，这你都知道？你在我们班有眼线啊？

"我听别人说的。""小圆脸"露出担忧的神情，"怎么样，他病得严重吗？"

"还好。"江随说，"就是感冒而已，有点发烧。"

"那……那我能不能去看看他？我买了一些吃的，还有感冒药给他。"

"……"

江随有点无语了，这就想登堂入室了？你胆子这么大上次怎么不自己送信呢，我进他屋都腿软呢。

旁边围观的林琳和许小音也很惊奇，觉得这女孩脑回路有点奇特。

“小圆脸”又说：“他不是住在你家里吗？放学我跟你一道走吧。”

江随心情复杂：“不太方便吧。”

“学姐，拜托你了，我真的很担心他。”

“你不用担心。”江随的语气不自觉地低了一些，“家里有人照顾他，吃的和感冒药都有。”停了停，她话锋一转，“对了，上次那封信他给你回了吗？”

“小圆脸”的目光倏地黯淡。

“还没。”

还没，言下之意就是还在等待，没有放弃。

没等江随说话，她的脸庞立刻又恢复朝气：“没事儿，我继续努力！谢谢学姐，等他病好了我再找他。”她起身跑走了，粉色的身影像一朵跳跃的桃花。

而这只是周池众多桃花中的一朵。

江随收回视线，听见林琳说：“这女孩挺有意思啊，朝气蓬勃的。”

江随点点头：“是啊。”

不只蓬勃，还很漂亮。

吃完午饭回到教室，江随从书包里摸出手机又下了楼。

正午的太阳暖洋洋的，篮球场上有很多人，男生打球，女生围观。

江随沿着水泥小道往前走，停在图书馆外的百年老树下，拨了周池的电话，果然如张焕明所说，关机。

这个时间陶姨应该在家，江随改拨楼下客厅的座机号，响了两三声，终于有人接通，江随松了口气，贴着手机喊：“陶姨陶姨，你快去楼上看看周池，他生病了，不知道是不是烧昏过去了！”

电话那头很安静。

“喂？”江随又喊，“陶姨？”

还是安静。

“怎么回事？”江随自言自语。

听筒里终于有了动静——

“谁昏过去了？”低低的一句反问，声音暗哑，带着明显的倦意。

“……”

半天没听到声音，周池握着电话，似乎看到了她此刻的表情。他低着头，淡淡地说：“人呢？”

过了三四秒——

“怎么是你？”小小的声音，比先前的音量低了几个度，“你醒了？”

“废话。”

“……”江随几乎想象得到他嘲讽嫌弃的表情，问，“你吃药了吗？”

“吃了。”

“我已经帮你请假了。”

“嗯。”

江随停顿了一会儿，在原地转了两步，看见树上的叶子已经快掉没了，光秃秃的，特别丑。

“那我挂了，要到午休时间了。”

那头的人没应声。

江随准备切断通话，他却突然叫了她的名字：“江随。”

“嗯？”

“我想吃饺子。”他的声音很低，也更加沙哑，“友谊路78号那家。”

啊？

江随有点蒙，应声：“哦。”顿了下，说，“那……我放学买？”

周池淡淡地答了一声：“嗯。”

江随的手机还贴在耳边，一串熟悉的上课铃响了起来，等铃声停下，手机听筒里只剩下忙音。他已经挂了电话。

放学后，江随收好书包去校门口等公交车，坐305路到友谊路，下车又走七八分钟，看到了周池指定的那家饺子馆。是个不太大的门店，装修得很清爽，看上去很干净，当然，价格也比一般饺子店要贵一些。

江随打包了两盒饺子，有好几种口味，老板娘给她单独装了醋和辣椒油。

江随提着袋子，怕饺子凉了，招手拦下一辆出租车，二十分钟就到了巷口。

她小跑进屋，在门口换鞋，陶姨正在厨房做晚饭，听到外面有动静探头看了一眼，江随已经上了楼。

她在阁楼门外敲门，敲了两下门就开了。周池似乎刚从床上起来，屋里没开灯，他头发乱着，一只裤脚半卷在小腿处，脚上难得穿了袜子，灰白色的短棉袜。

他让到旁边，江随脱鞋走进去，站在书桌边回头看他。

“放桌上。”

他边说边抓了抓头发，摁亮了灯。

江随把袋子放桌上，看着桌上打开的药盒。她回过头，发现周池站在几步之外，漆黑的眼睛看着她，好像在想什么。

不知怎的，江随没来由地想起他昨晚醉酒后的样子。她微微皱眉，低头解袋子，把醋和辣椒油拿出来。

身后的人突然走上来，低声说：“这是你的吗？”

他手心里有个黑色发卡。

江随认出那是她昨晚丢失的，原来是落在这里。

江随伸手拿过发卡，放进上衣口袋，抬头看了周池一眼，他比她高，看她的时候总是低着头，眼眸微垂，他的姿态比她放松很多，肩膀微耷着，目光也没有什么不自在。

江随不知道昨晚的事他记得多少，或者说他全记得，但并不觉得有什么。

毕竟他喝醉了。

喝醉了，所以他和平常不太一样，说什么、做什么都不清楚，不是故意的。

这是万能理由，让一切都不需要其他解释。

周池提起袋子走到沙发边坐下，两盒饺子放到小木几上。他拆了一次性竹筷，偏过头：“你不吃？”

江随拿着醋包和辣椒油走过去。

这屋里的沙发很小，不够宽，堪堪能坐两个人，周池往那儿一坐已经陷下去一块，旁边位置看起来更窄，他的校服外套胡乱放在那儿。

江随看了看，没坐过去，拿了旁边的懒人坐垫放在地毯上。

周池递来一双筷子：“醋。”

江随低头拆醋包和辣椒油，倒在店家送的塑料小碟里。

周池摁了手边的遥控器，电视跳出画面，是个香港电影，警匪片，电视的音量很小，他也懒得调，拿了筷子夹饺子吃。

木几太矮，他弯着背。

江随注意到他只蘸醋，不碰辣椒油。

可江随喜欢辣椒，这家的辣椒油很有劲头，她吃了几口就开始冒汗。电视对白的声音很小，她听得模模糊糊，边吃边看着屏幕。

电影已经放到后面部分，警察男主正在追捕反派恶人。

周池不经意地抬眼，看到江随的脸已经红了，鼻尖有一层薄薄的汗。

江随的脸很小，皮肤白皙，眉毛是天生的细细弯弯形状，因为太辣，她微蹙着眉，吃得很慢，无意识地舔了舔嘴唇。

她整个人从头到脚都瘦，坐在地毯上只占去小小的一片地方。

周池看了几秒，开口：“昨天晚上……”

江随转过头，嘴巴里最后一口饺子刚咽下去，辣椒呛住喉咙，她皱着眉咳嗽。

周池起身，去饮水机前接了杯水递给她。江随喝了大半，喉腔里的辣感缓解，听到他说：“吃不了辣死撑什么？”

江随抬起头，说：“我喜欢吃。”

“行，辣死你。”周池淡淡地睨她一眼，夹起饺子蘸醋。

过了一会儿，江随鼓起勇气，主动提起：“昨晚你是不是不太开心？喝那么多酒。”

周池顿了顿，没有接茬。

江随一瞬间觉得说错话了，也没有再问，只说：“以后不要喝那么多，对身体不好。”

周池觑了她一眼，应声：“嗯。”

两盒饺子周池各吃掉一半，放下筷子，他也没起身做别的，就靠在沙发上看电视。江随也吃了不少，还剩下一些，她单独收拾好，把垃圾收了，擦干净茶几。

外面天已经黑了，电影还没放完。

空调开得偏高，热气很足，屋里暖烘烘的。

江随坐在原处，转头看了一眼，周池的姿势更懒了，已经从靠着变成了斜躺着，他的长相得天独厚，这种姿势让他从头到脚都很少爷。

两人安静地看电视，谁也没有再提昨晚的事。

过了五六分钟，周池起身去了卫生间，上完厕所出来，他去书桌边翻找了一通。

江随正专心看着电视，一个小铁盒递到她面前——

一整盒的太妃糖。

江随惊讶地看着他，周池没什么耐心地说：“不吃算了。”

他手往回收，江随拉住盒子边缘：“我吃！”她抓了一把糖。

周池坐回沙发，脚跷在小木几上，剥了颗糖丢进嘴里。江随想，他的口味真奇特，又爱吃酸又爱吃甜，牙齿怎么还长那么好啊。

电影接近尾声，警方开始收网。江随问周池：“你喜欢看这种电影？”

周池说：“不喜欢。”

“那你还看？”

“懒得换。”

好理由。还有比你更懒的吗？

“我觉得不太好看。”她说。

“哪儿不好看？”

“太假了。”江随指着屏幕，对他说，“逻辑不严谨，你看那个女人，她刚刚都露馅了，那些人没有一个怀疑她是卧底，不是很奇怪吗？”

周池斜觑着她，轻轻地嗤笑一声，江随莫名其妙：“你笑什么？”

他问："你做什么都这个样儿吗？"

"什么样儿？"

他又笑了声，薄细的眼尾上扬，回她两个字："傻样儿。"

"……"

江随正要反驳，楼下传来知知的呼喊："姐！吃饭！"小男孩的声音穿墙入室，江随爬起来，把手里的几颗糖揣进口袋，问周池："你还吃晚饭吗？"

"不吃，饱了。"

"那我下去了。"她拿着吃剩的半盒饺子，走到门口又回头，"你明天去上学吗？"

"嗯。"

江随点点头，穿上鞋，朝他笑了一下，灯光落进她的眼睛里。

"你早点睡。"她说完出门。

电影已经结束，片尾曲高昂欢快，屏幕上播放着长长的演职员表。

屋里空空荡荡，好像没有人来过一样。周池抬眸，盯着门看了一会儿。

晚上，江随写完作业，在二中贴吧逛了逛，QQ 的提示音响了，有一条新消息，是班上的文艺委员苏瑶。

"阿随阿随，紧急求救！"

江随奇怪，赶紧问她怎么了，苏瑶飞快地打来一行字："就是元旦会演，我排的那个群舞现在需要一个候补，我就定你了好不好？一定要答应我！一定！"

江随一脸蒙，敲了一串问号。

"（4）班有个女生受伤退出了，明天跟你细说，我得赶紧撤了，我妈要来拔网线！"苏瑶丢下这句就遁走。

第二天，苏瑶给江随传了一节课的小字条，成功说服她帮忙。

离元旦只有不到一周的时间，排练时间很紧张。

江随以前学过四年舞蹈，算是有点儿基础。苏瑶排的舞不难，江随连续几个中午都跟着大家练习，每天放学后再练一小时，很快就像模像样。

元旦当天放假，所以会演时间定在三十一号。下午三点后全校停课，表演三点半开始。

这种活动除了邀请一些领导和老师，主要观众其实是高一年级新生，入场票也只发给高一的，性质类似于迎新会，这是二中的传统。

当然，规矩是死的，人是活的，每年总有不少高二、高三的同学以各种途径混进大礼堂。

张焕明在高一学弟中有人脉，早早就弄到六张票。（3）班不少女生有表演，赵栩儿也在，所以很多男生想去看，张焕明手里的六张票成了香饽饽。

他给几个兄弟分了分，丢一张给周池，体育委员宋旭飞跑来要走最后一张。

三点二十，大礼堂已经坐满观众。

张焕明早早地请小学弟占好位置，就在礼堂的左侧，离舞台不远，视野很好。张焕明和其他几个男生最先过去，等到第三个节目结束，大合唱开始时，周池才出现。

“你干吗去了？”张焕明小声说，“差点以为你不来了。”

前面的李升志回过头：“哪能不来啊，江随有表演，舅舅嘛，怎么也算家属，当然要给她加加油，是吧周池？”

周池回了句：“少说废话。”

合唱结束，主持人开始报幕，下一个正是苏瑶排的群舞《鹤飞》，一共十个女生，一半是（3）班的，一半是（4）班的，挑选的都是班里比较好看的女孩。

舞台上暗了一瞬，灯光重新亮起，十个女生出场，身上是一模一样的白色吊带舞裙，露着肩膀，头发盘起，个个亭亭玉立。

台下一片掌声。

音乐起，舞蹈开始。

白色裙摆翩跹，仿佛十只欲飞的鹤。

几个男生睁大眼睛看得津津有味，嘴还不闲着，一边看一边评头论足。

一个男生坏笑着说："这衣服选得真好，小露香肩！"

李升志推推旁边的宋旭飞："欸，看见江随没？都化了妆啊，我看到赵栩儿了，反正最高的那个就是！"

"看见了。"宋旭飞紧紧盯着台上那个身影，"在左边，最瘦的那个。"

张焕明拍拍宋旭飞的后脑勺："江随可以啊，这身材，该瘦的瘦，该有的都有啊，那胸……还挺有料的啊，平常真没看出来！"

张焕明不得不承认宋旭飞眼光不赖，虽然看起来赵栩儿高，但真要说起来，江随比例最好，腰细腿长，某些地方还挺让人惊喜。

宋旭飞哼了声："那是你眼瞎，她本来就好看。"

周池没讲话，一直沉默地看着台上。

江随确实是最瘦，细胳膊细腿儿，没有几两重，好像真要飞走了似的。

他莫名想到那天晚上她身上的香味，那么大人了，和小孩子一样，什么都用牛奶的。

前头李升志又来了句："完了完了，我要倒戈了，下回选班花，我选江随，就冲着这小酥胸！我告诉你啊，宋旭飞，你再这么磨磨蹭蹭，别怪兄弟我先下手！"

宋旭飞横了他一肘子："你敢。"

"怎么不敢？她又不是你的，我还就抢了！"

张焕明很无语，转过头说："周池看这俩傻缺！"

话音刚落，他愣了下，发现周池蹙着眉，脸色不太好看。

张焕明不确定周池是不是因为他们讲的浑话才黑脸。

其实男生在一起聊女生是再普遍不过的事，没有哪个男生圈子不讨论女生的，如果真有，那恐怕就是一群和尚。不过转瞬一想，这要换作是他，恐怕也不怎么舒服，谁喜欢自家外甥女被人家胸啊腿啊地说来说去？

张焕明瞬间懂了周池的护短之心，赶紧推了李升志一把："好了好了，色兮兮的干什么呢，赶紧闭嘴！"

台上的群舞渐入佳境，掌声响过好几遍。宋旭飞一直看着江随，有点儿担忧地说："天气这么冷，她们穿这么少，冷死了吧。"

“要你操什么心，”李升志揶揄道，“你还心疼起来了？”

“就心疼怎么了！”

“嘿，还认真了，”李升志笑道，“逗你玩呢，兄弟道义我还是讲的，不跟你抢。”

在他们的插科打诨中，台上舞蹈结束，掌声如雷，一群女孩退场，主持人继续报幕。

舞虽然跳完了，但并不能走，还要等最后的集体谢幕。

休息室特别宽大，是个阶梯教室改建的，暖气不足，大家没换衣服，就在裙子外面裹上羽绒服。

赵栩儿夸张地叫：“差点冻尿了，好想喝一杯热奶茶啊！”

不说还好，一说大家都想喝。

赵栩儿摸出手机：“姐妹们等着哈，我找个人来给咱们送温暖！”她很快拨出一个电话，讲了两句就挂掉，回过头向大家比了个“OK”的手势。

不到十分钟就有人来了。

“（3）班的美女们辛苦啦！”

张焕明的嗓音极具辨识度，江随抬头看过去，果然不只他一个，李升志和周池都来了，还有两个她不认识的男生，好像是隔壁班的。

张焕明提着两个袋子，里面有好多杯奶茶，是学校小卖部卖的那种最普通的珍珠奶茶，但这个时候谁都不嫌弃。

李升志给大家发奶茶，发到江随，他笑着说了句：“江随，今天舞跳得真好啊，喏，这杯是你舅奖励你的。”

这个舅舅梗（3）班人尽皆知，旁边人都笑。

江随知道这是玩笑话，接过奶茶，道了声谢，转头看一眼周池，他也正好看过来，表情如常，好像并不在意别人拿他开玩笑。

几个男生都在和女生聊天，夸赞刚刚的舞蹈表演。江随走到周池身边跟他讲话：“我们刚刚跳舞的时候，你也在下面看吗？”

“在啊。”他说。

“那你认不认得我？”

周池看了她一眼。他坐在闲置的旧课桌上，长腿撑着地，江随站在他面前，羽绒服套在裙子外面，两条腿细细白白，她脸上带着妆，肤白唇红，正咬着奶茶的吸管，一边喝一边等他说话。

“认得啊，特征这么明显。”

“什么特征？”

他很不给面子，毒舌一句：“小矮子。”

“……”江随反驳，“我不是最矮的，我一米六三了已经。”

他“嗯”了声，要笑不笑地看着她：“是吗？好高哦。”

好高哦。

哦个屁啊。

江随领悟到他奚落人的本事，的确，她一米六三，和他的一米八二差了快二十厘米，他有资本嘲讽。

江随低头咬着吸管，咬得有点用力，听到头顶一串轻轻的笑声。

她还是第一次见他这样笑，平时都是一张雪糕脸，漂亮美味，但真的冷死了，偶尔笑一声，也是那种冷得要死的嗤笑。

江随很新奇地看着他。

“周池。”

“嗯？”

“你笑起来真好看，比之前好看多了。”这句话说得太顺，几乎是脱口而出，江随讲完才意识到可能不合时宜，因为周池看了她一眼，慢慢就不笑了，淡红的唇渐渐抿了起来。

江随看着他的表情变化。

“我是说……”她很诡异地紧张起来，试图解释，“你平常好像不是很开心，冷冰冰的，都不怎么笑，好像别人欠你钱似的，今天就……”

他的脸更难看了。

好吧，江随放弃解释。

这时候，苏瑶来喊：“大家过来一下，等会儿谢幕出场，咱们还要再摆几个动作，老师临时提议的，咱们先试一下。”

江随一听，赶紧跑过去。

等苏瑶说完，江随才发现他们几个男生已经走了。

五点半，活动结束，全员谢幕。

江随在后台换好衣服，回教室拿了书包，正要回家，却在楼下被苏瑶拉走："走吧走吧，一起吃饭，我地方都订好了！"

门口有两辆出租车，坐得满满，加上江随一共七个女生。到了吃饭的包厢，江随发现已经有人在了，都是班里的男生，周池他们几个也在其中。

这顿饭是几个班干凑份子请的，班里人来了一小半，男生女生各坐一桌，饭吃完又去了楼上的"明月港"。

这是宋旭飞姑姑家的 KTV，他开了个大包让大家玩。

"反正明天放假嘛，咱们今天好好玩玩，赶在期末考试前放松一把！"

大家欢呼。

宋旭飞拿了各种饮料、零食过来，一群人兴奋得很，唱歌的唱歌，唠嗑的唠嗑，最后围着茶几玩起游戏。

这种场合，游戏无非那几种。

有人把"真心话"改了规则："这样，咱们掷骰子，可以选择掷一个或者两个，按点数从左往右，数到谁，谁就来回答两个问题，其中有一个是真话，一个是假话，然后大家可以就答案进行盘问，判断出哪句是真，哪句是假，要是被猜出来了就要罚一杯，女生就喝啤的！"

"听着挺有意思！"

"比真心话有难度啊……"

"好，就玩这个试试！"

第一轮，张焕明抢着掷骰子，抽到的是个女生，谎话编得不到位，被大家一问漏洞百出，第二轮是班长，班长就聪明多了，圆满地扛过盘问环节。

玩过几轮，大家都熟悉了规则。

宋旭飞跃跃欲试，算好点数，抢过骰子投掷，如愿以偿地抽到江随。

在座不少同学对他蠢蠢欲动的小心思心知肚明，都默契地笑着看戏。

宋旭飞看了江随两眼，装作随意地问："第一个问题，江随，你、你现在有没有男朋友？"

江随说："没有。"

围观的一堆男生全无语：这什么鬼问题，做同学这么久，都知道江随没男朋友啊，白白浪费一个问题。

"第二个问题……你讨厌成绩不好的男生吗？"

江随没想到他问的都是这种问题，想到上一题答的是真话，现在要说假的，她回道："讨厌。"

"……"

男生憋着笑，恨不得捶地：这𡻕货傻啊，非得给自己心里扎一刀！

大家一边笑他一边做出判断："第一句真话，第二句假话。"

宋旭飞红着脸，把骰子递给旁边的人。

旁边坐的是赵栩儿。她和宋旭飞一样，游戏的目标很明确，之前没追上周池，她一直觉得很奇怪，并非对他耿耿于怀，仅仅是想了解一下，满足自己的好奇心。

她轻而易举投出一个五，抽到周池。

在场的男生、女生全部切换八卦脸，觉得这一局有意思，连江随都突然精神起来，坐直了身体。

赵栩儿向来有胆量，上来就干脆利落地发问："第一个问题，你现在有没有女朋友？"

十几双眼睛唰的一下转向周池，连张焕明都竖起了耳朵。

周池坐在背光的位置，脸庞不太清晰。

"没有。"他喝了一些啤酒，声音温温的。

赵栩儿："有前女友？"

全场静了一秒。

周池略微低头，淡淡地说："有。"

气氛一下子活起来。

"哦哦哦……"男生开始吹口哨。

女生则在疑惑："哪句是真哪句是假啊？"

对于周池的感情状况，没人搞得清楚，也没谁敢问。按理说，像他这样的人肯定不缺女朋友，但到二中这么久，他一直没跟谁谈恋爱，让人摸不准内情。

赵栩儿一挥手："好了，大家可以盘问他了！"

一堆问题抛过去，周池一一挡回来，全程轻描淡写，谁也没能真的刺探出什么，真假无法判断。他到最后也没公布答案。

玩到散伙，已经过了九点，大家在路口四散而去，有人散步回家，有人叫了出租车先送几个女生回去。

周池的自行车锁在路边。

江随站在路口等他。

晚上风大，她戴上羽绒服的帽子，大半张脸埋在围巾里，转个头，看他光着脖子裸着脸，就那么吹着风骑车过来，在她脚边停下。

"上来吧。"

江随问："你为什么不戴围巾和手套？"

他心情似乎不怎么好，敷衍地回一句："没有那些东西。"

江随看了看他，说："那边有个店。"她指给他看，"在那儿，你等我一下。"

她转身跑了过去。

周池进来时，江随手臂上搭了条长围巾，正在挑手套，左手拿双蓝色的，右手拿双灰色的，看到他来，她面露喜色："你喜欢哪双？"

两种手套都是毛线的，样式简单。周池还没说话，江随又说："戴一下看看吧。"

她将那双宝蓝色的手套递到他手边，说："我觉得这个挺好的，冬天的衣服都太暗了，这个亮一点。"

周池手还插在裤兜里，微低着头看她，看了两眼，总算把手拿出来了，接过手套戴上。

"挺好看的，是不是？大小也正好……对了，配一下这条围巾。"

江随选的围巾是藏青色，有大格纹，但不显眼。周池接过来，随意地在脖子上裹了一圈，江随站远两步，笑起来："你围这个真好看。"

显得皮肤更好，五官也好，眼睛很黑，鼻子很挺。

江随意识到这可能跟围巾没什么关系，说到底，还是脸好，也许拿条旧床单改造一下，他戴起来一样酷帅漂亮惹人爱。

那个追他的"小圆脸"怎么说的来着？

"他从身材到脸蛋，哪样不好啦？"

这样的人不用愁，不管挑什么随便挑挑就好，不会丑到哪里去，这么一对比，那双蓝手套太鲜亮了。

江随走过去说："手套你自己选吧，你是不是更喜欢灰色？"她记得，他有灰色的卫衣和毛衣，也有灰色的运动裤。

"随便，就这双吧。"周池好像无所谓。

"好，"江随说，"摘下来吧，要结账。"

他摘了围巾和手套，江随接过来拿去前台。

店里人不多，一个值班的收银姑娘给江随结账，围巾扫完码，江随就拆了吊牌，回身递给周池。

收银姑娘一边敲电脑，一边笑着说："眼光真好啊，这围巾很适合你男朋友。"

江随顿了下，解释："不是男朋友。"

收银姑娘窥破了秘密似的，笑道："哦，我懂。"

"……"江随想说"他是我小舅舅"，但不知怎的就是没说出口。她手心微微发烫，低头从书包里取出钱递过去，没敢回头看后面的人，等出了门，才把手套给他："你戴上吧，骑车太冷了。"

周池难得很顺从，戴上了，说："要还你钱吗？"

"不用了，没多少钱。"江随继续往前，走到他的自行车旁。

周池低头摸了摸自己的新围巾，抬脚走过去。

两人依然是骑车回去。江随坐过几回，已经很习惯，一路揪着他背后的衣服，坐得还算稳当。

夜晚街灯通亮，有夜班结束的年轻人，也有玩耍归去的学生。

自行车行到老巷口，江随看到面包店门外的红薯摊还在。

“你吃烤红薯吗？”她的声音裹着风一齐进了周池的耳朵里，“我想吃。”

周池将车停下，脚撑住地。江随跳下来，一溜小跑飞快地买了四个烤红薯过来：“给陶姨一个，知知一个。”

周池说：“陶姨睡了，你喊她起来吃？”

“我放厨房，她可以明天吃。”

“随便你，上来。”他将车头摆正。

两人回到家，陶姨果然已经睡下，知知屋里的灯还亮着。

江随过去敲门，给他送了个红薯，知知十分满意：“不错，出去玩还知道想着我，值得表扬。”

“你好好说话。”

“是是是。”知知一边啃红薯，一边打量她的妆容，“姐，你今天这妆化得不错啊，眼睛都大了不少。”

江随不想接话，知知又凑过来，神秘兮兮地问：“你跟我小舅舅一起回来的啊？”

“嗯。”

知知又说：“你俩好像处得不错啊。”

处得不错吗？

江随想了想，好像还行。

“怎么了？”

“姐，帮我个忙。”他笑嘻嘻地央求，“我那几个同学，你知道吧，以前来烧烤的，现在又想来我家烧烤，可那大露台现在是我小舅舅的江山，你去帮我说说，我借用一天行不？”

“你自己不能说？”

“我这不是怕惹毛他吗？我跟他有旧仇啊，”周应知挠挠脑袋，“你不知道，他揍起人来一点不手软，我小时候被他揍过几回，简直童年阴影。”

“你别这么夸张。”

“实话。你不信就等着，等哪天看他发火，保不齐要吓死你。”

“好了。”江随习惯了他满嘴跑火车的性子，直接问，“你们要哪天烧烤？”

“二号啊，后天，他们上午买菜，中午再过来，所以露台我就用一下午。”

江随说：“那我明天问问他吧，不保证他能答应。”

“行行行。”

# 04 罩着你

元旦假期第一天，江随和林琳去了市图书馆，晚上在外面吃了晚饭，八点多回来才上去找周池。

门一开，江随要讲话，他却没听，说了句“进来”，人就往里走。

江随只好跟着进屋，看见他坐到电脑前，QQ 消息提示音响个不停。

他将电脑耳机插上，屋里一下安静了。

“你刚说什么？”他坐在电脑椅上，回头看她。

江随把知知的请求转达给他，没想到周池这回很好说话，什么也没问就点了头。

“我明天不在。”他从桌上摸起房间钥匙丢给她，“别让人乱碰我东西。”

江随点点头：“嗯。”

周池又转过身，点开消息给人回复。

他手指修长，打字速度很快。江随瞄了一眼，看到聊天的对话框，对方头像是个男生，再看昵称：疯狂的睡狮。

原来是张焕明啊。

张焕明在班级群里一向很活跃，江随对他的 QQ 名印象深刻。她视线往下溜，看到周池的回复，也看到他的昵称，简单的两个字母：ZC。

是他的姓名缩写。

周池回复完，将椅子转了一点角度，看向江随。

“你在聊天？”

江随问了句废话，不过这次周池没嘲讽她，淡淡地“嗯”了声。这种一坐一站的阵势让江随比他高一些，他略微抬头，坐姿很不规范，T

恤的领口很松大，露出抢眼的锁骨和一小片光洁的胸膛。

江随默默地看了一会儿，大着胆子问："你要不要加一下我的 QQ 啊？"

话一出口，她就没有那么紧张了。问就问了，他要是拒绝就算了。

她就看着周池，过了一两秒，看见他嘴角翘了一下，似乎是笑了，但笑得很不明显，江随还没看清，他已经将椅子转回去。

"你 QQ 号多少啊？"

"哦，你输 6154……"江随走近，站到桌边，给他报完了一串数字。

"八位数？"

"嗯。"江随说，"我初一时申请的这个号。"

他回一句："我也是。"说着话，手已经点击查找，下面白框里跳出一个女孩头像，旁边显示昵称：阿随。

周池说："你可真懒，就拿小名做 QQ 名了？"

江随："……"

麻烦你先看看你那昵称再说话，谁有你懒？

周池嘲讽完了，手指连续敲两下，点击完成。

"我等会儿下去加你。"她准备离开，走了两步，听到他问："一整天去哪儿了？"

江随停步，回过头告诉他："去图书馆了。"怕他不清楚，她又解释，"是市图书馆，在新区那边。"

"你跟我说这个干什么，我又不去。"

"……我也没说让你去，那里可远了。"

"那你还跑？这么爱学习？"他明显是揶揄的语气。

江随不跟他计较，顺着说："是啊。"

周池看着她的表情："你想考清华还是北大？"

"我都想。"

"厉害了。"他眉尖上扬，"理想很远大。"

"你呢。"江随突然反问，"你没有理想吗？"

你没有理想吗？

周池没有回答，脸上的表情没什么变化，就那样看了她一会儿，端着桌上的水杯喝了一口，低头笑了。

“你胆子挺大啊。”没头没尾的一句。

他从椅子上起身，走到江随面前，垂目看她：“不是很怕我吗？”

不是很怕我吗？

江随因为这句话僵了一下，一时忘了辩驳。周池看着她的傻样儿：“你今天话很多。”

话很多？

江随数了数，除了要他 QQ 号那句，后面的话明明都是他起头的，是他先问她一整天去了哪里。

她不过反问了一句，他就嫌烦？

看来，男生一旦不讲道理，黑的都能变成白的。

江随没跟他顶嘴，住在一个家里，互相抬杠有什么好处？

她揉了揉手里的钥匙，低头应声：“我知道了，钥匙明天还你。”说完转身走了。

出门一天，作业还没动，一堆试卷压在书桌上。

江随洗过澡开始奋笔疾书，临睡前关电脑才点开 QQ 消息，蹦出几条好友申请，有几个是不认识的，头像都是男孩。这情况以前也有过，大多是其他班的男生，不知从谁口中问到 QQ 号过来加她，江随全部忽略，只通过了周池的那条请求。

他还是在线状态。

这么晚没睡，不是在玩游戏，就是在和别人聊天，总之不会和她一样在写作业。

江随下了两首歌到 MP3 里，在网上逛了一会儿，关机睡觉。

周池洗过澡，站在桌边擦头发，瞥了一眼电脑屏幕。

QQ 有一条好友提示消息。

列表多了个“阿随”，头像亮着，是个系统自带的小女孩儿，红头发。周池站了一会儿，丢下毛巾，顶着半湿的头发坐进椅子里。

群消息响个不停，张焕明正在他们的男生大群里大聊特聊新看的片子，一群荷尔蒙旺盛的男生话题无下限，没几分钟就开始夹杂着各种女生的名字。

不知道谁提了一句：“我这儿有（4）班班花陈欣的照片，你们谁要？”

“隔壁班的？不熟，没兴趣，赵栩儿的有吗？”

一条消息紧接其后：“赵栩儿就适合平常看看，干大事哪能靠她，那胸有点寒碜哪。”

“你要求高得很！”

“那是，来，哥给你个惊喜，昨天刚刚收的。”

这一条下面紧接着来了一张照片，照片上的人是江随。

背景是大礼堂后台的楼道，旁边是洗手间，她穿着演出的吊带裙，还没穿齐整，正低着头在弄腰上的白纱蝴蝶结，胸口略低，有些不该被看到的地方被看到。

照片不是很清晰，但已经足够吸睛，群里安静了一秒，炸了。

“我靠！”

“我靠！”

“江随啊……”

一连串的新消息不断跳着，安静不下来。

周池攥着鼠标，嘴角无意识地下压，没几秒，他扔了鼠标坐直，噼里啪啦敲了几个字。

一堆“我靠”后面跳出一条新消息——

“这他妈谁拍的？”

“……”

群里死一般寂静。

过了半分钟，张焕明冒着汗敲出几个字：“……你在啊？”

完了完了。当初是他热情洋溢地把周池拉进这个群的，这么久以来周池没冒过泡，张焕明就把这茬儿忘了。他赶紧补救：“兄弟们，都把眼睛闭上，这一张当没看见，谁都不许保存！违者剁手！剁手！”

发照片的男生忙不迭地冒出来撇清：“不是我拍的！不是我！我就是手贱发一下！我昨天连大礼堂都没进，就是从别的球友群里弄来的，是个高一的传上去的。”

周池：“哪个高一的？名字。”

“曹宏毅，好像是高一（9）班的。”

群里自此安静下来，谁也没敢再冒头。

至于那张照片，有没有人偷偷保存，谁也不知道。

周池滑动鼠标，指针停在红头发小女孩上，手指摁了下，对话框弹出，他刚敲了两个字，上面的头像忽然就暗掉了，红头发一秒内变得灰暗。

皱着眉看了一会儿，他关掉对话框，起身拿手机。

第二天上午，江随起床后就没见到周池，知知也消失一上午，中午才领着五六个小男孩回来，拎着两大袋食材，跑到楼上露台弄烧烤。

陶姨和江随帮忙支起烧烤架就不再插手，下楼前，江随嘱咐他们就在露台活动，别弄脏周池的房间，更别碰他屋里的东西。

知知虽然顽皮，但知道轻重，江随比较放心，但她没有料到一群熊孩子在一块儿，杀伤力叠加，造成的伤害难以控制。

下午四点多，几个熊孩子走了，知知还在楼上磨蹭着没下来。

江随心里咯噔一下，有一丝不好的预感。她上楼进屋，就见知知蹲在地上，摆弄着什么，看到她，立刻心虚地把东西藏到背后。

江随问：“你干吗呢？”

“没、没干吗。”

“你手里拿着什么？”

知知的脸立刻垮下来，投降了：“姐，我完了。”

江随过去一看，知知手里捧着一个四分五裂的轮船模型，那本来是一艘拼装的木质轮船，之前就放在周池的书桌上。

“你这是怎么搞的？”

知知赶紧解释：“我就是瞄了一眼，还挺好看的，就拿过来看看，哪儿知道他们也要看，我就拿到露台，后来……后来就这样了！姐，怎么办啊，我舅会扒了我的皮的！”

他一边说，还一边急得跳脚，那四分五裂的轮船一下全落到地上。

江随一向好脾气，看这情况也有些火气上头：“你自己答应我的，不会碰别人的东西，你都十三岁了，这点小事还做不到？”

“我不是故意的。”知知可怜巴巴道，“姐，你别骂我了，我再努力努力，说不定还能拼起来。”他一屁股坐到地上，捡着木片就开始忙。

江随一看时间，都快到五点了，也跟着着急起来，她叹了口气，蹲下来帮忙拼船。

无奈姐弟俩动手能力都不怎么样，半天搞不明白这轮船的结构，时间一点点过去，进展缓慢得令人泄气。

也不知道周池什么时候回来。

江随心里有点慌：“周应知，我要被你害死了。”

“别提了。”知知大冬天的冒起冷汗，“你没见我都哆嗦了吗，而且要死也是我死，一人做事一人担，放心吧，你弟不是尿蛋。”

“闭嘴吧。”江随心情沉重。

知知情绪也很低落：“这片是在这儿不？”

“不像，”江随说，“这好像是帆。”

“……不是吧？”

“应该是。”

“……”

姐弟俩一边嘟囔，一边摸索着轮船的搭建技能，木片摊了一地。

周池回来看到的就是这种景象。

听到推门声，江随心一跳，愣愣地抬头。一旁的知知条件反射地蹦起来，腿有点儿软，瞅着周池，干笑：“……小舅舅，你这么早回来！”

周池看着他们，视线落到地上：“这怎么回事？”

屋里寂静。

江随捏着木片，腿都蹲麻了。

周池走过来，脸色很不好看。

知知往江随身后缩：“姐，救命啊。”

江随真的很想敲他一榔头，说好的不是尿蛋呢？

她站起来，跟周池解释：“知知不小心，弄坏了这个。”她指指地上，

“我们会把它拼好。”

知知从她背后探出个大脑袋：“可是这也太他妈难拼了，我们不会呀……”

“知知，闭嘴。”

“哦。”

屋里又安静下来。

周池看着江随，眼睛已经冷了：“你怎么答应我的？说话是放屁？”

江随一顿，张了张嘴，发现无言以对。他骂得很在理。

“对不起。”她道歉。

周池：“拼好，你一个人拼。”

“嗯。”她蹲下来收拾残留的木片，打算拿下楼。

头顶忽然传来一句：“就在这儿拼。”

“哦。”

知知看这情形，良心有点过不去，壮着胆子说：“你干吗欺负我姐啊，不就一个模型嘛，我明天买两个赔给你不行啊？”

周池瞥他一眼，冷着声：“买不到一样的，揍你？”

“……啊？”知知立马㞞了，“那算了。”

一直到晚饭前，江随只拼出了一个船头。她下楼吃过晚饭，连澡都没洗，就在周池一个眼神的示意下，又上楼了。

从七点到八点，江随就坐在地毯上折腾那些小木片，偶尔抬头看一眼，小舅舅他老人家洗完澡正在打游戏，打得悠闲自在，一边打还一边吃糖。

都高中生了，还玩轮船？有点幼稚。

江随在心里把知知骂了一百遍，反正下次再也不会找周池借钥匙，他一屋子金贵玩意儿，碰坏了哪一个都麻烦。

八点半，江随终于快完工，还剩一个船尾，她憋尿憋得不行了，对周池说：“借你厕所用下。”

“去啊，我又没锁着门。”他头都没转。

江随进了卫生间，开灯，愣了下。

马桶盖上放着他的内裤。

江随很尴尬，转头就出去了，喊他："周池。"

"嗯？"他依然没回头，键盘敲得啪啪响。

"马桶上有你的衣服。"

"你拿开啊。"

"……"江随脸都红了，想过去揪揪他的头发，吼一句"你自己拿"，但最后什么都没说，她转头快速出门，跑下楼回自己屋里上厕所。

周池听到动静转头看了一眼，似乎想起了什么，敲键盘的手停下。

他起身走进卫生间，果然，之前洗澡换下的内裤忘了收拾。

男生大多过得粗糙，屋里能弄干净的都很少见，更别说弄整齐了。周池一个人住，卫生间一直没别人来，衣服、毛巾早就随手扔惯了，哪会想到今天有人要用他的厕所，还是个女孩。

周池捡起内裤扔进洗手台下的脏衣篓，把其他乱丢的脏衣服都收拾了，擦干净洗手台。他站门口整体扫了两眼，又走回来，从镜柜上层取出搁置不用的洗手液和一条干手巾摆在旁边。

江随回来，他已经收拾好，走出来说："收拾过了，等下要上就在这儿。"

江随点了点头，坐回地毯上继续忙，心里却想：我以后再也不会过来了。

她又不傻，今天拼这玩意儿都快拼吐了，心理阴影面积巨大，以后还不长记性吗？他长得再好看，今晚也看够了，学校里校草那么多，欣赏谁不是欣赏？她的素描本也不愁素材。

时间又过去一些，墙上的挂钟时针已经走到"9"，江随终于插上最后一块木片。

大功告成！她呼出一口气，看着拼好的轮船，心里有一种奇怪的成就感，这个东西可以说是她有生以来动手能力的巅峰。

江随欣赏了一会儿才把它捧起来交给周池："好了。"

周池拿过去看了看："你还挺厉害。"

是啊。这还不是被逼的吗？感谢人类无穷无尽的潜力。

江随没什么表情，说："你检查一下，以后有问题就跟我没有关系了。"

周池"嗯"了声。

江随："那我走了。"

周池没应声，把船放到一边，拿起糖盒递到她面前。

这是干吗？打一巴掌给颗糖，之前凶成那样，现在又这么好，你拿我当小狗吗？

江随头一次拒绝了他："不用了，我屋里有糖吃。我要下去了。"

那身影走到门边，周池开口，嗓音压低："生气了？"

江随停顿了下，握着门把手回过头："没有生气，这次本来就是我们的错，以后我不会再让知知来你房间。"说完话，她拉开门出去了。

门轻轻地关上，小沙发旁的地毯上还放着她刚刚坐的垫子。

那么软绵绵的人，原来也不是没有脾气。

周池将糖果盒扔回桌上，抿了抿唇，莫名有些心乱。

元旦假期的最后一天，江随写了半天作业，看了半天闲书。

新的一周到来，离期末越来越近，天也越来越冷。

自那天的元旦会演之后，时不时有男生向（3）班人打听江随，宋旭飞被这事弄得很焦虑，决定不能再㞞下去，要鼓起勇气。经兄弟们点拨，他找了林琳帮忙，寻到几次由头，喊她们几个女生一道吃饭，有一次还因此以顺路之名送江随回家。

林琳觉得宋旭飞挺靠谱，从中说了不少好话。

一来二去，江随和宋旭飞有点熟了，因为之前体育课受伤他帮忙，江随对这个男生印象一直不错，心里有点感激他。

宋旭飞得了她几次笑脸，有些得意忘形，摩拳擦掌地筹谋着表白一事，想在寒假前把这件大事干了，如果成功皆大欢喜，不成功他也好彻底死心。

这些事宋旭飞没告诉几个人，连张焕明都没说。不过这几天，张焕明也很忙，顾不上关注班里的事，他一直在帮周池调查高一（9）班那个曹宏毅的底细。

这期间，他们和（9）班那群小子有过一次冲突，周池差点动手，就在图书馆后面，不过被拉住了，因为教导主任突然经过。

他们本以为曹宏毅得到警告会收敛，没想到这个二流子就是一浑蛋，嚣张狂妄，把江随的照片又发到几个球友群里。

这是赤裸裸的挑衅！

这次不仅周池，他们几个男生全气得要死。

张焕明觉得事情很棘手，闹大了不行，不管也不行。他们上次才在大会上检讨过，这么快又闹出事会有点麻烦，但一个高一的小孩要爬到他们头上拉屎，这是欺人太甚，不能不收拾。

他建议周池："这样，我认识几个社会上的人，不如叫他们把姓曹的小浑蛋揍一顿，到时候说起来也弄不到我们头上，让他吃个哑巴亏。"

周池没有应声，只说："这事你们别管，我自己处理。"

张焕明问："你要怎么处理啊？再打一次架是没什么，只不过你现在还是戴罪之身，在观察期内，万一闹大被逮住，不知道会怎么处理。如果开除咋办？"

这话周池没有回答。他们讲到这里就下课了，周池去了厕所。

张焕明还在发愁怎样能有个万全之策，事情已经往他预料不到的方向发展。

周四凌晨，二中贴吧冒出一个新帖子，炸出一群深夜上网的夜猫子，到当天早上，已经被顶成热帖。

主楼内容很简单，只有江随那张照片，底下配了几个明显带有侮辱性的字。

江随知道这件事时，帖子已经删了，但班上的同学说得沸沸扬扬，有人义愤填膺，骂那个偷拍和传照片的人是变态，也有人用异样的目光看着她，课间她上厕所经过走廊，隔壁班男生探出头，笑得别有意味。

江随头一次觉得难堪至极，不知道为什么会有那么恶心的人。

吃午饭时，她胃口很差，脸都是白的，林琳安慰道："你别多想了，犯不着因为变态影响心情，而且现在已经删掉了，宋旭飞说张焕明他们几个男生找了吧主，今天早上就删了。我听他们说了，根本就算不上什么走光照，就是你领口稍微低了一些，演出服不都是那样吗，某些变态自己恶心得要死，满脑子都是那些鬼东西，不要理他们。”

江随点点头，没有说什么。

吃完饭，林琳和其他几个女生去小卖部买喝的，江随不想去，去厕所洗了手，一个人回教室，没想到在楼道里碰到周池。

他站在最上面的一级台阶上，背靠着墙壁抽烟。

两人视线对了一下，江随脚步微顿，低下头来，一声不吭地从他面前走过。

纤瘦的背影进了教室，周池收回视线，嘴角压低，憋在喉咙口的一句脏话骂了出来。

她眼睛是红的，哭过了。

他掐了烟，头也不回地下楼。

下午，二中又发生了一起斗殴事件，这回性质更加恶劣，斗殴地点就在高一（9）班的教室。很快，全校都知道了，高二的同学闯进人家高一班级里把人打了。

事情发生在午休之前，据说现场十分激烈，几个班委一齐上阵都没能拉开，直到老师得到通知赶来，斗殴才停止。两个当事人打得头破血流，其中一个手臂骨折，双双被带到医务室处理伤口。

这回事情太过严重，两班的班主任兜不住，教导主任亲自打电话请家长。

周蔓忙得脚不沾地，临时改变行程，从新区赶过来，直接就进了教导处办公室，对方家里倒好，妈妈、阿姨、姑姑来了一群。

周蔓磨着嘴皮子，跟一堆乱七八糟的人扯皮了两个小时，谈好赔偿等后续事宜，又给学校领导、老师赔了半天笑脸，总算得了“留校察看”的结果。

赶到医务室，看到一脸狼狈的周池坐在那儿，她就气不打一处来，高跟鞋踩得一路响：“厉害了，周小公子，真知道给你姐长脸，我这搁着两个会跑来挨骂，大概是前世修来的福分。”

周池抬头，回了句：“对不起了，没忍住。”

他声音哑的。

“怎么就没忍住？”周蔓抓狂，“你不打架手痒还是怎么？莫名其妙！说吧，说出个正当理由。”

周池擦了擦眼睛上残留的血迹，不知悔改地说：“没理由，就想揍他。”

“行行行，你能。”周蔓丢下一句，“我现在懒得收拾你，回家再说。”

最后一节原本是班会课，因为突然发生的斗殴事件，老孙无法分身，这节课改成了自习，班长坐在讲台上管纪律，然而教室里仍然乱哄哄的，全在窃窃私语。

“真的，张焕明说照片就是那个高一的拍的，他刚刚下课去看了，说俩人都是血，现在家长来了，不晓得会不会开除啊。”许小音扭着身子趴在江随桌上，“没想到周池这么厉害，居然真的就去打人了。阿随，他为你出头呢，你小舅舅还是挺疼你的。”

她刚说完，林琳忽然拍拍江随，指着后窗。

江随回过头，看到了周蔓，她忙起身跑出去。

“周阿姨，周池怎么样了？”

“没事儿，”周蔓朝她笑，“那家伙就是不长记性又打架了。我过来看看你。”

“他在哪儿？”

“在医务室呢。”

“我去看看。”

“有什么好看的，哪回不都是弄成那鬼样，你安心上课。我现在还得赶回去，等下放学你叫他一道回家，跟陶姨说一声，我今天晚上回来。就这样，我得走了！”

她朝江随挥挥手，蹬着高跟鞋又走了。

周蔓一直是这样，来去都是一阵风。

江随飞快地跑下楼。

医务室里空空如也，她从侧门出去，瞥见外面藤架下坐着个人。

周池听到脚步声，抬头，微微怔了下。他脸上的血迹已经洗掉，只有额头上的纱布带着血印，脖子上有一块显眼的抓伤，右脸颊青肿明显。

他太狼狈了，比上次打完架的样子惨多了。

江随脸色微白，手足无措地站着，不知道自己是什么感受。

她小声地叫他："周池。"

他"嗯"了声，眉微微抬起。

两个人都没有说话。过了几秒，江随走过来，在他面前蹲下，这么近的距离，他额头的血印触目惊心。

"……你疼不疼？"小小声的一句。

周池没有吭声，过了几秒，看到她的眼睛红了。平常她平和安静，这双眼睛干净清亮，偶尔带着笑意，不是今天这个样子。

周池瞥着她，喉咙滚了滚，嘴贱地回了句："疼死了……"

然后他就看到江随把头低下去了，泪珠子啪嗒落到他脚边。

她没有再讲什么，哭得安安静静。

周池心里有一种怪异的感觉。他皱了皱眉，单手握住她的一边肩膀："我揍过他了，折了他的手，你没有高兴一点？"

江随默不作声，抬起头，乌黑的眼睛湿漉漉的。

可怜透了。

周池抬手将她的脑袋摁到肩窝："不准哭了。我都罩着你了，是不是？"

她点了点头，脑袋抵着他的胸口，声音哽咽："我知道你疼死了。"

"骗你的也信？"他嗤笑，"疼死的是那浑蛋，他算个屁。"

# 05

# 我头疼

周蔓急匆匆地结束了会议，天黑时赶回老宅。

知知正和几个小男孩在屋后巷道里拍球，推推搡搡玩得热闹，一眼瞥见周蔓从巷口走过来，立刻确定了心里的猜测：小舅舅一定闯了大祸。

难怪小舅舅刚刚回来时一脸伤，把陶姨都吓坏了，肯定又跟人动手了。

知知球也不拍了，跟过去："妈，我想死您了！"

周蔓没工夫理他："没你的事儿。"

她直接进屋上楼，叫周池到书房谈话。

知知躲在楼梯上瞄了一眼，兴奋地跑江随屋里通风报信，有点"看热闹不嫌事儿大"的劲头："铁定要挨训了，而且肯定还要被禁零花钱，这回我妈算给咱俩报仇了，这就叫报应！他这个人就知道欺负弱小，太坏了……"

"知知，"江随皱眉打断他，"他没你想的那么坏。"

"你没毛病吧，你忘了他那天还找碴儿欺负你了？"知知摸不着头脑，仔细一看才发现她脸色很差。

"姐，你没事儿吧，怎么怪怪的，"他疑惑，"眼睛有点肿哦，你哭过啦？发生什么事了？"

江随并不想告诉他，心不在焉地捏着小青蛙的肚皮。

知知凑过来，着急地说："怎么回事，你告诉我啊，多个人多个脑子啊，我帮你想办法！"

"没事了，周池已经帮过我了。"江随放下小青蛙，轻声说，"知知，你小舅舅不是坏人，他是很好的。"

知知："……"

怎么一天就倒戈了？

直到吃晚饭，周蔓才下楼。过了好一会儿，周池也下来了。

江随帮陶姨端菜，偷偷看了一眼，他神色如常，没什么变化，只是右边脸颊青肿得更厉害。吃饭时，他一直没讲话，吃完一碗饭没喝汤就上了楼。

陶姨劝周蔓："你那脾气一上来也暴的哟，看那孩子被你训的。"

"我可没训他啊。"周蔓夹了两块豆腐，"顶多就是严肃交流了一下，这小子跟我爸年轻时候一个德行，犟得很，问半天了，死活不给我交代为什么打架，也是服了。"

陶姨叹了口气："都是大小伙子了，哪能什么都讲给你？也是可怜的，没爹没娘的，就你这么一个阿姊。"

"是啊，所以我愁着呢，再不管管真要长歪了。这俩臭小子要是有阿随一半乖，我不知道多省心。"

被点到名的江随顿了一下，想把事情告诉周蔓，可不知为什么，有点说不出口，那种难堪的感觉好像又回来了。

她犹豫的时候，知知已经接过话头："我还不乖啊，您禁我零花钱都禁多久了，我也没干什么。"

"你还想干什么？"周蔓笑道，"敢情你还想造反？"

"我哪敢。"知知嘟囔着。

这么一打岔，江随就没再开口。

今天作业不少，各科都开始期末复习，发了好多试卷。江随回房间写了两张，总是走神，打开电脑进了二中的贴吧。

那个恶心的帖子确实没有看到了，但下午又有新楼盖了起来，讨论的是中午打架的事。江随看了一下，楼里说什么的都有，不过没什么人提到她。看来知道内情的人并不多，大概只有张焕明他们几个。

打架的原因周池没有告诉别人，即使在周蔓面前他也没有说。江随再傻也知道，他在保护她。

她关了贴吧，登录 QQ，看到周池在线。

想了想，她敲了几个字过去：“没睡吗？”

等了一会儿没有回复，她猜他可能只是没关电脑，关了对话框，正准备退出，右下角他的小头像跳了起来。

江随点开，看到他的消息。

“等会儿睡，怎么？”

江随的手指在键盘上停了，她低头从抽屉里翻出一张银行卡，起身出门。

过了两分钟，没见到回复，周池发了一个问号，这时候，房门被敲响了。

他起身过去开门。

江随站在门外，刚洗过的头发格外柔顺，她身上穿着一件法兰绒的连帽睡衣，奶白色，宽宽大大，整个人在里头瘦瘦的，有点儿像小孩。

周池正要开口问她怎么上来了，就看她从兜里摸出个东西。

江随把那张储蓄卡塞到他手里，低声说：“密码是我的生日，920616。”

“……”

周池头一次被她弄蒙了。

“知知说，周阿姨禁零花钱都要禁三个月的，我不知道这些够不够你用三个月。”她两条月牙眉蹙着。

周池低头又看了看手里的蓝色银联卡，搞明白了。他抬起嘴角，捏着银行卡晃了晃：“有多少啊。”

“八千多好像。”具体有多少，江随也记不清，这张卡不怎么用，她往里头存钱存好久了，只记得大概有这个数。

“你还挺有钱。”周池淡淡地说，“给了我，你花什么？”

“我还有的。”江随说，“你先撑撑看吧，不够我再想想办法。”

“你想什么办法？”周池靠着门框，漆黑的眼睛觑着她，“那小鬼说什么你都信？傻不傻？”

江随一愣。

“我的零花钱不归你周阿姨管，懂吗？”他将卡塞回她手里，“拿好。”

江随惊讶："所以知知胡说的？"

"不然呢。"他低眸淡笑了下，明显嘲讽，"这么傻，还考清华、北大？"

江随无言以对。

他眉眼弯着，好像很有兴致，继续嘲笑："你还挺懂孝敬长辈，行，哪天我真要饿死了，一定等你来救。"

"……"

江随很尴尬，打算下去打知知。

"你早点睡吧，别压着头，小心弄出血……我走了。"

她一转身，却走不了，周池拉住了她睡衣的帽子："明早等我一道。"

"……嗯。"

第二天早上，江随履行诺言等周池一道上学，谁知道他依然睡到起不来，江随在外面拍门才把他叫醒，然后等他穿衣洗漱，等着等着，两个人就一起迟到，早读课在走廊度过。

这次的风波经过一个周末，差不多平静下来，又过了几天，陆续有新的八卦涌现，大家都不再讨论这事，但周池头上的伤依然没好，仍然需要换药、换纱布。

江随每次都陪他去医务室，其实医务老师最开始就建议最好缝个针，周池不乐意，纯粹让它自己长。

拆纱布时，江随看到过那个伤口，很吓人，可周池似乎并不当回事，每天照常和人打球。他有时候会叫江随等，打完球给她打电话，她从教室下来，一道回去。

正在筹谋表白大计的宋旭飞有意无意地和周池套近乎，一帮男生都发觉了，每次都顺水推舟帮忙，饭桌上会附和着调侃，说什么"迟早是一家人"这种内涵明显的话，见周池没什么反应，大家都以为他也默认。

只有张焕明比较机灵，隐约觉得周池的态度很谜。

这天打完球，往回走时，张焕明试探着问了句："老实说，你觉得宋旭飞咋样啊？其实他人挺实在的。"

"不了解。"周池边走边仰头喝水，"实在就是优点？"

“也算优点吧。”张焕明瞥了瞥他的脸色，“说真的，你跟江随是亲戚，你是不是不想她早恋啊？我看那些家长就喜欢操心这些，你该不会也搞成了这种老妈子习惯吧？”

“是又怎么样，”周池面无表情，脚步很快，“她才多大，十六岁都没到，小屁孩一个，她早恋个屁。”

张焕明也想起来，江随的年龄貌似是班上最小的。

可早恋就是要小啊，不然怎么叫早呢，等十八岁一过，连早恋的资格都没了。

张焕明发觉自己被周池绕进去了：“什么鬼啊，这像你说的话吗，说得好像你是个没早恋过的乖学生似的。”

周池没理他。

张焕明跟上去：“哎，反正宋旭飞也暗恋蛮久了，他对江随挺真心的，我还挺希望他能追到，也给我们后排男生长长脸呗。不晓得他准备得怎么样了，明天就要表白了……”

前面的人突然停步，张焕明差点撞上去：“你干吗？”

“你刚才说什么？”

“表白啊，你是不知道，那小子为了找个理由，还特意过这么个农历生日，江随多温柔啊，说不准看在他生日的份儿上就不忍心拒绝了。你别说，宋旭飞这个傻大个儿还有点心机哈。”说着他又想起什么，问，“欸，他明天肯定也要请你的，一道去看看？”

周池没应声，又往前走，他羽绒服敞穿着，步履带风，有点生人勿近的样子。

张焕明没搞懂他：“哎，你到底去不去啊？”

“再说。”他不知在想什么，语气冷淡。

张焕明吐槽：“你怎么奇奇怪怪的，还真想拦着江随早恋不成？我告诉你啊，你要是这种心态，那就不大正常了，你注意点……”

他话还没说完，看到前面侧门口，江随抱着周池的书包走来了。张焕明怕泄了秘密，立即收口，和江随打了声招呼，赶紧撤了。

江随奇怪地看着他的背影：“他干吗跑那么快？”

周池拿过书包，简明扼要地回答："他有毛病。"

"……"

傍晚校园里人很少，天又很冷，没几个人在外面晃荡，小道上安安静静。

江随边走边系围巾。

今早路面结冰严重，周池没有骑车过来，和她一道走着。江随看了看他："这么冷，拉链不拉上吗？"

周池应了声，手却没动，有些心不在焉，江随问："你怎么了？"

周池侧眸看她，不经意地拧了拧眉："没事。"

出了校门，江随想起一件事，对周池说："我要去趟书城。"

周池："要买书？"

江随摇头："不是，我要买支钢笔，只有那边有那个店。"

"走吧，打车？"

"坐公交车吧，有直达的，只有三站路。"

他们走到站台坐上公交车。

车上拥挤，江随待在车门入口处握着扶杆，周池站在过道里，他个儿高，单手轻松地搭着上面的吊环。

中途停车，一拨人挤上来，江随被挤到里面，离扶杆远了一截，手都够不到了。周池拉了一把，将她带到身边。

"站稳了。"

"嗯。"江随一只手揪着他羽绒服的口袋，站直身体，抬头看了他一眼。

他似乎被拥挤的乘客弄得不太高兴，低垂着眉眼，嘴唇轻轻抿成一条薄线，看上去很冷漠。

彼此已经相熟，江随对他的了解多了一些。他不高兴就会显得很冷，心情好的时候就不这样，虽然总是嘲讽人，但眉目是温和的，偶尔也会笑。

江随看着他，不由自主地开口宽慰："很快就要到了。"

周池"嗯"了声，视线落到她脸上，过了会儿又移开。

到了书城，江随买完钢笔，周池陪她去逛三楼的图书厅。江随去了文学区，他嫌无聊，便去翻旁边书架上的菜谱，翻了两本，过去找她，看见她正和一个扎马尾的女孩说话。

江随也没有想到会在这里碰到“小圆脸”。

对，就是让她帮忙送情书的那个，周池的桃花之一。

江随反应平淡，“小圆脸”却表现得很激动，一口一个“学姐”，问东问西，正问得兴高采烈，忽然一眼瞥见周池走了过来。

江随眼睁睁地看着她的脸从白白嫩嫩变成了红苹果。

这大概是真爱，才会在看见某人的第一秒就从头害羞到脚。

江随还未作出反应，“小圆脸”已经勇敢地和周池讲话，喊他“学长”，又羞涩又激动，脸上绽放的笑容比之前任何一次都好看。

周池搞不清状况。

“小圆脸”似乎也意识到自己太突兀，立刻解释：“啊，我是江随学姐的朋友。”

周池抬眼，目光越过她看向后面。

江随只好开口：“嗯，是学妹，高一的。”

周池朝“小圆脸”点了个头，走到江随身边：“好了没？”

“好了，走吧。”

她跟“小圆脸”道别，眼看着对方的眼神从兴奋变成失落。

离开书城，江随才告诉周池实情：“刚才那个就是给你写情书的，记得吗？”

“记得。”周池淡淡地说，“跟你都成朋友了？”

“不算吧，见过几次。她很热情，让人很难拒绝。”江随转过头问，“你觉得她怎么样？挺好看的，是不是？”

周池：“还行。”

很平淡的语气，辨不出喜好。

江随说：“她挺活泼的，很喜欢笑。”

周池：“看出来了。”

两人已经走出大厅，上了街道，夜灯通明，一阵寒风钻进衣领袖口，江随打了个哆嗦，问："那你喜欢这样的吗？"

你喜欢这样的女孩吗？

江随第一次打探他的情感隐私，有些紧张，低头搓了搓手，从兜里摸出手套，听到他的声音："不喜欢。"

"为什么？"

"太吵。"

"哦。"问题到此为止都比较和谐，但江随胆子大起来也有两把刷子，她不怕死地又问了一句，"那你喜欢什么样的？"

路灯将她的影子拉长，她慢慢走着，没听到他回答。

过了好一会儿，风才将他的声音吹过来："你很关心这个？"

"不是，就随便问问的，其实有点好奇，你不想讲就不讲。"

江随往前走了两步，听到他漫不经心地说："你空手套白狼啊，问我半天了，你自己呢，喜欢哪种男的？"

"我不太清楚啊。"江随说，"有一些人我觉得长得很好看，看着会开心，想经常看到，也有一些人很厉害，我就挺好奇，会想接近，想做朋友讲几句话之类的，但喜欢应该不是这样吧……"

她拿他当熟人了，说得很坦诚，没发觉他已经皱了眉头。

"林琳说，喜欢谁就会每天都想他，睡觉也会梦到他，一天见不到都不行，不知道是不是真的，我还没有这样过。"

两人刚好走到站台，有出租车来了。

"我们坐车吧，冷死了。"江随招手。

后来，那个话题就停留在冷风里，没有后续。

这一天夜里，全城迎来入冬的第一场雪，几乎落了一整夜，第二天早上，整座城市白茫茫，江随拉开窗帘时很惊讶。

吃完早饭江随出门，一路雪白。

知知背着书包飞奔而过，放下一句狠话："姐，放学早点回！小球场见！谁不来谁是小狗！"

这是在约一年一度的打雪仗活动。

江随爽快应约，应完才想起今天没法早回，宋旭飞过生日要请客。

她问周池："今天宋旭飞生日，你也去的吧？不知道结束要到什么时候？"

"你要去？"周池不答反问。

"是啊，他请了林琳和我，上次体育课他不是帮过我吗？"江随说，"我还没有谢谢他，林琳说可以送一份生日礼物。"

周池没立刻接话，仍然走在她前面，过了一会儿才回过头："你送什么啊？"

"钢笔，就昨天买的。"江随跟上他的脚步。

"就那德国进口的？"

江随点头："我没送过男生礼物，这个合适吗？"

周池心里一股气已经快压不住，嘲讽地笑了声："合适个屁，他喜欢才怪。"

"可我没有准备别的。"江随有点后悔，"昨天应该问一下你。"

周池已经不听这话，脚步快了起来。

江随跟不上："你别走那么快。"

放学时，林琳催促江随快点收拾书包："宋旭飞已经叫车来接了，在门口等着。"

江随连连应着，转头看后排，眼睛寻找周池的身影，没看到人。这时候，宋旭飞来催她们，江随顺口问他："周池呢？他不去吗？"

"不去，人家架子大得很，没看见人，好像跟高三的走了，可能去师专那边打球了，我等会儿给他发个地点，他想来就来，你们快点啊，我先下去！"

傍晚六点，周池打完球，穿着汗湿的长袖沿师专操场走回来，他一手提着书包，肩上搭着自己的羽绒服，和几个高三的住宿生一道去学校后面的餐厅吃东西。

四个人要了十罐啤酒，边吃边喝。

快到七点才散场，周池去了趟洗手间，拿冷水冲脸，额头没拆掉的纱布全弄湿了。

七点半。

宋旭飞的生日会进入最重要的环节，蛋糕已经吃完，包厢里的气氛很好，几个男生不断地向他使眼色，暗示时机已经成熟。

宋旭飞面红耳赤。

张焕明看不过去，调低了音乐，帮他喊了句："江随，体育委员有话对你说！"

旁边同学全笑起来，但都配合地保持安静。

宋旭飞站起来，走到江随面前，示意张焕明把沙发后面的花递过来。

这时候，包厢的门被推开了，有个人站在门口，一身狼狈，挎着书包，额头的纱布红了一小块。

"江随。"他喊了一声。

大家都看过去，周池靠着门框，面无表情地说："我流了好多血。"

一屋的人都很蒙，吃惊地看着他。

什么情况？

张焕明也被他吓了一跳，花也不拿了，惊怔地过去："你怎么搞成这样，被揍啦？"

周池没有回答，眼睛还看着那个方向，江随原本坐在靠里面的沙发上，这时已经起身，快步走过来。

"怎么回事？"江随看他的额头，"你摔了吗？"

该不会滚水沟里去了吧？头发湿的，衣服也有湿泥印。

周池点头，垂着眼睑，低声道："我头疼。"不知是冻的还是真给头疼闹的，他的脸白得有点儿可怜。

江随有点慌了，不会摔成脑震荡了吧？

"你等会儿。"

她转头跑回去，从书包里取出包好的钢笔送给宋旭飞："对不起，我得先走了，生日快乐。"

宋旭飞接了礼物，心跳如擂鼓，不知作何反应："江随，你、你……其实我……"

“你们好好玩！”江随提着书包跑到门口：“走吧！”

周池的胳膊被她拉着，转身离开前，他淡淡地朝包厢里瞥了一眼。

视线碰上，宋旭飞怔了一怔。

有些人的骄傲是难以遮掩的，即使手段并不光明，他也是个得胜的将军。

江随陪周池去附近街上的诊所换掉纱布，重新包伤口。

他额头的痂没完全长好，现在又磕掉了。江随有点担忧地问医生：“会留疤吗？”

“这个说不好，自己要注意。”医生满不在乎，“男孩子嘛，留个疤也没什么要紧。”

怎么会不要紧？

一个破碗多几条裂纹没关系，不会丑到哪里去，可如果是块漂亮的白玉，那就不一样了。

江随耿耿于怀：“会难看的。”

医生好笑地看了她一眼，有点感慨：现在的小姑娘啊，都只看脸了。

等伤口包好，江随去结了账，出来时看见周池已经坐到外面的休息椅上，那件半湿的羽绒服还套在身上。就这种狼狈样儿，他还能坐得懒洋洋，长腿随意伸展着，闲适得很。

好像心情很好的样子？

江随疑惑地看着，总觉得他今天很奇怪，虽说是个化雪天，路况差，可他这么大个人，又没骑车，居然也会滑倒，还摔得这么可怜……

她走过去。

周池收了长腿，站起身：“请你喝奶茶，去吗？”

“就这样去？”

“嗯。”

“不去了吧，早点回家，你的衣服得换掉。”

“没事，里面没湿。”他无所谓地说，“不急。”

江随：“你不是头疼吗？”

“……”他手插进兜里，脚已经迈出去，“疼就疼吧，我想喝。”

好好好，谁让你是长辈。

江随无话可说，跟了过去。

外面雪没化净，路面半湿，街灯的光幽幽淡淡，被清理过的街道两旁剩了些残余的白色。江随捧着一杯热奶茶，坐在小店的高脚凳上，玻璃窗外是来来往往的车流和夜行的人。

周池走过来：“好喝吗？”

她点点头：“你的好喝吗？”问完了才看到他的吸管还没插上去。

周池插好吸管，喝了一口，掀起眼皮：“给你尝尝？”

江随立刻摇摇头。

周池低头又喝了一口，垂下目光，若有若无地笑了下。

奶茶店在放音乐，都是些新歌，这会儿在放周杰伦新专辑里的那首《甜甜的》。江随觉得这家店挺时髦，这歌和奶茶店可配了，听起来轻轻松松。

她跟着哼了几句，声音很小，可周池还是听到了。

他偏过头，看见她咬着吸管，哼两声，喝一口，唇瓣沾了点儿奶茶，细黑的睫毛偶尔颤一颤，衬得脸颊格外白皙。

周池看了一会儿，有些失神。

江随转过脸：“怎么了？”

他移开视线：“没事。”

回家时，已经不早，周池脱掉衣服冲了澡，简单收拾完，坐到电脑前。

QQ 消息很多。

第一个就是张焕明：“喂，你没啥事吧？”

他回：“没事。”

张焕明还在线，立刻问：“那你搞什么，我怎么觉得你是故意的，搅局啊？”

周池没回。

张焕明又发来一条：“这不厚道吧，大家都是同学，宋旭飞这人挺实诚的，看今天搞得多尴尬啊。我告诉你啊，你这样，别人搞不好真要误会了。”

“误会什么？”

敲完这几个字，周池去拿干毛巾擦头发，走回来时，对话框里已经来了新信息，好几条——

“误会你喜欢江随啊。

“哎，我说实话你别打我啊，你不觉得，你们俩走得太近了吗？

“虽说是亲戚，但还是怪怪的，我记得你说过，你俩没血缘关系，是吧？”

周池看了一会儿，没回，屏幕右下角还有新消息跳着，他一概懒得管，趿拉着拖鞋去开了电视，人躺到小沙发上。旁边的地毯上空空落落，灰色的小坐垫摆在木几旁。

周池嚼着太妃糖，想起那天，有个人在这儿给他拼了一晚上木船……不止，她还在这儿吃过饺子、看过电视，缩手缩脚坐在这小破垫子上。

周池嚼完了盒子里剩下的糖，起身走回电脑前，敲下几个字：“约球吧，明天下午一点，师专体育馆。叫上宋旭飞。”

这天晚上，雪果然又继续下了起来。

周六中午，知知如愿以偿地和江随约了一场雪仗。

屋后不远有一块不大的空地，经常被巷子里的小男孩拿来做游戏场，游戏场的一角不知是谁堆了个雪人，拿大葱插在雪人头顶上，而剩下的空地已经成了战场。

周池过去时，江随正被四个小男孩围攻，她躲在大葱雪人身后，奋起反击，一球砸中了知知的脸，结果很惨，被四个男孩追得没处躲，一个球砸到她脖后，落进衣服里。

周池刚从巷子里走出来，她跑得匆匆忙忙，撞到他怀里。

“别让她跑啦！打她！”

小男孩们叫喊着，聒噪得像麻雀。

周池揽住她，转个身，拿后背接下了追击而来的四个雪球。

“她有救兵！”一个小胖子叫道。

周池回过身：“周应知，给我滚过来。”

知知两条腿打了个战，生气地跺脚："哎呀，我说小舅舅，你来干吗呀？我跟我姐打雪仗呢，碍着你什么了？"

周池冷眼："欺负你姐，很厉害？"

"欺负什么啊，就玩玩，那她去年还欺负我了呢。"知知声音越来越小，不敢招惹他，很㞞地招呼几个弟兄："算了，我们找别人玩去！"

四个小孩沿着巷子跑了。

江随一边喘气，一边摸着脖后。

周池问："怎么了？"

"雪球砸衣服里去了，冷死了。"

"我看看。"

江随低着头，她颈侧皮肤细白，挂着雪融后的水珠。他帮她弄领口的碎雪块儿。

"好了。"

江随动了动脖子，没那么凉了。

"说好了不往衣服里扔，知知耍赖。"

周池说："跟小屁孩打雪仗，你很有出息啊。回家吃饭。"

"……哦。"

午饭后，周池出门。

进了师专校园，他径自去体育馆，室内篮球场在一楼，张焕明和李升志已经到了。宋旭飞也在，三个人坐在篮筐下。

周池的视线和宋旭飞对了一下，两人都没说话。

张焕明识相地拉起李升志，把球扔给周池："走走走，咱俩去买点喝的来。"临走前，他拍了拍宋旭飞的肩膀。

场上剩两个人。

周池拍了拍球，看向宋旭飞："单挑一局，怎样？"

张焕明和李升志买到饮料回来，就见篮筐下两个身影你来我挡，正进行一对一的激战。他俩没敢过去，隔着一段距离，缩在墙边偷偷观战。

其实两个人平常水平差不多，真要说起来，宋旭飞长得比周池还要高一点，这大概算微弱的优势，不过看此刻的战况，周池似乎状态更好。

张焕明碰碰旁边的李升志：“你觉得谁赢？”

“周池吧。”李升志揉揉眼睛，“感觉他胜算大一点儿。”

这句话刚讲完没一会儿，俩人眼见着篮球在空中划过一道弧，进了篮筐。

一个三分球。

周池一头汗，坐到地上。

宋旭飞也坐下来：“你赢了。”

周池伸脚截住乱滚的球，没看他：“昨天的事，抱歉。”

宋旭飞沉默了一会儿：“是我想的那样？”

“是。”

宋旭飞盯着他。

周池淡淡地说：“我没来的那么长时间，你有很多机会，没成功，不是吗？”

宋旭飞冷脸看着他：“我知道，她百分之九十不会接受我，但你昨天太他妈欠揍了。”其实宋旭飞心里很清楚，成功不成功是另一回事，但有人跳出来搅局，就是很不爽，“你知不知道，我喜欢她很久了。”

“听说了。”

“那你为什么……”

“没忍住。”

宋旭飞恨恨地瞪了他一会儿，慢慢泄了气：“周池，你他妈有时候是真欠揍。”

周池把球踢给他，指了指额头：“你要是乐意，朝这儿砸。但是……”他顿了顿，低声说，“江随，你就不要想了。”

宋旭飞被他最后几个字砸得怔了好一会儿，觉得这人更欠揍了。

“去你的。”他忍不住骂了出来，“是啊，江随是不喜欢我，但是也不一定就喜欢你吧。再说了，就算不是亲的，那你也是舅舅啊，她那么乖，能跟你谈恋爱？”

“这是我的事，你操心什么。”

周池的语气和刚刚一样淡，然而听在宋旭飞耳里，这就是狂妄。

“你就这么有自信？”

周池抬了抬眉尖，没有直接回答。

宋旭飞心里很不是滋味。

在（3）班集体中，他虽然是体育委员，但从来不是要强的个性，如张焕明所说，他是个实在又比较好说话的人，但毕竟是个男生，正值年少气盛的青春期，内心也有原始的竞争感。

而现在，眼前这家伙志在必得的嘴脸实在太招人厌。

但另一方面，宋旭飞又不得不承认，周池的确比他强，他没有周池这样的好心态，他的勇气很虚，和江随表个白都磨磨蹭蹭了那么久，最后还“胎死腹中”，就连上次的照片事件，冲过去揍人的也是周池。

不说别的，这种胆量上的悬殊已经很明显。宋旭飞心里很清楚。

大约有半分钟，两个男生都没说话，一个不服气地瞪着眼，另一个还是那副冷淡的样子。

最终还是宋旭飞自个儿缓了脾气。他将篮球抛过去，砸了一下周池的胸口：“你这个样儿，迟早会被打的我告诉你。”他站起来，拍拍裤子。

周池开口：“今天说的这些……”

“我知道。”宋旭飞说，“我才不会拿江随的事乱说，你小看我了。”

“谢了。”

宋旭飞白了他一眼，转头朝那边喊：“你俩躲那儿看啥热闹呢！”

“没没没！”张焕明挥挥手，“我们啥也没听见，天地良心！讲完了是不是，那开始打球喽？”

“打！”

周池三点多回到家，外面又开始下起小雪。

江随坐在客厅的小凳上剥毛豆，抬头看见他推门进来，头发和衣服上挂着几片雪花，手里提着个超市的塑料袋。

“你没带伞吗？”

“没带。”周池在门口换了鞋，走过去，看了看小筐里的毛豆米，“陶姨呢？”

“在后头烘衣服，”江随说，“你去逛超市了？我和陶姨今天也去了。”

周池“嗯”了声，放了一袋速食烙饼到冰箱里，又走过来，从外套兜里摸出个烤红薯递给江随。

“你怎么买了这个？”江随笑起来，接到手里，隔着纸袋，红薯还是热乎乎的。

她一笑，让人心里莫名有些痒，不艳丽也不耀眼，就是干干净净。周池不着痕迹地看着，眼神起了轻微的变化，随口说：“路过，看到有卖。”

“谢谢，我去洗个手。”江随起身去厨房洗了手，出来时从冰箱里取了一杯酸奶给他，“给你喝。”

周池低头看了看。

江随说：“这个很甜的，不太酸。你不是喜欢甜的吗？”

周池抬眼：“你怎么知道？”

江随指指他手里的袋子，里面的糖盒子很显眼，反正他屋里的糖就没断过。

周池笑了下，没说话，提着袋子上楼。

# 06 小心思

对于那天的篮球场谈话，江随一无所知。她照常过着期末生活，等待寒假的到来。

作为一个素描爱好者，江随自认为对细节的观察力强于常人，然而在一天天的重复生活中，很多细微的变化她并没有注意到，只是觉得和周池的相处比以前好了一些，比较和谐。

本学期的倒数第二周，体育考试来了，江随连续练了几天八百米。

周池每天打完球，就坐在终点线旁的台阶上等她，挂着耳机听音乐，怀里抱着她的羽绒服和书包。

等到真正体育考试那天，他也坐在那儿，没去和男生打球。

后来，江随的八百米顺利通过，班里的女生开玩笑地说："有大神给江随坐镇。"

江随也觉得是，于是考完之后请周池喝奶茶，给他买了一盒糖，又应他要求去吃了一顿烤肉，吃完又看电影，弄到很晚才回家。

一个八百米而已，需要庆祝得这么隆重?

大概是从这天起，江随忽然意识到自己好像不太能拒绝周池。他想要什么，她都答应了。

体育考试结束，还剩下文化课的期末考，有几天时间可以复习。

周六一整天，江随没干别的，就泡在屋里看书。

考完试的知知早已出去放飞，这天晚上连家都没回，据说是同学过生日，几个小男孩晚上都住在那边。

江随收到他的短信，叮嘱几句也就算了。对于知知的事，她深得周蔓的精神，大事上管管好，小事就随风散。

吃过晚饭，江随和周池各自回屋。

陶姨收拾完厨房，做些清洁工作，九点之前就睡了。

晚饭吃了一碗面条，江随看书看到快十点，饿得难受。她下楼拿面包吃，却发现厨房里灯亮着。

不用说，深夜下厨的只有那个人。

她探头看了一眼，果然看见周池站在灶台前，穿着毛衣，袖子半卷着，他从速食袋里取出一张烙饼，丢进平底锅，锅里传出刺啦刺啦的声音，很快就飘出香味。

江随轻手轻脚地朝里走，走了几步就踢到小凳子。

周池听到声响，回过头。

“怎么下来了？”他将烙饼翻了个面。

江随走过去问：“你饿了？”

“嗯。”

“我也饿了。我下来拿点东西吃，没想到赶上你做夜宵。”说着她伸着脑袋往锅里看，“好香。”

周池看了她一眼，笑道：“眼睛都快掉锅里了。”

江随顺势说：“你给我一个，行吗？”

“好。”

这种饼很容易熟，很快，周池就弄好三张，江随站在旁边看着，偶尔帮他递一下筷子，三张饼全放在一个盘子里。

周池端起盘子，说：“你拿一包番茄酱。”

江随照做，拿好酱包跟在他身后上楼。

屋里没开灯，只有电视机的光投在沙发和地毯上。周池走在前面，进门后随手摁亮了大灯，房间瞬间亮堂起来。

江随习惯性地往地毯上坐，周池说：“天冷，坐沙发上。”他从床上拿来薄毯丢给她，“盖着腿。”

江随接过，把自己裹了个严实。

周池换了一部电影播放，是部小众的文艺爱情片，他自己没什么兴趣，纯粹放给江随看。他走回来坐下，江随把蘸好酱的饼卷好递给他，又重新弄一个自己吃。

两人边吃边看电影。

江随以前很少上阁楼来，总觉得自从周池来了以后，这地方就不太一样。他很会享受，沙发换了软垫，抽屉里总有很多电影光盘，手边常备一盒太妃糖。

大冬天的，这里像个安乐窝，他活脱脱就是安乐窝里的富家公子。

可江随不是，她还要复习，吃完饼就强迫自己站起身，生怕再坐下去就瘫在沙发上起不来了。

“我要下去了。”

她往外走，手腕却被周池拉住。他轻轻地握一下就松开，仰头看她：“电影没看完呢，你吃饱喝足，这就拍屁股走人了？”

“不看了，我还有试卷没做。”

“我也没做。”

“……”这一样吗？你做不做，老师都不骂你。

江随说：“考完试我再来看这部电影吧。”

周池没应声，就那么温温淡淡地看了她一会儿，视线收了回来，看向电视。他不讲话，江随就有些犹豫：“你不高兴了？”

“你想走就走吧，没事。”他说，“我不耽误你学习。”

他眉头有意无意地微蹙着，这种细微的表情全被江随看在眼里。

“我不是这个意思。”江随不知道怎么说，默默坐了回来，“那我还是再看一会儿吧。”

这一看，又看了一刻钟。

过了一会儿，江随起身去接水喝，快要接满时，屋里突然一下全黑了。江随吓了一跳，水洒到手上。

“周池！”

“没事。”视野里一片漆黑，周池站起来，“站那儿等我。”

他的声音清晰稳重。

窗帘是拉上的，屋里没有一丝光亮，手机也不在手边，周池摸黑走过去：“在哪儿呢？”

“这儿。”她将手伸过去，被他一把握住。

“有没有烫到？”

“没，水洒了一些。”

“水杯给我。”

“嗯。”

水杯慢慢递到周池手上，他一只手牵着她，摸黑走到桌边，把水杯放上去，拉开窗帘。

屋里有了些光亮，彼此能看到对方模糊的脸庞。

“怎么回事啊？”江随看着窗外，“别人家有电吗？”

周池：“可能是跳闸了，你在这儿待着，我下去看看。”

“哦。”

他要松手，又被江随拉住。

“等等。”江随想了想，告诉他，“我记得餐边柜底下好像有个旧的手电筒，你去摸摸看。要是找不到，厨房柜子里应该有以前剩下的蜡烛，你也去摸摸看。要是电弄不好，你可以点支蜡烛上来，别烫到手。”

周池听得好笑：“知道了。”

江随又说：“楼梯太黑了，别摔着。”

“嗯。”

“那你小心。”

这话说完，她听见他在黑暗里轻轻地笑了声：“你抓我手抓得那么紧干吗？松手啊。”

江随微微一僵，脸颊陡然热了起来。

很尴尬。

她想松手，可周围一片黑，让人心慌。

“周池……”她小声叫他，却没继续说下去，也没有松手，仍然拉着他，手指不太自在地动了动。

周池已经肯定了猜测：“怕黑啊？”

“……”江随承认了，“嗯。”

她本以为他会嘲笑，可是并没有。

周池反握住她："害怕要告诉我，不用忍着。"不再是刚刚玩笑的语气。他的手掌很热，将她整只手包住，攥在掌心。

江随怔了怔。

周池牵着她，摸黑走到衣帽架旁，拿了件干净的羽绒服把她裹到里面："穿衣服，楼下很冷。"

"哦。"

黑暗中一阵窸窸窣窣，江随穿好了衣服，周池去床边找到手机，摁了一下，发现已经自动关机，只能摸黑下楼。

江随被他牵着，下楼梯时小心地跟着他的步伐。

两人摸摸索索。周池在前头，身后总有一道声音。

"你小心点儿。"

走了几步，又提醒："别那么快。"

再走几级，声音更小："别摔着。"

"……"

周池有点儿无语。

他发现了，江随一紧张就话痨。

"摔不了，你操心什么。"他捏了捏她的手，"都牵着你了，还怕？"

江随闭上嘴不说了。

终于走完楼梯。

楼下更黑，两人凭记忆走到餐边柜旁，找到了手电筒，赶紧去检查配电箱，发现确实是跳闸。

江随松了口气："还好，没出什么大问题，不然就麻烦了。"上回电出问题，她跟陶姨点了一桌子蜡烛。

周池："能有什么麻烦，我不是在这儿吗？"

也是。家里果然还是要有个男的比较好，知知那小孩，只能算半个男的，扛不了事。

周池开了客厅的灯，屋里亮起来，他这才看清江随的样子。

很滑稽。

他的衣服在她身上宽宽大大，她缩在里头像只小猫。周池笑着："哪儿来的小孩儿？”

江随低头看了看：“是你让我穿的。”

周池还在笑，牵着袖子拉了她一把：“走了，上楼。”

紧张的复习阶段结束，期末考终于来临，就定在周三、周四。

二中期末考试是要拆班考的，按全年级的名次来排。周二中午，班长拿来考场表张贴在教室前面，大家都挤过去看。

等到下午放学，大家都看完了，江随才去看自己的座位号，她上次考试成绩不错，排在第一考场。

江随顺道找了找周池的名字，发现他被分在最后一个考场，那是年级里各种刺儿头的聚集地，他们是差生中的差生，全是问题少年，一共三十个人。大概是为了图方便，几个转学生都放在这个考场。

周池的成绩其实没有烂到这个地步，在后排那群不爱学习的男生里，他还算过得去的，江随注意过，之前的单元考试有几次他居然也擦上了及格线。

江随记下座位号，下楼去球场找周池，和他一道去看考场。

他们不在一栋楼，江随在一教，周池在后面那栋实验楼，一层有个破旧的小阶梯教室，总是拿来做考场。

第一天下午考完数学，江随走出考场就看到周池站在门口那棵柏树下，叼着吸管悠闲地喝奶茶。

看到江随，他招了招手，等她走过来，把另一杯奶茶递给她。

江随问：“你提前交卷的？”

周池“嗯”了声。

“你都做完了？”

“没。”他随意地说，“算了算，分数够了，懒得再写。”

江随：“……”

真洒脱啊。

等到第二天，江随发现她还是低估了周池，他不只洒脱，简直不是凡人。上午考完理综，江随按他的交代，在小卖部门口等他吃饭，等了一刻钟也没见人，给他打电话，无人接听。

江随跑到考场找他，走到门口就看见教室里空荡荡的，只有倒数第三排有一个人。他正趴在桌上睡大觉。

服了！他老人家可真会享受。

江随憋着气，快步走过去。

周池侧着脸，脑袋枕在胳膊上，卫衣的帽子戴了一半，露出半边头发。他眼睛紧闭，睡得安安静静，手边搁着一个旧笔袋，底下的两张草稿纸画得乱七八糟。

江随这才发现他眼皮下有两块淡淡的青色。

熬夜了吗？

考场上都能睡这么香。

江随看了一会儿，不知怎的，就有点心软。她本想报复性地大吼一声吓死他，现在也吼不出口了。

考场前后的空调已经被人关掉，这间教室朝向不好，冷飕飕的。江随拿起椅背上的羽绒服盖到他身上。

这个时间食堂人特别多，江随过去买了牛肉面，晃悠半天没找到座位，远远听见有人叫她，转头看见张焕明和李升志坐在那边的角落。

她端着碗走过去："你们今天怎么来这儿吃了？"

"我还想问你呢。"张焕明奇怪地看着她，"你怎么一个人啊，周池不是跟你一道？他说今天不跟我们出去，要来食堂，这不，我们俩也来食堂了，等半天了，也没见他人！"

"他在教室睡觉呢。"江随坐下来，"大概熬夜了，好像很累的样子，我待会儿买点吃的带给他。"

张焕明和李升志别有意味地对视了一眼。

"周池也太幸福了。"张焕明说，"江随，你怎么对他这么好？"

江随吃了一口面："没有吧。"

张焕明试探地问道："听周池说，他不是你亲舅舅哦？"

"不是啊，怎么了？"江随低头夹起一块牛肉。

张焕明摸了摸鼻子，大着胆子说：“那不是亲的，是不是就……可以谈恋爱哦？”

“……”

江随咬了半口牛肉，僵住了，过了好一会儿，抬起头，愣愣地看着他。

李升志立刻给了张焕明一肘子：“你他妈胡说什么呢，神经病啊，你看看，都吓到江随了！”

张焕明笑着做了个“抱歉”的手势：“江随，你别生气啊，我就开个玩笑哈！”

李升志说：“走走走，赶紧走，别打扰人家吃饭！”

说着他端起两个饭盘，把张焕明连拖带拽地拉走。

在食堂坐了十五分钟，江随的一碗面还剩下小半，她努力吃完了，然后去三楼的炒菜窗口买了一份小炒肉，自己装好盒饭，又去小卖部买了矿泉水，拿到实验楼。

很多人都吃饭回来了，那个教室已经很吵。

江随刚走到门口，教室里就有男生注意到她，都是些混事儿的，一个个打扮得很成熟，不像高中生。

有个染黄毛的男生冲她吹口哨。

二中校风相对开放，虽然有规定不准染发，但这些“钉子户”很难管，全校闻名，染发又不是什么原则性错误，学校管了很多次，一直也没采用狠手段，导致校园里时常能看见一两个黄毛。

江随没有看他，绕过讲台往后走，那黄毛居然从座位上站了起来，走到过道中间，好像故意逗她似的：“小美女，哪班的，上午怎么没见过？”

江随心里厌恶：“请你让一下。”

黄毛嬉皮笑脸地看着她：“你买的这是什么啊？”

他凑过来，看她手中的饭盒。

江随往后退了一步。

旁边一些男生都看热闹：“赵凯，又勾搭妹子了，你色不色啊，专挑清纯系的！”

“要你管。”黄毛笑了一声，伸手捉住江随的手，想拿她手里的矿泉水："给我喝一口啊！"

"别碰我。"江随用力推了他一把，大声喊："周池！"

黄毛被这一声吓了一跳。

睡梦中的周池则被喊得一个激灵，蓦地惊醒，睁开眼就看到前面的江随。

她被一个黄毛拦着。

周池的脸一下就冷了，一股气从头蹿到脚，他几步过去将黄毛推开："干吗！"

"靠。"黄毛认得周池，但跟他没交集，曾经在一个场子打过球，知道这人够彪，没想到今天惹上他。

"这你家的呀？早说啊！"他自己找台阶，"早知道是你马子，我哪敢逗着玩啊，都是朋友，算了，我的错。"

他痞着一张脸对江随笑了笑："对不起啊，嫂子，开个玩笑。"

"我不是。"江随心里已经很不舒服，这个人说的每句话都恶心，如果不是因为周池，她今天不会在这里跟这种人扯皮不清。可现在看情况，周池跟他还是朋友。

他怎么跟什么人都能做朋友啊？

江随第一次对周池的"交际花"属性产生了怨气。

她皱着眉，又说了一遍："我不是他女朋友。"说完，把水和盒饭一起放到旁边桌上，转头就走。

江随离开实验楼，眉头还是皱着的，一想到被那个人碰了手就浑身不舒服。

没过一会儿，周池追出来，看到她在外面的水池那儿。他走过去，在她身后喊："江随。"

江随没回头，默默洗手，只有自来水流动的声音。

不远处有结伴走来的学生，嘻嘻哈哈的，很热闹。

身后没有声音，江随知道他没走，就是不想回头，洗了好一会儿手。冬天自来水很凉，手指冷得生疼。

"够干净了，都冻红了。"周池走到水池侧面，低着头看她。

江随关了水龙头。

周池在兜里摸了摸，没有纸巾，他走到她边上："就在这儿擦吧。"他扯了扯卫衣下摆。

江随没有吭声，自己搓着手上的水滴。

周池慢慢皱了眉："生我气？"他看着她的表情，问，"是因为我睡过头，没跟你吃饭？还是因为刚刚那人？"

江随终于抬起头："你认识他？"

周池承认："一起打过球。"

江随脸色不太好看："你为什么要跟那么讨厌的人打球？"

"就是在球场遇到了，别人叫来的。"周池似乎摸到她不高兴的点了，低眸问，"你为这个生气？他见谁都攀交情，我跟他不熟，没来往。"

"真的？"

"真的，张焕明他们都知道。"

江随不知道要说什么了，他解释了，她又觉得自己有点莫名其妙，明明是那个人的错，她为什么会迁怒到周池头上？

其实从在食堂吃饭后，江随就有点不对，确切地说，是听了张焕明的那句话之后。

她还没有把那句话消化完，偏偏那个黄毛又说什么"马子""嫂子"的。这个年纪的江随并没有想明白心里那种古怪的感受是什么，反正不太舒服。

她看了周池一眼，他眼睛睡得肿了一点，左边头发翘起一撮，左脸不知道压在哪儿了，有一道淡淡的印子。他刚刚才醒来，连羽绒服都没穿上，就这么一件薄卫衣。

外面温度早就零下了，肯定很冷。

"算了。你还是先进去吃饭吧，都快要凉了。"

周池没动，问她："还生气吗？"

江随摇了摇头："你以后别理那个人，行吗？"

"理他干吗？我揍他才是。"

江随说："别打架。"

周池点了下头："好。"

江随："那我走了。"

"放学一道走。"

"今天不行，林琳喊了我和许小音陪她剪头发，我已经答应了。"

"什么时候剪完？"

"还不知道，可能挺晚的。"

周池点了点头："那我和他们玩去，结束了你打个电话给我。"

"嗯。"

等她走了，周池回到教室。

江随买的饭和水还放在前面的桌子上，黄毛坐回了自己的位置，正和旁边的男生说笑，一口一个脏字。看到周池回来，他神色略微变了一下，主动笑道："池哥，怎么回事啊，没追上？"

周池说："再有下次，你等着。"

"哪能呢。"黄毛笑，"这回我都认得了，那女孩长得挺好，刚刚才听说是你亲戚，有男朋友没啊？"

周池冷冷地看了他一眼："跟你有关系？"

旁边男生一看要不好，上前打圆场："赵凯，你就别嘴贱了，找打啊，赶紧把口水擦擦。"

黄毛摸摸鼻子："开个玩笑啊，火气这么大干吗？"他是典型的爱搞七捻三，图嘴上快活，但没胆子动真格的那种，见周池冷脸，他就识相地起身上厕所去了。

周池回到座位，打开饭盒，饭和小炒肉都是温的。他确实睡饿了，饭菜都吃得干干净净。离考试还有一段时间，他摸出手机，玩了会儿系统自带的小游戏，有点儿无聊，给江随发了条信息："饭挺好吃。"

过了好一会儿，他收到回复："凉了吗？"

他回："没，挺热的。你干吗呢？"

"看书。"

属于学霸的标准回答。

她要看书，他不再打扰，回了句："你好好看吧。"

她没有再回。

下午进行最后一场考试，英语试卷题目难度并不大，江随英语很好，写得很快，离结束还有大半个小时就已经填完答题卡。她一向是写完检查好就交卷，不喜欢在考场里硬熬时间。

不过，这个考场全是学霸，有人和她一样早早做完，也交了试卷。

江随看了一眼，认出是（1）班的陈易扬，也是在校草榜上被提名过的，属于阳光型，总穿白、蓝色系衣服，其实他算不上顶好看，不过有学霸身份加持，不少女生对他很关注。

江随高一时参加了一个书法社团，跟他见过几次，也讲过几句话，后来社团散了就没什么交集，属于点头之交。

这回两人同时交了试卷，一起出门。

陈易扬主动跟她说话："挺简单的，是不是？"

江随点头："是啊，好像比上学期的简单好多。"

陈易扬笑了一下："你看到没，其实好多人都做完了，他们都不交卷，大概不太相信卷子会简单成这样，我们英语老师考前忽悠我们是史上最难。"

江随也笑了："我们老师也这样讲。"

已经下了台阶，陈易扬看了看她："……你要回班里吗？"

"不回了，我去外面书店待会儿，还要等我同学。"

"行，那一道过去吧，我正好要买杂志。"

两人往外走。校园里已经有一些学生的身影，大多是不学习的，熬满半小时就交了卷。

两人走到大门口，碰到了张焕明。他拿着两根肉串在啃，看样子早就出来了。

张焕明看到江随和一个男生走在一起，眼神变了变，有点儿惊奇，不过没有明着表现出来，问："你这么早就出来啦？这是要去哪儿？"

"去对面书店。"

江随想起他上午在食堂说的话，有种奇怪的尴尬感，没有多说就走了。

“怎么回事啊。”张焕明瞅着走远的两个背影，挠了挠脑袋。

直到下课，周池才交卷出来。张焕明他们几个已经在外面浪，给了他地址，周池独自过去，在溜冰场和他们会合。

休息的时候，张焕明滑过来坐到周池旁边：“你今天怎么没带江随一起？”

“她要陪林琳剪头发。”

“是吗？”张焕明转了转眼珠，“不会是骗你的吧？我下午看到她和一男的一起走的，那男的是（1）班的……”

周池顿了下，问：“（1）班谁？”

“陈易扬，是学习好的，你不认识。”

张焕明摸摸下巴，很疑惑。

中午在食堂，他试探了一句，江随好像吓到了。本来以为她喜欢周池，现在有点看不明白了。

“啧，女人真复杂。”他感叹了一句，起身滑冰去了。

七点半，林琳的头发还没烫好。她是铁了心要在这个寒假尝试一下鬈发，等到开学再弄回来。

江随和许小音坐在理发店的沙发上等她。

许小音是她们中的八卦之王，闲得无聊，给江随讲了不少小道新闻，都是谁喜欢谁、谁和谁偷偷谈恋爱之类的，甚至有更劲爆的，许小音没敢大声，凑在江随耳边很小声地告诉了她。

江随听得皱眉：“他们这么胆大吗？”

“就是胆大啊，不过都成年了，据说那个男的是留级的，都已经十九岁了，有什么不敢做啊。”许小音凑过来小声说，“跟你讲个我的秘密啊，其实我已经跟男生亲过了，就去年暑假谈的那个。”

江随惊讶：“你不是和林琳说什么都没做吗？”

“我骗她的嘛，谁让她嘴巴大守不住秘密，我怕她乱说。其实就只是接个吻啊，没什么大不了的。”许小音脸红了一下，“哎呀，你谈了恋爱就知道了，肯定会做点什么，男生都是很色的。”

江随：“……”

“女生也一样，如果你有了喜欢的人，肯定会愿意跟他亲近喽，跟他待在一起就很开心啊，他想要什么你都是拒绝不了的。他讲几句话，你就心软，就想对他好。”

“是吗？”江随不知想到了什么，有点儿走神。

许小音话题一转：“对了，你知道吗，赵栩儿又在背后说你了，我怕影响你考试的心情，之前都没告诉你。”

“她说我什么？”

“说你跟周池啊。”许小音撇了撇嘴，“我觉得她有点过分，你俩是亲戚，全班都知道的事，她在那儿胡乱编派，说你们俩走得太近了，不太正常，她就知道以己度人。高一那次你还记得吧，你那时候不就参加了个书法社团吗，她就给你编派绯闻了，不过那时候没人信她……”讲到这儿，许小音发现江随心不在焉，“阿随？”

“嗯？”

“想什么呢？在不在听啊？”

“我听到了。”江随刚说完，书包里的手机响了，她赶紧拿出来。

是周池的电话。

江随接通，听到那头很嘈杂，他的声音不太清：“……你那边好了吗？”

“还没呢，还要一会儿。”江随说，“要不你先回家吧。”

周池没答应，说：“地址给我，我去找你。”

“啊？”

“地址。”他又说一遍。

江随听出他语气不对劲，想了想，最终还是报了地址。

许小音问：“怎么了，周池要来？”

江随点头：“他好像不太高兴。”有点凶。

即使没看到他，江随也能想象到他刚刚说话的样子。他不高兴时就是那样讲话，眉头蹙着，咬字很重，脸和眼睛都很冷淡。

“他们男生今晚不是去溜冰吗？他也去了吧？”许小音觉得有点奇怪，“怎么突然来找你？”

“我也不知道。”她不知道周池在哪个溜冰场，过来这里要多长时间。

过了二十分钟，林琳的头发终于要烫好了。江随看了一下时间，快到八点了。

就在林琳去结账的时候，江随被许小音拍了一下，她转过头看到了外面的人。

周池站在那儿，手插在裤兜里，隔着理发店的玻璃门看着她。

本来她们三个女孩还要去逛街，但现在周池来了，林琳也不好再拉着江随，只好和许小音先走。

她们在门口分别。

“你着急找我是有什么事吗？”江随问周池。

周池走到她身边，说：“你一直和她们两个在一起？”

“嗯，烫头发要很久。”江随不懂他为什么这么问，“怎么了？”

她一点也不像说谎的样子。

周池沉默地看着她，很想问一句“陈易扬是谁”，但最终还是算了。他移开视线看向一旁的路面。

江随小声问：“你不舒服吗，所以急着回家？”

周池的目光挪回来，不知出于什么心理，他淡淡地“嗯”了声。

“你哪里难受？”

周池不回答，不着痕迹地观察她的表情。江随有点着急，扯着他的袖口：“说话啊，你怎么了？”她的音量抬高了，可仍然是软软的腔调。

周池心里忽然就有些舒服了：“没怎么，骗你的。”

“……”

“时间还早。吃点东西，去不去？”

“我不饿。”

“可是我饿了。”

理发店门口的灯光洒下来，他的脸庞半明半暗，有着吸引人的轮廓，江随看了一会儿，不知怎的就想起了许小音的话——如果你有喜欢的人，他想要什么你都拒绝不了。

心口莫名热了起来，江随移开目光，看着他的衣角，问：“没吃晚饭吗？”

“没吃饱。”

“那你想吃什么啊？”

“随便。”

“烧烤行吗？我知道前面有家店，他们家还有牛肉面。”

“行。”

几百米的路，两人一道走过去。店里客人不少，里头角落剩一张空桌，江随倒了两杯开水，说：“你来选吃的吧。”

周池选了一盘，有肉有素。江随嘴上说着不饿，到最后，还是她吃得多。

啃完最后一个鸡翅，江随抬起头，对面的周池握着纸杯喝水。他垂着眼帘，上下睫毛合在一块儿，在眼下投出小片暗影。大概刚吃过辣，他的嘴唇比平常要红一些，沾了一些水，看起来湿润柔软。

江随看着看着，乱七八糟地想了一些别的，好一会儿才回过神来，脸已经热了。

你在干吗呀江随。

她有些羞愧地低下头。

# 07
# 新年礼物

期末考结束了，寒假生活即将来临，大家都很兴奋。对于寒假，每个人都有不同的计划，有人在说去哪儿旅游，有人在商量寒假辅导班究竟要报哪个，还有的在讨论聚餐的事，当然，也有插科打诨瞎胡扯的。

江随在小群里和林琳、许小音聊天，三人商量好一起报个物理班。

寒假时间短，辅导班都是短期提高班，只有一周的课程，一天两个小时，比正常上课轻松多了。

决定好之后，江随就去洗澡了。

林琳到班级大群里喊了一句："物理班！物理班！我们这儿有三个人了，有没有一起的，满十享八折价！"

立刻有人冒泡——

"加我一个！"

"我我我！"

"还有我。"

林琳："谁认得你们啊！报名字！目前已知名单：江随、许小音、林琳。后面的自己跟上！"

大家正报着名字，张焕明的头像陡然跳出来："我们这儿有三个，都报上！张焕明、李升志、周池！"

群里成员目瞪口呆。

陆续来了一连串消息——

"我去，被盗号了吧？"

"群主呢，赶紧踢出去，小心骗咱钱！"

"踢出去！"

“……”

张焕明：“老子是真的！”

林琳惊奇：“你确定，你们仨也补课？”

“这不是被我老爸逼的嘛，看人家儿子学习好，他老人家间歇性心理不平衡，老指望我浪子回头，非要我发愤图强补个课，不然要断口粮了，我正愁着报啥呢，就跟你们混了啊。”

“那他俩呢？”

“我一个人补课多无聊啊，都是兄弟，一生一起走！”

“服了你，人家能陪你补课？”

“你先报上，报上我肯定能说服他们，反正钱是三份，不会少了的。”

江随洗完澡出来，又有好多新消息，除了群消息，右下角还有个熟悉的小头像在跳动——ZC。

她点开，对话框里有一条孤零零的消息：“你报了物理班？”

江随回复：“嗯。”

他没有再回。

江随点开班级群，从头到尾看了一遍，明白他是怎么知道的了。

十一点，江随关闭了群消息，靠在椅子上听歌，可越听越没有意思，她坐直，从抽屉里摸出素描本。

这本已经画完，扉页上写着“二中佳丽一锅炖（1）”，共收录十二名校草候选者，每人大约三幅图，江随从第一页开始翻看，停在最后一页。

是那天洗澡后的周池，裸着上身，穿一条内裤。

江随只画了这一张，这也是她所有素描作品里尺度最大的。

盯着画上的人看了好一会儿，她合上本子，肩膀放松，趴在桌上，额头慢慢地在桌面磕了几下，轻轻地叹了口气。

两分钟后，江随坐起身，准备关机睡觉，QQ 提示音响了，是周池回了她的消息。

“我也报了。”他说。

江随看了一会儿，回：“嗯，我要睡觉了。”她关掉对话框，退出QQ，关了电脑。

周池刚敲完“睡吧”，还没发出去就看到她的头像已经暗了。

第二天早上，江随很晚才起床，接到林琳的电话，约她下午一点去辅导班报名。江随记下地址，洗漱完，下楼吃东西。

桌边已经坐了人，知知和周池都在。

“姐，你今天这懒觉睡得也太长了，睡得香吧？”知知边吃包子边问。

“嗯。”江随应了一声，去厨房盛了一碗粥过来，低头喝着。

周池看了她一眼。

知知又凑过来说：“姐，你今天什么计划，咱们出去吃顿大餐？”

“不吃，我有事。”

“什么事啊？”

“你管太多了。”江随加快速度，几口把粥喝完，拿保鲜袋装了两个包子就上楼。

知知看着她的背影，奇怪道：“她吃这么快干吗？”

没人回应他。

周池吃完包子，收了碗筷，也上楼了。

知知无语：“这俩人，一个德行。”

下午，江随收好东西，背着书包走出房门，正好碰到下楼的周池。她似乎没料到，脚步顿了一下。

周池问她：“你去报名？”

江随点头。

周池已经走过来，目光落在她眉眼间：“怎么不喊我？”

“是林琳约我的，我以为你跟张焕明他们约好了。”

周池看了她一会儿，没多说：“走吧。”

他先下楼，江随跟在他身后，看到他书包斜挂在背上，里面大概没放什么书，看起来瘪瘪的。

下了楼，周池要去拿自行车，江随道：“坐公交车吧，有直达的，很方便。”

周池回身看她。

江随犹豫着说："要不，你骑自行车，我去坐公交车？"

周池皱了皱眉，显然觉得这个提议很蠢。

"走吧，坐公交车。"

幸好公交车并不拥挤，一上车就找到座位，江随挑了靠窗的位置，周池坐在她旁边。有好一会儿，两人都没说话，周池塞着耳机听音乐，江随看着窗外。

走了一站地，周池摘了耳机，问她："昨晚睡得不好？"

江随说："还好。"

"有黑眼圈了。"

"是吗？"江随摸摸眼睛，却没有再说什么。

周池也没有再多讲，眉头却不知不觉地蹙了起来。一直以来，都是她讲话多，话题也是她起头，他不擅长做这事，也不清楚她是什么情况，为什么今天安静得有点反常。

到站后下车，江随被抢着上车的人撞了一下，周池牵住她走到路边，他还没松手，江随自己就把手抽了回去。

周池不是迟钝的人，已经意识到不对劲。

到了辅导班，江随看到不少熟悉的同学，报各种科目的都有，大家报了名，交了费用，拿到收据和辅导安排表。

课程安排在一月二十二号到二十八号，每天的九点到十一点。

报名结束，大家去看教室，稍微熟悉了一下就没什么事了。有人提议一起唱歌玩玩，正好闲得无聊，一群人就都去了。

在KTV待了一个多小时，几个女生渐渐觉得没意思。许小音提议："我们去逛街吧。"

江随也愿意："好啊。"

"你要不要跟周池说一声？"

江随转头看了一眼，周池坐在男生那边的沙发上，在李升志旁边，包厢里很暗，差点都看不清楚他。

"我等会儿发短信跟他说吧。"

和旁边的人打了招呼，她们三个就轻手轻脚地离开包厢。过了几分钟，周池收到江随的短信："我跟她们去逛街了，会自己回家。"

李升志这时也发现包厢里少了她们三个。

"她们走啦？太不厚道了。"

周池没有说话，收起手机，拿了一罐啤酒。

等到下午散场，他们三个男生去吃饭，李升志才问出疑惑："什么情况啊？江随今天怎么没等你就走了？"

张焕明说："她们女生不就爱一起逛街嘛，很正常啊。"

周池没立刻接话，想了一会儿才说："她好像在躲着我。"

"啊？"张焕明惊讶，"为什么啊？你做了什么坏事，惹着她了？"

"没有。"昨天黄毛那件事，他已经跟她讲好了，除了这个没有别的事。

李升志忽然想到什么，拿手肘推了推张焕明："哎，你说，会不会是你昨天说的那屁话把人吓着了？"

张焕明心下一凛，赶紧朝他使眼色，但是晚了。

周池已经开口："你昨天说了什么？"

张焕明摸摸鼻子，有点冒冷汗："……也没什么，就、就中午吃饭碰到了嘛，随便聊聊天。"

周池皱眉："你和她聊的什么？"

"就夸了一句，说她对你很好啊。"张焕明企图蒙混过关。

李升志劝张焕明："行了，你嘴贱闯的祸，赶紧认了吧，老实交代，争取宽大处理。"

"其实我就是随便试探了一下……"张焕明干笑了两声，尿了，老老实实把昨天讲的话全招了。他讲完，李升志补充道："我看当时江随好像有点儿蒙，她这人挺单纯的，大概是被吓到了。"

周池已经变了脸色，捏着啤酒罐沉默好半天，什么也没说就起身走了。

张焕明给了李升志一肘子："我说你这人是老天派来坑我的吧？"

"到底谁坑谁啊。"李升志白了他一眼，"看看，你这嘴贱闹的什么事，他俩的事，你搁在里头瞎打探什么呢？"

"我哪知道啊，我又不是故意的。"

周池在路上拨了江随的电话，没有人接，他直接回去，进门时，江随就在楼下。她蹲在客厅那边，和陶姨一起给红木沙发换垫子，转头看了他一眼，脑袋就转过去了。

陶姨看到他回来，笑了："哎，是小池呀，正和阿随讲到你哟，奇怪的，你忈早就回来了，阿随讲你要到晚上的呀！"

江随默默弄着沙发垫的拉链。

周池把书包放到桌上："没什么事就早点回了。"

陶姨急着去买菜，起身："你来，这个垫子帮阿随弄弄好！"她解下围裙，简单收拾了下就匆匆出门了。

江随已经摆好两个垫子，还剩两个，周池拿了其中一个套子套上，江随自己弄另一个，没抬头，小声说："我以为你晚上回来。"

周池没讲话，忙着手里的事。

等了一会儿，没听到他的声音，江随回头看了一眼。

周池已经套好，把垫子扔到沙发上："你不想看到我？"

江随心口微微一紧，说："不是。"她也套好了，站起身，跟他隔着一点距离。

周池走过来："昨天张焕明跟你说了什么？"

江随僵了下，下意识地退了一步。

周池目光微敛，低头笑了声，有点自嘲："他的话那么厉害啊？你拿我当色狼防着了？"

"……不是的。"江随声音更小了，皱着眉，低着头。

周池没再往她身边走，沉默地看了她一会儿，说："我欺负过你吗，占过你便宜吗？说起来，好像是你偷看了我的身体吧……"

江随的脸已经红了："我不是故意的。"

"我也没怪你，是不是？"

江随点头："嗯。"

"那你为什么躲我？"

江随不知道怎么解释："别人会误会我们。"

"你很在意？"

江随点头："我不想被别人说。"

"那以后就一直不理我了？"

"不是。"江随想了想，说，"我们注意一点。"

"怎么注意？"

"……就不要总是一起。"

周池别开脸，沉默了一会儿，低低地说："行。我上去了。"

没等她应声，他提起桌子上的书包，转身走了。

进了屋，将书包直接扔到地上，他摸出手机拨通一个电话："张焕明，我他妈真想掐死你。"

自那次"开诚布公"的谈话后，江随和周池的相处变得很奇怪。

这种奇怪渐渐被身边人注意到。这天清早，林琳又一次看到江随独自来辅导班，忍不住问："怎么回事啊？"

"什么？"江随放下书包。她今天没戴围巾，头发被风吹得特别乱，脸和鼻子冻得通红，看上去可怜兮兮的。

她低头拿出物理习题集，听到林琳问："你是不是跟周池吵架了？你怎么不跟他一起？"

"没有吵架。"江随佝着头，在书包里摸找笔袋，声音含糊。

林琳说："我怎么觉得你俩怪怪的，辅导课都快上完了，就没见你们俩一起过来。"

江随拿到了笔袋，随口说："我们起床的时间不一样，他起来很晚，我懒得等他了……"

这个理由很牵强。

林琳半信半疑地看着她，正想再问一句，就看见周池走进来。

"……"林琳有点无语，不是说起床时间不一样嘛，这前后脚进来，才隔了几分钟？

两个小时的辅导课分为两节，一节课结束，中间休息一刻钟。教室里活跃起来，比平时上课还要热闹。

在这里补课的学生来源很杂，除了二中的，也有其他学校的，六中、九中都有，还有几个来自口碑不太好的明阳私中。其实大家都知道，有些人是来认真补课的，有些人纯粹是应付家长的要求，打打混而已。

上课的座位不固定，每个人自己选择。很多不想好好学习的都抢后面的座位，一到休息时间，后排就很闹腾，不同学校的人趁此机会扩大自己的交友圈，有些男生看到长得不错的女孩，上蹿下跳着主动攀谈，有些女生看到帅的，也想接近。

许小音对这种事有着神一般的观察力。

补课的第二天，江随就从她口中得知了一个小八卦：明阳私中的一个女生跟九中一个男生看对眼了。

果然，隔天那俩人坐一块儿去了。

江随对许小音很佩服，感觉她的八卦之眼二十四小时都在努力工作。比如这会儿，她就只是去上了一趟厕所，又发现了新情况，一回来就跟林琳分享。

“明阳私中的女生，还真是很大胆，居然瞄上周池了！”

江随正在抄黑板上的笔记，听到这句，笔尖停了。

林琳说：“是哪个啊？”

“就后面那个，靠窗的，齐刘海儿，看到没？”

“看到了，鬈发那个吧，长得还可以，好像挺会化妆的。他们学校还真是名副其实的宽松啊，化妆不管，染头发也不管的。”

“听说以前还管得挺严，这两年越来越松了。”

江随回过头，视线看向后面。

倒数第三排有个齐刘海儿、长鬈发的女生。江随对她有印象，因为她长得挺高，大概快要一米七了，穿着长款的衣服，靴子也是长的。

其实林琳的评价有点偏低了，那女孩还是挺漂亮的，妆容并不浓，很自然。

许小音问：“阿随，你觉得她长得好看吗？”

江随点头：“挺好看的。”

“打扮有点成熟。”许小音说，“说不定周池还就喜欢这样的呢。”

江随看了两眼，转回脑袋，继续抄笔记，字却写得潦草起来。

过了会儿，张焕明从门外跑进来，给她们前面几个女生一人一杯奶茶：“喏，池哥请客，人人有份哈！”

有人给喝的，女生当然高兴。

“这么好啊。”

周池走进来，女生都道谢，他只点点头，没有多说什么，目光往左移了一点儿，看到江随低头在写笔记，奶茶放在桌角。

上完课，大家一边收拾书包，一边商量午饭吃什么。许小音提议：“楼下那个火锅店看上去蛮好的，要不我们去那儿试试？”

三人过去后，刚坐定，正要选锅底，门口进来三个熟人。

张焕明欣喜地叫道：“太巧了吧，你们也来吃这个？干脆凑一桌一起吃，还能省掉一个锅底呢！”

“行啊！”许小音嘴巴很快，立刻就答应。

六个人围桌坐，张焕明拉了周池一下：“你坐这儿，你手长，等会儿帮江随捞菜。”周池没说什么就坐下了。

他们要了个鸳鸯锅底，荤素食材摆满一桌。吃饭时，张焕明话最多，许小音也很能聊，完全没有冷场的情况。

江随偶尔才说一句，大多时候都安静地吃。周池坐在她旁边，比她更沉默，只在牛丸烫熟的时候问她一句：“这个要不要吃？”

江随点头，他捞了三个到她碗里，后面就没再讲话。

快要吃完的时候，大家聊到过年安排，李升志说要去苏州的姥姥家过除夕，问他们什么安排，一问才发现，原来大家几乎都不在本地过，不是要去奶奶家就是要去姥姥家。

周池倒是还留在这儿。

而江随呢，她还不确定，因为她爸现在人在日本，不知道会怎么安排，是要留在这里过年，还是要回江城老家？奶奶去年去世了，现在只有姑姑家在那边。

午饭吃完，他们就散了。

江随坐在站牌下等公交车，周池与她隔着几米距离，靠着另一边的广告橱窗。

风和早上一样大。

江随低着头，下巴往衣领里缩，等了几分钟，已经冷得直哆嗦。周池不知什么时候走了过来，解了围巾递给她。

江随抬起头，看见他抿着唇，没什么表情。他没讲话，弯了一下身，把围巾搁在她腿上，走回之前待的位置。

江随看了他一会儿，把围巾戴了起来。是她买的那条藏青色的，很大也很暖和。

过了会儿，公交车来了。

等车的人陆续上车，江随往后走，找到位置坐下。等别人都上来了，她才看到周池的身影。

前面已经没有空座。他的目光在车里绕了一遍，然后人走到前面，靠着扶杆站着。

江随心里越来越不是滋味。

那天她只是说“不要总是一起”，没说“一次也不要一起”，她身边明明有一个空座，他为什么不过来？

车往前开，江随一直看着那个方向，周池似乎感觉到了，抬眼回看她。

两人对视了一下。

过了几秒，江随朝他打了个手势，让他来这里坐。他没动，江随喊了一声：“周池。”

车里嘈杂，有几个聒噪的女人一直在聊天，江随的声音完全被盖了过去，但周池似乎听到了，他直起身，拎着书包朝她走过来。

江随坐的这排座位紧靠着后车门，前面的空间很窄。

周池的大高个子一坐下来，腿脚有点无处安放。

江随往里挪了挪，说：“这样坐难受吗？”

他说：“没事。”

他穿着一双板鞋，脚抵着前面的铁板，裤脚上滑，脚踝露出来，江随发现他这个时候还穿着夏天那种短棉袜。

“你没有长袜子吗？”

周池偏过头，看了她一眼。

江随指指他的脚："这样不冷？"

"冷啊。"他将脸又转了回去，淡淡地说，"我没长袜子。"

江随沉默了好一会儿，没忍住："要不要去买？"

几秒后，她听到他"嗯"了一声。

车到站，两人下车，没有直接回家，拐去了不远处的商业街，找到最近的一家袜子店，买了五双袜子。

短暂的辅导课结束，离过年越来越近。

小年前夜，周蔓赶回老宅。吃晚饭的时候，她叮嘱江随收拾一下东西，明天早上跟她一道去北京。

江随一听就明白了："我爸回来了吗？"

"是啊。"周蔓笑了笑，"还算赶巧，我刚好去北京见个客户，他也不用特地来接你了，明天晚上咱们直接在机场碰头，你们就直接飞江城。"

知知听了直皱眉："我姐怎么又要回老家啊，去年也不在这儿，我都无聊死了。"

周蔓说："无聊就看书。"

知知瞪她一眼，不满地哼哼唧唧。周蔓懒得理他，叮嘱江随要带些什么。

周池坐在桌子的另一边吃饭，从头到尾都没参与对话。

第二天清早，江随七点多就出发了，周蔓的助理小赵已经开车来了，把她们的行李箱搬上车。

知知难得有点良心，顶着寒风跑去巷口送江随。

姐弟俩站在路边讲完了几句道别话，江随看见不远处的身影。

周池似乎是刚起来，旧 T 恤外面随意套着一件羽绒服，头发没梳，脚上穿着拖鞋。他走过来，抬了抬眉："走了？"

见江随点头，他也没再问什么，看了她一会儿，从羽绒服口袋里摸出个东西塞她手里。

江随低头一看，是个毛绒玩具，粉色企鹅。

周池垂目站着，说："新年礼物。"

江随第一次收到这么粉嫩嫩的新年礼物，除了肚皮和眼睛，这小企鹅哪儿哪儿都是粉的，连脑袋后面的挂绳都是。

知知站在旁边瞄了一眼，一脸惊悚：我的妈呀，粉成这样！您今年几岁啊。

江随惊讶地摸了一会儿，外面一层短绒毛，软乎乎的。

"好可爱。"

"喜欢吗？"周池睡醒后的声音慵懒沙哑。

江随抬起头，这么近的距离，才注意到他的脸庞有些憔悴，皮肤还是白白的，但眼睛没那么精神，能看出来他没有睡好。毕竟他平常也不会这么早起来。

她点点头："谢谢。"

周池轻轻笑了下。

江随这才发觉，最近这些天都没怎么见他笑过。上次说了那些话，他们之间疏远了，她过得不太开心，周池似乎也是。

车窗降下一半，周蔓喊："阿随！"

"来了。"江随应了一声。

两个人互相看了几秒，都没机会再讲什么。

"再见。"江随小声说了句，转身走了。

"姐，你早点回来！"知知冻得瑟瑟发抖。

江随朝他挥挥手。

车窗关上。

知知看着已经开走的车，觉得自己真可怜，十年有八年都孤独留守，他老妈没有哪次过年能赶在除夕前回家。今年更惨，姐姐不在，家里还有个沉默寡言不好相处的小舅舅，简直倒霉透顶。

平常没什么感觉，如今江随突然一走，家里少了个小孩，整栋屋子都冷清很多。陶姨很不习惯，时常念叨几句，说着阿随怎样怎样。毕竟还是小姑娘懂事贴心一些，不像男孩那么皮。

知知也有同样的体会，家里安静得鸟不拉屎，吃饭时只能跟小舅舅大眼瞪小眼，寒假作业不会做都没人问了。有天做英语完形填空，连着五六句都看不明白，他烦躁得不行，做了个不怕死的尝试，鼓起勇气拿着练习册跑去问小舅舅，哪知道那家伙比他更学渣，看了好几分钟，单词认得还没他多。

俩学渣话不投机，互相讽刺了几句，知知败逃，还差点被揍，顿时觉得更心酸。他姐不在，都没人护着他，只能任人宰割。

离除夕越近，这种心酸感就越明显。

知知怀恨在心，腊月二十九这天，又因为一点小摩擦寻衅滋事，跟周池起了口舌之争，越想越气，晚上在 QQ 上跟江随告状。姐弟俩视频，江随那边的耳麦坏了，俩人敲字，知知添油加醋地说了一通，把周池抹得比乌鸦还黑。

江随不大相信。

“他有这么坏？”

知知：“有啊，要不是我跑得块，肯定要把我摁在地上打一顿的。哎，你不会被他收买了吧，就因为他送了你那个丑不拉几的破玩具？什么审美啊，他逗小狗呢，买个球就指望你忠心耿耿啦？姐，这明显是在侮辱你的智商。”

丑不拉几？江随看看手边的粉企鹅，不是挺好看的吗？

“你对他有偏见。”她又敲一句，“知知，你想听真话吗，我觉得他很好。”

知知：“完了完了，你们女人怎么回事啊？拜托，我亲爱的姐姐，请坚持住你的立场，咱俩是一家的好嘛！你不要被他的美色骗了！”

江随看到视频里知知那张抓狂的脸，笑了出来，边笑边给他回：“你也承认他有美色啊？为什么你没有继承这种优良的血统？”

这话超毒舌了。

知知被扎了一刀，捂着胸口吐血。

江随被他的表情逗得不行。其实知知长得并不难看，是很机灵的小男孩长相，可以想象等他再长大一点，应该蛮受小女生欢迎，只不过，跟他亲舅比起来还是逊色一截。

江随毒舌完又立刻安慰他："说错了，你也算继承了一些，很棒了。"

知知已经不买账："快说，你是不是被他的美色迷惑了啊？？？？"

江随顿了一会儿，回："不是，骗你的。"

知知无语地回了一串省略号。

江随懒得再说："等我回来给你压岁钱，不跟你聊了。"

她退了 QQ，拿起小企鹅，使劲揉了揉，又默默地发起呆。

每个人的青春期大抵都有些隐晦难言的情愫，它让人惶恐不安又欲罢不能。江随在意识到自己已经连续想了周池三天之后，就很惭愧。

他是谁啊？他是知知的小舅舅，是她能惦记的吗？

可她都惦记好几天了。

江随的自我反思进行到一半就被打断。

她老爸今天去会老友，这会儿才回来，买了两本书拿来书房给她。看江随闷闷不乐，江放很奇怪："阿随不开心哪？"

江随微微蹙着眉，脑袋搁在桌上："嗯。"

江放把书放到一旁，在旁边的休息椅上坐下来。江放是个搞学问的人，身材偏瘦，长相儒雅，身上自带一种书生气质，不知是不是老庄读多了，他没有这个年纪中年人的油腻，也不浮躁，往那儿一坐，就无端令人平静。

江随这一年很久没见他，觉得他好像老了一点儿，眼角皱纹多了。

江放笑着说："我们阿随长得漂亮，脑袋又聪明，人生乐事已有二，还有什么烦恼，我想不出来。"

江随笑了下："我没有爸爸说的那么好。"

"阿随在爸爸心里，当然是最好的。有什么心事，愿意的话，可以告诉我。"

江随犹豫了一下，问："您怎么看待早恋啊？"

"早恋？"江放显然没料到她会问这个，惊讶了一会儿摇头笑笑，"阿随长大了啊，有喜欢的人了？"

江随的脸一下就红了："不一定是说我。"

她用的是“不一定”，而非“不”。

江放当然听得明白，他虽平常不在江随身边，但还是了解她的。

他没有点破，温和地说：“纯粹从理性角度讨论，我不反对早恋，人之本性，越阻越狂，没用。不过作为家长，无法刨除感性因素，因为保护自己的女儿是本能，是不是？你如果受伤害，被欺负了，爸爸不能不管，阿随明白吗？”

江随：“早恋一定会受伤害吗？”

“不是绝对，只能说这种情况不少。”

江随点点头：“我懂。如果遇到不好的人，他会对我不好，对吧？”

江放：“嗯，很对。”

江随不知想了些什么，又说：“那……那如果遇到很好的人呢，要主动吗？”

原来在这儿等着呢。

江放笑了，给她一句准话：“既然是很好的人，应当珍惜一下。”

江随“哦”了声，低下头，又开始揉小企鹅的脑袋，揉了好半天，还有两个问题徘徊在喉咙口，怎么都问不出来。

如果……如果我喜欢知知的舅舅呢？

您跟周阿姨会不会不高兴？

## 08

# 也想你

除夕夜终于来了。

江随过了热热闹闹的一整天，上午和姑姑、表姐、表弟一起逛街，买好要带回家的各种礼物。很幸运的是，她买到了给周池的淡疤霜，是表姐帮她选的，据说对疤痕效果很好。其实周池额头上算不上疤痕，只是上次受伤结痂后留下一点红印，远看不影响什么，但近距离看还是很明显，江随一直耿耿于怀。

下午一家人一起准备年夜饭、包饺子，吃完饭就开始玩牌，晚上又一起看春晚。

小孩子们不看电视，江随和表弟、小侄女一起出去放烟火。

这个年代，市区还没有禁放烟花爆竹。吃年夜饭的那一阵，鞭炮响得刺耳，后来慢慢就少了，到了九十点钟，大家可能都在看电视，附近出奇地安静了一小段时间。

江随回到屋里，窝在沙发上给朋友们发新年祝福。她不喜欢群发，都是一个个编辑发送，反正人也不多，很快就发完。

在江随的通讯录里，周池的名字排在最后一个。她也给他发了，虽然只是普普通通的一句“新年快乐”，看起来像群发一样，但没有等到回复，还是忍不住失落，一连看了好几次手机，每次来的新消息都不是他。

是给他发祝福的人太多了吗？

他忙不过来？

江随为他找了好几个理由。

过了快十分钟，江随有点难受了，不想再等，丢下手机去厨房里帮姑姑一起拿饺子，给大家当夜宵，后来还是小侄女喊她：“小姑姑，你的手机响，有电话！”

江随走过来看手机屏幕。

ZC。

没想到他会打电话过来，她愣住了，心跳不知不觉快了几倍，捏着手机快步上楼，关上门，接通了电话。

“喂？”

熟悉的淡淡的声音。

江随靠在门上：“周池？”

“是我。”

彼此从手机里听到了对方那边遥远的爆竹声。

周池窝在沙发上，看着窗外，主动问：“怎么样，过年玩得开心吗？”

江随应：“还好，有表姐、表弟，对了，我小侄女长大了，所以挺热闹的。你呢？”

“就那样吧，没多大意思。”

江随说：“你跟知知一起玩玩吧，打牌什么的。”

“跟他玩有什么劲，小屁孩。”

江随一想也是，他跟知知玩牌估计会打起来，毕竟知知喜欢耍赖。

她不知道还要说些什么才好。周池似乎也找不到话了，停顿了一会儿，说：“行，那你玩吧，我挂了。”

江随心口绷紧，没有忍住：“周池。”

“嗯？”

江随握着手机，语速微快：“再聊一会儿，行吗？”

电话里静了片刻，周池的声音传过来，似乎比刚才轻松了：“聊什么？嗯……你在看电视？”

“没有，我在房间里。”江随说，“晚会很无聊，你呢？你在干吗？”

“我也在房间里，刚看了部电影，比晚会更无聊，你信不信？”

“是文艺片吗？”江随笑了，“只有这个你总嫌无聊。”

“是啊。”他一秒内就接了话。

江随的声音也轻快起来：“那你干吗还看？找虐啊？”

“上次新买的，你又不看了，我也不看，不是浪费吗？”

“……”

江随想起了这件事。上辅导班期间，有天晚上吃饭时，周池跟她搭了句话，说新买了电影，问她要不要看，那时候她拒绝了。

她没回应，周池皱了皱眉：“我随口说说，没别的意思。”

过了几秒，他听到电话里她细细的声音：“对不起。”

“没怪你。”

“周池，”江随叫了他一声，有点歉疚地说，“我上次那样跟你说话，你是不是不高兴了？”

周池承认：“是不怎么高兴。”

江随又道歉：“对不起，你别生气。”

“我没那么小气。”

“那就好。”江随说，“我给你带了礼物，知知、陶姨也有的。”

“买了什么啊？”他终于笑了一声。

“都是你们需要的，等我回去就知道了。”

他“嗯”了声，问：“你什么时候回？”

“还不知道，明天问我爸。”江随不知哪里来的勇气，小声说，“知知好吗？我还挺想他的，也想陶姨。”她停顿了下，声音更小了，“也想你。”

也想你。

江随讲完这几个字，几乎能够听到自己的心跳。她抿唇，屁股坐到地板上，脚上穿着毛茸茸的地板袜，不觉得冷，反而有点热。

她握着手机，另一只手抠着自己袜子上的蝴蝶结，过了一会儿，好像从电话里听到了周池的笑声，有点模糊，她将手机与耳朵贴得更近，确定他的确是在笑。

她等他说话，没想到窗外突然亮起光芒，烟花飞上天，在半空轰隆隆炸出一片绚烂火光，响声震天。

空中彩色的光散开，很漂亮，可电话里什么声音都听不见了。

更烦人的是，烟花一连炸了几次，没有要停的意思。江随茫茫然地看着手机，那边一直没有挂断。

他在等着吗？

江随希望烟花快点放完，毕竟周池的耐心不怎么好。谁知道事不遂人愿，也不知道是春晚插播广告了还是怎么的，大家突然都开始放烟火，此起彼伏，等了四五分钟还不停。

江随趴在窗口看着，不好意思再浪费周池的电话费，主动挂了，给他发去一条消息。

“不好意思，我还想和你多聊一会儿的，但这边太吵了，我们就先不讲了吧，你去跟知知玩牌吧，虽然他爱耍赖，不过应该不敢对你耍。我得下楼去，我姑姑大概在找我吃饺子了。”

周池回复：“嗯，去吃吧。”

他躺下来，懒懒地靠着沙发垫，剥了颗糖丢进嘴里，不知回想起了什么，笑着踢了一脚沙发边缘的抱枕，心情似乎好极了。

江随在楼下待到十一点才上来，外面鞭炮、焰火几乎没停过。她的手机在桌上充电，洗完澡她才发现一条未读信息——饺子吃完了没？

是半个小时前发的。

江随有点惊讶，给他回：“吃完了啊，我刚洗澡去了，才看到。”

过了半分钟，周池的回复来了。

“要睡觉了？”

“嗯，是啊。”她打出这几个字，手指停顿一下，又删掉，重新回：“过一会儿。你呢，困了吗？”

周池：“没，我也过一会儿，外面吵。”

就这样，两个暂时都不睡觉的人有一搭没一搭地发了几个来回，说的话无关痛痒，但居然就这样聊过了零点。

辞旧迎新。

江随在雷鸣般的鞭炮声中道了晚安，本以为他不再回，却在00:08收到回复。

“新年快乐。”

江随放下手机，趴在被子里，脸在被褥上蹭了蹭。

是啊，新年快乐。

第二天问过江放，确定年初五回去，江随把这个消息告诉了周池。

临行前一天，她又去买了些东西，都是回去当作礼物的。

傍晚，她在屋里收箱子，江放过来喊她吃饭，看那小箱子里塞得满满的，笑道："阿随要把整个江城都搬回去吗？"

"没有啊。"江随不好意思地说，"都是想带的礼物。"她指给他看，"那些是给我同学的，这个是陶姨的，这个是知知的，这个给周阿姨的，我让姑姑帮我挑的，说这上面是手工刺绣的，这个她会喜欢吧。"她把装好的丝巾拿出来给江放看，"爸爸，您看这个颜色好看吗？"

"好看。"江放说，"你送的东西，你周阿姨不都很喜欢吗？"

也是。

江随又把丝巾装好。

江放问："买这些花了不少吧，压岁钱是不是都要没了？要不要给你支援？"

"不用，还有好多。"江随一边整理一边说，"其实我想给周阿姨买护肤品来着，但姑姑说这东西不好挑。等她下次生日，我好好研究一下，再看看买哪个。"

江放略微敛目，过了会儿，温和地说："阿随真是长大了。"

江随说："是啊，再过几个月我都十六岁了。"

回去的那天，飞机本该下午一点到达，但航班延迟，出机场已经快三点，江放叫了车直接去师大老校区家属院。

这里是江放原来住的公寓。

江随不知道他怎么突然往这儿跑，不是住在新区那边的吗？

"这边近一点。"江放这样跟她解释，又说，"等会儿出去吃个饭，阿随，你在这儿休息，等爸爸忙完晚上再送你。"

"那要几点啊？"

"七八点吧。"

"好，那我得跟陶姨说一下，不然她会等我回去才开饭的。"

江随打了座机号，是知知接的，接完就大嗓门地朝厨房吼：“陶姨，我姐的菜不用忙了，她好晚才来！我想吃油焖大虾，您行行好，帮我弄一盘呗！”

江随：“……”

在附近餐厅吃东西时，江随收到周池的信息：“不来吃晚饭了？”她放下筷子，低头回：“嗯，我爸爸有事情，他要到晚上才能送我。”

没想到他回复：“我去接你啊，地址？”

江随看了一眼，手里的筷子差点掉了。

江放注意到：“怎么了？”

江随摇摇头，收回手机，很快把饭吃完。往回走的时候，江随想了一路，还是开口：“爸爸，要是忙的话，就不用送我了。”

江放笑：“东西不少，箱子那么重，不送怎么办？”

“有人可以接我。”

“谁啊？”

江随瞥着林荫道边的枯枝，语气随意地说：“知知的舅舅……”

江放听周蔓说过周池，但没见过，并不了解：“他跟你一般大吧？”

江随说：“比我大呢。”还比我高很多。

江放想了想，说：“那这样，如果东西不好带，你就少拿些，我抽个时间送过去。”

“好。”

江随给周池发了地址，大约等了四十分钟，他就来了。

江放的公寓在二楼。

周池到小区楼下，江随就在阳台看到了他，他没穿羽绒服，只穿了件黑色外套，没有戴围巾。江随还没看仔细，那身影已经拐过去，进了单元门。

她起身去开门，在门口站了一会儿，看到他从楼梯走过来。江随惊讶地发现他剪了头发，寸头，短短的那种。

周池也看到了她，脚步没停，笔直地走到她面前。

“干吗，不认识了？”他扬了扬嘴角，笑了。

“是不认识了，你怎么剪了头发？”

“想剪就剪了。”他不怎么在意，随口就说，“不好看？”

“不是，很好看。”

江随又看了一眼。

只是剪了个头发，他似乎就变得不太一样。不得不说，这个发型更适合他，他长相上的所有优点全凸显出来，脸型、眉眼、五官的立体感……江随莫名想到她的素描本，有点脸热。

学校分的公寓面积不大，屋里家具也少，客厅看起来还算宽敞。江随刚刚收拾过，地板挺干净。

周池说：“我不进来了。”

“没事的，你进来吧，我刚刚烧了开水，喝一点。”她说完就去拿杯子。

周池在沙发上坐下，随意看了一眼，茶几上摆着一个旧相框。

是江随。

短发、齐刘海儿，脸庞小小的，抿着嘴笑，眼睛弯弯，看起来像好几年前的她，很小很甜。

江随把水杯递过来。

周池问：“这照片是什么时候的？”

江随瞥了一眼：“六年级吧，小学毕业的时候。”

“挺漂亮啊。”他夸了一句，语气轻描淡写。

江随耳朵红了。

“还有别的照片吗？”他突然问。

“我爸就带了这一个相框放这边。”

周池没再问，抬头看了看她：“你怎么胖了？”

“啊？”

周池瞥着她的表情，笑了：“骗你的。”

江随无话可说，拿了张小凳子坐在茶几旁，看到茶几下面的一盒奶糖，正要给他拿，听见头顶轻轻的一句：“你说想我，是真的吗？”

江随哪想到他突然讲起这个，愣了一下，手里的糖盒开了一半。

她挑了两颗牛奶糖，抬起头，没有说话。

周池看见她的脸红了，两条细弯的眉蹙了下，不知在想什么。过了几秒，她轻轻地点了头，眼睛还看着他。

周池喉咙动了动，低声说："你想我什么啊？"

"不知道。"江随已经低下头，把糖放到他面前的茶几上，往他那个方向推了推。

手刚要收回来，忽然被周池握住。

她白皙的手背上有显眼的红痕，长长的一道。

"这怎么了？"

"就刮了一下，我奶奶家书房的门太旧了，门把手都坏掉了，我不小心碰到。"被他握着，江随手掌温度上升，好像拿着暖手宝，热得很不自在。

"这个不要紧的。"她抽回了手，"你喝水吧，等会儿我们就可以走了。"

她在小凳上安静地坐着，给自己剥了一颗水果硬糖，一边吃，一边继续挑盒子里的软糖，等他喝完水，她已经挑出好多，全递给他："这些给你，放口袋里带回去吧。"

他喜欢吃软糖，最喜欢太妃糖。江随记得很清楚。

"……"周池却被她弄得愣了愣。

上次有这种经历，还是五六岁的时候，过年他去别人家做客，临走，长辈往他衣兜里放饼干零食。长大后，这是他头一回被人用这种语气塞糖。

周池一时无言，看她半晌，笑了出来。起初只是嘴角翘着，轻轻淡淡的，后来他好像越想越乐，笑开了。

江随不知道他为什么笑得这样开怀，眼里的光好像都在跳跃，配上新剪的利落的寸头，江随觉得就这一刻，他身上的少年气蓬勃茂盛，像刚刚绽放的玫瑰花，鲜艳欲滴。

欸，"鲜艳欲滴"是这么用的吧。

周池好像笑够了，把糖全揣到上衣的口袋里："走了。"

行李箱由周池提着，他另一只手拎起塞满东西的购物袋。江随背着自己的书包跟在他身旁。

他们坐出租车，赶在晚饭时间回到家。知知早就在门口张望，看到他们，殷勤地跑过来迎接，讨好地抢过行李箱。

江随发现这家伙居然烫了个小鬈毛，他本来头发就偏黄，现在活脱脱一只小狮子。

只是过个年而已……所以你们舅甥俩是约着一起做头发了吗？

她小声问周池："他这个头……周阿姨看见了？"

"看见了，限他开学前剪了。"

"我就说嘛。"江随有些无语，"他才几岁啊，就弄头发了，我都没弄过呢。"

"你想弄什么样儿？"周池说，"大鬈发？"

"……我就随口说说。"

"你用不着。"周池看她一眼，说，"够漂亮了。"

回家后的第一顿晚饭异常丰盛，陶姨做了一桌好菜，好像要给江随补回一顿年夜饭似的。虽然吃饭的仍然只有他们几个人，但气氛很融洽。

知知难得和自己的小舅舅和谐相处了一顿饭的时间，没有遭受欺负，更加觉得江随就是他的救星。家里果然还是要有个姐姐在比较幸福。

吃完饭，江随回房间整理带回来的礼物，把保暖鞋送到楼下给陶姨，又把一整套新文具送到知知屋里。

知知本来对礼物充满期待，一看到文具就蔫了。

"怎么了？"江随说，"这套很好用的，这个笔袋买的人特别多，全是你这样的男孩。"

知知长长地叹了一口气："来来来，我数给你听听，咱俩姐弟四年，你送了我一整套的《新概念英语》、整整三册作文书，还有那什么《数学的秘密》，还有啦，书包、笔记本、钢笔、卷笔刀……"他越数越生无可恋，"我说姐，你指望我陪你考清华北大呐，啥时能送点跟学习无关的啊？"

江随很无语。

“喏。”她从口袋里摸了个红包给他。

知知眼睛立刻放光：“压岁钱啊。”

他捏了捏，好像还不少。

“不许乱花。”

“放心吧。我穷成这样了，还乱花？”知知喜滋滋的，一高兴就飘起来，信口胡夸，“姐，我就没见过你这么好的人，长得漂亮，还温柔善良，这都不算啥，关键是还这么有钱，出手还这么大方，以后谁做我姐夫，那他超有福了。那啥，你等着啊，我去买个烤红薯给你！”

他顶着小鬈毛一溜烟跑出门。

江随好笑地看着他的背影：“还真是小狮子了。”

想了想，她回屋拿了桌上的白色盒子，上楼去找周池。

房门没关，虚掩着。江随敲了敲，里头有声音：“进来。”

江随将门推开一半，看到他坐在地毯上，背靠着沙发，旁边的小木几上有几张糖纸。江随已经好一阵没来过他的阁楼，过年前那段时间都在别扭着，现在才发现他改动了屋里的摆设，床推到最里面，贴着墙，书桌挪了位置，屋子中间的空间变大，宽敞许多。

江随站在门口没动，攥着盒子的手放在背后。

“站那儿干什么？”周池往旁边挪了下，将电影暂停，从屁股底下抽出垫子丢到旁边，手点了点。

江随脱了鞋，穿着地板袜走过去，在他指定的位置坐下。

周池把脚边的毯子拉回来，盖她腿上，瞥见了她手里的盒子：“你拿的什么？”

“给你的。”江随递给他。

周池看了看，上面全是英文，他几乎都不认识，看了半天，抬头看江随。

江随被他的表情逗笑：“你英语差成这样啊，这是淡疤霜啊。”她指指额头，“你这里。”

“……”周池也是服了她，又看了两眼，想想又要笑，“哎，你见过哪个男的抹这东西？”

男的就不能抹了吗？男的还有用洗面奶的呢。

江随说：“你额头还有印子。”

“有印子又怎么了？”周池低头瞧她的表情，“你嫌弃？”

两句话就把江随问得哑口。他低眸，无声地笑了下，把盒子拆了，拿出里头的小白瓶：“这怎么用啊？”

“你要用吗？”

“买都买了，不用干吗？”

“……”

你怎么正着反着都有话说啊？比知知还难伺候。

江随觉得自己在他面前真的一点优势也占不着，她送个礼物本来就紧张，他还说东道西的。她看了周池一眼，说：“很简单，开盖，抹一点儿到你额头上，再盖好。”

周池：“……”

两人互相看了一会儿，都笑了。

“厉害了。”周池说，“嘲笑我？”

江随收敛表情，周池抬了抬眉，把瓶子给她：“帮我抹吧。”

江随看了他几秒，低头开了瓶盖，右手食指刮出一点面霜：“你头低一点儿。”

周池很配合，脸靠近她。

江随看着他额上的印子，手指碰上去，轻轻地抹了几遍，白色霜体化开，变得透明，她手指慢慢绕圈按摩。

周池的脸动了一下，江随空闲的那只左手下意识地扶住他的下巴：“别动啊。”

他真的就不动了。

江随专注于正在做的事，直到抹完了，视线往下，看到他的眼神，她漆黑的睫毛颤了颤。

屋里太安静，落地台灯在墙边晕了一圈的光。

四目相对，渐渐能听见对方的心跳。江随喉咙干涩，缩了手，松开他的下巴，周池半途截住她，轻轻一拉，脸庞往前，单薄的唇碰了她的嘴角。

“……”

“姐！姐！你在上面吗？！”知知买了红薯回来，没找着人，咋咋呼呼跑上来，推开门，看到坐在地毯上的他姐和他小舅。

“你还真在啊，也不答应一声，我买到红薯了！”知知鬈毛晃荡着，“你在这儿干吗呢？”

“没干吗。”江随站起身。

知知已经跑过去：“看电影啊？这什么电影啊？”

没人应他。

知知转头一看，江随已经走到门口：“你下不下去？”

“下去下去，哎，你急什么？”知知提着两个红薯跟出去，门也忘了关。

周池也懒得去关门，摸到遥控器，摁了下，电影继续播放。他低头盖好淡疤霜的盖子，将小白瓶攥在手心，背懒懒地往后靠。

电影看了三四分钟，演了什么他都不太清楚，好像只记得江随通红的脸。

江随回到屋里就进了洗手间。

她靠着门站了一会儿，脸上热度居高不下。

知知以为她尿急才跑那么快。他把那个略大点的红薯放在江随的书桌上，自己坐在旁边椅子上啃那个小的。他生性好动，自然不会安安静静的，一边啃一边东张西望，瞄到了书桌那边的角落，红色封皮的《牛津大辞典》下压着一个眼熟的本子。

那是江随的素描本。

知知因缘巧合之下偷看过两回，记忆深刻，好奇心又被勾起来，想瞄一眼又有哪些人被他姐相中，搞不好这些就是他未来姐夫的候选人，作为弟弟，提前了解一下也是应该的。

知知用这个神奇的理由说服了自己。他瞅了瞅洗手间的门，偷偷摸摸从《牛津大辞典》下头抽出素描本，上次看的时候这本子画了大半，现在终于全部画完了。

知知快速翻看，边看边在心里评头论足。

江随出来时，他已经快要看完，还剩两页，听到动静一秒警醒，麻溜地把本子塞回原处，装模作样地“啧”了一声：“姐，这《牛津大辞典》好厚啊，你可真能跟自己过不去！”

江随走过来说：“不许乱碰我的东西。”

“我哪儿敢啊。”知知半点不心虚，坐回椅子上乖乖啃红薯，啃了一会儿，想起了什么，又问江随，“你刚刚在我小舅舅那儿看电影啊？”

江随正在剥红薯皮，头没抬，若无其事地应了声。

知知有点奇怪：“他怎么乐意让你在那儿啊，他那人可独了，看电视就喜欢一个人缩屋里，可会享受了，我小时候去他屋里看个动画片都不行。那会儿我才几岁啊，他连吼带揍的，把我吓得啊……我妈说，我当晚就尿了床！”

江随：“……”

知知看了看她，说：“你们看的是不是恐怖片啊，他一个人不敢看是不是？”

江随无语：“不是。”

知知总觉得哪儿不对，挠挠耳朵，也懒得再猜。

等知知走了，江随才得以安静下来。她洗了澡，把衣服整理完，坐在桌边捏小青蛙，捏完又揉周池送的小企鹅，胡乱地走神半天。

后来收到林琳的短信，让她上线聊天。

她开了电脑，登上QQ。林琳和许小音已经在群里聊得很活跃，江随加入其中，各自讲了些假期的事情，约着过几天见面。

聊完了，江随关掉对话框，看了看好友列表，视线停在一个灰暗的头像上。

ZC。

很奇怪，仅仅是个虚拟的男生头像，可她觉得他和别人是不同的。

那头像突然亮了。

江随点了下鼠标，手放到键盘上，好一会儿都没敲出字，耳朵已经先红了，好像又闻到了他唇上奶糖的香味儿。

他忽然亲她，她人还是蒙的，知知又突然跑来……

换了谁都会很慌张。

江随其实被吓到了，当时什么都没想，一把推开了他，只不过推得有点用力，害他撞倒了旁边的茶几，后脑勺还磕到沙发扶手。

她想跟他讲话，又不知怎么说，看着屏幕，正犹豫着，发现那头像已经动了。

周池发了消息过来，一个字："在？"

江随顿了下，回复："嗯。"

他问："不睡？"

对话框里新跳出她的回复："等会儿。"周池慢慢打出几个字，停顿片刻，又删掉，看着那个红头发小女孩，发了一句："对不起。"

江随微微一怔，不知道怎么回。

周池等了一分钟，没动静，问："不理我了？"

江随："没有。"

周池敲了一句话，觉得不行，删了重来，一句回复写写删删，车轱辘似的滚了几遍。他有点烦躁，扔了鼠标，起身找到烟，走回来给她回了句："先睡觉吧，不耽误你。"

第二天早上，周池没下来吃早饭，快中午的时候，江随才看到他。

陶姨在厨房洗油烟机，江随拿了个新抹布正要进去给她，周池刚好从楼上下来。

两个人都怔了下。

江随停在桌边，周池走过来，站在几米远的地方。他穿得不多，上身只有薄毛衣，但手臂上搭着外套。

江随被他看得很不自在，说："你要出去吗？"

他点点头，目光仍旧没动，温和地看着她。

厨房里陶姨喊了声。

江随正要走，他说话了。

“等我回来。”声音很低，几乎只能看到他的唇瓣动了下。他讲完也没走，站在那儿等她回复。见江随点了头，他才笑了笑，转身走了。

张焕明往外张望几回，看到周池的身影，拍拍李升志：“靠，这家伙剪头发了。”

周池推开玻璃门走进来。

张焕明又叫了几瓶啤酒，李升志朝周池招手。

这家烧烤店位于商业街地下一层，人不少。幸好他们来得早，占到了位置。外面温度低，周池走进来，带来一阵寒气。

张焕明瞥了瞥他，嘲道：“你耍什么帅啊，大冷天的剪寸头，也不怕冻死你。”

周池没接茬儿，问：“哪天回的？”

“昨晚啊。”张焕明给他一瓶啤酒，“这不，刚回来就找你们，够义气吧？”

李升志说：“你们过年怎么样啊？我都无聊死了，整天拜访七大姑八大姨的，还个个都问我成绩，烦都烦死。”

“我还行吧，压岁钱收了不少。”张焕明转头看周池，一脸坏笑，“你呢，是不是跟江随一起过的啊？”

“没，她回老家了，昨天才回。”

“是吗？那你这年过得岂不是寂寞死了？”

没想到周池却说还行。

张焕明看出了苗头，拿手肘推推他：“有进展啊？”

周池端起杯子：“嗯。”

李升志惊奇：“还真有？”

周池没答，李升志又要说什么，张焕明阻止了他：“去去去，你打什么岔呢？”又问周池：“到底有啥进展啊，到哪一步了？”

周池瞥了他一下，目光又转回去，落在桌角，不说话了。

张焕明和李升志互相使眼色，摸不准状况，脑补了一堆乱七八糟的场景。

过了好一会儿，他们听到周池说：“乱想什么？”

俩人面面相觑，笑得不怀好意：“没没没，我们可纯洁了。”

见周池嘴巴还是一点没松，李升志无奈：“行吧，你不说就不说，那……那江随到底喜不喜欢你啊？”

周池眼神起了一点变化，手指无意识地摩挲着杯子。

“哟，什么意思啊，默认了？”

周池默不作声，不知怎么又想起那天……她说想他。

他略微低头，忽然莫名笑了下。

“……”

旁观的两人被他的表情弄得无语——完了，这活脱脱就是一张怀春脸。

李升志没忍住：“你老实说，你之前真跟女的谈过？”

周池皱了皱眉，不搭理他。

“哎哎哎，我可记得有人说过啊，江随才多大啊，”张焕明学着周池当初的语气揶揄，“她懂什么，早恋个屁啊？”

周池冷眼：“行了。”

“干吗，你可真够霸道的，还剥夺我说话的权利。我说，你今天跑出来，难道不是心里烦？难道不需要我们兄弟出谋划策？”

李升志开口：“猴子，你少说些没用的，我有一句讲一句啊。这事儿干脆就交给江随选择啊，去问她呗，看她乐意不乐意。她要是乐意跟你一块儿，你还管她年纪小不小，再小，也就比你小个两岁吧，总有成年的一天，怕什么？”

张焕明嗤笑：“他怕毛啊，下手又狠又准又禽兽，论心机，一百个宋旭飞都比不过你池哥。”

正说着，周池的手机响了，张焕明瞄了一眼：“说曹操曹操到啊。”

周池接通，那边传来江随的声音，小小的：“周池？”

“嗯，怎么了？”

“我要出去一趟，大概不能等你回来了，跟你说一下。”

“去哪儿？”

“找一下周阿姨，我有东西给她。”

周池：“一个人去行吗？等我回去啊。”

“不用的，我打车过去啊，新区那里我很熟的，我以前在那儿住过。”

周池：“那行。”

话筒里安静了会儿，在江随要挂电话的时候，他叫了她：“江随。”

“嗯？”

“早点回来，我有话跟你说。”

“……好。”

# 09
# 别哭了

江随吃过午饭就去了新区。

时间还早，她中途先去新区的原嘉百货中心。这里有个新开的文青书店，口碑很棒，她老早就想来逛逛，一直没赶上机会，这回正好顺路看看，还买到了素描本和贺卡。

江随坐在书店的休闲吧台给周蔓写贺卡，几句新年祝福很快就写好，照常在末尾写上署名：阿随。

离开百货中心，她坐上出租车，跟司机说了地点，车将她送到小区门口。

这处房子是江放六年前买下的，地段不错，离师大新校区不远，又毗邻新开发的文化产业园。江随以前在这儿住过一阵，后来搬去老宅和知知、陶姨一起，周蔓就住到这里。

虽然江随的房间还保留着，但平常没事她不会过来，那把备用钥匙她今天找了好久才找到。

家里没人，江随换鞋进屋，从书包里取出装丝巾的礼盒放在茶几上，将写好的贺卡压在下面，打算在这里等周蔓回来。

她随意看了看，发觉客厅的摆设好像有些变化。

江随没多想，去了卫生间，洗手时，发现洗手台上的置物架很空。她有些惊讶，以前这里放了很多瓶瓶罐罐，都是护肤品和化妆品，怎么都没有了？

她疑惑地站了一会儿，走出卫生间，看了看客厅，渐渐发觉不对，家里好像少了很多东西。

摆在电视柜上的那张合照不见了，玄关的鞋架上一双高跟鞋都没有，墙边的衣帽架上只挂着一条灰色的男式围巾。

江随愣了一会儿，似乎想到了什么，有些无措地站了片刻，走去旁边的衣帽间，推开门一看，脸色就变了。

四点半，江放走出哲学院办公楼，步履匆促。他的老师今晚在母校办个小型的茶话会，这是每年正月初六的保留活动，这次点名让他去做主持，他自然不能拒绝，手头的事情没做完就放下了。

他看一眼手机，沿着校园里的林荫道去往停车场，远远看见校门那边走来一个小身影。学生还在放假，校园里没几个人，江放一眼就注意到了，他正奇怪，那身影已经跑了过来。

江随背着书包，脸颊通红，额头已经出了汗。她在江放面前停下来，喘着气。

“阿随。”江放惊讶地看了看她，“你怎么来了？”

江随手攥着自己的书包带，没有说话。

江放注意到她的神色，问：“怎么了，阿随，出了什么事？”

“爸爸，”江随抬头看着他，“您跟周阿姨怎么了？”

江放一瞬间愣了。

“阿随……”他皱了皱眉，没想到江随突然跑来问这个。

离婚的事，其实江放一开始就不打算瞒着江随，后来是周蔓和他商量，两人才决定暂时不要告诉孩子们。

江放一时不知道怎么回答，他本来就不怎么会撒谎。这么多年，对待江随，他既是一个父亲，也是一个朋友，并没有把她当小孩糊弄过，除了这件事。

这会儿突然被问到头上，他更没法骗她。

江放迟疑了会儿，说道：“阿随，爸爸现在没有时间，要赶着去做事情，我们晚点再说？”

江随没应声，看着他的表情，其实已经猜到了：“是分开了吗？”

江放点了点头：“是分开了。”

“什么时候？”

“有几个月了。”

“为什么？”江随似乎不能理解为什么好好的就分开了。

江放有些头疼，这事显然一时无法和她讲清楚。

江随执拗地又问了一遍：“为什么啊？”

江放无奈：“阿随……”

“您不是说，遇到好的人要珍惜吗？”她的眼睛慢慢红了。

“我……”江放难得地语塞。

“周阿姨是很好的人，知知也是，”江随说着话眼睛已经湿润了，“我喜欢周阿姨，也喜欢知知……”

江放没料到她会这么难过。

女孩的心思毕竟细腻，他再怎么多加考虑也无法感同身受。

“阿随，对不起，”江放终归有些愧疚，“这件事爸爸一定会跟你说清楚。这样好不好，你先去家属院那边，我尽快回来。”他从口袋里摸出钥匙要给她。

江随没接，低着头：“您去忙吧，我自己会回去的。”

她没再说什么，抬手抹了把眼睛，转身朝着校门走去。水蓝色的书包在她身后，上头的小企鹅一晃一晃的。

一直到六点半，快要吃晚饭，也没见江随回家，周池给她发短信，没收到回复，电话打过去也没接通。

知知饿着肚子，想吃饭：“是不是手机没电了，要不咱们先吃吧，我姐说不定在那边吃晚饭呢？”

陶姨：“哪能呢？阿随不像你哟，她哪回没个交代的，不回来吃饭她要讲的呀。”

“那怎么办？一直等啊？”知知看着一桌菜，口水都要流下来了。

周池拨了周蔓的电话，提示“正在通话中”。他起身：“我去一趟。”

“啊？”知知惊讶，“你现在过去啊？万一我姐在路上了呢？”

周池没理他，已经出了门。

陶姨在后头喊：“路上当心哟。”

外面天全黑了。

周池刚走到巷口，周蔓就打来电话。他刚接通，周蔓就劈头盖脸地骂了他一通：“我说你没事儿闲得慌是吧，是不是你在阿随面前乱说的！你怎么成事不足败事有余的，说了叫你保密，你憋不住话是不是！”

周池立刻听懂了，皱眉：“我没说。”

“你没说她怎么知道了？”周蔓朝前头说了句，“小赵，转个弯，绕个近道。”说完她又转向手机，“你老实点，真没说啊？”

“没有。”

“真是怪了。”

周池问：“她现在跟你在一起？”

周蔓按了按眉心：“在我公司呢，前台打电话，我才知道，说有个小姑娘在门口坐半天了，我刚跟江放通完电话，那丫头下午去找过他。”周蔓叹了口气，“哭着走的。江放有事，没顾得上管她，她一个人去我公司了。”

周池眉头皱得更紧。他已经走到巷口，拦了出租车坐进去：“我现在过去。”

“你过来干吗？嫌我不够烦？”周蔓觉得莫名其妙，“你怎么想一出是一出啊？”

“你管我。”周池语气很冲，“你和她爸还不是想做什么就做什么，有想过她？”

周蔓：“……”

这小子能了，顶嘴比知知厉害多了。

她懒得再说：“行，随便你。”反正地址他知道，周蔓直接挂了电话，跟开车的小赵吐槽，“还是阿随最省心。”

“可不是。”小赵说，“小姑娘懂事，心里再不高兴也没给您添乱，自个儿在那儿乖乖等着，电话都没打一个。”

周蔓说：“是啊，我跟老江缘分不够，跟她倒是投缘。”

车一路开得快，还抄了近道，但还是费了些时间。

到公司门口，周蔓下车，走进大厅，一眼看见江随坐在接待区的小沙发上，还背着书包。

“阿随！”她喊了声。

江随站起来，周蔓走过去，看见她眼圈是红的，上前搂了搂她的肩膀，笑着：“哎哟，走，上楼！”

江随被她带进办公室。

“晚饭没吃吧？”

江随点头。

“刚好我也没吃，等着，咱们叫点好的。”

等她给小赵打完电话，江随开口：“周阿姨。”

“嗯？”周蔓抽了张纸巾给她，“擦擦脸，可怜死了。”

江随接了，跟她道谢。

周蔓看了看她，说：“我跟你爸打过电话了，他还在开会呢。虽然我跟你爸分开了，不过你看，我跟他还是好朋友是不是？咱们还是一家人，一点都没变，大人的事跟你们小孩子都没关系。你还有什么想问的，都可以问我。”

江随摇头：“不想问了。”她从书包里取出礼物和贺卡，“回家的时候买的，新年礼物。”

周蔓接过来，揉了揉她的脑袋：“阿随怎么这么好啊。”

江随说：“谢谢周阿姨，这几年我都很开心。”

周蔓笑了：“我也很开心啊，知知那小浑蛋肯定更开心。”

她话没说完，门被推开了。

周池走进来。

周蔓皱了皱眉，指指他：“你等会儿，我跟阿随讲话呢。”她看向江随，“刚说到哪儿了，对，其实我跟你爸早就说好了，刚好你爸也忙，没法照顾你，以后你还继续住在那儿，和以前一样，等高考完了再说，怎么样？”

江随摇头：“不了，我自己住没关系的。”

周池刚退到门外，沉着脸在墙边站着，突然听见江随的话，蓦地愣了下，透过半开的门看向她。

周蔓也意识到事情大概有点麻烦了，江随性格好，一直很听话，对大人的安排从来不会有意见，这次却不一样，她的声音小小的，语气却很坚定。

“你在那儿不是住得挺好嘛，离你学校也近，再说了，知知肯定舍不得你，是不是？”她拍拍江随的肩，安抚道，“这事不急，再想想，明天我跟你爸一道回去，咱们慢慢说。”

这时候，小赵拿了打包好的晚饭进来，放在桌上又出去了。

周蔓对江随说：“肯定饿坏了吧，先吃东西。”

江随摇头：“周阿姨，我要回去了，陶姨也做了饭的。”

周蔓看她情绪似乎好了些，放了心：“那行，还是陶姨做的饭更好吃，回去多吃点儿。我让小赵送你。”

“不用麻烦的，我打车回去就好。”江随起身把书包背好，礼貌地道了再见，很快出了门。

“哎，阿随——”

周蔓站起身，看见门外已经有个身影跟了过去。她松了口气，难得觉得周池这臭小子还有那么点用处。

天已经黑透。

不同于市中心的拥挤热闹，产业园区这一片相对空旷，马路都要宽阔很多，路上不断有车驶过，人行道上却很冷清。

路灯下，一个小小的身影一直往前。风比白天更大，吹起她的头发。

周池隔着几步的距离，看着她书包上的挂饰晃来晃去。从刚刚离开周蔓的公司起，她就没讲过话。

快到下一个路口，江随的脚步慢了，走着走着，脑袋低了下来。周池皱眉看了好一会儿，走过去，什么也没问，伸手搂住她。

“江随。”

“嗯。”

“不哭了好不好？”

江随点了点头。

周池抬起手在她眼睛上轻轻抹了几遍，掌心湿热。

也不知过了多久，江随的脑袋从他臂弯里抬起来，脸庞红着，眼睛还是潮湿的，有些狼狈。这样发泄一通，她似乎好了很多，小声说："我弄脏你衣服了。"

"没事。"

江随又说："你怎么来了？"

"你没回来。"

江随顿了下，道歉："对不起。"

"没事。"周池低头看着她，"饿吗，带你吃点东西？我跟陶姨说过了，我们晚点回去。"

江随点头。

周池说："书包给我。背一天了，不累吗？"他抬手捏着她的书包带子，"帮你背会儿。"

江随顺从地把书包给了他。

两人往前走了一段才有餐厅。

周池走在前面，推开门站在门口等江随进去。他左边肩上背着江随的水蓝色书包，上面还挂着他送的粉色小企鹅，这风格怎么看都跟他不搭，后面有两个刚下班的年轻女孩挽着胳膊进来，看到了，都忍不住笑。

江随走到里面，回过头，看向周池。

"坐那边。"他指了指靠墙边的位置，服务员拿了菜单来，周池让她选，江随翻了翻，说："你吃比萨吗？"

"你想吃什么就点什么。"

江随要了个牛肉比萨。

周池又加了一份面和两杯热饮。

江随吃了两块比萨就差不多饱了。她喝着饮料，抬眼看坐在对面的周池，他在吃面，头低着，江随看着他漆黑的眉。

"周池。"她叫他。

"嗯？"他一口面没吃完，抬头。

"你也知道了吧，我爸和周阿姨离婚了。"

周池“嗯”了声，把嘴里的面咽下去，等着她说话。

江随轻声说：“我本来以为他们会一直在一起的。”

“他们的事，你怎么搞得清楚？”

“是啊，我不太懂，为什么就分开了，难道以前喜欢，现在就不喜欢了吗？”

周池说：“这样的事不是很多吗，不然怎么有那么多离婚的？”

“嗯，是很多，我就是有点难受。”江随喝了口饮料，不知在想什么，没再说话。

周池看了她一会儿，喉咙动了动：“江随。”

“嗯？”

“真要搬走？”

江随点头：“我迟早得走的，不可能一直住在那儿。”

周池说：“离不离婚是他们大人的事，跟你没关系。”

“怎么会没关系？他们分开了，什么都不一样了，我住在那儿算什么？以后，如果周阿姨有了新的家庭，怎么跟别人交代我呢？”她停顿了下，说，“不应该给别人添麻烦的。”

周池没话说了，低头拿叉子戳着盘子里的面，半天也没吃一口，脸色已经很难看。

江随注意到了：“周池？”

他没抬头，似乎笑了一声，语气淡淡的：“你什么时候能不要这么懂事？”

“……”江随闷了几秒，没说出话。

回去的路上，两人都很沉默，出租车上安安静静。

幸好路上很顺利，堵车也不严重，到家的时候，陶姨还等着，知知没心没肺的，已经上楼了，不知是在打游戏还是在玩别的，反正对正在发生的事情一无所知。

第二天上午，江放和周蔓一道来了。

知知搞不清状况，觉得特别奇怪，这俩大人怎么突然都来了？他还来不及问，周蔓就把江随叫去书房，而且好半天都没出来。

“怎么回事啊？”知知一头雾水，跑去楼上向周池打听，“我姐犯什么事儿了吗？我妈把她叫书房去干啥呀，不会跟江叔叔混合双打吧？”

周池心情本来就不好，知知这时候抖机灵，刚好撞枪口上了，他一个冷眼，知知就有点哆嗦：“干吗啊，我瞎猜猜也不行啊。你再凶，我告诉我姐啊！”

周池瞥了他一眼，不知出于什么心理，可能是自己不爽也不想让别人好过吧，他淡淡地说了句：“不是你姐了，她要走了。”

知知没听懂，瞪他：“你说的什么屁话，我姐就是我姐，她走哪儿去啊？”

周池垂眼，脸色不怎么好，也不想搭理他了。

知知愣了愣：“莫名其妙的。”

他懒得问周池了，反正跟这个小舅舅讲话从来都是“三句要骂、五句喊打”的，纯粹是找罪受。

书房里，江放正在和江随解释离婚的原因，无非就是“性格、观念不合，更适合做朋友”这样的话。江随在电视剧里听过类似的理由，什么都没有说，只是点了点头。不管原因是什么，经过一个晚上，她已经接受了结果，或者说，她只能接受结果。

十几岁的年纪，什么都不是，也什么都没有，能决定什么呢？

谈话到末尾，商量起江随的住处，江放和江随是一样的意思，周蔓为此还和他起了争执，但最终也只能尊重江随的想法，她问江放：“你准备怎么安排阿随？真让她一个人住？”

江放还没说话，江随先开口：“没事的，周阿姨，我可以住宿舍。”

周蔓皱眉：“宿舍条件不好吧，好多人住一起，你哪能习惯？”

江放说：“这事我跟阿随再商量一下，离开学还有一些时间。”

周蔓看了看江随：“以后要是住不惯，想回来就回来，反正房间给你留着。”

江随应了声，又问江放：“那我今天就收拾东西了？”

“嗯，明天爸爸来接你。”

江随回屋之后，江放就先走了。

一头雾水的知知被周蔓叫进书房。

作为最后一个知道消息的人，知知无疑遭受了晴天霹雳，他怎么也没想到自己这么命苦，可怜了那么多年，好不容易有个姐姐，结果转眼就没了。

即使平常有点没心没肺，他这时候也是又气又伤心，眼圈都红了，在书房跳脚大半天，还跟他妈赌上气了，趴在屋里，吃饭也不下来。最后还是江随过去安慰，他才好了点，把她送上楼的一碗饭吃完。

晚上，江随在屋里收拾东西，知知就在旁边蔫头耷脑地叹气，很失落。

他捡了江随的一只拖鞋当作垫子，坐在行李箱旁，可怜巴巴地看着她往里面装书，一直哼哼唧唧。

“就不能不走吗？我妈不是说收你做干女儿了嘛，那你不还是我姐嘛。”

“不住在一起，我也是你姐啊。”江随把收拾出来的一个空笔记本递给他，“这个给你吧，还没用过呢。”

知知接到手里，眼神有点儿凄凉：“一个本子就想打发我啊。你看看，这还没走呢，姐弟感情就快要完了。”

“……”江随推推他，“你正常点。”

知知晃了晃脑袋：“姐，你经常来玩，行不？”

“嗯，经常来看你。”

“你说话算话啊，我以后找你，你可别翻脸不认人了！”知知嘟囔着，“我没钱花，还能找你借不？”

江随拿书敲他脑袋：“你怎么就知道钱。”

“那我穷嘛。”

“知道了，”江随无奈地说，“没钱就找我，会借给你。”

知知好像高兴了点，过了会儿，又想到件事，脸又灰了：“唉，以后我小舅舅欺负我，都没人救命了。”

江随顿了下，想起周池，眉头微微皱了起来，说：“你别惹他生气啊。”

知知哼道：“谁惹他了。”

不知怎的，虽然和平常一样插科打诨，但他就是不那么愉快，有点悲凉的意味。

越待越难过。

“姐，不瞒你说，我快要哭出来了。”知知撇撇嘴，拍屁股起身，“我还是给你买个红薯去吧。”

江随看着他那满头的狮子毛，有点感动：“去吧去吧。”

衣服收好后，书也收出一箱，但还有不少。这几年她买得最多的就是书，有些打算留给知知，还有几本武侠书，其实想给周池，不知道他看不看这个。

从昨天回来，周池就不太高兴。江随心里清楚原因，但不知道怎么办，她不傻，看得出周池不想她走，但她没法答应。

这两天，她其实有点顾不上周池。因为江放离婚的事，她心里很乱，想了很多，让自己接受了现实，同时也开始考虑要独立，而不是继续像个拖油瓶一样。如果江放又有了新家庭，江随希望自己不再成为他的负担。

犹豫了一会儿，江随还是没去找周池，她把那些武侠书放在一边，找到两个大盒子，整理书柜里的其他书。

忙了好半天，起身倒水喝的时候，看到门外的人，江随一愣，不知道他来了多久。

周池穿着一身家居服，运动风的卫衣和长裤，头发刚洗过，从上到下都干干净净。

江随却是另一个样子。她刚刚一直在忙碌，脸上冒了汗，耳边的发丝浸湿了，贴着脸颊，因为爬上爬下地搬书，身上蹭了灰尘，衣服袖子还卷着。

周池说：“收拾东西了？”

“嗯。”

“要不要帮忙？”他声音很淡，眼睛黑漆漆的，没什么笑容，但也不太冷。

江随摇头：“不用了，别弄脏你的衣服，我自己来吧。”

他却没听，走进来看了看书柜。这是个顶天立地的大高柜，最顶层还有满满一层的书，也不知当初怎么放进去的。

“那么高，你怎么拿啊？”他转过头。

“有椅子垫脚。”

周池扫了她一眼：“你这么矮，垫了也不好拿吧。”

“……”

他脱了鞋，拉过旁边的椅子踩上去，伸手就拿到顶层的书，江随赶紧放下杯子，在旁边接着。一整柜的旧书，有些还是初中毕业的时候留下的参考书、练习卷，她什么都没丢，全放在里面。

周池有点儿无语：“你怎么什么都留着？”他翻了一本，是她初中的周记本，字迹略显稚嫩。

“那个时候没丢，后来就舍不得丢了。”江随说，“难道你初中的东西都没留吗？”

“留着干吗。我都当废品卖了，还能买两支雪糕。”

江随：“……”好吧。

很快他就把书全部搬了下来。

江随一本一本整理，往盒子里装，周池在旁边看着，也不说话，等江随全都装完，他拿胶带帮她封了盒子。

江随把那几本武侠书递给他：“这些，你看不看？”

周池接过来翻了翻，抬眼问她：“你还看这个啊？”

“以前看的，不想带走了，你要吗？”

“嗯，要了。”他把书放在桌角，转眼看了看，她的房间差不多空了。

“准备住哪儿？”

“还不知道。”江随说，“我想住宿舍，不过我爸可能想给我在学校附近租个房子吧。还没决定。”

这时候，知知回来了，提了个红薯走进屋，看见周池站在里面，想起他上午说的话，有点儿不顺眼，径自走到江随面前：“姐，红薯。”

“你怎么去了这么久？”

知知邀功似的，说：“巷口那家没了，我可跑了一站路呢。”

“谢谢啊。”

“谢什么啊。”知知瞥一眼周池，“你来我姐屋里干吗？我告诉你，我姐虽然不住这儿了，但她还是我姐！”

“是你姐，”周池睨了他一眼，“谁跟你抢了？”他拿起桌角的书，扭头走了。

第二天，江放大清早来接江随。

知知和周池都没起来，江随不想惊动他们，谁也没告诉，只和陶姨道了别。

车开动的时候，看见陶姨站在巷口抹眼泪，江随鼻子有些发酸。这地方住了好几年，早已经像家一样，下次再来，她就只是客人了。

10

# 花我摘了

江放托人在二中附近的小区租到一个小套间，精装修，一室一厅，空间不大，但一个人住很宽敞，是专门租给附近学生的，距离二中只有十分钟的脚程。

开学前一天，江放送江随过去，父女俩收拾大半天，接通了网线、电话，买了各种必需品，总算有个样子了。

至于吃饭的问题，江放想着请个阿姨来这边给江随做饭，但江随拒绝了，三餐都可以在学校吃，附近吃饭也方便，没有必要。

都说新学期是一个新起点，对江随来说，更是如此。

她第一次一个人住，很多事情都是新的尝试，磕磕绊绊。

比如，开学报到的这天就出了小岔子，闹钟调错了，她醒得很晚，到教室差不多是最后一个了。幸好上午没有课，只是打扫教室、领取书本之类的杂事。

江随错过领书的时间，一个人匆匆跑去教材库又赶回教室，远远就听到班里闹哄哄的。

她快步走完楼梯，看到走廊上的几个人，是周池和张焕明，还有两个不认识的，大概是别的班的。

也许是凑巧还是怎么，她看过去的时候，周池正好转头和旁边的人讲话。

江随背着书包，怀里还抱着一堆书本。天气刚回暖，她穿一件白色外套，头发刚剪过，留了刘海儿。

目光相对的时候，她微微顿住，怀里的一本书滑到地上。

班里的一个女生上厕所回来，帮她捡起了书。

江随和她一道进教室。

好久不见的同学都在叽叽喳喳交谈，江随发现不少人换了新发型，她新剪的头发在其中就显得很普通。

不过许小音就特别喜欢这样的，一个劲儿地说她适合剪这种刘海儿，特别纯。

江随还听到有女生在讨论周池，说他的寸头好看，江随却在想他刚刚在走廊上的样子。

很冷淡。

他们已经一周没见。她走的那天没有告诉他，不知是不是这个原因，他这几天都没找她，有时候 QQ 上两个人都在线，也没有交流。

中午吃过饭，离午休还有不少时间，江随和林琳在学校里走了两圈，看到很多男生在打篮球。

周池不在。

没想到两人走到图书馆那边却遇到了他。林琳进去上厕所，江随在外面等着，看到周池从男厕所出来。

他大概也没想到在这儿看到她，愣了一下。

江随先开口叫了他。

周池走过来："在这儿干吗？"

"等林琳。"她指指厕所。

"你住哪儿呢？"

"租了房子，在阳树苑那边，你知道吗？"

他摇头："不知道。"

"很近。"

"吃饭呢？"

"可以在学校吃啊。"

"没人照顾你吗？"

江随摇头："我自己就行了。"

周池没吭声，站在那儿看了她一会儿，篮球场那边传来声音，有人喊他。

“你过去吧。”江随说。

他点了下头，往前走了，快走到百年老树那儿，忽然又返回，几步到她面前，垂了眼睑，视线从上而下。

“要不，我照顾你啊，怎样？”

他说话的语气淡淡的，但也不是开玩笑的样子。江随没想到他突然又回来，还说了这么一句，呆了呆。

显然，周池这话不仅说得暧昧，还有点不清不楚。

照顾？怎么照顾啊？他好像故意要让听的人自己理解似的。

江随愣愣地看着他的脸庞，眼睫微合了下：“照顾我什么？”

“随便什么，你有事都可以找我，换灯泡、修马桶什么的，我都会，做饭也会。”周池低着头，停了下，说，“没事也可以找我，带你玩。”

阳光从他侧后方照过来，他大半边脸都在阴影里，轮廓清晰，仍然是很凉薄的样子。江随心里却已经热了，有点感动。

他很少讲好听的话。

她小声说：“谢谢。”

周池“嗯”了声，没再开口，却也没走，一直看着她，像在等什么似的。

江随被他看得耳朵都红了，过了会儿，想起了什么，说：“那天我走得很早，你没起来，我就没跟你说。”

“嗯。”周池淡声说，“不告而别。”

“……对不起。”

周池没应，问：“这几天很忙？”

“还好，也没什么事，就在我爸那儿看书。”

“那怎么不找我？”

啊——江随又一愣。

“一周了吧，一条短信都没有。”他声音低下来，“你是不是有点没良心？”

江随无言，手心冒了汗，半晌，不知哪儿来的勇气，说：“你也没找我。”她声音不大，听着莫名有一丝委屈的意味。

周池抿了抿唇，心里好像舒服了："扯平了。"

林琳上完厕所出来，看见他们两个站在台阶上讲话，有点奇怪：这俩人聊天干吗非得站厕所旁边？不难闻吗？往前面走一点不行吗？

她走过去，喊了江随一声。

江随回过头，说："等我一下。"

"行，你们慢慢说，我去看他们打球。"林琳小跑着去了篮球场。

"别站在这儿了。"江随指了指，"我们往那边走吧。"

两人边走边讲了一些话。

江随问："知知和陶姨还好吗？"

"挺好。你什么时候回去玩？"

"有空就去吧，知知也开学了吧。"

周池无所谓地说："不知道，懒得管他。"

江随有点无语，想了想，说："周池。"

"嗯？"

"能不能拜托你一件事？"

"你说。"

"跟知知好好相处，好不好？"

"……"

"可能知知有时候确实太皮了，但没坏心眼儿，要是惹恼了你，你别跟他生气，行吗？"

"谁跟他生气？"周池不屑地说，"小屁孩一个。"

"是啊，他比你小，所以你就让让他吧。"

"你就会护着他。"周池瞥了她一眼，"难怪他说你是他那边的，要联合你跟我对抗到底。"

"……"

所以她不在的时候，这舅甥俩又闹起来了吗？

怎么这么幼稚啊。

江随揉了揉额角，有点犯愁，这时听见周池的声音："你别操心了，我会让着他。"

和周池的谈话很短暂，但江随放了心，至少知道他没有生她的气。

不仅如此，在刚开学的头两周里，他们相处得很好，周池给她带了很多次早饭，都是陶姨做的，有时候是包子，有时候是粥，他拿保温饭盒装着，一直到早读课后还是热的。

这一阵子，江随晚饭几乎都在学校吃，他也陪着，吃完饭，送她到小区楼下，他再回去。

这样看来，好像他真的在照顾她。

在这段时间内，江随渐渐适应了一个人住，晚上小台灯依然开着，不过她半夜不会再突然醒来。

林琳和许小音知道江随租房子住，觉得奇怪。江随也没有瞒着她们，被问到的时候就说了实话，两个女生都很惊讶，唏嘘感叹了一番。

至于周池那边，有个机灵的张焕明在，什么也瞒不住，几个关系好的男生也知道了。

不过大家在这事上都挺靠谱，没有谁无聊地拿出来当谈资到处乱讲。

学校里其他人并不知道江随的家事变化，仍然拿她和周池当亲戚对待，仍然有素不相识的女生来跟她套近乎。

江随感觉到，周池这学期在女生中的人气似乎又拔高一截。据许小音的结论，这大概跟周池的新发型有关。

“寸头在男生发型大全里绝对稳居第一宝座。当然，前提是脸要好。”趁着课间十分钟，许小音抓紧时间给江随科普，“据不知名的研究者调查，长相不变的情况下，留寸头对女性的吸引力更大。”

江随真没想到剪个头发还有这么多门道，好奇地问：“有什么科学道理吗？”

“这个嘛，大概这种发型比较酷，很有男人味道吧。”

“……”

十七岁能有什么男人味道?

不就是年轻貌美吗?

江随回头看了一眼，周池靠在后排的黑板上和旁边的男生说着什么，侧着脸，有一点淡淡的笑容。

他今天没穿运动裤，是那种带大口袋的工装裤，酷还是蛮酷的。

看来，只要长得高，有长腿，怎么穿都好。

不知道他穿不穿秋裤哦？

江随脑补了一下，把自己给脑补笑了。

没想到周池正好转过头，目光越过好几排同学，看到了她。他好像有点莫名其妙，抬了抬眉，似乎在问她笑什么。

江随朝他摇头，笑容却更明显，她弯着眼睛，没几秒就转过身去跟许小音说话。

周池盯着她的背影看了一会儿。

张焕明过来拍拍他："看什么呢，笑得这么荡漾？"

周池没应声。

张焕明往前看了看，大概明白了，压着声音说："你这耐心，我也够佩服的！还以为你上次就要表白了呢，结果搞到现在，虽然中间出了岔子，但现在江随好像已经恢复过来了吧，你还不下手，天天这么陪吃陪喝、关怀备至的，到底是追女生还是评劳模啊？"

"你管我。"

张焕明很无语："哎，我就不懂了啊，你俩现在又没那什么关系了，清清白白，就是同班同学，你还拖拖拉拉干吗？难不成你还指望江随主动来追你啊？"

周池瞥他一眼，没说话。

"我靠，你那表情啥意思，你还真这么想？！"张焕明恍然大悟，"你这是挖了个温柔坑等着江随跳呢。"

他一脸无语地看着周池，这人是不是有点无耻啊。

这天是周五，放学后，周池有个饭局，把江随也带去了。组场子的人是明阳私中的，上次寒假补课，他们和二中的几个男生坐一块儿，就混熟了，寒假里已经聚过两次。

张焕明介绍江随的时候，只说她是周池的亲戚，别人也都信。

江随发现除了她，还有几个女生在，都是明阳私中的，有一个高个子鬈发的漂亮女生，江随看一眼就认了出来。

叫什么名字，她不知道，但许小音当时说这个女生看上周池了，所以江随印象很深。

那时候她正和周池闹别扭，后来补习班结束，就没再想这事，没料到今天会在这儿见到。吃饭的时候，有人喊了那个女生，江随默默记住了她的名字：沈心颜。

名字很好听，和她的长相很配。

不知出于什么心理，江随总不由自主地注意她。

很快，江随就发现这个沈心颜好像和周池挺熟的样子，吃饭的时候他们说了好几句话。后来去唱歌，沈心颜喊张焕明去切歌，然后自己就坐了张焕明的位置，正好在周池身边。包厢里音乐声太大，她跟周池讲话，总是靠他很近。

江随目睹一切，心里有一丝不舒服，也没有很明显，大概就像火柴星子那么大，若隐若现。

幸好，后来张焕明回来，沈心颜就走到前面去唱歌。

老实说，她唱歌也好听，像个专业的人一样站在前面，姿态很好，不过江随没什么心思欣赏，她吃饭时喝多了水，想出去上个厕所，又怕自己一走，沈心颜等一下会坐到她的这个位置。

这么想着，她就一直坐着不动。

中途，周池扭头跟她讲话，江随没听清：“什么？”

他靠过来，说，“我去趟厕所。”

江随立刻说：“我也去。”再坐一会儿，她怕是要尿裤子了。

她语气很急，几乎是脱口而出，周池有点好笑：“一起？”

“嗯。”

上完厕所，看到周池已经等在外面，往回走时，江随无意识地叹了口气，周池看了看她：“累了？”

“没有啊。”

周池放慢脚步。

江随说："问你个问题。"

"嗯。"

"那个很高的女生……嗯，沈心颜，你们之前一起玩过？"

"寒假见过，也是他们叫的。怎么了？"

"就问问，她好像挺厉害的。"

"怎么厉害了？"

"歌唱得好听。"

周池笑了声："是不错。"

江随偷偷看了一眼他的神情，抿紧嘴唇。

回去后，有男生拿了啤酒和饮料来，挨个儿给他们发，丢给周池两罐啤酒，他要开盖，被江随阻止。

"你还是别喝这个了吧。"

"没事。"两罐而已，周池没放在眼里。

江随瞅着他，轻轻嘟囔了一声，好像有点不满。他没听清，笑了笑："嘀咕什么呢，大点声。"

他边说边继续开盖，手臂突然被拉了一下，耳边一热。

江随皱着眉，两手合拢罩在嘴边，对着他的耳朵说："你喝醉了，抱了谁都不知道。"

也许是有点气恼，江随的声音并不小，但因为音色，仍然是软软的，这句话混着女孩子温热的气息一起到周池的耳朵里。

啤酒罐开了一半，他的手顿住了，有一瞬忘了反应。

江随靠得很近，手已经碰到他的耳朵，有一缕发丝垂下来，滑到他颈侧。周池呼吸微窒，后背不自觉地绷紧。

江随也不知自己怎么就说出口了，说完这话她的脸和脖子都有些发烧，没去看他的表情，或许也有点不敢看。

很奇怪，那天晚上周池喝醉酒的样子，她就是一直记得。

江随转回身体，往旁边挪一点位置，离他远了一些，兀自平复了下。

过了几秒，她用余光瞥了一眼，周池还拿着那罐啤酒，并没有喝。

江随心想，他大概很蒙吧，那天醉酒的事可能都忘记了。

包厢里还是很热闹。

江随看着前面，沈心颜依然在唱歌，暗淡的光线将她的身材勾勒得玲珑有致，大鬈发随着她歪头的动作小幅晃动，她偶尔半侧着身体，眼睛若有若无地看向这边，一首《约定》被她唱得格外深情。

唱就唱吧，你干吗对着周池唱啊，他没跟你谈恋爱呢。

江随有点惆怅地看着，心里原本那点小火星般的不舒服好像被蒲扇扇了一把，忽然就成了火苗，沈心颜要是再这么唱下去，迟早要把小火苗唱成大火。

江随低下头轻呼一口气，调整心情，瞥见周池不知什么时候把手里那罐啤酒给了坐在那边的张焕明，茶几上的另一罐好好地摆在那儿，他没有去碰。

别的男生都在喝着，只有他手里空空的。

江随腿边放着刚刚别人递过来的一瓶红茶饮料。犹豫几秒，她拿起来拧了两下，开了瓶盖，递到他手边。

包厢里没开灯，借着屏幕的光线，江随也没看清他的眼神，反正感觉到他有点严肃地看了她一会儿，不只接了饮料，连她的手也一起抓住了。

他的手掌特别热，握了几秒他才松开，若无其事地喝饮料。在江随微怔的时候，他的脸凑过来，长睫微垂，气息带了一点红茶的淡香。

“江随。”

“嗯？”

“我抱了谁我知道。”

“……”

在 KTV 玩到快九点，明阳私中的几个人好像还不想散场，二中的人就先走了。

路上，他们几个男生聊天，江随在旁边听着。

张焕明有点羡慕地说：“他们私中的人真爽啊，在学校里特别自由，什么事都能干似的。听说，谈恋爱的巨多。”

“是啊，人家学校美女多啊，咱们二中还挺多人找了他们学校的女的，隔壁班陈辉的女朋友不就是明阳的？”旁边一个男生接话。

张焕明讽刺地笑："陈辉啊，那人可爱吹牛了，上回打球，那女的来了，他都差点飘天上去了。"

"有意思。这年头都流行起跨校恋了。明阳那个美女，沈心颜是吧，看样子想搞咱们池哥啊。"说话的这个男生是（4）班的，以前和他们玩得不多，这个寒假才加入进来，对很多内情一无所知，讲话有点口无遮拦。

不过这次他说的是事实，沈心颜虽然没有表现得那么大胆，但也差不多了，在场的人应该都能感觉到。

张焕明呵笑了声，语气夸张："想搞你池哥的多着呢，这要是按长相排队拿号，沈心颜这样的，大概得排上一小时吧。"他撞了下周池的胳膊，故意怪腔怪调地揶揄，"是不是啊，池哥？"

他本以为要挨上一记冷眼，但神奇的是，这次周池却没有骂他，反倒接了腔："没这么夸张。"

见鬼了。

张焕明受宠若惊，顺着周池的视线一看，明白了——

马路最内侧，江随安静地走路，看不出她在想什么。

张焕明多机灵啊，一秒钟就摸到了周池心里的门道，挠挠头，也不知道周池自己有没有什么计策，反正他先善心大发，顺水推舟帮一把，于是拉长声调"啊"了一声，说："明天不是周六了吗，搞不好沈心颜要约你出去，你可要把持住啊，那么个大美女啊，你可别搞失身了！"

他这话一出，旁边几个男生都笑，只有江随绊了一下，差点摔倒。

周池拉住了她。

张焕明看见这一幕，憋笑憋得快要内伤，觉得自己简直是活雷锋。

这一剂够猛。

事了拂衣去啊，深藏功与名……

反正事成之后，他得好好宰周池一顿。

之后，大家在岔路口分道扬镳，周池送江随回她的住处。

阳树苑是个老小区，房子不新，但环境好，只是晚上走进去，路灯不够亮，树影有点儿吓人。

一路上，两人没说几句话，因为江随有点心事重重的样子。

周池送她到单元门外的小花坛边。除了第一次来，他去她屋里看过，后来都是送到楼下，江随不提，他自己也不主动说要上去。

江随和他说谢谢。

周池“嗯”了声，在路灯下换了个姿势。他似乎有些疲惫，手插在兜里，一边肩膀塌着。

“你每天都这么说。”很淡的一句，没什么情绪。

江随微愣了下，一想，发现确实是这样，开学到现在，他好像总是在她身边，所以每天都有要对他道谢的地方。

比如，早上给她带饭什么的。江随很不好意思，好几次跟他说不用，他嘴上应着，第二天依然继续。

渐渐地，江随好像习惯了，早上一进教室就会下意识地去看他的座位，有时候他来得早，有时候稍晚一点儿，保温饭盒总是揣在书包里，进教室就给她。这看起来是举手之劳，很简单，但其实也有点麻烦。就因为这个，他这学期上学的时间提早不少，懒觉都被影响了。

他那么喜欢睡觉……

江随心里有些情绪涌动起来，她又想起一堆其他的事情，很讨厌的是，还想起了沈心颜，还有张焕明说的那些话。

这夜晚很好，月色也美，玩得似乎也尽兴，但美中总有不足。

江随很少心浮气躁，今天却已经躁了几回。除了烦，她还有点慌，好像自己捡到的玫瑰花，漂漂亮亮的，刚刚养了几天，还没看够，就有别人心心念念要摘她的花。

她越想越不舒服。

凭什么呢，是我先看上的啊。

江随低下头，刘海儿遮住眼睛，脚尖在水泥地上蹭着。

蹭了一会儿，听见周池打了个哈欠，她抬起头。

“周池，你周末放假要做什么？”她还是问出口。

“不知道啊。”周池又换了个站姿，头微微歪着，“怎么了？”

“我明天过去找知知玩，行吗？”江随的脚不蹭地面了，她站直身体，一只手揪着自己上衣下摆的抽绳，语气随意地说，“刚好是周末，我也没什么事，正好去看看陶姨。”

“你不用做作业？”

“要做的，我可以带过去做……”顿了下，江随补充一句，“一直做作业也很累，我边玩边做，老师也说过这样比较好，毕竟放松之后做作业的效率会更高。”

说完她闭了嘴，有点想敲自己的脑袋，为什么说得这么啰唆啊。

有种欲盖弥彰的感觉。

江随吸了一口气，在衣服上揩了揩手心的汗。

“嗯，反正我明天过去吧，你帮我跟陶姨说一下，我大概中午到。我上楼了，你回去路上注意安全，再见。”语速不知不觉快了很多，江随讲完，转身就跑进单元门。

夜晚起了一阵风，小区的树影又是一阵摇晃，伴着呼呼的风声。

路灯下的人影没动，他站在原处晃悠了一会儿，把卫衣的帽子拉到头上，沿着卵石道走了几步，好像渐渐忍不住，对着光秃秃的路灯柱笑了出来。

周六清早，江随被闹钟叫醒，她昨晚忘了提前关掉，设定的还是平常上学的时间，一看手机，才六点。

江随在床上窝了半个钟头，可惜已经没有睡意，只好起床，洗漱完下楼去买早餐，谁知在小区对面的粥店里碰到一个熟人——（1）班的陈易扬。

陈易扬站在门口朝她笑了一下，端着粥碗坐过来：“你也在这儿？以前怎么没见到？”

“我这学期在这边住，就那个小区。”江随指了指对面，“你也住附近？”

“是啊，跟你一个小区，我高一就住了。”陈易扬问她，“你住在哪栋？”

“11 栋，你呢？”

“你隔壁，12 栋。”陈易扬说，“有点巧。这两栋隔得很近，就一个小花坛。”

江随点头："是啊。我也觉得好巧，之前都没有见过你。"

陈易扬喝了两口粥，乌黑的眉抬了抬，问："你也一个人住？没人陪读？"

"嗯，我爸爸很忙，他有很多事做，我就自己住。你呢？"

陈易扬又笑了："又跟你一样。"

两人一边吃早饭，一边又聊了几句，还说了些学习上的问题，讨论了任课的老师。

江随觉得还挺好，这边有一个熟人，不管怎样都算好事。

回去后，江随把屋里收拾了一下，又把洗衣机里的衣服晾了，做完一张试卷，看看时间，已经十点多了。

手机里有知知发来的一条信息。

"姐，小舅舅说你今天过来玩，是不是真的？"

江随给他回完信息，就开始收拾东西，把要带的作业装进书包，路上经过水果店，她拣着知知爱吃的挑了一些，快走到巷口的时候，手机响了。

江随一接通，就听见周池问："十一点了，你人呢？"

"来了，在路上。"

"到哪儿了？"

"再走一会儿就到巷口了。"

"我去接你？"

"不用啊，这么点路。"

他不多说，应了声就把电话挂了。

等江随走过去，还是在巷口看到了他。

他站在红薯店门口，一身居家打扮，拖鞋、运动裤，上身一件黑色旧毛衣，特别宽松，都有点起球了。

他看见江随手里的水果："还带东西了？你走亲戚呢。"

江随解释："没带什么，就给知知买点水果。"

周池提过袋子，说："他不缺水果吃，下次别带了。"

"哦。"

两人走到巷子里，知知已经跑了出来，老远就喊“姐”。

江随一看见他，差点笑了。

他的狮子毛没了，剪得特别短，和周池的短寸头很像同款，只不过效果截然不同。

“什么时候剪的啊？”她边笑边问。

一提到这个，知知特别沮丧，气愤地和她吐槽了一堆：“我妈简直就是专制！她和我班主任就是压在我头上的两座大山！我迟早推翻她们，落草为寇、自立为王！”

“你《水浒传》看多了吧。”江随笑着揉了揉他的脑袋，有点戳手，“挺帅的啊。”

“帅啥，你少骗我。”知知哼哼着，“我前面的女生天天嘲笑我！气死人！说我这个头发像个小坏蛋一样，还说像坐牢出来的，我都不想理她们了，平时给她们买糖就觉得我帅，不买就这副德行，你们女人啊，真是没良心……”

江随：“……”

这跟我有什么关系？

周池走在后面，看姐弟俩边走边说，进了家门。

陶姨在厨房忙着。知道江随要来，她高兴得很，比平常多做了几个大菜。江随去厨房和陶姨聊天儿，周池把她的书包提到楼上，放在自己屋里。

午饭后，江随去知知屋里帮他解决了数学试卷上的几道大题，知知趁此机会向她吐槽被周池欺压的辛酸事迹，可惜还没吐槽完就被打断了。

周池下楼来敲门，问江随：“还做不做作业了？”

“……”

在知知怨念的目光中，江随跟周池上了楼。

周池的屋子好像常年都是这么舒适，沙发旁的小地毯换了一个，比以前更软，垫子也换了一个新的。

他把书桌让给了江随，自己窝在地毯上。

江随写了半张试卷，他就喊她："那么勤奋干吗，过来歇会儿。"

江随："……"

不是你喊我上来做作业的吗？

周池说："有几部新电影，你没看过。"

江随放下笔，去把小篮子里的草莓洗了，端到他旁边。她坐在地毯上，看他拿着遥控器在调音量。

"声音这样，行吗？"

"行啊。"江随递一颗草莓，眼睛看向电视。

周池没接，歪了下头，就着她的手吃了草莓，继续摁遥控器调画面。

江随愣了愣，看看自己的手，又看看他。

"……"

电影是部爱情片，和以前隐晦含蓄的文艺风不同，这部爱情片比较奔放，前二十分钟里，男主已经和女主接吻两次。

要是一个人看这种镜头也没什么，但现在旁边坐着周池。尤其是第二次亲吻的时候，尺度还有点大，拍的镜头特别近，好像就在眼前一样。

老实说，江随很尴尬。她偷偷看一眼周池，他倒是自在得很，脸色一点变化也没有，还边看边吃草莓。

果然，人跟人是不一样的。

反正，男主又一次亲女主的时候，江随就起身去接水。

电影看到后半段，总算含蓄起来，因为男女主分手了，亲热的戏份自然没有了，只有互相想念的桥段，调子一下就变了，有点悲伤。一直到最后，两个主角都没有破镜重圆，前面的种种愉快美好好像一下子全部抹掉。

江随感慨："是悲剧啊？"

"是啊。"周池看了她一眼，"不喜欢？"

"没有不喜欢，挺好看的，就是结局有点不舒服，为什么就不能一起呢？明明在一起的时候也挺开心的，是不是？"

周池点头，目光淡淡地觑着她："你说得挺对。"

"是吧？没必要最后弄成这样，竟然就再也没有见过面了，好可惜。"

江随说完低头看了看脚边的手机，已经快四点了。

“好像不早了。”

“要回去了？”

江随看了他一会儿，点点头，说：“我还是回去写作业吧，我今天在这儿只做了半张试卷。边玩边写好像不太行。”

周池被她弄笑了：“挺有觉悟。”

江随微窘：“那我走了？”

“不吃晚饭？”

“不吃了。”

周池也没挽留：“我送你？”

“不用了，天还亮着呢，我自己走就行了。”

“送你到巷口。”

到楼下，陶姨和知知都要留她吃晚饭，江随婉言谢绝了，只说下次再来。

周池和她一道往巷口走。

太阳已经快落下，天边挂着一小片红霞，有几个巷子里的老人在散步，看到江随，还认识她。江随和他们打招呼，说了几句话，周池就在旁边等着，手里提着她的小蓝书包。

快走到巷口，周池问：“你明天做什么？”

“看书吧，应该不出门了。”江随又反省了一遍，今天的作业完成量实在不尽如人意。她问：“你呢？”

“不知道。”周池无所谓地说，“有人约就出去玩，没人约就算了。”

有人约就出去？

江随脚步倏地顿住，转头看他，动了动唇：“你……”

话没说完，周池的手机就响了一声，是短信提示音。他摸出来看了一眼，江随呼吸微紧，脑袋往他那边偏，飞快地瞄了一眼，可惜看不清楚。

不会是那个沈心颜吧？

又走了几步，周池还在看手机，江随一连瞥他好几眼，憋不住了，问道：“怎么了，你有事啊？”

“嗯，有人喊我出去玩。”他没抬头，手指摁着手机，好像在给对方回信息。

江随皱眉：“什么时候啊？”

“今天晚上。”

今天晚上？

江随手指慢慢地攥紧。

昨晚才唱歌的，今晚就来约？才认识多久啊，这么等不及吗？

两人已经走到巷口，周池把书包递给她：“路上小心点。”

江随接过来背到背上，应了一声：“知道了。”脚却不动，眼睛还看着他。

看了几秒，江随有点茫然地低下头：“嗯，你也回去吧。”

周池笑了笑：“好啊，那我走了。”他没多停留，说完就转身，潇洒地往巷子里走。

江随站在原地，视线跟着他，看他又从兜里摸出手机，她脑子有点不受控制，好像采花贼又来摘她的花一样。

这样下去不是办法啊。

在周池快要走到红薯店门口时，江随跑了过去。

“周池……”她叫他的名字，微微喘气。

手被拉住，周池回过头，看见她瓷白的脸庞漾了红晕，唇瓣微红，眼神又软又热。他目光微动：“怎么了？”

江随看着他，心口渐渐鼓噪，声音低下来：“我有话跟你说。”

“你说。”

江随很紧张，不只手心出了汗，感觉后背也很热，这个时候的江随并不是很理性，她在这一秒没有再多思考什么，因为张焕明那句信口胡说、推波助澜的鬼话格外有效果。

江随的想法很朴素——

不管了。

花我先摘了，你就别想了。

她几乎没过脑子，就组织好了语言：“今天晚上，我也想约你。”

“……”

不知是不是云移了位置，天边的晚霞好像突然更漂亮了，火红的一大片，将落不落的夕阳仍然有明亮温和的光辉，旁边红薯店飘来香味。

而江随，等来了头顶的一声笑。

她还没抬头，已经被他揽到怀里。江随蒙蒙的，感觉他将下巴抵在她的头顶上，一串低低的笑声全进了她的耳朵。

“你要约我干什么？”带着笑音的一句。

江随脸热得不行。

旁边卖红薯的小姑娘看过来。

江随的脸贴在周池的胸口，他毛衣上的球球戳着她的皮肤，有点痒。

“周池……”她轻轻推他，“脸疼。”

他松了手：“哪儿疼？”

“你的毛衣。”江随揉揉脸，抬眼问，“你喜欢我吗？”

周池定定地看了她一会儿，低声说：“喜欢。”

# 11 甜　蜜

周日晚上，一群男生聚在李升志家玩。从六点半开始，张焕明连着给周池打了几个电话，费好大劲儿才把人请到。

八点多，周池姗姗来迟。

李升志接过他手里的一箱啤酒，劈头就问：“猴子说昨晚你放我们鸽子是跑去约会了，是不是真的？”

外面下了蒙蒙细雨，周池一身寒意，头发上还有细细的雨珠。他抹了把脸：“就不能先让我进屋？”

“哦哦哦，你进你进。”李升志往后退，把他让进门，“又不是第一次来，还用我招待你？”

周池脱了外套丢在门口的柜子上。

客厅里闹哄哄的，已经坐了好几个男生，地板上放着一堆摊开的外卖袋子。

李升志家这套房子闲置，归他一个人住，偶尔喊人来这儿聚会，无非吃吃喝喝、打牌、看片。

客厅人多，有些话就不好问了。李升志学乖了，没有再提刚才那问题。

大家吃过烧烤，喝了啤酒，玩过牌又观摩了一场“动作片”，兴致勃勃地胡侃。没女生在，荤段子乱飞也没什么关系，只不过越聊这些越上劲，刚刚又看过片子，弄得挺折磨的。

周池独自占据了一个小沙发，没加入聊天。

他也不是没有感觉，这个年纪，没什么例外的，尤其是昨天刚有了女朋友。就算不是故意有肮脏的念头，他也会不由自主地想起她。

如果知道他现在在看这个，她会是什么反应？

她脸皮很薄。

那次在音像店，不过是看见了一个影碟，她的表情像见了什么似的，把自己红成了一只虾。

想到这儿，周池莫名乐了一声。

他将啤酒罐放到后面边柜上，摸出手机翻到通讯录，盯着江随的名字看了一会儿，发了条信息："在干吗？"

等了几分钟，没有回复。旁边那些男生还在聊那些话题，周池起身去了阳台。外面小雨仍然没停，冷风吹进窗，他靠在墙边，看着手机屏幕，拨出一个电话。

响了好几声那头才接通，听筒里传来女孩的声音："周池？"

"嗯，是我。"他微微弓着背，视线落在玻璃窗一角，"你在忙什么？"

"我刚刚在晾衣服。"江随问他，"怎么了？突然打电话？"

"哦，没事不能打？"他的声音很低，有一丝笑。

"我没这么说啊。"江随知道他在开玩笑。

明明昨天才见过，昨晚还发过信息，突然在电话里听到他的声音，又好像已经几天没见，有点新鲜。

"没什么事。"周池朝玻璃窗走两步，微微低眸，说，"就找你一下。"

"……"

江随主动起了别的话头："你在外面吗？在做什么？"她听到电话那头有点嘈杂。

周池"嗯"了声，语气轻松地说："在李升志家玩。"其实只回答了半句，至于具体在干什么，他没说。

"很多人在啊？"

周池："嗯，人不少。"

电话里的声音又小又温柔："下雨了，你回去的时候跟他借把伞，要注意安全，别待太晚了。"这样的语气，好像无论说什么，都给人一种被她呵护的错觉。

从最开始就是这样，是她来靠近他。

周池不希望这是错觉。

“担心我？”他问得直接。

“嗯，担心啊。”

周池满意了，心里很舒服。这种舒服一直持续到挂掉电话后很久。

客厅里的那些男生离开了，只剩周池和张焕明。

作为主人家，李升志比较辛苦，要收拾一地的外卖袋和食物残骸。张焕明像个大爷似的跷着脚嗑瓜子，一边嗑一边埋汰周池：“你还能不能行了，昨天放我们鸽子，今天又迟到……重色轻友是要被打的。”

周池：“你试试。”

张焕明“啧”了声：“来，咱们数数，你这才谈了……”他伸出手，掰着手指，“一、二、三、四……一天吧。”

旁边捡垃圾的李升志“扑哧”一声笑出来，竖起拇指：“猴哥威武。”

张焕明这大猴子笑着接受夸奖，往沙发上一瘫：“说实话……我还第一次见人用这种手段把女生钓上的，你当人家是鱼啊，钩子扔了一个又一个，我就奇怪了，假如昨天江随就是死活没上钩，你准备咋办啊？”

周池：“没想这个。”

“牛啊你，我怎么觉着跟那什么……就之前放的那电视《金枝欲孽》似的，你这样的就适合到后宫里争争宠，又哄又骗，装可怜、耍心机，你这人到底怎么长大的，该不会从小就这么能耐吧？”

周池微不可察地僵了僵，脸色却没什么明显变化，眼睛觑着桌角，隔几秒，淡声说：“不动点脑子，什么都不会是我的。”

外面的雨已经很小。

周池和张焕明离开李升志家，走到路口，两人本该同道，周池指指旁边：“我走这边。”

“干吗？”张焕明一看这个方向就明白了，“这么晚不回去，还想找她啊？”

周池没回答，顺手把李升志塞给他的雨伞丢给张焕明：“我走了。”

九点半，江随洗漱完，还没有睡意，于是在贴吧里晃了一圈，找到一张周池的最新照。

应该是上周一被人拍的，还穿着校服，坐在操场那边的乒乓球台上，手里握着一杯插吸管的饮料，居然有点可爱。

江随画这张花了一个小时。

收拾好东西，把第二天上学要带的都装好，她正准备去睡，来了一条信息。

是周池。

“睡了？”

江随回复：“还没，要睡了，你回去了吗？”

很快来了新的：“没，你能不能下来一会儿？”

江随一愣之后反应过来，跑到卧室的后窗口往下看，楼下小花坛边有道身影，不太清晰。

她随意套一件冬天的家居服，快步出门。

楼梯漆黑，江随跑过去，声控灯就亮了，刚下到一楼，看见单元门已经开了，周池就靠在门边，高高瘦瘦的身影，看到她来，他把卫衣的帽子从头上扯了下来。

江随走过去，他回身关上单元门，隔绝了夜晚的冷风。

江随停在最后一级台阶上惊讶地看着他。

“顺路。”周池朝她笑了笑。

江随走到他身边，一下子就显得很矮，她穿着毛茸茸的家居服，脚上的毛拖鞋上有个小兔子造型。

周池上下打量了两眼，江随不太自在：“怎么了？”

周池摇头笑笑：“到底几岁啊，像个小孩一样。”

“……”江随抬头看他，“你身上湿了，没打伞啊？”

“小雨。”

江随捏捏他的衣袖，问：“你怎么来了？”

“我不能来？”

“不是，我以为你找我有什么急事，这么晚。”

“没急事。”周池低头看着她，“就谈谈恋爱。”

“……”

江随不知道应该说什么，有一丝不明的尴尬，昨天的事好像又在眼前——

他问要不要谈恋爱，她点了头。

就这样，她第一次有了男朋友。江随一点经验都没有，这种很暧昧的话，她暂时还接不上来，索性不说话。

太安静，楼道的感应灯突然暗了。

周池在黑暗中牵住了江随的手，把她搂到怀里，手臂略微收紧，脸颊贴着她软蓬蓬的头发。

“你都不想我？”很低的声音。

“……不是。”江随呼吸微快，“想的。”

“真话？”

“嗯。”

又安静了。

江随轻轻跺了一脚，灯重新亮起来，光线柔黄。周池松开手臂，垂眸看了她片刻，轻声问：“亲你，行吗？”

他问完话就等着，看见江随的眼睛微微睁大，唇张了张，然后脸就跟着红了。

周池心头一动，刚刚那装模作样的问话也不管了，他抿唇，伸手捧住江随的脸，头低下去。

江随脑袋里嗡嗡响了片刻，本能地往后缩脖，可有人已经抬手，轻轻扣住她的后颈。

楼道灯暗了。

江随心跳很急促，浑身都有点发麻。她被搂着往墙边带了两步，刚喘了口气，他很快又贴上来，一只手撑在她身后的墙上，另一只手托住她的后脑勺，偏过脸，这一次不由分说地伸了舌头。

江随不知所措，周池抱紧了她，两个人的气息都完全乱掉，乱七八糟地裹在一起。

血液不受控制地上涌，江随很紧张，这种感觉以前没有过，她从头到尾被带着，几乎是被动地承受。

而周池也没有熟练到哪里去，最开始磕磕绊绊，势头太急，弄得彼此都有些上不来气，后来渐渐摸到一点路数。

这个吻到最后变得温柔，周池好像满足了，微微拱起背，脑袋搁到江随的肩上。以他的身高，这种姿势很不舒服，但他一直没动。

江随心口仍然怦怦跳着，好半晌缓不下来。她滚烫的脸颊贴着周池冰凉的衣服，一只手揪着他卫衣的下摆，乖乖地任他抱着。

远处风在响，而这一处很安静，只有两道不太平稳的呼吸。

过了好一会儿，周池的气息平了。

“江随……”张口他才发觉声音微哑。

“嗯？”江随应声。

他却没有再说话，脸仍贴着她温热的脖颈。片刻后，外面的风声更大，他抬起脑袋，终于松开了江随，站直身体，手敲了一下旁边的门。

灯亮起，面前一张红彤彤的小脸庞，嘴唇也红，头发被他弄得有些凌乱，她的眼睛看着他，看了几秒，脑袋别开了一些，若有若无地躲闪着他的目光。

周池抬脚走两步，靠在旁边的门上，舔了舔唇。

江随不知什么时候抬起眼，又看着他。

“你在想什么？”周池问她。

江随没说话。

“讨厌吗？”他又问。

江随一愣。

讨厌吗？

应该不是。只是太突然了，她没有心理准备。江随想了想，说：“你又喝酒了？”

周池微顿，抬了抬眉：“吃口香糖了，还有味儿？”

她点头。

“就喝了两瓶。”他摸了摸脖子，换个靠姿，“很难闻？”

江随有点尴尬：“不是。”

“你不是嫌我？”

“我不是这个意思。”她的脸又红了一遭，“我是说喝酒不好，没有嫌你。”

周池笑了笑，心情似乎很好，看了她几秒，朝她伸手。

江随走过去牵住了他。

“出去走会儿？”

“啊？”

江随看看自己，她还穿着家居服，脚上是毛乎乎的兔子鞋，虽然出门走路没什么问题，但被别人看见，还是有点滑稽。

可周池似乎已经决定了，脱了自己的外套给她：“就在小区里。”

幸好雨已经停了。

他们在小区里来回走了很多圈，像那个时候的学生情侣一样，最常做的事就是晚上一起轧马路。这似乎是一件亲密的事，即使没有说很多话，只是沉默地一起走，也会觉得这个夜晚很不一样。

离开前，周池在门口再次亲了江随。

这天晚上，江随有些失眠，反复想起周池，也想起和他接吻的时候。她记得许小音说过，谈恋爱总会做点什么，因为男生都是很色的。

周池今晚的举动其实验证了许小音的话，可不知为什么，江随不想把“色”这个字用在他身上，她对这个字的印象不好。

周池亲了她，还伸了舌头。可江随对他没有坏印象。

那晚之后，江随大概算是正式开始了初恋。她彻头彻尾是只小菜鸟，于是磕磕绊绊地学习做人家的女朋友。比如，要比之前更关心他，生活上嘘寒问暖是必需的。又比如，要花更多时间陪他。

江随偶尔有种感觉，周池和之前好像不太一样。他有时有点黏人，这跟他冷淡的外表很不相称。

江随不太确定周池是因为谈恋爱才变成这样，还是本来就这样，只是以前没发现，现在更亲近，他真正把她纳入自己的生活，才让她看到真实的样子。

江随好奇了很久，起初甚至有些不适应。他短信发得比以前多，有时候她没办法及时回。

不过这不是大问题，在最初的两个月，他们相处很好，即使白天见过面，晚上也要打电话讲很久，有空的时候就约会，偶尔去外面看电影，大多时候都在江随的住处或者他的小阁楼里。

他们的关系一天比一天更亲密。但是在学校，他们并没有表现出来。

这是江随的意思，她不想被别人当八卦说来道去，尤其她和周池以前还是亲戚关系，学校里很多同学都知道，不知道会怎么说。

这个年纪，流言蜚语很伤人。上回照片事件经历过一次，江随有过体会。

可世上没有不透风的墙，尤其周池本身就是男生中的一个焦点，引人注目，很容易成为别人八卦的对象。

最开始只是几个人发现了，后来慢慢就有更多人注意到。江随只在林琳和许小音面前承认，对于其他人的猜测，她没理会，但心里还是有些负担。

周池和她不同，他早就不在意别人的眼光，无所顾忌，只是照顾江随的想法，才答应在学校里不要弄得太显眼，不然，以他的个性，不至于招摇，但也不会这么收敛。

收敛得甚至有些压抑。

到期中考试后，他就不太愿意了。有天中午打完球，午休前，他去厕所洗了脸，回去时在一楼的楼道里碰到从办公室回来的江随，他见旁边没人，拉了她的手到旁边僻静的拐角，什么也不说就把人抱了。

江随被他吓了一跳，周池却不松手，刚运动完，他头发上还是汗，一脸的水珠也没有擦。

“没人，你怕什么？”他抬着眉，满不在乎地说。

江随摸出纸巾在他脸上抹了一把：“干吗不擦干，要生病的。”虽然已经四月底，但又不是夏天，水还是凉得很。

周池也不说话，等她擦完，他才笑了。

江随一看到他笑，就没话讲了。她发现从在一起到现在，他的笑似乎比以前多了不少。

是跟我在一起，比从前开心吗？

江随忍不住这样猜测。

“松开我吧。”她小声说，“等下有人来了。”

“有人来怎么了？”他浑不在意，语气漫不经心。

“周池……”

听到江随央求的语气，他才不太情愿地松手。

“回教室吗？”江随问他。

“先不回，你上去吧。”他手伸进兜里，被江随隔着衣服攥住。

“别抽烟。”

周池微微皱眉，看她几秒，点了头。

江随转身要走，他却又拉住了她的两根手指，拽着不放，另一只手点了点自己的额头。

江随红着脸犹豫。周池弓背站着，仪态懒散，江随踮脚搂住他的脖子，把他的脑袋摁下来一点，嘴唇总算勉强碰到他的额头，轻轻一下就退开。

等他抬头，她已经跑上楼梯，身影消失在转角的地方。

放学后，江随在学校对面的书店等周池，没想到碰到来买杂志的陈易扬。之前有几次早上她在小区楼下碰到他，就顺路一道走去学校，所以两人比之前更熟了。

江随在翻物理参考书，陈易扬先叫了她，过来跟她讲话，又给她推荐资料书。

江随想起物理练习卷上还有一道题没解出来，刚好拿出来问他。

两人站在书架前小声地讨论起问题。陈易扬在试卷上写了几个式子，江随一看，很快就明白了。

“原来是这样……”她笑起来，“我都没有想到。”

陈易扬也笑了笑：“你是想到另一个方向去了，其实……”他说到这儿停顿了一下，目光越过江随，看到站在那边书架旁的男生。

“怎么了……”江随奇怪，顺着他的视线转过头，看到周池提着书包站在那儿，有些冷淡地看着她。

这个时间书店里的人已经多起来，他们手里拿着书，正在翻看，只有周池闲站着，什么也没做，目光就那么笔直地看着她。

不知道他什么时候来的，在那儿站了多久。

江随被他的眼神弄得怔了一下，低头收起试卷，刚要跟陈易扬告别，周池就走了过来。

“讲完了吧，可以走了？”

江随点头，又看了看陈易扬，正要给他们彼此做个介绍，手就突然被牵住了。她还来不及做出反应，周池已经开口：“我等很久了，知道吗？”

他的手掌牢牢地攥住江随的手指，似乎故意用力捏了一下。讲这句话时，他只看着江随，好像其他人都没放在眼里。

可这里不是只有他们两个人在，且不说那边有好多来买书的学生，就这边上，距他们两步之遥还有个陈易扬。

江随觉得尴尬，用眼神央求周池，想让他先松手，但他好像是故意的，明明看懂，却当作不明白她的意思，冲她抬了抬眉。

这一幕在别人眼里更加暧昧不清，书店门口进来更多人，已经有几个女生看过来。

江随很无奈，也很紧张，脸都红了，她使了一点力气抽出自己的手，转头对陈易扬说：“我先走了，再见。”

“好。”陈易扬的语气依然很温和。

江随快步走出去，下了台阶，一直走到前边的报刊亭才停下。

周池在她身后。

江随喘着气，缓和了些才转过身，身后那人站在几步之外，书包没有好好背，滑在手肘处，他的外套拉链没拉上，里头一件薄薄的长袖，看上去就很冷。可他的脸更冷，眉眼像抹了一层冰霜似的，没有一点表情。

生气了？

你还生气，我还气呢。

江随说：“你干吗呀？”

“你干吗啊？”他微微抬着下巴，用同样的话回问她，只不过是截然不同的语气。江随那一句是小女孩儿的抱怨和无奈，仍然是软和的，他却尖锐冷硬。

江随一时不知道作何反应。

对视了几秒，她小声说："刚刚我都给你使眼色了，你为什么不松开？"

"为什么要松开？"他神色冷漠。

"有别人在啊。"

"有人我就不能牵你？我见不得人吗？"

"……"

"你就那么怕别人知道你有男朋友？"

他语气淡淡的，声音也不大，江随却被他堵得没话说。明明之前说得好好的，他也答应了，突然又这样。

她皱眉看着他。

书店那边好多人出来，朝这边走来。

江随吸了一口气，平静地说："我们等一会儿再说吧，先去吃晚饭。"

一路上都是学生，江随走一会儿回头看一眼，他跟在后面。

吃饭的地方是常去的那家店，江随点了煲仔饭，点完问周池："你也吃这个吗？"

他点了头，走到角落的座位坐下。

等饭期间，周池在玩手机，没有抬头。江随也不讲话，偷偷抬眼看过去，周池垂着眼，抿着唇，不知是不是在玩手机上的小游戏，很专注的样子。

后来吃饭，他们两个依然沉默。

江随碗里有几块大肉，以前都是给周池吃，而他总是会把那半个煎蛋给她。今天闹了矛盾，谁也没有往对方碗里夹，江随本来还想给他，犹豫了一会儿，也许是有点生气吧，她默默地把肉全吃了。

最后一块吃完，她去接了杯茶水，碗里忽然就多了煎蛋。

对面的位置已经空了。

江随转头看看，见周池已经去前台那里结账，结完了就坐到等候区的沙发上，没有再过来。等候的人很多，他就在角落，看着外面，背影朝她。

大概是因为多吃了他的煎蛋，回去的路上，江随总觉得好像亏欠了他似的。

走到小区楼下，她主动开口：“上楼坐一会儿吧。”没有等他回答，她就推开单元门先走进去，摁住门等他。

周池走过来，跟在她身后上楼。

江随进屋开灯，从鞋柜里拿出一双男生的灰色拖鞋放在门口。这是她之前特意为周池买的。

她把书包放下，去厨房倒了一杯水，出来时看见那个瘦削的身影站在书桌边，正在看墙上的相片纸，那是她周末和林琳一起拍的大头贴，有很多故意摆出来的搞怪表情。

被他看到了，江随不免犯窘，走过去把杯子放到桌上：“喝水。”

周池转过头，看了她一眼，端起杯子喝了口水。

江随说：“你还在不高兴吗？”

周池没说话，唇上残留着一点水珠，静静地看着她。他目光特别专注的时候，会让人有种错觉，好像是被他放在了心里。

江随原本的那一丝对他的不满和抱怨莫名就没了。

“周池……”她轻声叫他的名字，解释，“其实我不是怕别人知道我有男朋友，谁都知道你长得很好，没有见不得人，只是我不喜欢被别人议论。我之前和你说过，以为你已经了解了，我不知道为什么你今天会这个样子。”停顿了一下，江随微微蹙起眉头，“你知道的，我没有跟别人谈过恋爱，我以前甚至没有交过比较好的男生朋友，有时候我不知道你在想什么，也不知道怎么做才好，我如果哪里做得不好了，你能不能好好告诉我，不要这样。”

不要怎样？

周池侧着头看她，沉默数秒，开口：“今天那个是谁？”

啊？

江随一愣。

“书店那个。”他嘴角下压。

“哦……那是陈易扬，他是（1）班的，他人特别聪明，物理很好，所以我有个题……”讲到一半，江随突然想到了什么，惊讶地看着周池。

“怎么不说了？”他语气凉凉的，偏过脸。

“……你因为这个生气？”江随语气透出惊奇，慢慢反应过来，有点不敢相信，“你这样，是、是在吃醋吗？”她好像恍悟了一般，回想他今天的表现，确定了，“我知道了，你是在吃醋！”

“……”

周池放下杯子走到一边，江随两步跟过去，又绕到他面前，笑了起来：“我猜对了？”

“很有成就感？”周池捏住她的肩膀，将人摁到怀里，“你有没有良心？”

“我怎么了嘛，”江随脑袋撞到他的胸口，小声笑了下，“你干吗啊，我只是问陈易扬一个问题，又没有做什么，你就跑过去那样，还朝我生气，都要吓死我了。”

“你胆子那么大，会吓死才怪。”他冷着声音，语气还是不怎么好，但脸色已缓和，“你跟他很熟？”

“没有很熟啊，就是碰到了。”

“怎么认识的？”

“高一我在书法社团，他也在，就认识了，那时候你还没来呢。”搞明白了问题，江随轻松了，“我跟他又没有什么，你不要误会。”

周池没再继续问，也没松手。

江随知道他这样大概就是好了，抬手抱住他的腰，有点好笑地说：“还不知道你这么爱吃醋，我以为你最爱吃糖呢，你这个人……我好像有点搞懂了。”

这语气有点欠。

周池低头找到她的嘴巴，泄愤似的亲了她。

这事于江随而言只是一个小插曲，周池不再生气，她就觉得雨过天晴了。

原本以为，周池这样的男生一直被人围着转，对他示好的人那么多，他肯定从小到大都骄傲，自我感觉很好，才会这么又冷又酷的，很多人、很多事都入不了他的心，对那些细枝末节的东西他根本不会关注。

所以，在江随这里，周池吃醋甚至是一件比较新奇好玩的事。

周池却没有轻易让这件事过去，隔天打球的时候，他问张焕明：“陈易扬，认识吗？”

“认识啊。”张焕明说，“（1）班的，怎么了？”他早就忘了曾经有一天看见江随和陈易扬一起出校门的事。

周池：“他怎么样？”

“什么怎么样？你问人成绩、外表还是性格、家境啊？”张焕明抹了一把汗，拿起地上的校服，“人家可是成绩好的，年级前几，我跟他们这种不怎么来往，这个人在二中有点知名度吧，学习好呗，长得也还行，不过那帮女生吹得有点大了。反正，那脸也就比其他成绩好的要帅点儿吧，上帝总是公平的嘛，跟你比肯定差了不少，性格嘛，不太知道。家里应该挺有钱的吧，一身名牌。”

“他有女朋友？”周池拧开矿泉水，坐到地上。

“没有吧。”张焕明一愣，“这种好学生估计高中不会谈恋爱，追他的倒是有，就咱班赵栩儿也迷过他，没追上。你问他干吗？”

“随便问问。”周池喝了口水，起身走了。

张焕明有点儿莫名其妙，觉得这人自从谈恋爱就变得奇奇怪怪，不知在想什么。

没想到，很快又有一件让张焕明更惊奇的事。

周五这天，期中考试的阅卷工作全部结束，成绩和排名公布。后排男生的成绩一如既往地烂，但是这群人中莫名其妙地蹦出一匹黑马，史无前例地考进班级前二十。

不多不少，正好是第二十名。

等张焕明得知这匹黑马是谁，他一口可乐喷了李升志一脸，深刻地怀疑不是老师算错了，就是周池作弊。

“是不是江随给他抄的？”

李升志翻了个白眼：“你脑子秀逗了，他什么时候能和江随一个考场了？”

“靠，”张焕明还是有些不敢相信，搔搔头，“他那考场有学霸不，他该不会威胁人家给他抄吧？”

坐在桌子上转笔的宋旭飞很无奈地插话：“他是那考场第一。”

张焕明：“……”

所以他们这后排渣渣堆里居然卧虎藏龙？这浑蛋之前是在干吗？装模作样、卧薪尝胆？

江随看到排名册的时候，和张焕明一样吃惊。她每回考试都会关注周池的成绩，心里希望他稍微认真一点儿，但从来没有说过。

明明平常在学校很少看到他认真，单元考试也很一般，有时写了一半他就不写了，趴在那儿睡觉，江随几次回头都看见了，没想到他会突然考出这个成绩。

所以，他以前是不乐意好好考吗？

江随不太确定，又想起他之前总是熬夜，难道都是在学习？

可是为什么他不告诉她呢？

班会课，老孙在全班同学吃惊的目光中连着表扬了周池两次，开头一次，结尾一次，说他很令人惊讶、惊喜，让人刮目相看，希望那些不想好的男生向他学习，及时醒悟，浪子回头。

虽然老孙这种冠冕堂皇、搔不到痒处的话遭到后排男生心里的嘘声，但大家表面上还是听得认认真真。

不知为什么，江随心里有种奇怪的骄傲感。可能对她而言，自己和周池的关系是特殊的、亲密的，所以夸奖他，让她与有荣焉，又或者是因为周池这一次不只令老孙惊喜，也同样令她惊喜，她为他高兴。

放学时，周池还在收拾书包，江随已经跑过去了，笑着跟他说：“你好厉害啊。”

周池抬眼，微愣了下：“厉害什么？”

江随也不说话，双手在身后握着，就安静地看着他，眼睛里亮亮的。周池看着她的脸，不知为什么，并没有那么开心。

所以，她果然还是喜欢学习好的？

他只是考了个第二十名，她就这样看着他，那那个年级前几的呢？她心里是不是更崇拜、更欣赏？

# 12
# 你真好

江随的好心情持续到周末。

周六下午，她和林琳一起去许小音家里玩，因为许小音的父母不在家，所以特地叫她们去陪住，三个女孩一起过了一晚上，手忙脚乱地做饭，去超市买零食，晚上躺在一张床上聊心事。

江随在她们面前是坦诚的，问什么都说。

林琳和许小音都对周池这次的巨大进步感到惊讶，问江随："是不是因为你啊？他想跟你一起上大学？你们约好了吗？"

"没有。"江随说，"没有约过这个，他自己就考这么好了。"

"那你没帮他补过功课？"

江随仍然摇头。

她不是不想帮他补功课，只是每次过去做作业，他都在玩。江随不知道怎么说，觉得他既然不喜欢学习，自己也不能说什么，一半是因为不敢，怕他生气，一半是觉得这样不好，才在一起多久，就管这个了，有点过分。

林琳说："那周池还挺不简单，本来以为他就是和那些男生一样，来学校混混日子，他家里应该也挺有钱吧，这样的人一般高考完没有好大学上，就都出国了，我还以为他也走这条路呢。"

出国？

江随不由得一愣，她还没有想过这个，也没有听周池说过。

许小音说："不知道为什么现在老有这样的，家里有钱就不需要好好念书啦，天生比别人过得轻松哦？"

聊到后面，话题深入，许小音问出心里的疑惑："阿随，你当初是怎么想和周池一起的？”

江随想了想，发现找不到确切的答案：“我不知道啊，就觉得……嗯，喜欢他。”

“你们也在一起挺久了，什么感觉啊，他好像不太好相处欸。”

这个问题……也不太好回答。

“就是和想象的不一样，他不太像平常你们看到的样子……”江随试图描述得更准确一些，“其实他对我很好的。”

快十点，江随开始打瞌睡，脑袋歪在枕头上，听着旁边两人仍在兴致勃勃地八卦。她的手机振动了，她摸过来一看，是周池发来的消息——

“睡了没，陶姨让你明天中午过来吃饭，你可以把作业带来做。”

江随知道这是假话，是他让她去的。之前几次也是这样，短信里打着陶姨的名义，她过去就会发现陶姨根本不知道。

江随不会戳破他，给他回复：“好。你要吃什么吗？我带给你。”

她等了几秒，消息回过来了。

“买点太妃糖。”

第二天江随没有回家，去糖果店逛了一圈，买了太妃糖，又看看别的软糖，每样挑了一些，过去称完重，怕不够，又抓了不少，弄得旁边买东西的大爷忍不住提醒：“小孩子吃这么多糖不好的哦，牙要坏掉。”

江随不好意思地解释：“给别人吃的。”

她知道吃多了不好，但是有什么办法呢，家里有个爱吃甜的家伙。

江随到了巷子里，远远就看见知知和几个小男孩追逐打闹，瞥见她，知知跑过来迎接。

姐弟俩一道进了家门，江随还没上楼，就被知知拉回自己屋。

“我跟你说个事！重大消息！”

“什么啊……神神秘秘的。”

知知一脸复杂的表情，有种莫名的兴奋，又有明显的震惊，还有一丝嘲讽：“我小舅舅发春了！”

“……”

“他谈恋爱了！”

“……”

“我靠，哪个女的瞎了眼，要往火坑里跳哇！”

“……”

江随心情复杂：你说谁呢，谁瞎了眼啊。

知知继续咆哮，表情夸张地表达自己的吃惊：“敢跟我小舅舅谈恋爱，那女的也是有两把刷子，她就不怕被揍吗？”

“他哪有那么坏，他没有揍过——”江随差点说漏嘴，把“我”字咽回去，含糊地改口，“没有揍过女生。”

知知哼了声：“反正挺吓人的，他那么凶。”话头一转，他又八卦地向江随打探，“他不是跟你同班吗，你难道就没有啥内幕消息？他女朋友是你们班的吗？”

“不知道。”江随明显心虚，神色不自在，“你是怎么发现的？”

“我又不傻！”知知一脸“我多聪明你不知道嘛”的表情，告诉她，“我小舅舅这学期很浪荡，十天有八天晚上不在家吃，我早就怀疑了，不是说男人天天不回家吃饭，八成是外面有人了嘛！”

居然很有道理的样子。

江随无言以对。

知知两条小眉毛一抬：“这还不算，你猜我昨天看见他在搞什么？”

“搞什么啊？”

“叠纸鹤！”

“……啊？”

“就千纸鹤啊。”知知眨巴着眼睛，拿手指头给她比画，“那种花花绿绿的，你们女孩儿老爱折的那个，你不是挺喜欢嘛，我那时候在你屋里看到过，挂在风铃上的！”

“他会折这个？”

“是啊，还折了一大罐，五颜六色的！”知知吐槽起来不遗余力，“牛吧，哪个男的干这事？我小舅舅可真不是一般人，发春都发得跟别人不一样。”

“……”

江随无法反驳，她也很惊讶周池会做这样的事，折纸鹤什么的，好像有点……唉，不知道怎么说。

她赶紧含糊地把知知敷衍过去，快步上楼。

“我去做作业。”她这样说。

虽然她以前也这样说，但这次底气就不太足了，心虚。江随觉得以知知这样的聪明脑袋，她迟早会露馅的。

阁楼的门虚掩着，江随轻轻一推。

周池靠在电脑椅上，听见声响，起身走过来，江随朝他笑了一下，把糖袋子放在茶几上，看到小沙发乱糟糟的，薄毯子掉在地上，他的校服外套皱成一团，还有一件 T 恤胡乱扔在旁边。

她弯腰捡起毯子，随手收拾：“你在这儿打滚儿的吗？”

“是啊。”周池问，“昨天玩得很开心？”

“还好，我和她们一起做饭了。”

“就你还能做饭？”周池声音懒懒的，表情却很温和，带着一点笑，“没把厨房烧了？”

“……没有。”江随很窘，“不过好难吃啊。”停顿后，她小声说，“有点想你。”

周池笑容更明显，把她拉过来抱着，略微疲倦的眉眼有了些光彩：“想我也不找我？还得我找你？”

“不是啊，我要给你发短信的，你就先发过来了。”江随解释，“我想着要跟你说晚安的。”

周池满意了，把她稍稍搂紧。

“你不冷吗？”她突然摸摸他的手臂问道。

今天温度上升，江随穿了一件薄毛衣，本以为已经够少，想不到他就只穿件长袖 T 恤。

“不要弄生病了。”

“没事。”他又笑了。

江随觉得他今天心情似乎很好，总是笑。

她想了想，问："你作业写了吗，要不要跟我一起写？"其实她只是试探地问一下，虽然周池这次考了第二十名，但不代表他就会愿意做作业。

江随不会勉强他，但看到他点头，还是挺高兴。

"你答应了？"她的眼睛又那样亮晶晶的。

这次周池"嗯"了声，走到门边，从鞋柜上拿过自己的书包。

书桌边只有一张椅子，周池把电脑椅搬过来，和江随并排坐。

写作业之前，江随先帮他整理桌子，桌上只有一些旧书和几样他的小玩具，魔方、陀螺什么的，很快就收拾好。

上次的考试成绩江随仔细看过，周池的语文和英语比较落后，语文不及格，英语刚及格，其他科目看起来还过得去，理化算是很不错了。

"要不，先做语文？"

周池没意见。

这周语文发了一张试卷。

江随发现周池还挺能坐得住，他们一直写到现代文阅读才停笔，这期间周池只喝了一次水，吃了几颗糖，跟他平常在教室里不太一样。

不过，对过答案，江随才发现，他的基础确实不怎么样，前面的选择题部分只对了两道题，一问他，还是猜的。

这也没有办法，语文不是一蹴而就的，得平常花工夫。江随帮他订正完，说："书上那些要背的，你背了吗？"

周池靠在椅子上，摇头："懒得背。"

"……"

周池看了她一眼："你想我背？"

"你愿意吗？"江随问。

他点头："背就背吧，又不是多难的事。"

午饭后，两人继续做英语试卷，江随大部分时间在给周池讲错题，连着学习了快两个小时，都有些累了。

周池说："喝点东西？"

"嗯，我去拿红茶。"江随下了楼，周池起身换到沙发上靠着，闭上眼，揉了揉脸。

没过一会儿，江随回来了，她的脚步很快。

“周池……”她的声音有些着急。

周池睁开眼，坐直身体，一看，江随左手抱着两瓶饮料，右手揪着自己大腿外侧的裤子。

“怎么了？”周池过去接了饮料，低头看向她的腿。

“裤子破了。”江随很尴尬，脸有点红。她今天穿的这条黑裤子很旧了，也不知裤缝什么时候漏了线，刚刚小跑着下楼，动作幅度过大，莫名其妙就开了个大长缝，都能看到腿了。

她这样提着裤子，十分滑稽。周池故意笑着问：“你是不是胖了，撑破了？”

江随的脸更红了：“不是的，我还是八十三斤。”

“不太像。”

江随：“……”

他又笑了声：“等着。”转身过去翻自己的衣柜，找出一条腰部有系绳的运动裤，“先换上。”

江随一看：“好大啊。”

“这条是最小的了，试试。”

江随去卫生间把裤子换上，腰倒是靠绳子系紧了，但是裤腿特别宽松，裤脚多出好长一截，她往上卷了三下，开门走出去。

周池坐在沙发上，正在拧饮料的盖子，抬眼一看，忍不住就笑了出来。

江随低头看看自己，又看看沙发上的人。他难得笑成这样，肩膀轻轻颤动，手上开了盖的红茶都快要晃出来了。

有这么好笑吗？江随也不讲话，心里想着：等你笑够吧。

还好，周池没有太过分，笑得差不多就收敛了，起身把手里的红茶递给她，上下扫了一眼：“真像要去鱼塘里偷鱼的，等会儿给你买个鱼叉拿着。”

“……你才像。”江随回了一句。

他又开始笑：“胆子越来越大了。”

“……”江随不讲话。

“对我好点。”他声音有些低，眼里笑意细碎，“还穿着我的裤子呢。”

“……等会儿还你。”江随说，“陶姨有针线的，我去拿来缝一下我的裤子。”

陶姨去买菜了，江随也记不清她把针线放在哪儿，在客厅的各个储物柜里找了一圈才找着。

周池靠在沙发上看电视，江随就坐在地毯上，针已经穿上了线。

“你会缝？”他问了句。

“会啊，我小时候手工课上学过的。”就是太久远了，不怎么记得。

江随低头忙着，周池靠过去，稍微看了一眼，低声说：“你的手工课没及格吧？”

“……”

江随被嘲讽得没话说，扛了一秒：“及格了。”

周池轻轻嗤笑一声，伸手：“给我。”

“你会？”

他没回答，拿过她的裤子，接手针线活儿。江随全程看着他穿针走线，发现他虽然缝得不快，但针脚还挺细致，显然比她好很多。

她越看越惊奇：“你学过啊？”

“天生的。”

江随不信：“你手工课是不是满分？”

“你说是就是吧。”他低头继续缝着。

江随没再说话打扰他，安静地趴在小木几上，盯着他看。

不知怎的，她越来越觉得自己之前一点都不了解他，和他在一起后才慢慢发觉他不是以前她看到的那个样子。

不夸张地说，他真的长得很好，气质也好。套用知知的话，他看上去确实挺少爷的，像是被宠着、什么事也不要做的那种人，总是懒洋洋的。但现在，他坐在这里，专注地帮她缝裤子。

江随心里忽然就变得很软。

过了好一会儿，周池缝完了，给线头打结，把针插到线团上。

“好了。”他抬起头，看到江随的目光，还没反应，她已经直起身体靠过来，搂住他的脖子，亲了他的脸。

“周池，你真好。”

两人平常在一起，这样的亲密事几乎都是周池主动，女孩毕竟脸皮薄，江随再坦诚也会害羞，所以她这一下亲得其实挺突然，大概就是心里太软乎了，一时没有忍住。

亲完了，周池还没有说什么，江随自己就先脸红了，脸庞退开一点，发现自己的手还搂着周池的脖子，正要松开，被他抱住了腰。

周池一只手捧住她的脸，低下头……

过了一会儿，他松了手，脑袋抵在旁边的沙发背上调整呼吸，几秒后抬眼，目光温热地觑着她，轻轻笑开了。

江随别开脸，摸摸嘴唇，看了他一眼，有点无奈，又笑什么啊？

今天他总是笑，总是笑的。

“别笑了。”她拍了一下周池的手，被他抓住。

两个人坐在沙发上，都懒得动。

电视还在放着，时间好像慢了下来。

过了一两分钟，周池挪了挪身体，离江随更近，伸手把她圈过来：“靠这儿。”他拍了拍自己的肩膀。

“不用的。”

“给你靠就靠啊，客气什么？”

“……”

不靠还不行了？

江随调整坐姿，脑袋搭在他肩上，他收起手臂，闲得无聊似的，握起她的一缕头发放在手里揉着。

电视没什么意思，他们有一搭没一搭地聊着天，江随说得多，周池几乎都在听着，偶尔也讲几句。

可能是气氛太好了，江随有点无所顾忌，大着胆子说起期中考试，问他：“你怎么考那么好？”

“运气好吧。”周池随口说。

“骗我。”江随没被他蒙住，“怎么别人没有这种好运气呢，你不想说实话吗？”她抬眼看着他，语气似乎有一丝失落，“连我也不能告诉？”

这句话，显然是把她自己和周池放到了一国。这种无形之中的亲密让周池很受用，他温和地说：“你猜一下。”

江随试探地问：“你晚上偷偷学习？”

“什么叫偷偷？”他眉目上扬，似乎不满她的用词，“睡不着，看书不行啊？”

“是嘛，”江随知道自己猜对了，笑着看他，“你这叫深藏不露。”

周池只是笑了笑，不置可否。

江随又说：“你是不是熬夜到很晚？”

“没有。”

江随抬手，摸了摸他眼睛下面淡淡的青黑色：“不要睡太晚，有黑眼圈了，不好看。”

周池觑着她。

他早就发现，江随很简单坦诚，不像那些太成熟的女生会用心思，但她无意之中做出的自然而然的小举动总是莫名勾人。比如，像这样摸他的眼睛。

“答应我啊。”江随说。

周池看她几秒，略微别开脸，若无其事地“嗯”了一声：“答应你了。”

## 13

# 闹矛盾

期中考试之后，时间过得很快。江随发现，周池现在连单元测试也认真许多，不再像从前那么随意，虽然还是和那些男生玩，但学习的时候也不含糊，考试的分数越来越好看。

和周池相熟的几个男生大概能猜到他是怎么回事。

张焕明算是最了解内情的，嘴上虽然还是照常打趣揶揄，心里却也感叹：爱情这东西真可怕。

也许年轻的感情就是如此，会为了让对方更喜欢一点而加倍努力，也会为了一点点不足为外人道的细枝末节而耿耿于怀、反复计较。

江随本以为上次在书店碰见陈易扬的事已经告一段落，没想到又起风波。

说起来，那天早上很不巧，她在上学路上碰到陈易扬，和他一道走去学校，没想到周池也赶在那个时间点，三个人不早不晚地在校门口碰上。当时周围人多，周池什么话都没说，看她一眼，蹬上自行车骑进校门。

等江随进教室的时候，装着早饭的保温饭盒已经在她桌上，后面座位却空空的，周池不在。

上午课间，她给他发信息，他没有回。

江随回头看了几次，他都趴在桌子上，好像在睡觉。

中午吃饭，江随跟林琳、许小音一起去外面吃，在路上碰到班里的男生，周池也在，擦肩而过的时候，江随要跟他讲话，他看也没看就走了。

吃饭时，江随因为这件事心事重重，没有吃几口就放下筷子。许小音早就注意到不对：“你跟周池怎么啦，昨天不是还好好的？”

“今天早上出了问题。”江随有点惆怅，“我早上在路上碰到陈易扬，跟他一起走，被周池看到了。”

许小音一听就懂：“吃醋了啊，不至于吧，他看上去不像啊，就为这点小事？”

江随点头：“他生气了。”

许小音想了想，说：“好像有点小气吧，不过陈易扬还挺优秀的是不是，你跟陈易扬走在一块儿，他不舒服也正常，你要是跟隔壁班那个三角眼小胖子走一块儿，他肯定不会吃这口醋。总之，吃醋这事儿，也看脸。”

江随撑着下巴，看大神一样看着她：“那我怎么办，感觉他都不想理我了。”

许小音不以为然：“有什么不是一个 Kiss 能解决的呀？一个不行，那就亲死他，亲到他窒息求饶啊。”

“……”

许小音的建议，江随当然没法采纳。

一直磨蹭到放学。

周池去球场打球，江随没走，站在球场不远处的大树下看着。

大概是流年不利，屋漏偏逢连夜雨，陈易扬居然也没走，这时候刚从教学楼出来，看到江随，过来讲了几句话，问英语报纸的事。

江随不好意思不理，回答了几句，又把自己的报纸拿出来给他看，陈易扬跟她道谢，问她：“你回去吗？要不一起走？”

江随哪敢答应，赶紧摇头。

等人走了，她回过身看球场，那里已经没有周池的身影。

江随往四处看了一圈，目光落在操场那头的乒乓球台上。周池坐在那儿抽烟。

她快步小跑过去：“你怎么又抽烟了？”

“我想抽怎么了？”周池没看她，抬起手臂拿 T 恤的袖口擦额头的汗，眼睛看着远处的树荫。

江随挨了根刺儿，一时哑口，沉默地站着。

“你怎么不回去？”他开口。

江随一愣："你不跟我一起吗？"

"不是有人陪你？"他的目光看过来。

"……不是的。"江随解释，"早上只是碰到了，顺路。"

"顺路？"

江随点头，迟疑了下，说："他也住那边。"

"跟你一个小区？"

"嗯。"想了想，江随老实交代，"在隔壁那栋。"

周池说不出心里什么感受，看她几秒，表情更冷淡："为什么你上次不说？"

"你也没问。"

"对，我没问，因为你说跟他不熟，我怎么知道你们是邻居？"

"……"江随再次无言。

周池又问："你们经常碰到？"

她老实点头。

"除了讲题、一起走路，还做过什么？"

江随茫然地看着他，心里莫名紧张，又有些不明白："你为什么要问得这么清楚，我和他只是朋友。"

"朋友？"周池嘲讽地笑了下，"之前不熟，现在成朋友了？你改口真快。"

"周池……"江随有些不认识他似的，"你为什么这样？"

"我怎样了？"

江随眼睫微动，攥着手指："我没有问过你跟别的女生怎么样怎么样的。"

"你问啊。"周池淡淡地说，"我没什么不敢回答的，我没有跟除了你之外的女生搞什么暧昧，我没那么随便。"

"我也没有。"江随的脸也冷了，"我是跟陈易扬一起走过，那只是碰巧，也确实问过他问题。如果你觉得这样是随便，我不知道怎么说。"

她说完这句，眼睛就有些红了，转身沿着草坪往回走。

周池掐了烟，跟了过来，握住她的一只手："江随。"

她没有应声。

江随回过身，把自己的手抽回去，往后退开两步，离他远远的。

周池脸色越来越差："我们还没有说完。"

张焕明和李升志从篮球场过来找周池，正从升旗台那儿蹦下来，踏上了草坪。江随怕被他们看到，别开脸。

"我今天不想跟你说话了。"她声音很小，说完很快地走远。

张焕明和李升志走过来，看了看江随的背影，问周池："怎么回事？江随怎么跑了？"

周池没有回答，往前走，一直跟到校门口，看见她转过弯，沿着马路走远。

他没有再追上去。

这天晚上，两人都没有给对方发信息。江随看了很多次手机，但并没有收到她希望看到的"道歉"，以至于她很晚都没有睡着。

或许失望比委屈更多。

她不懂为什么他能轻易讲出伤人的话，却连一声"对不起"都不愿意说。

江随第一次真正体会到，喜欢一个人并不只是甜蜜快乐的，在他身上看到的也不只是光彩和优点。他好的时候很好，欺负人的时候也真的很刻薄。

第二天早上，江随赶在早读课铃声打响前来到教室，班里已经坐满了人。她快步跑进去，看到凳子上放着熟悉的保温饭盒。

周池依然给她带了早饭。

下课后，江随没动那个饭盒，从书包里拿出面包和牛奶。

旁边的林琳小声问她："你是不是跟周池吵架了？干吗不吃他带的饭？"

许小音也回过头："阿随，你眼睛有点红欸，是不是哭过了？"

江随摇摇头："没睡好。"

许小音明白了："你们肯定吵架了，这很正常，谁谈恋爱不吵架啊。"

"可是我不喜欢吵架。"江随抬起头，"很难受。"

“那就跟他和好啊。”

江随顿了下，又摇头。

在这件事上，江随的逻辑很简单——是周池错了，他应该道歉。

这也是江随从小到大遵循的社交原则，她对于这一点有种朴素的坚持，她自己错了会主动去道歉，但这一次，她认为周池更过分。

上午大课间，周池去了趟厕所，回来就看见饭盒回到了他桌上，里面的食物没有动过。后面的几节课，张焕明明显感觉到周池的心情很糟，四周被低气压环绕，搞得大家都不怎么敢讲话，好在中午去球场发泄了一通，似乎好了不少。

在厕所洗脸时，张焕明忍不住说：“江随性格多好，你都能惹恼她？女生总是要哄哄的，谁不喜欢男朋友体贴温柔，你这个人就是太不温柔了，这么冷着一张脸指望人家来哄你哦？”

周池像没听见一样，弓着背，自来水从他脑袋上冲了几遍。

快到六月中旬，天气已经炎热，他穿一件黑色短袖，手不断接着水，将出过汗的头发揉洗一遍，直起身时满脸水珠，T 恤的胸口处湿掉一大片。

几个男生就这样去上了厕所，刚拉好裤子，门口走进来几个（1）班的男生。陈易扬也在其中，他个子是里面最高的，很显眼，穿着夏天的蓝白短袖校服。

周池抹掉脸上的水珠，眼睛看过去。

不知是有意还是无意，陈易扬的目光也落过来，两个人对视了一眼。

陈易扬似乎不经意地抬起下巴，迈步走到水池边，不紧不慢地洗手。等他洗完再转头，那几个（3）班的人已经走了。

下午体育课，女生先跑步，然后自由活动。江随没有去玩，她今天生理期，一直坐在图书馆前的树荫下休息，没听多久，MP3 就没电了。

江随摘了耳机，有些无聊地坐着。

周池前半节课没在，和张焕明他们在小卖部待着，中途买了饮料过来，经过图书馆，目光往树下看了一眼，江随刚好抬头。

两个人看到对方，视线碰上，都一愣。

张焕明一见这状况，知趣地先走一步，临走前推了周池一把：“赶紧过去哄哄人家，再这么不说话，今天就要过完了！”

周池没防备，被他推搡得趔趄了一下。

江随移开目光。周池脚步顿了两秒，朝她走过去。他手里握着一瓶可乐，走到她身边，手就递了过去。

江随没有接。

周池弯腰把可乐放到她身边的水泥石阶上。

“我不喝。”江随说，“你自己喝吧。”

“给你了，还怎么收回来？”

江随没接话，周池在她身边坐下，顺着她的视线看向操场，那些女生正一起玩游戏。

“你怎么不去玩？”他问。

江随说：“不想玩。”

周池转过头看她：“你生我的气？”

“我不该生气吗？”江随也看向他，弯弯的眉蹙起。

周池抿了抿唇，低声说：“对不起。”

江随心情复杂：“我等了一晚上，现在才等到你道歉。”

周池微微一顿。

“我没有睡好，你知道吗？”江随攥着自己的膝盖，没有看他，忍不住控诉，“你太过分了，怎么能那样说我？”

“是我不好。”周池声音更加低。他没说，他也没有睡好。

“周池……”江随低头，迟疑了一下才说，“你能不能告诉我，你为什么会不信我？”

周池愣了一下，手指微微攥紧，半晌也只是解释一句：“昨天看到你和他一起，心里不舒服，没有忍住，不是不信你。”

江随点点头，没有说话。

这一处安静下来，不远处操场上的喧闹声更明显。

周池心里渐渐发堵，眉目微垂。

他不知江随在想什么，大约过了半分钟，听见她轻轻地叹了一口气：“我做过最随便的事就是和你谈恋爱啊。”

她的语气平平淡淡，尾音细细，甚至有一丝温柔。

周池却愣住了，没有想到她会说这样的话。

这话太重了。

“你后悔了？”周池喉头微动。

江随转过脸，像是惊讶。

周池目光复杂，单薄的嘴唇抿了又抿，这分明是个炎热的下午，他的手心却很凉。

他似乎在努力控制情绪，又似乎想着什么，忽然别开脸看向旁边的水泥地面：“你讨厌我了，是不是？”

风吹来，头顶树叶哗哗作响，他半边脸庞背着阳光，渐渐苍白起来，全没了以往的样子。

明明周围阳光普照，他穿着一身黑色衣服，好像浑身都是冷的。

“是你追我的。”他忽然又开口，漆黑的眼睛看向她，“得手了就要抛弃吗？”

江随愣住，惊讶地看着他，嘴唇动了下：“周池？”

他没应声，也没动。

那边操场上，男生抱着球跳跃，女生嬉笑打闹。

天边云朵移动，太阳被遮住，光线暗了几秒。又一阵风吹来，江随看到周池的眼睛有些不对劲了。

他再次转开了脸。

“……”

这回江随彻彻底底地怔了一下。她呆呆地看着他，几秒后站了起来，绕到他面前去看他，一瞬间想起好久之前的那个晚上，他醉得不行，又生病了，混混沌沌的，很脆弱，红着眼睛看她。

那个样子，后来她再也没有见过。

“你……”江随皱着眉，回想起他刚刚说的话。

“我没有讨厌你，也没有要抛弃你啊。”

周池一顿，抬头：“你不是要分手？”

江随摇头。

“我就是有点难受。”江随说，“我只跟你谈过恋爱，抱过你，也亲过你，这些事在别人眼里难道不是最随便的吗，可是我都跟你做了，就算别人那么说，我也不会后悔，但你不能说。”她轻轻地又说了一遍，“周池，你不能那样说我。”

这话说完，他们都沉默了。

周池觑着她，紧绷的肩膀松垮下来，好像意识到自己刚刚反应过度，低头缓了几秒，说：“对不起。”

他胸口微微起伏，声音低哑，再次重复了一遍：“江随，对不起。”

江随“嗯”了声，看了他一会儿，说：“我们和好了，好吗？”

周池点头，伸手要去牵她，可江随转过了身。

操场那头，林琳跑完步，从草坪跑过来，来找江随拿她的手机，看到周池在，又停下脚步，站在升旗台那儿试探地喊江随，向她比了个打电话的手势。

“我先过去了。”江随回头对周池说。

“……好。”

江随看看那边的球场：“要不，你也去玩一会儿吧，他们在等你打球呢。”

他只好点头。

这天放学，周池没去打球，江随值日，他就站在走廊外面等着，扫地的几个女生忙完，他进去帮江随装好垃圾拿去楼下。

江随没事做，收拾好自己的书包，又去周池的座位。他的黑书包放在座椅上，拉链没拉好，里面的保温饭盒露了出来。

是她今天早上没有吃的那份早饭。

江随现在想想，又觉得自己也很不好，闹了矛盾，吵架归吵架，怎么还把陶姨做的饭浪费了？

下次不能这样。

回去时，他们和以前一样走着，周池的自行车放在学校，先送江随回去。或许是刚经历过一点波折，两个人都没有很快回到之前那种自然的状态。

周池偶尔转头看江随，她手上揉着他送的小企鹅，走路的时候脚步轻快，好像真的已经没有不高兴了。

出了校门，往前走一段，快要到经常吃饭的那家店，江随问："晚饭你想吃什么？还吃煲仔饭吗？"

"你呢？"周池问她。

"我不知道啊，要不换别的也行，我想想啊……"

她边走边看道路两旁，心里做着筛选，忽然听见周池说："我做给你吃吧。"

啊？

江随转过头，周池指指前面："那儿有超市，可以买菜。"

"去我那儿做吗？"

他问："方便吗？"

方便是方便的，但是设备恐怕不够齐全。

"没有油盐酱醋什么的……"江随皱眉，"锅碗有几样，不晓得够不够你用。"

周池说："那去超市看看，缺什么，我们买了带去。"

"那可能要买很多了。"

江随没说错，两人到超市一逛，推车就快满了，单单调味料就买了不少，更别提其他杂七杂八的厨房用品。

用具挑齐全了，周池去买菜，江随想起一样东西："围裙忘了拿，我去找一个？"

"好。"周池给她指方向，"应该在那边。"

江随走了两步，又回来："对了，你喜欢什么样的？"

"随便。"周池拣了一棵大葱，抬头说，"你选就行。"

哪知道，就一件围裙而已，样式却有好多，让人挑花眼。

江随比了半天，觉得那件带花的材质最好，设计也最合理，脱戴都方便，就是那朵花太明显了，也不知道周池会不会嫌弃。

她犹豫了好一会儿，周池菜都买完了，推着车过来找她，看她拿着围裙往自己身上比画。

“选好了？”

“这个怎么样？”

江随一转身，围裙上那朵大牡丹花特别吸引人眼球。

周池没说出话，江随看着他的表情，一下就笑了：“你是不是吓到啦？”

“嗯。”周池也笑了。

这是今天和好以来，第一次这样笑着讲话，他们都意识到了，看着对方，过了会儿，一个偏开脸，一个低头，沉默了一下，周池松开推车，走到江随身边，轻轻地握住了她的手，嘴唇在她的额头碰了一下。

他手很热，唇也很热，亲了一下，脑袋就退开了。

江随任他握着手，抿了抿唇，抬头看他：“这个要吗？”

“你喜欢？”

“没有很喜欢，就是料子不错，你要不要试一下？”她说到这里，想到他刚刚那个表情，说，“要是太丑了，就算了。”

“试吧，你觉得好看，买也行，”周池无所谓，“围裙又不穿出去。”他拿过来，套到身上，“好看吗？”

胸口的大花十分耀眼。

这回江随也忍不住了，笑了一会儿，自个儿放弃了：“算了算了，快脱下来，都能去跳秧歌了。”

“……”

最后他们还是选了件带格子花样的普通围裙。

这天晚上，江随尝到了周池做的红烧肉，和陶姨做的口味不一样，偏甜。她知道他喜欢甜，没想到菜里也会放那么多糖。

“这是眉城那边的口味。”周池把煎蛋放到她面前的碟子里，问，“吃得惯吗？”

“还好。”江随说，“眉城就是你老家，对吧？”

他“嗯”了声，给她倒橙汁。

“是什么样子的？”江随没有去过，也没有听他说过。

“很破旧的地方。”不知他想起了什么，眉头微微皱起，不太想多说的样子。

厨房传来汤的香味，他要起身，江随站起来："我去吧。"她快步跑进去。

周池正要跟过去，手机响了，一条信息进来。

是个陌生号码——

"医生说，梁阿姨就这个月了，你如果想见最后一面，最好尽快回来。"

下面是署名：林思。

江随端着汤出来，见周池握着手机，问："怎么了，有人找你？"

周池摇头："没有，是没用的信息。"他将手机放到一边，起身接下汤碗，表情已经看不出什么。

吃完饭，两人一起收拾，周池洗碗，江随擦灶台，擦完了发现周池还没洗完。

她走过去看了看，问："要我帮忙吗？"

"不用，你出去坐会儿。"

江随也没走，站在水池旁边看他忙碌。

厨房里没有空调，有些闷热，把碗洗完，周池额头上已经都是汗。他在客厅沙发上坐下，也不知在想什么。

江随拿了自己的毛巾过来："擦一下脸。"

周池没回过神，有点愣。

江随笑着叹了口气："怎么有点傻的样子。"她坐到他身边，抬手，毛巾覆到他脸上，轻轻擦拭了一遍。

周池很安静地看着她。江随擦完了，拿着毛巾要去清洗，却被他搂到怀里。

"让我抱一会儿。"

江随很乖地靠在他怀里，脸颊贴着他的肩膀。

从昨天早上两人闹了不开心到现在，明明才不到两整天，却好像已经过了很长时间。

"周池。"江随一只手还捏着毛巾，另一只手习惯性地揪着他身上的衣服，小声说，"我以后会注意的。"

“……什么？”

“就是陈易扬啊。”江随说，“如果以后吃早餐碰到他，我就买回来吃，不会跟他坐一起，讲题也不找他了，我可以问别人，但是……”她迟疑了下，“如果不小心在上学路上再碰到，大概就没有办法避开了，毕竟是认识的，不可能对人家完全不理，这样不礼貌，是不是？我就尽量不跟他多说话吧。要是下次你又看到了，不要问也不问就生气好吗？”

周池沉默片刻，应声：“好。”

江随就这样让他抱了一会儿，等他松了手，她才抬头看他，认真地说：“周池，你是我男朋友，别人不是，我分得很清楚，会对你好好的。”

这句话太好听，周池没有忍住，亲了她。

八点左右，周池从江随的住处离开，独自走回二中。

校园里很安静，各班走读生和整个高三年级都在上自习。周池从车棚里拿到自行车，骑到空荡荡的操场飙了两圈才停下来。

没有一丝风，很闷热，像是明天有场暴雨在等待。

他摸出手机，翻到一个号码拨通，那头很吵闹，嘈杂中听到一声“喂”。

“胖子，”周池皱眉，“你在哪儿混？”

“啊，池哥，”胖子很惊讶，“我还当你摁错了呢。”他正和几个男生在眉城最大的那家天蓝网吧打游戏，没想到周池这个时候打来电话。

胖子还是很重兄弟情谊的，撇下小伙伴，找了个安静的厕所。

“咋了，突然打电话？”他问周池。

“我的号码是你给林思的？”

胖子一愣，赶紧“啊啊”两声，含含糊糊不承认：“那个，我没有啊。”

周池更确定：“别装了。”

胖子很惊讶，周池竟然没有发火，这很少见。他之前跟着周池混了几年，一般这种情况，周池绝对会发脾气，今天居然风平浪静。

看来不是来兴师问罪。

“好吧，讲实话，是我给的。”胖子承认，“林思姐找我问了好多次，我实在没法拒绝，她又说有急事找你，又说是……”讲到这里，胖子停了下，不怎么敢说，“说是你妈病重，所以我才给了。”

见周池没吭声，胖子大着胆子又说：“池哥，我看林思姐的样子不像说假话，你要不……回来看看吧？”

“你懂什么。”周池的声音忽然就冷了。

隔着电话胖子都觉得凉飕飕的，他挠挠脑袋，也不知说什么好。对周池的家事，他也是从各处零零碎碎听说了七八成，拼凑出个大概经过，但很多具体情况，他还真不了解，只知道周池的出身不怎么光彩，小时候跟着妈妈过的，生活很辛苦。后来到了十岁不知怎么突然被送回周家，传言都说他妈妈贪财拿儿子换了一笔钱。

究竟是不是真的，胖子也不确定，他还是试图劝周池：“不是，池哥……你别钻牛角尖，啥事也都过去了是吧，毕竟是你妈……”

“行了，你闭嘴。”周池丢出一句，“早就不是了。”

“……”

这回真不知道说啥了，胖子一个劲儿地挠脑袋，最后说道：“得了，我不说了，那你说说到底打这电话干吗来了？”

听筒里有几秒沉默，最后传来烦躁的声音：“以后别把我的号码乱给人。”

说完周池就挂了电话。

胖子无语，把手机揣进兜里，觉得这人真难伺候。

临近期末，人人紧张，很快要迎来高考前的最后一个暑假，如果这次考太糟，假期就别想好好浪了。大概是这个原因，各班学习气氛空前地好。

江随的生日很不巧赶在这个时间段，又是在周一，她没什么心思过生日，本以为不会有谁记得，哪知道大家都没忘，前后座几个相熟的女生给她送了小礼物，就连知知都特地跑到高中部来，带了一个大大的烤红薯，又送她一块省吃俭用才买下来的电子小手表。

“这个哦，考试专用，丑是丑了点，但心意嘛。”

知知说得十分真诚，江随只好感激地收下。

江放这阵子特别忙，前两天去了北京，抽空买了个大布偶熊，用快递给江随寄送过来。快递送到学校收发室，江随被那熊的个头吓了一跳，哭笑不得。最后还是周池帮她抱了回去，弄得一路上都有人频繁地看他。

江随希望生日简单一点，所以他们没有出门，周池买了个小蛋糕给她。

晚上，吹了蜡烛许过愿，周池拉过她的手，从兜里摸出一条手链给她戴上。

“生日快乐。”

这是江随的十六岁生日。

过去的这一年里，她又长大了一些，生活发生很多改变，有得有失，也有喜有忧，最大的收获是认识了周池。

江随在心里许愿，希望以后的每年都有他在。

一周后，为期两天的期末考试到来。

江随依然在第一考场，而周池这次终于从最后一个考场里出来了，他上次期中考成绩不错，在学校总排名中前进很多，考场号也往前跳了不少。

江随对他很有期待，觉得这次他会更好。

可是事出所料，周池缺考了一科，第二天下午的英语考试他没有参加。

江随知道消息时，考试已经结束，她离开考场回到自己的班级，正在寻找周池的身影就被班长喊走，说班主任老孙找她。

江随从老孙口中得知周池已经请假。

当然，请假是老孙委婉的说法，事实上周池什么都没有交代，只是打了个电话过来，说考试不考了。老孙第一时间给周蔓打电话，没有打通，所以才找江随问情况。

可江随同样一无所知。她回到教室，匆忙找到手机，看到周池发的一条信息——

“我有事回老家了，晚点找你。”

有什么事不能等考完试？

江随怔怔地把他的消息看了好几遍，拨电话过去，却一直没人接，她忍不住担心。

当天晚上，江随去找知知，可一点有用的消息都没有问到，知知和她一样，只收到一条信息，还是让他转达陶姨的。

江随说："周阿姨会知道吗？"

"怎么可能？"知知有点气愤，"我妈这几天飞美国，连我这亲儿子都联系不上她，你说她还能隔空管我小舅舅？"

"那怎么办？"

"我哪知道啊。"知知心一直很大，特别无所谓地说，"他都那么大人了，之前一个人在老家都过得好好的，能有什么事？要我说，他就是不想考试，找个借口溜回去玩了。"

"他不是这样的。"江随皱眉，"电话一直没人接。"

"故意不接呗，不想被人烦呗。"

"不会的。"

"哎，我说姐，今天就跟我杠上了是不是？"知知很奇怪，"怎么我说啥你都反对？再说，你这么操心我小舅舅的事干啥，有空操心操心我呗……"他眼珠子滴溜溜转，笑嘻嘻地说，"我想买个新滑板，姐，你能借点钱给我不？"

"……"江随没心思跟他嬉笑，从书包里摸了两百块钱给他，"我走了。"

一直到第二天下午，江随依然没有联系上周池。

她问了张焕明，他们也不知道，连 QQ 上的消息周池都没有回应。江随有些害怕，不知道他会不会出了什么不好的情况。

可是，偏偏这件事好像只有她一个人在意，连想办法都不知该找谁商量，周蔓不在国内，知知那个没良心的根本指望不上，江随也不敢对陶姨说，怕她跟着担心。

事情搁在心里，江随晚上严重失眠。

凌晨四五点的时候，床头的手机忽然响了，她心里一跳，看到手机屏幕上熟悉的"ZC"，莫名松了一口气，眼睛却忽然酸涩。

江随接通电话，握着手机靠墙坐下，听见电话那头窸窸窣窣，像是有人扯动着被褥。

“周池？”

没有人说话，只有男生沉重的呼吸声。

过了一会儿，他含糊地叫了她一声：“江随。”

江随一听就知道了：“怎么又喝酒了？”

那么长时间不接电话，是跑去跟人喝酒了？她不由得皱眉，无奈地叹了口气：“你害我担心死了。为什么又喝酒啊？”

周池不太清醒，一句话好像要反应好半天。他坐在墙边，声音喑哑：“我难受。”

江随立刻问：“怎么了？为什么突然回去，是出了什么事吗？”

她没有得到回应，电话里那道带着酒气的呼吸越来越重。

周池昏沉地捏着手机，好像支撑不住似的，脑袋抵住床尾的枕头，抬起手掌揉了揉脸，眼睛通红。

夜晚太静，他再怎么忍耐，江随还是从电话里听出了细微的声音。

大清早，知知就被震天的敲门声吵醒。

他迷糊着起床开门，被门口的江随吓了一跳：“你干吗？姐，这才几点啊，大好的暑假，大好的早上，你干吗不睡觉！”

江随把他揪到书桌前，拿出纸笔：“你外公家地址，写给我。”

# 14

# 去找他

前座的小男孩哇哇地哭了半天，好像终于累了，歇了下来，旁边两个中年妇女还在热情高涨地用方言聊天。

江随抱着书包，缩手缩脚地坐在窗边。

到眉城的汽车一天只有三趟，这趟最早，人也最多，从她上车到现在已经三个小时，车上还是很满。

兜里的手机响了一下。

是林琳发来的信息，问她今天要不要出去玩，考试之前她们几个已经约好一放假就先玩几天。

江随给她回复，说有事情，这几天不行。

前面的小男孩已经开始高兴地吃果冻，小脑袋转来转去，眼睛还是红红的。

江随朝他看过去，他就咯咯地笑，有点可爱。换了平常，江随会逗逗他，但今天没有心思，她脑袋靠着车窗，有些失神。

今天没有太阳，车窗外天色阴沉。

已经十二点多了，不知道周池是不是还在睡着？

他那会儿喝得烂醉，几句话讲得喃喃的，江随听出他哭了，不是很明显，后来似乎是睡过去了，电话没挂，过了十多分钟才断掉，应该是电量用尽自动关机。

从周池那几句断续的不太清醒的话里，江随大概听明白了，他母亲去世了。

对周池的事情，江随了解不深，最开始跟他不熟的时候听知知抱怨过几次，知道他跟周蔓不是一个母亲，他是后来才来到周家的，其余的都不清楚，周池自己从来没有提过。

汽车在服务站停下，乘客都跑下去上厕所，江随有点晕车反应，很难受，也跟着下去了，书包抱在怀里，她在地上蹲了一会儿，左右看看，然后跟着人群一起去厕所，刚走到厕所门口就受不了。

太脏了，气味难闻。

江随从前没有一个人出过远门，每次都有大人带着，小时候是奶奶、姑姑，后来是爸爸，这样独自去另一座城市还是第一次。自从记事以来，她就没有坐过长途汽车，也没有见过服务区这样脏兮兮的厕所。

站在门口犹豫了一会儿，她还是走了进去。

上完厕所，等半天才在水池边等到一个位置，洗了手，看见别人都在服务区里买吃的，江随也进小超市买了面包和矿泉水。早上走得匆忙，她收拾一身衣服装在书包里，带上钱包就出门了，早饭还是在汽车站吃的。

门口小凳子全部坐满，江随站着啃了半个面包，手机响了。

是江放打来的电话。

江随呆了一下，握着手机，抬头四处看看，跑到一个相对僻静的角落接电话。

"阿随？"

"嗯，爸爸。"江随有些紧张。

江放问："今天就放假了是吧？"

"嗯。"

"吃过午饭了？"

江随看了看手里的面包，应声："嗯，刚刚吃的。"

"那好，爸爸下午有空，过去接你。"

啊？

江随脱口而出："不行！"

江放奇怪："怎么了，有事情？"

江随稳稳心绪，撒了谎："我跟同学一起报了暑期班，是补数学的，明天就要上课了，等辅导课都结束，我再过去吧。"

江放没有怀疑："怎么又报补习班了，假期玩一玩才好。"

江随乖乖应着，可能是因为撒谎很愧疚，她声音更小："嗯，就报这一个，后面就不报了。"

挂了电话，江随飞快地跑回汽车里。

下午两点多，汽车到了眉城。

眉城不大，汽车站周围很混乱，小摊贩挤在路边，道路被占去一小半，那些房子、街道都是很早建的，很多地方损坏了，在灰蒙蒙的天空下显得很沧桑。

江随想起那天吃饭的时候提到眉城，周池说是"很破旧的地方"。

确实如此。

胡乱跟着人群往前走，到了街道边才看到出租车，江随跟司机说了地址，半个小时车就到了。

是个老小区，江随按照知知给的门牌号找到四楼，敲门敲了好一会儿，没有人开，而周池的电话依然关机。

江随不知道怎么办，靠在门口等着。

过了五六分钟，她听到一声门响，转头一看，是隔壁的门开了，一个微胖的男生走出来，看到她，他很意外。

"你找谁啊？"他指指门，"找这家的？"

江随直起身，点头。

胖子说："这儿没人住啊。"

江随一愣："周池不是住这里吗？"

"你找周池？"胖子很惊讶。

"嗯。"

"他家这屋子没人住了，空着呢，周池几年前就搬走了，住到实验中学那边去了。"

"啊，那具体地址，你知道吗？"

胖子当然知道，他将她上下打量了一遍，又多问了几句，才带她去找周池。

两人出小区，打上出租车，到中学附近，沿着街道走几分钟，路口便有个小面馆。门外的水池边有个年轻女孩在忙碌，她穿白 T 恤、牛仔裤，扎着简单的马尾，看上去也就二十岁模样。

“你等一会儿啊。”胖子对江随说了一句，小跑过去，喊，“林思姐。”

林思转过身，手里还拿着青菜，白净的脸庞上都是汗。

胖子问：“周池还在家里吧？”

“我没去他家，应该没起来。”林思责备地看了胖子一眼，“还不都是你们几个，大晚上喝什么酒？”

胖子挠挠头：“我们也是想陪陪他，怕他一个人待着心里更难受。”

林思叹了口气，没再说什么，视线越过他，看见了站在路边的江随。

“哦，那女孩是省城来的。”胖子给她解释，“来找周池，说是亲戚，应该是他姐姐那边的吧，表妹什么的。”

“就她一个人来了？”

胖子抬抬眉：“应该是吧，没看到别人。我先带她过去吧。”

“等会儿。”林思放下手里的菜，“我去弄碗面，跟你们一起去看看，也不知道他起来没有，肯定没吃饭。”

“那行。”

江随等了一会儿，他们走了过来。

胖子介绍道：“这是林思姐，我们都跟周池很熟的。”

林思朝江随笑了笑，问：“一个人来的？”

江随点点头。

三个人一道拐进旧街。路上，林思随意问了江随几句，看她好像没什么心思的样子，也没有再多说。

周池的住处就在一楼，到了门口，胖子去敲门，半天没反应，他轻车熟路地从门口的旧鞋盒里摸出一把钥匙。

进屋后，林思把面放到客厅的小桌子上。胖子指指房门，对江随说：“大概没起来，还睡觉呢，我去叫叫他。”

“我去吧。”

没有等胖子应声，江随自己推开了虚掩的房门，一走进去，凉气袭身。

空调开得太低了。

房间里有淡淡的酒味儿，窗帘没拉开，光线很暗。江随开了灯，看到睡在墙边的人。

他坐在地板上，脑袋靠着床尾的枕头，长裤和 T 恤都皱巴巴的。墙边放着几个空掉的易拉罐。

江随在他身边蹲下，伸手碰碰他的肩膀。

“周池……”她小声叫他。

似乎惊了一下，他从混沌的睡梦中醒转，抬手要揉脑袋，被江随握住手。

房里温度太低了，他的手很凉。江随伸手抱住他。

周池眉头紧皱，神思恍惚，有几秒没动。

怀里她的身体热乎乎的。

“江随？”他嗓子哑得不行，睡眼惺忪，怔怔的，好像一时反应不过来。

“是我。”

周池漆黑的眼睛看着她，忽然抬手摸了摸，好像确定了似的。

“江随……”

“嗯。”江随心里特别难受，什么话也没说，只是紧紧地抱他。

门口的胖子和林思看到这一幕，都愣了愣。胖子还在盯着看，林思伸手把他拉出去，关上房门。

“这……这不是亲戚吧？”胖子特别震惊。

“小声点。”林思心思比他通透许多，已经大概明白了，“别乱讲话。”

胖子只好点头，问她：“现在怎么办？”

“我先走，面馆忙得很，你要没事就先在客厅待着。等会儿告诉那女孩，让周池吃点东西。”

“哦。”

胖子在客厅坐了一刻钟，后来忍不住跑去房门边听里面的动静，结果根本就没什么声音，一直等到后来才听到女孩细细糯糯地讲了几句，不太清晰，反正听起来很温柔。

过了一会儿，房门就开了，江随走出来。

胖子装作什么都没有听到，尴尬地挠挠头：“他……池哥还好吧？”

“嗯，我让他到床上睡了，等会儿醒了再让他吃饭。”江随对胖子说，“谢谢你。”

“谢什么，”胖子有点不好意思，“我跟池哥都是兄弟。”

“刚刚那个姐姐呢？”江随四处看了看。

“林思姐啊，她先回去了。”

于是江随说：“你要是忙也可以先回去，我可以照顾他的。”

胖子看了看她红红的眼睛。他觉得这女孩有点意思，看着年龄比他还要小一些，瘦瘦弱弱，没想到还挺厉害，一个人从省城跑来了，还把周池弄得好好的。

真不简单。

周池这一觉睡到傍晚。起来后，他精神好了许多，吃完东西主动去洗了澡。

这期间，林思来了一趟，得知周池已经醒来，她没进门，站在门口轻轻拉了一下江随，示意她出去一下。

江随不明所以，跟随她走到外面的树下。

“怎么不进去？”江随说，“他已经好了很多，刚刚吃了粥。”

“他不想见我的。”林思冲她笑笑，把手里的一袋药递给他，“胖子说他有点感冒，是吧？”

江随接过来，跟她道谢，想问周池为什么不想见她，又忍住了。

林思看着她的表情，笑了起来：“我是看着他长大的，你不用这么客气。”

江随应声：“嗯。”

林思问：“你今年多大了？”

“十六。”

“看着挺小的。”林思直接问道，“是他女朋友？”

江随犹豫了一下，点点头。

“这小子……”林思又笑了，“我还真没想到他倒谈恋爱了，他性格不好吧，你受得了？跟他在一起不难受？”

江随皱了皱眉，不知怎的，觉得有点不舒服，说：“他挺好的。”

维护的姿态很明显。

林思心里的惊讶又多一层：“别误会，我也没说他不好，就是太犟了，让身边人都累得很。”

“他只是不开心的时候会那样。”江随停顿了下，声音低下来，“他妈妈去世了，所以他现在不开心。”

“是啊。”林思微微叹息，“人没死的时候，我让他回来看看，死活犟着，现在呢，人走了好几天了，事情都了了，别人都正常过日子了，他不开心，弄出这个样子，不是在折磨关心他的人吗？”

江随一顿，欲言又止地看着她。

林思说：“你想问什么就问吧。”

她一问，林思也就说了。

关于周池的事，江随第一次听到了完整版。

周池的确是后来才去周家的，确切地说，是九岁那年，在这之前，他跟着母亲生活。

周池的母亲在二十五岁时生下了他，那时候她还没有结婚，因为知道不可能嫁入周家，所以怀孕的时候就走了。她独自将周池抚养到六岁，后来和一墙之隔的邻居结婚，对方离异，独自带着一个儿子。

周池在这个新家庭里生活了两年，多了个继父，多了个哥哥，到他九岁的时候，继父患了重病，治疗费几乎拖垮了整个家，他母亲想了很多办法还远远不够。

而周家在这一年里几次找上门。

林思说到这里又叹气：“梁阿姨妥协了，把周池送过去，周家给了一笔钱，在那个时候确确实实是救命钱。周池不愿意去周家，但没有办法，走的时候还是哭着的，周家给他改了姓，梁阿姨对他承诺，等之后筹够了钱还给周家，会把他接回去……”

江随问：“后来呢？”

“后来食言了。但也是没有办法的事，哪那么容易呢，又过了两年，梁阿姨生了女儿，就更顾不上了。周池就从那年开始再也不理她，等他亲爹都不在了，周家散得差不多了，他还是不愿意回来，就一直拧着。他觉得是梁阿姨抛弃了他，就恨上了。”

江随听到这里，心口发堵，她能体会到周池的想法。

林思说：“他那时刚读初中，一个人住着，有时候梁阿姨做了菜送过去，他看都不看，全扔出来，好像就那么断绝了关系似的，也不理以前的那些玩伴，但还是经常会来我家面馆吃东西，主要是找我吧。我们小时候就是邻居，梁阿姨很忙，他几岁的时候我就带着他玩，算是一起长大的，他那时拿我当姐姐一样……”

江随看着她：“那你刚刚说他不想见你？”

林思沉默了一下才说：“那是后来的事了，他初二的时候，有人找我麻烦，他跟人打了架，别人一激，他就说我是他女朋友，后来还真的就开始跟着我了，上学放学都等着，他自己都认为自己谈恋爱了。”

看到江随惊讶的表情，林思笑了笑：“他那时懂什么啊，小孩子一个，又是最不开心的一段时间，执拗得很，我除了照顾他一些，还能跟他计较什么？只好随他去了……大概是我处理得也不好吧，后来我跟他哥哥，”她解释，“就是他继父的儿子在一起了，他就很不能接受，连我也一起恨上，这都好几年了，他转学，就是因为跟他哥哥打了一架……”

林思说完之后，天都快要黑了。

“梁阿姨不在了，不知道这些事他还要记多久。他转学去省城，我还挺高兴的，我觉得对他有好处，反正他在这里也不开心……”

林思无奈地摇摇头。别人都过新生活了，没释怀的好像只有一个周池。

江随听完有点愣愣的，什么话也说不出来。

是啊，谁都好好的，林思现在说起这些也云淡风轻，好像没什么大不了，那些事情过去了就好了。

但哪有那么容易呢？

感同身受，没几个人能做到。

江随回去时，周池在擦头发，站在房间门口问她：“去哪儿了？”

他脸很白，眼睛微微肿着，江随有些失神地看了他几秒，晃晃手中的袋子，说：“感冒药。”说完走过去，轻轻地抱住他。

周池问：“怎么了？”

江随不说话，也没有松手，过了好一会儿，小声问：“吃药，好吗？”

“好。”

等把周池都弄好了，江随才拿出书包里的衣服去洗澡。

浴室里只有一瓶快要过期的洗发露，江随将就着用了。她没有磨蹭，洗得很快，穿好衣服湿着头发走回房间。

床上放着一条新浴巾，不知周池从哪儿找出来的，江随站在床边擦头发，过了会儿，回过身，看见周池靠在门框边，静静地看她。

江随有一丝不自在，朝他笑了笑，手指随意地梳了梳半湿的头发。

周池走过来，从衣柜底下的抽屉里拿出自己的毛巾。

“没有吹风机，多擦几遍。”他嗓子还有些哑，这么说了一句，拿毛巾轻轻包在江随头上，揉了揉。

江随乖乖地站着，直到他擦完。

这天晚上江随睡在周池的床上，原本周池要去睡沙发，她没让。

江随把 MP3 调好递给他，他没有听，放在手里拿着。

屋里大灯关了，只有床头柜上一盏旧旧的台灯亮着，光线柔和。

有好长一段时间，两个人都安安静静的，后来江随先开口：“你洗澡那时候，我见了你林思姐，感冒药是她拿来的。”

周池似乎并不意外，看了看她，说：“难怪了。”

“什么？”

“你回来就不对劲了。”

江随一顿。

周池觑着她，声音低沉：“看我的时候好像要哭了一样。”

江随不说话，头低了下去，周池靠近，轻轻摸了摸她的脸：“她跟你说了什么啊？”

“都说了。”江随说，“我都知道了。”

周池“嗯”了声，淡淡地看她。

江随抹了抹眼睛。

周池：“哭什么？”

“我早点认识你就好了。”这一句声音特别小，像是自言自语。她低头看着被子，垂着眼睫，小小的脸庞融在温柔的灯光里。

周池抬手，将她的脑袋搂过来。

“嗯，我也这么想。”

屋里安静了很久。

窗外起风，又过一会儿，闷了大半天的一场暴雨落下来，窗户被敲得噼里啪啦。这雨下得痛快舒爽，整座城市一整天的憋闷都被冲刷干净。

许久之后，周池低低地说：“江随，我还是出去睡。”

江随没睁眼，也没有松开他，脑袋甚至靠他更近。

“不。”

“……你确定？”

“嗯。”江随没有多想什么，知道沙发不舒服，她就是不想他去。从某种角度看，她对他已经是完全不设防的。

周池沉默了一下：“那我换床大点的被子。”

“好。”

周池光着脚下床拿了被子过来，江随看到了他脚踝上的文身。她仔细盯着，看清楚了那串字母——Liang。

“这个……”她指了指。

“梁，我的姓。”周池语气淡淡的，没什么起伏，“以前的。”

江随已经明白了。

这是周池母亲的姓。

她又低头看了几秒，说：“弄这个很疼吧？”

“还好，很早的时候弄的。”那时候他跟着几个高年级的男生玩，大家都去弄，他也去了，已经过了很久。

江随说：“挺好看的。第一天见你，我就看到了，那时候你转身就走了，我没有看清楚，也不敢叫你。”

她忽然说起第一次见面的情况，周池回想起来，对当时的她也仍有印象——看上去太乖，很好欺负的样子。

江随拿手指摸摸那串字母，又伸手抱他："睡觉吧，我好困了。"

"好。"

这晚江随睡得很好，之前一直在担心，见到他之后心彻底放下来，一觉睡得极沉。

早晨周池先醒来，江随还在梦乡。她呼吸很轻，整个人侧趴着，半边脸埋在被褥上，脑袋缩在周池的臂弯里，夜里似乎不怎么安分，一只脚搁在了他的腿上。

被窝很温暖，她的小脚丫贴着周池的小腿。

周池好半天没动，脑袋转了一些，低头看着江随的脸。

她原本就安静，睡着的样子更乖，眉眼温温柔柔，鼻尖贴着被子，淡红色的唇微微闭着。

周池慢慢抽出自己的腿，从床上起身，弯腰帮江随盖好被子，默默地看了一会儿，喉头渐渐滚烫。他忍不住似的，贴着她的额头亲了几下。

外面天色已经大亮，周池赤着脚走到地板上，靠在窗边站了片刻。

天边早霞铺了一片。

是个大晴天。

江随在眉城住了两晚，第三天上午就准备回去了，带着周池一道。

没几件东西收拾，他们很快就弄好，出门后在老街口碰到赶来送行的胖子，三人一起走到林思家的面馆门口。

胖子问："你不跟林思姐说一声？"

周池没有说话。

江随停下脚步，对周池说："要不，还是道个别吧。"

这时林思已经从面馆走过来，对江随笑了："要走了？"

"嗯。"

林思："我跟周池说几句。"

江随点点头，小声说："我去那边超市买点吃的，等下坐车要饿的。"

周池抿着唇看了她一眼，没有动。

江随捏捏他的手心："就一会儿。"

过了几秒，他终于松手。

胖子陪江随一起去了对面的小超市。

林思顺着周池的视线看他们的背影。

过了一会儿，周池将目光收回来，落在地面的小石子上，问："你要说什么？"

"也没什么，我们很久没有好好说过话了。"林思淡淡地看了他一眼，问，"你这次走，以后还回来吗？"

"不知道。"

林思说："你妈妈走了，李叔和李成就跟你更没关系了，我猜，妹妹你也不会想认的，我能理解，这样挺好，这里的一切对你都不是牵绊，你以后就好好的吧，照顾好自己。"

周池没有接话。

两人沉默地站了一会儿，林思又说了几句，都是叮嘱他的话。

周池忽然转头看向她："李成对你好吗？"

林思一愣，说："挺好的。他那个性格，你知道的，对人都挺好的。"停了停，她问，"以前的事，你是不是还怪着我啊？"

周池没回答。

超市那边，江随已经买好两样东西出来了，她和胖子站在马路边上，没有过来，手里提着个大红的塑料袋。

周池抬眼看过去，目光一直没动。

林思注意到他的视线，笑了，语气更轻松了："她很漂亮啊，人也好，怎么认识的？"

周池回了句："你问这么多干吗？"

林思说："那就再问一个吧。"

"你还觉得那时候是喜欢我吗？或者，这么说吧——"林思目光温和，"你现在对她和那时候对我是一样的吗？"

小街道上有几辆车开过，声音嘈杂。一辆送货的面包车停在超市门口，江随的身影被遮挡住了。

周池不自觉地皱了眉。

他没有回答，但林思已经知道答案，她笑着看他匆促地走过街道，很快走到江随身边。

回程五个多小时，不像来的时候那么难熬，江随的晕车反应也不明显了，中间睡了几个小时，到车站时，她被叫醒，蒙蒙地跟着周池下车，坐上出租车。

车将他们送到巷口，下车的时候，江随才陡然想起一件事，那天她大清早找知知要地址，知知再傻恐怕也觉察到不对劲了。

江随告诉周池："知知也许知道我们的事了。"

"没事。"周池不太在意，"我让他闭嘴。"

江随不知周池怎么和知知说的，反正在那之后的一段时间，知知就像什么都不知道一样，乖得不行，在她面前提都没提。

江随很惊讶，但没时间研究他遭受了什么，因为暑假刚过去四分之一，江放就过来接走了她。

这个假期，江放有一个访学项目，要去美国一个多月，想把江随也带过去，趁这个机会开阔一下视野。

江随很矛盾，她确实想去，但这段时间她跟周池的感情特别好，又想陪陪他，最后经历了一番斗争，还是去了，因为周池也没有反对。虽然刚开始听到消息时他有点情绪，但后来还是同意了。

江随不在的日子里，周池几乎都待在屋里，不怎么出门，他花了不少时间在功课上，只有偶尔几次出去和班里男生聚聚。同以往相比，这个假期单调很多。

而知知呢，他这阵子过得抓心挠肺。

心里知道了一个大秘密，却要闭嘴装乖，这滋味不好受，知知憋得不行，又不敢公然与他小舅舅对抗，毕竟自己把柄一大堆，随便被人告几状就够他喝一壶。

对于那个大秘密，知知从最初的震惊到现在，已经经历无数情绪变化，差不多接受了现实，只是偶尔一想到，仍然万分痛心，搞不懂江随为什么就这么想不开，做他姐不好嘛，非要做小舅妈？

反正他现在就盼着自己傻乎乎的姐姐早日清醒。

## 15
# 素描本风波

江随临近开学才回国。

那天正好是张焕明的生日，他请关系好的同学过去玩，周池也在。

江随下飞机时已经是晚上，比预计的时间还晚了一个多小时。手机里已经有周池发来的好几条信息，江随临时决定去找他。

于是，江放前脚把她送回住处，她后脚就出了门。

已经九点多，江随到了 KTV，在外面休息区给周池发消息，问他包厢号。

不到半分钟，她就看见周池出来了。

江随正要朝他招手，看到旁边有几个女孩都看着周池，小声地议论。江随认出她们就是隔壁（4）班的。

看来大家都在这儿凑场子玩。

江随犹豫了一下，没有喊周池，走去卫生间那边。

等了一两分钟，他没来，江随摸出手机正要给他发信息，忽然被人拉住了手。她一回头就笑了："你……"

话没说完，她已经被周池拉到旁边安全出口的走道里。

他二话不说就亲过来。

人总是从纯洁到不纯洁，经历不断丰富，技术愈渐纯熟。

可是江随一时适应不了，一个多月没有见过面，他一上来就这样，也没个缓冲。

她都要被他亲蒙了。

江随瘦瘦的身体被困在墙边，夏天衣服穿得薄，他贴得太近，坚硬的胸膛隔着两层衣裳和她柔软的身体碰在一起，江随无法躲开，也不敢乱动，过了片刻才稍微回应他一下。周池大概刚刚喝过饮料，反正江随在他湿润的嘴巴里尝到了甜味儿，而不是啤酒的味道。

本以为这种聚会他肯定会喝酒，没想到居然是橙汁。

想到这里，江随的脑袋突然清楚了一点，记起这是在公共场所。

周池这时好像终于亲够，结束了这个重逢吻。他退开一些，气息微重，原本垫在她脑后的手撑住墙，低着头看她。

“你还知道回来？”

“……”江随脸上红晕未退，眼睛润润的，觉得这句怎么莫名有点电视剧台词的味道。

“晚点了，回来好晚，我爸又非要送我，就没让你来接。”她眼神有点讨好，“他刚走，我就来找你了。”

周池意味不明地“嗯”了声，仍然看着她。

这一个多月里，江随头发长长了，没有扎马尾，而是披在肩膀上，她穿一件棉质的连衣裙，显得文弱干净，不知是衣服发型的缘故，还是因为整个人真的又长开了一点，她身上那种糯糯的小女孩气质隐了一些，有了亭亭玉立的感觉。

周池喉咙微动了下，笑出一声：“你怎么漂亮了？”

江随一愣，惊讶地看着他。

这算甜言蜜语吗？算吧。

江随有点开心，想了想，不知道怎么接话，礼尚往来地回夸一句：“你怎么帅了？”

“……”

周池又笑。

江随仔细看看他：“是不是长高了？”

周池：“你眼睛还挺管事。”

“真长高啦？”江随笑得更开心，“好厉害啊。”

“厉害什么？”他揉她的脑袋，“小矮子。”

“你怎么又说我啊，我也长了吧，回去你给我量一下。”

他不应声。

两人互相看着，都笑了起来。

江随心口微热，很高兴看到他这个样子，和以前一样，会笑，也会嘲讽人，表情是轻松的，眼里的愉悦很真实，好像已经走过暑假之初的那段阴霾期。

“周池，你有没有想我啊？”她仰着脸问。

“没想。”他答得很干脆。

江随：“……”

周池直起身，从墙边退开，扯了扯自己刚刚弄褶了的上衣，一手拉起她：“骗你的。”

“……”

好吧，江随默认这也是甜言蜜语。

两人一前一后走出安全过道，没有牵手，并排往包厢走。厕所那边，几个女生伸头看着，回想起刚刚看到的那一幕，脸上是掩饰不住的惊讶。

“我的妈呀。”

“那个真是江随！”

“也真大胆，是有多忍不住？”

“她不是那种好学生吗？”一个（4）班的女生推了推身旁的赵栩儿，“还有，你不是说周池不谈恋爱吗？”

“对了，他们好像还是亲戚吧？”另一个女生表情夸张，“他干吗那时候不接受你，现在跟江随谈啊？”

“我怎么知道？”赵栩儿脸色不太好看，扭头就进了厕所。

这天过后，假期就剩两天，江随已经做好开学的准备。开学的前一天，她去老宅看望陶姨和知知，把带回来的小礼物送给他们。

在这新学期来临之际，知知一如既往地开启疯狂补作业模式，江随过去时，他正对着英语卷子抓耳挠腮。

在江随的帮助下，他终于赶在傍晚前完成所有作业，一扔笔，趴到床上躺成大字形，长长地舒了一口气，翻个身，手撑着床，感激得差点掉出眼泪：“姐，你真是个天使啊……”

江随很无奈："你什么时候能自觉一点，每次都要拖到开学再生死时速，你长点记性。"

"这你不能勉强我。"知知说起来还很有自己的一番道理，"你想想，林子大了，什么鸟都有，有的鸟爱飞，有的鸟爱吃，有的鸟就爱拉屎，这么大的花花世界，总要有我这种不爱努力的小孩嘛，不然怎么能让我妈老夸你呢，是吧？"

"……"江随无言以对。

这种歪歪的道理，知知能给她讲一大堆。

解决完正事，知知就想起令自己挠心挠肺的那件闲事，忍了又忍，还是没憋住，抛开了周池的警告，从床上翻身坐起："姐，咱俩聊聊你男朋友呗。"

他突然转换话题，把江随弄得一愣，她不太自在，脸红了红，但在知知面前还是要维持住姐姐的样子："你才几岁啊，跟你聊这个干什么？"

"什么几岁啊，"知知无语，"你还不是跟我一样，咱俩都是未成年好吗，谁也别鄙视谁！这事儿都多久了，你还没跟我交代呢。"

"这要跟你交代什么？"

"你是我姐，你男朋友是我小舅舅，你瞧瞧，这怎么就跟我没关系了？"知知十分委屈，"除非你说你不是我姐！"

江随说不过他："好吧，可你不是已经都知道了吗？"

知知十分恼恨："我知道啥？我小舅舅就知道打压我，什么都不说，我问他怎么把你拐走的，他倒好，冲我冷笑一声，别提多欠揍了！"

"……"江随说，"是你问得太多了，这是隐私，我也不想回答你。"

"行行行，我也懒得问你这些了。"知知凑过来，小眉毛一挑，"我就问一个，你说我妈和江叔叔要是知道了，是不是要昏过去？"

"……"

看到江随不说话，知知呵呵两声，有点幸灾乐祸："江叔叔我不知道，不过我妈嘛……你等着看吧，她百分之百要扒我小舅舅一层皮。"

江随愣了愣，皱着眉问："有这么夸张？"

"你别不信，我妈什么人啊，高尔夫业余冠军，特技就是——绝不轻易动手，一动手那就完了。我小时候，九岁以前吧，只要她回来，一旦有老师告状，说我犯了啥大错，那一天绝对我屁股要被打爆。”知知一脸“你看看我多坚强”的表情，继续危言耸听，“虽说我小舅舅都快十八岁了，但他这错太大了啊，朝着自家锅里下手，愣是把你带坏了，我妈不揍他都有鬼了！喏，你不信去书房看看，那根高尔夫球棒还塞在书柜顶上呢！”

江随被他说得心里发慌：“你不许在周阿姨面前乱说。”

“我哪有那么坏。你们俩自己小心一点，别搞得他被打了，到时候来冤枉我！”知知眼珠转了转，又苦口婆心道，“姐，你跟我小舅舅在一块儿，真是鲜花配那什么……他脾气太烂了，人又不好，会欺负你的！”

不管怎样，知知认定了他小舅舅不是良配，希望他姐回头是岸。

虽然没有完全相信知知的话，但江随心里还是隐隐紧张。她在陶姨面前很注意，生怕她看出什么来。她心里想的是，如果真要跟家长坦白，那也要等到高考结束。

可是事情总是不按自己想的方向走，升入高三的第二周，就出了岔子。

周一那天晚自习，江随上厕所时碰到赵栩儿，两人同时在水池边洗手。

江随要走的时候，赵栩儿叫住她。

“你在跟周池谈恋爱吗？”她问这句话时还朝江随笑了一下，“张焕明生日那天，我看到你们了……嗯，在安全过道里。”

江随一愣。

赵栩儿又笑了一下：“原来你也会跟男生谈恋爱，好惊讶啊，我以为你跟我总是不一样呢。”

江随没有说话。

“干吗这么紧张啊，谈恋爱而已，你看我，谈好多了，”赵栩儿笑起来脸庞很明艳，“反正咱们老班也不管我，我又不是好学生。”她凑近了一点，小声问，“你跟他做了吗？”

江随的脸腾的一下就红了，一种被侮辱的感觉瞬间冲上来，她声音很冷：“你不要乱说。”

“哎，你害臊什么啊，我们都是女的。”赵栩儿还是笑着，神色甚至有些温和，“就是好奇一下，你也可以问我啊。”

江随才不会问她，转身就走了。

后面一节晚自习，江随总是集中不了注意力。她不知道赵栩儿跟她说那些干什么，反正，不会是出于好心。

虽然赵栩儿平时跟她挺和气的，但江随不傻，知道赵栩儿其实并不喜欢她。如果让江随回忆她跟赵栩儿有什么恩怨，好像也没有，唯一的一桩就是高一时，赵栩儿想当文艺委员，但班主任把这个职务给了江随。

从那时开始江随就已经感觉到赵栩儿的敌意，并不明显，都是些细枝末节，旁人看不出来。后来，江随从许小音和林琳嘴里听说了一些，知道赵栩儿有时会在背后说她的小话。江随最初有些生气，但不想计较。她不太了解赵栩儿的心理，或者说，她没有认识到这个年纪某些女孩共有的微妙的争斗心。

不是比成绩，而是比外表，比成为人群中心的能力，比受男生欢迎的程度。

而在这些方面，赵栩儿拿江随当对手。

这次的对话之后，江随没有理过赵栩儿，也没有把这事告诉周池，因为不知道怎么说。她觉得这种女生之间的矛盾，把周池牵扯进来不好。那天他在过道亲她，是有点冲动，但江随心里理解，不会怪他什么。

事实证明，江随的预感没有错，周五中午就出了一件事。

那天江随和几个女生出去吃午饭，回来得很晚，进教室看见不少人围在她的座位旁的过道里，挤成一团传看着什么，有男生有女生，有人笑，有人议论，特别热闹。

林琳奇怪，喊了声：“你们干吗呢？”

那群人好像吓了一跳，立刻就散开，不知什么东西掉到地上，又被谁踢了一脚，滑到远处。

“搞什么鬼啊？”

林琳走过去要捡。

江随跟着往前走了两步，看到地上的本子，脚步僵住。

那是她的新素描本，是暑假在美国的时候画的。从头到尾，全是周池。

在场的同学都看向江随，然后很多人陆续回到自己的座位，还有站得远一些的同学交头接耳。

大概是因为人多，责任分散效应，只有个别女生因为看了别人的东西感到心虚，露出尴尬的神色，更多的人因为有热闹看而表现出明显的兴奋，好像觉得看起来很单纯的江随做这样花痴的事，还被人发现了，是个值得关注、很有看点的八卦。

反正这个年纪的某些少年总是拥有无处安放的注意力，热衷于围观别人的难堪。

许小音注意到江随的不对劲，拉住了林琳。

江随没有看那些人的目光，在短暂的一瞬间，她有点呆呆的，心中发麻，然后血液就涌了上来，脸皮红了。

不只是难堪，更多的是气愤。

她记得很清楚，本子是放在抽屉里的，因为开学那天比较混乱，不小心和寒假作业一起塞到书包里，后来就没有拿回去，一直压在那本数学“五三”底下。

在江随心里，素描本只是画给自己看的，和日记一样，都是隐私。这和翻了她的日记没有两样。

“是谁拿的？”江随喉咙动了动，终于抬起眼。

有人开始撇清自己：“我没拿啊，吃饭回来就看到掉在地上，被人捡起来了……”

“我也没！”

“是不是你自己掉在地上，被别人踢过去的？”

没有人承认。

江随什么话都说不出来，脑子里第一时间就冒出了一个人。

赵栩儿。

这样的猜测是不是太狭隘小气，江随已经顾不上，她很生气，眼睛被过于起伏的情绪冲击得微微泛热。然而赵栩儿现在不在这里。

看在其他人眼里，江随这样就像是要哭了。

周池就在这个时候进了教室。

和往常一样，他手里拿着一瓶可乐，张焕明和李升志跟在他身边。本来三个人在讲话，说说笑笑的，一进门就都停了。

那些人的视线太明显，议论纷纷的声音也太明显。

“怎么回事啊？”张焕明听了几句，拉过门边一个男生问。

那男生看了一眼周池，摸了摸鼻子，尴尬地讲了事情的大概。

周池把手里的可乐丢给张焕明，朝那边走过去。

注意到他，周围的气氛立刻变了，还在讲话的人被旁边的同学拍了几下，大家互相使眼色提醒，一时间都噤口不言。

桌脚边，一本白色硬面壳的活页本倒扣着，还是打开状态，翻开的那一页是正中间。

周池弯腰拾起来，瞥了一眼，合上，手掌擦了擦上面的灰尘，走过去将它递到江随手里。

班上气氛凝滞，好几排目光齐刷刷地看着。

周池转过身，朝这些人看一眼，眉目全是冷的。

“坏了。”张焕明觉得要不好，“怕不是要发飙。”

李升志也忧心：“要糟了，这么一闹大，老孙那儿可就要瞒不住了。”

“你以为现在能瞒住？”张焕明鄙视地说，“你是不是蠢，哪个班主任不是三眼六耳的？”

午休铃声打响，来看班的英语老师夹着书走进来，看到大家还没坐稳妥，皱眉喊道：“干什么，都回座位，高三了还不自觉，下午测验我看你们考几分。”

大家陆续回座位。

周池压下一切情绪，轻声对江随说了句：“先休息，别乱想。”

英语老师几句话一训，教室里表面上恢复了安静，有人趴着睡觉，有人拿出作业写，但讲小话的也很多，他们说的话题是什么，大家都知道。

江随低头坐着，素描本已经塞回抽屉。

林琳和许小音写小字条安慰她，江随都看完，趴到桌上，心里想了好多。

教室后面，张焕明有点惊奇地对周池说：“吓死我，还以为要闹起来。”

周池没答话，不知在想什么。张焕明觉得他神色有些复杂，摸不清楚，又说："想不到你居然能忍住。"

周池似乎回过了神，怒气也还是在的："闹起来，对她有好处？"

也是，闹到老师那儿，江随这个事件中心人物肯定要被牵扯进去。

张焕明说："那怎么办？就忍了？"

"忍他妈。"周池捏着笔，语气很淡，但是飙了脏话。

张焕明懂了，这就是说不会善罢甘休了。

"我也觉得不能就这么算了，起码得找出那个乱翻东西的人，我觉得这事儿像女生干的，你问问江随，最近是不是得罪了哪个女的。"说到这里，张焕明又想到什么，摸了摸下巴，意味深长地咧嘴一笑，压低声音，"欸，兄弟我问句大实话……就这事儿，除了生气，你心里是不是也有点暗爽啊？"

"听说，那本子里可丰富了，还画了你的裸体呢！"

回应他的，是非常不客气的一肘子。

张焕明差点凄厉地叫出声。

直到午休结束，赵栩儿才回班级。她经常午休不在，大家早就习惯，都不觉得有什么异样。

江随看着她从前门走进来，两个人的目光隔空对视，赵栩儿好像没事一样。

是她吗？江随也不确定了。

抽屉里的手机亮了一下，有一条新消息——

"你觉得是谁做的，怀疑的人也可以，告诉我。"

江随犹豫了好一会儿，没有把赵栩儿的名字发给他。不确定的事，她说不出口。

她最后回复："我不知道。"

下午上完课，江随照常和林琳、许小音去食堂吃晚饭。上高三以来，江随在学校更注意了，这两周吃饭都不和周池一起，因为老孙好像越来越认识到早恋对班级管理的危害，这学期加大打击早恋的力度，班上隐秘的两对都被找过，再加上现在要上晚自习，他们出去吃饭也不方便，时间很赶。

江随的恋爱模式调整了，和周池只有每天晚自习后才在一起，本以为这样已经藏得很好，没想到今天因为素描本一下子就暴露了。

反正，班上人是肯定都知道了。

经过一下午，江随已经平静好多。她想，如果老孙知道了，要打击她和周池，那就再想办法，至于同学之间的闲言碎语，她真的顾不上。

晚自习时江随收心学习，克制自己不再想别的，几张试卷做得很顺，只是偶尔抬头，看到赵栩儿像花蝴蝶似的，一会儿去前面接水，一会儿跑出去上厕所，就觉得有点烦。

她心里到底还是介意的，但是没有证据，只能忍。

哪知道，第二节自习，事情有了变化。

看班老师中途离开，赵栩儿消失了一刻钟，快要下课她才回来，居然跑上讲台当着全班同学的面承认是自己翻了江随的东西，还向江随道歉。

大家都蒙了一下，然后教室里就不再安静。

江随没有回应，一句话也没有说。

赵栩儿眼睛红红的，看了江随一眼，匆促地走下讲台。

不管怎样，她承认自己做的事，道了这个歉，班上同学讨论的方向立刻变了，从“江随居然画了那什么”转到“赵栩儿居然做这种事”。

身边的几个女生都替江随打抱不平。

江随却只是沉默，转瞬忽然想到什么，回过头往最后一排看去，和周池的目光对上，她立刻明白了，心里很惊讶，不知道周池是怎么做的，竟然能让赵栩儿道歉。

第三节晚自习比较自由，走读生可走可留，班上空了一半。

江随照常留下。中间她去上厕所，返回时走到楼道里，看到一道身影。

是周池等在那儿。

他经常这样做，下课的时候人多眼杂，不方便找她，所以就这样。

江随走上去，在他上面一级台阶靠墙站着，身高差距缩小不少。

“你怎么出来了？”她问。

周池没答这话，说：“以后谁欺负你，要告诉我。”

江随抬眼，顺从地点头：“是要告诉你的，只是我不确定是不是她。你怎么知道的？”

“想知道，总能查到，那么多眼睛，她做坏事能天衣无缝？”

江随不问了，说：“谢谢。就是……班里人可能都知道我们了。”

周池：“你害怕？”

江随摇头：“不怕他们，有点担心孙老师知道。”

“没事，你成绩好，他要骂也是骂我。”

“……”江随又说，“万一告诉家长什么的，周阿姨还有我爸不晓得怎么想。”

“一样的，我在这儿呢，”他温和地看着她，“天塌下来有高个子撑着，你个小矮子用不着操心。”

“……”

好吧。

江随点点头，那就先不操心了，到时候再说。

话好像说完，他们都没有要走的意思，互相看了两眼，不知怎的，江随觉得他的眼神怪怪的。

她问：“怎么了？”

周池抿了抿唇，往上走了一步，在她面前忽然就高起来。

“听说你画了我的……嗯，那什么？”他语气随意地问。

“……”

江随耳根陡热。

“没有。”江随立刻否认，小声说，“穿了裤子的……”

“只有裤子？”

她点头，脸已经红透。

“我能看吗？”

江随摇头。

“那为什么画？”

江随不回答，偏开脸，有点尴尬地看着旁边墙壁的瓷砖，听见他笑了一声。

“你想看，看我不就行了？”他靠近了点，觑着她，忽然凑在她耳边又说了句什么。江随臊得满脸通红。

“……别胡说了，我才不要看。”

江随只怪自己手欠把那一张从旧素描本上拆过来放后面了，她那时候没多想，只是不想把他混在“二中佳丽”里。

那些只是素描对象，他是男朋友，不一样的。

“我就是喜欢画人像而已，其他的都是好好穿衣服的，这种就只画过一张，不是故意的。”江随解释完觉得更尴尬，脸红得有点过分，“你不许乱想。”

“嗯，不乱想。”他仍然笑着，目光好像定在她脸上，半天也没挪开。

夜晚和灯光都是暧昧发酵的常备条件。

江随轻轻地推了他一把：“我要回教室了啊。”

她往旁边走，被他伸手拦住。

“才讲几句话，就要走？”

“快下自习了，”江随抬起脸，面庞莹白，她的语气像在安抚，“等一会儿不是又能讲话了吗？”

周池一笑，点了头：“老地方。”

“嗯。”

16

## 陪你毕业

所谓的老地方就是学校门口的一家文具店，从高三开始，他们晚自习后就在那里碰面。

后来的一个多月，也依然如此。直到期中的高三年级考，江随一时失误，掉出了班级前五，被老孙叫去办公室。

隔天，周蔓和江放分别接到电话。

周五下午，两个大忙人风尘仆仆赶往学校，在老孙的办公室见上了面。

周池和江随也在。

这场谈话，说得最多的还是老孙，他絮絮叨叨讲了一堆，江放还比较淡定，脸上也没有显露特别明显的情绪反应，但是周蔓就不同了，接到电话时她还以为是周池又闹出一点斗殴打架的事，完全没有料到是这么个情况。

她明显受到了冲击，脸色不太好看，不过毕竟是商场强人，她在老孙面前没有多说什么，放学就把周池带回了家。

姐弟俩一道进门，知知正在啃苹果，看见周蔓的脸色，他吓了一跳，紧接着脑袋一个激灵，立刻就想到了——嚯，歇菜了？

作为一个吃瓜群众，知知顿时抖擞起来："妈。"他殷勤地迎上去。

"吃你的苹果。"周蔓一个眼神，知知又坐回原位。

眼见着他们去了书房，知知赶紧溜过去，躲在门外听着。

周蔓把包一扔，转过身问周池："你交代一下，什么时候开始的？"

"上学期。"周池立在门边，薄薄的嘴唇动了一下，"三月份。"

算下来，有八个月了。

厉害啊，挺能瞒的，居然一点风声都没到她耳里。周蔓又问了句："你追的她？”

“对。”

“我说你怎么想的，”周蔓无语地看着他，“还真是不让我省心啊，你手往哪儿伸不好呢，阿随是谁你不知道？”

“怎么了，”周池说，“你跟她爸不是离婚了？我不能跟她在一起？”

没想到这臭小子还顶嘴。

周蔓毕竟在商场上打过滚儿的，讽刺人的本事一点儿也不输这个弟弟：“阿随才多大？你就仗着她单纯是不是，人家又乖又上进，你一定要这个时候拖她后腿？你是觉得自己倾国倾城还是沉鱼落雁？就你这几年三混四混的，你拿什么跟她在一起？靠脸啊？”

“你是说我配不上她？”

“我是说你幼稚。”周蔓缓了口气，说，“老孙说她学习退步了，你没听到？老孙话糙理不糙，早恋是个大坑，共同进步基本不可能，共同堕落那是一对一对又一对的。”

“我进步了，老孙没告诉你？”

“……”周蔓难得被他堵了一下。

“江随有一道大题失误了，这很正常，不是跟我谈恋爱造成的。”周池说，“姐，你说这些没用。”

周蔓被他这一声“姐”叫得愣了一下。

两人之间的姐弟亲情一直淡薄，周池很少当面叫她，一向是有事说事，直接略过称呼，这回居然礼貌起来。

周蔓看了他一眼，觉得他和之前有些不一样，但乍一看，也就是个子长高一些，其他也看不出什么。

她懒得琢磨，说：“你这犟脾气真是遗传了我们老周家的，你这样搞一出，我没法跟江放交代你知道吗？”

周池不说话。

周蔓又说：“你想想吧，你什么打算？”

“反正没打算分手。”

看样子是说不通。

周蔓按了按眉心，露出倦色："你以为你姐我闲得没事干？你俩要真不分开，我还能硬拆不成？再说，你都满十八岁了，做什么事儿自己想清楚，随心所欲要有资本，谈恋爱也一样，别指望靠张脸能有饭吃，你要是烂泥糊不上墙，指不准阿随哪天就瞧不上你了，懂不懂？"

这话让周池脸色很不好看，但他还是点了头："我知道。"

"那行，话是给你说清楚了，横竖我是不支持的，你自己想想去，我还要给江放打电话。"

门外偷听的知知蹑手蹑脚地跑回房间，飞快地给江随发了信息——

"姐，你俩怎么这么快就暴露了？"

江随正在吃晚饭，看到这条，懒得回他，她翻翻通讯录，盯着"ZC"看几秒，又把手机放下。

江放接完电话回来，江随看着他的脸色，又低下头去，很是忐忑。

"你知道，我对你的成绩一向没有什么要求，"江放继续之前的话题，"这是你自己的事，自己把握好就行，不过，你们孙老师对学生有期待，这很正常，也很负责。"

"爸爸，"江随主动解释，"我跟周池谈恋爱，并不像孙老师说的那样，其实这件事没有花费我很多精力，我这次考得不好，跟他没关系，他没有影响我。"

江放点点头，说："上次问早恋的事，是因为他？"

江随承认："是的。"

江放又问："你觉得他很好？"

"嗯。他人很好，对我也很好，而且他现在很努力，这次考了第十四名。"

江放并不了解周池，仅仅见过几面，印象不深，但江随的话他倒是相信。沉默片刻，他温和地说："你觉得好就行，不过，这个年纪和男孩一起，什么事能做，什么事不能做，阿随清楚吗？"

江随愣了下，点头："我知道的。"

江放说："那就行了，今天的事不要多想，心态调整好。"

"……您不反对吗？"江随很惊讶。

江放笑了："之前说过不反对早恋的，出尔反尔，阿随要生气吧。"

江随紧张的心绪放松下来，她轻轻地舒了一口气，有点开心："谢谢爸爸。"

这天晚上，江随十点多接到周池的电话。她窝在被子里，听见他的声音："睡了？"

"没有。"江随嘴巴贴着枕头，声音齆齆的，有点着急地说，"我在等你找我呢，我爸爸没有反对我们，你呢，周阿姨骂你了吗？"

"骂了。"

江随下意识地攥紧了手机："周阿姨很生气吗？"

周池从沙发上起身，走到窗边，外面天空一片黑。

"嗯，想让我们分手。"他说。

这么严重？

江随愣了，从被窝里爬起来："那怎么办？"

周池瞥着窗外，手指在玻璃窗上画了几下，声音低了一些："你说呢？"

江随捏着手机，眉越蹙越深，过了几秒，小声说："反正不分手。"

"随"字的走之旁刚好写完，周池停下手指，笑了，"好啊，那就听你的。"

周蔓实在是太忙了，对于这件事只能暂时管到这里，反正她在老孙面前强烈地表达了自己的反对，拜托老孙多多费心。

所以这事情最后还是落在老孙头上。

江随在之后的一个月里，被老孙找过去谈了几次话，但都没有用，每次在办公室，她就乖乖地站着，老孙说什么，她都听着。

老孙说："还是分开吧，啊？"

她就摇头。

老孙很挫败，在他辉煌的班主任历史中，不知道成功地拆掉多少对，没想到在江随这里，居然是个大坎。

就这样耗到一月份，第一次模拟考来临，老孙终于放弃。

这次的全市模拟考，江随发挥很稳，又回到原来的班级第三，而周池第一次冲进前十。

老孙很惊讶，惊讶完就没有话说了，班会课上很公正地把他当作榜样表扬一通，一句也没有提早恋的事。

寒假依然是在学习中度过。江随没有回老家过年，所以假期里她和周池一起学习。

离二中最近的区图书馆成了高三生的第一选择，尤其是到了假期末尾，那里座无虚席。江随在那儿碰到过很多眼熟的面孔，都是考试时跟她一个考场的，各个班级都有。

有时候抢座位，她一不小心就和年级第一面对面，压力山大。

不过，对江随来说，碰到陈易扬压力更大。

比如现在，她刚落座五分钟，陈易扬就背着书包坐到对面。没一会儿，周池接好热水回来了。

两个男生互相看了一眼。

江随头疼。

果然，没到半分钟，手机就亮了一下，信息来自她左边一米之隔的人。

“？？？”

三个问号，大概比较能表现他此时此刻的心情。

如果用那种男生的糙话讲，应该是：心里很操蛋。

江随忽然又觉得有点可爱。

她低头回复：“我不知道他怎么过来啦，可能没有找到位子吧，图书馆又不是我开的，我们又不能赶别人走，是不是？”

信息发过去，她转头看向左边，周池捏着手机，抿着唇，忽然头一偏，目光也看过来。

江随朝他笑了下，用唇语讲：“快看书。”

周池放下手机，取出数学试卷，写了半小时，把椅子往江随身边挪了点，问她题目。江随一边写给他看，一边小声地讲解。

对面的陈易扬朝他们看了一眼，又低下头。

中午，周池出去买午饭，江随在图书馆的休闲区等他，手里拿了个英语词汇表看。陈易扬吃完饭回来，走过来说：“这么勤奋？饭都不吃的？”

江随有点尴尬："不是，我在等饭的，没事就看一下。"

"离高考越来越近了，紧张吗？"

"是有点。"江随说，"我成绩不大稳定，所以不怎么放心。"

"你有没有想考的学校，或者想去的城市？"

江随摇头："还没想好，你呢，肯定是去首都吧？"

毫无疑问，以他的成绩，肯定是在那两所最好的学校里选择。

陈易扬点头，肯定了她说的话："没有意外的话，应该是。其实，首都学术气息是最浓厚的，我觉得也挺适合你。那边高校很多，也许你可以看一看。"

江随点点头："我爸爸也这么说过，我从前去过的，天气我不是很适应，好像太干燥了。"

"确实有点。"陈易扬说，"不过习惯了就会好。"停顿了下，他又问，"你选学校，需要考虑家长的意见吗？"

"不用啊，我爸爸不管我这个的，但是……"江随眼睛瞥了下他后面，说，"但是我要考虑我男朋友的意见，我们想去一个地方。"

周池提着袋子走过来，脸色如常，可嘴角还是泄露了心情。

显然，"男朋友"这个词取悦了他。

陈易扬没有再说什么，朝江随点了点头就走了。

周池把袋子放下，坐到旁边的高脚凳上，目光看向江随："聊什么？"

"你听见了还问？"

"没听见。"他眼睛里笑意漫开，帮她拆开塑料袋，将一份牛肉饭推到她面前。

很香。

江随眼睛都亮了："看起来好好吃。"

"多吃点。"

周池自己吃另一份，把上面的几块牛肉夹给她。

江随喜欢牛肉，喜欢煎蛋，喜欢红薯……零零碎碎，他不知不觉全记住了。

江随边吃边问："你有没有想过，要去哪里读大学？"

“还没想。”周池无所谓地说，“反正跟你一样。”

假期如风逝。

新的学期开始，时间简直以十倍速疯跑。

大家的生活真正进入了重复的状态，重复的一日三餐和睡觉，重复的学习。也许是太单调，人会渐渐意识不到时间的流逝，有时候甚至会觉得好像昨天才开学。

可教室后面的黑板已经开始高考百日倒计时。

再往后，测验越来越频繁，一轮一轮地模考、区联考、市联考、八校考……江随最大的感觉是，笔芯写没了一支又一支，不过她不用为这个操心，自从她说过哪个牌子的笔芯好用之后，周池买了一箱回来。

在离高考越来越近的日子里，江随没有错过周池一点一滴的进步和变化。

只剩两个月的时候，他经常彻夜不睡觉，把语文、英语从马马虎虎弄到了班级前几，总成绩也从第十名，到第八名，再到第五、第四……最终在最后一次模考，神奇地和江随考了同一个分数，班级并列第二。

在二中，这个成绩，考进全国前十所高校基本没有问题。

很快，倒计时变成 6、5、4、3……

高考前放假两天。

二零零九年六月八号，为期两天的高考结束。

所有人都有些飘忽，也许是感觉结束得太轻易？

不管怎样，总之还是过去了。

之后还剩一件大事：等成绩、填志愿。而在这之前，还有不少时间可以浪一浪，比如一轮又一轮的聚会。

很巧，班级谢师宴这天，也是江随的生日。

江随发现，很多之前不敢谈的恋爱在这一天内迅速重见天日，班里忽然多了好几对，令她一整天处于震惊中。

周池嘲笑她“迟钝”，江随自我辩解：“爱情就是没有线索、没有逻辑的，我没有发现也很正常。”

“你很懂？”

江随谦虚：“懂一点。”她笑得眼睛晶亮，“我不是也有一点经验了嘛。”

周池“嗯”了声：“毕竟你有男朋友。”

“对。”

他笑，啤酒又灌进嘴，江随等他喝了两口，小声提醒：“就只能这一罐。”

“还想再喝点，不行？”他说，“就今天。”

“今天怎么？”

“你生日啊。”周池低头靠过去，沾了啤酒的唇润润的，“十七岁了，生日快乐。”

高考成绩出来那天，江随和周池都很平静，因为和预估的分数差不多，周池发挥得很好，比江随还稍微要高一些。

后面就是选学校、选专业。

平行志愿已经实行，但大家更在意的还是第一志愿。

江随和周池的第一志愿都选在S市，江随不想再学理科，所以选了偏文科的A大，填了两个专业，一个新闻传播类，一个经济类，周池定了工科强校的C大，选的是最红火的电院。两人分数都高，按历年录取情况，学校和专业都稳进，连老师都说毫无悬念，但还是象征性地填了后面的志愿。

第二志愿都填首都的高校，专业不变，再后面的志愿就填得比较敷衍。

等录取结果的时候江随根本没有担心过。在出结果的前几天，她跟着江放回江城老家访亲。因为她不在，周池也没有留在家里，和几个男生去邻市玩耍。

查结果那天，还是林琳在QQ上提醒，江随才记起来。

周池的准考证和她的在一起，都在她的书包里。

江随先查了周池的，和预想的一样，C大，计算机专业。虽然早已经想到，但亲眼看到结果，还是很兴奋，江随立刻就发了信息给他。

周池正和张焕明他们在玩漂流，结束后才拿到手机，看到江随的信息，十五分钟前发来的。

他坐在石头上给江随打电话，响了很久都没人接。

张焕明在那边喊："池哥，吃饭。"

周池正要挂断，电话通了。

"江随？"

听筒里没人讲话，他周围声音却嘈杂。

周池往远处走了几步，站到树荫下，这样安静下来，才听出不对。

他心一紧："江随，怎么了？"

"周池……"江随一下一下抹着眼睛，蹲在墙角，哭得快要说不清话。

"别哭，"他皱眉，"怎么了，是不是录取出了问题？"

好一会儿，他才从她断断续续的话里听明白了。

江随没被 A 大录上，两个专业一个都没挂到，直接进了第二志愿——首都的 Z 大，广告学专业。

那个暑假的后半段，江随过得不太开心，周池也是。

江随意识到，跟周池到一个地方，或许比她的专业更重要。明明当初可以选择"服从调剂"。

是太自信了吗？

不管怎样，这个极小概率的遗憾就是发生了。

江随从来没有想过要和周池异地，她甚至想要不要再读一年，重新考去 S 市。但这个想法被所有人否定，包括周池。事实上，周池心里的郁闷或许更重一点，但江随已经很难过，他什么话都不能再说。

复读什么的，更不可能，凭什么要她这样？ Z 大同样是很好的学校，为这样一个理由复读，怎么都说不过去。

暑假结束前，班里男生组了饭局，说是开学前的散伙饭，还请了几位老师。

大家都在畅想即将来临的大学生活，不少人都对江随表示遗憾：虽然 Z 大也非常好，但是怎么一不小心就异地了呢。

连之前致力于拆散班对的老孙都觉得这俩人有点可惜。

玩到后面有些过头，江随也拿啤酒去敬几位老师，等到转场去 KTV 的时候，她已经脸红红的。

大家都挤在大包厢里，老师们先撤了，一群男生吼着今晚要通宵，不通宵是小狗。

等到十一点，江随撑不住，晕乎乎地靠在角落沙发上休息。

周池不知道什么时候过来了，江随睁眼，蒙眬中就看见了他。她眼睛潮潮的，来不及躲闪。

他靠近了，扣着她的手，深深地吻她。

那边歌声没断，欢乐热闹。

江随听见他的声音："没关系，我在哪儿都是你男朋友。"

江随一言不发，温柔地摸了摸他的脸。

这一天，是二零零九年的八月三十一日。

十七岁的江随始终耿耿于怀，可时间马不停蹄，再不能踟蹰，也再不能回首。

Best Time

白马时光

# 我的城池

Your Love,
My City.

君约 · · · 著 · · · 下

百花洲文艺出版社
BAIHUAZHOU LITERATURE AND ART PRESS

# 目　录

CONTENTS

# 目　录

CONTENTS

# 01
# 来看你

清晨，阳光钻进窗帘缝里，Z 大的校园已经醒过来。

七点二十，江随摁掉闹钟，掀开被子起床。寝室里安安静静，除了她，其他三人的床帘都拉得严严实实，显然还在睡觉。

江随坐在床边揉揉眼睛，喉咙和鼻子都很干，有点难受。

她摸了摸鼻子，松了口气。

没有流鼻血。

进入初冬，北方寒意明显，早已全面供暖。来这里近三个月，江随仍没有完全适应干燥的天气，面霜总是要涂几遍，护手霜也不离身，有暖气之后，宿舍里更干，她已经有两回早晨起床流鼻血。

在床上坐了一会儿，清醒很多，江随从被窝里摸出手机。

有周池发来的两条未读信息。

“睡着了？”

“晚安。”

昨晚聊到太晚，后来睡了过去，江随给他回复：“不知道怎么就睡着了，我刚起来，要去上思修课，晚点找你哦。”

回完信息，她轻手轻脚地拎起热水壶，拿上洗漱用品去宿舍对面的公共水房洗漱。

大早上，整栋楼只有水房最热闹，穿着睡衣、拖鞋的女生们站在水池边刷牙洗脸，因为赶着去上课，大家的动作都很迅速，像打仗一样处理完内务。

江随回到宿舍，其他几个人终于起床。

“阿随啊……”寝室长程颖拖长音调，一头短发好像炸了似的，蓬在头上，“哪个教室来着？”

“文科楼 203。”江随小声说了一句，坐在床帘后面穿文胸。

另一个室友李敏一阵咆哮：“真是烦人，为什么要有思修这种课啊啊啊啊啊……”

隔壁床的崔文琪比较温柔，懒洋洋地哀叹：“不想去啊。”

然而，咆哮和哀叹都没有任何作用，思修课是要点名的。

七点五十，四个姑娘穿过清晨的校园，一人捏着一个肉夹馍，赶去最西边的文科楼，路上嬉嬉闹闹。

室长程颖搂着江随的肩膀，像个老大一样。她是典型的男孩子性格，一米七二的高个子，又是短头发，站在哪个小姑娘身边都男友力十足，人称“颖哥”。

四个人中，只有江随来自南方，程颖是本地的，李敏来自济南，而崔文琪家在哈尔滨，开学到现在，她们处得不错，寝室生活和谐。

抛开气候的影响，江随对首都和 Z 大都很喜欢，又有几个很好的室友，她觉得自己足够幸运，几个月的大学生活让她渐渐接受当初的遗憾。

江随还发现，相隔两地并没有让她和周池变得疏离，大一课不少，江随和所有刚入大学的新生一样，想着要开阔眼界，丰富自己，所以加入了学生会，在学习部做干事，又参加两个社团，但不管多忙，她与周池还是每天联系，感情比之前更好。上次国庆回去见了面，几天假期两人都黏在一起，谁也不觉得厌倦。

周池说元旦要来看她，江随就一直盼着元旦快点到来。反正想到周池，她心情就好，连无聊的思修课也不嫌弃。

文科楼 203 是大教室，一百来号人混班上课，占座是个技术活。

她们四个进去时，后排已经被占满。

一个穿蓝外套的男生起身跑过来，一脸笑：“你们来晚了吧，看，后面那排都是给你们占的！”他口口声声说着“你们”，眼睛看的却是江随，目光火热火热的。

江随没看他，往后退了一步。

程颖了然地笑道：“我说林岸啊，你怎么就不信呢，早就告诉你了，人家有男朋友的，你搁这儿献殷勤真没用。”

林岸有点尴尬地搔了搔脖子：“我这不是帮助同学吗？”

李敏哼了声：“我看你是想撬墙脚。”

林岸干笑着，居然没有否认，又去看江随。他周末特地换了新发型，指望吸引她一点注意，哪知道对方根本不看他。

江随拉程颖的手：“我们去坐那边。”

前面几排还有空位。

坐下后，程颖吐槽：“林岸真是勇气可嘉，阿随下次把你男朋友照片拍他脸上，让他知道什么叫自惭形秽。”

李敏接了句：“那恐怕不是自惭形秽了，可能要引颈自刎。”

几个人都笑起来。

江随早就适应她们说话的风格，但自己男朋友被这么夸，还是有点不好意思。

从最开始，她就没有对室友隐瞒自己谈恋爱的事，因为根本瞒不住，有时不凑巧，接电话没有跑去楼道，总会被听见，开学没到两周，她们就看出来。后来玩熟了，她们想看周池的照片，江随也就给她们看。

程颖对江随说：“下次林岸再凑上来，你尽管凶一点，骂脏话也没关系。”

“就是，这种死皮赖皮的不能跟他客气，你好好讲话他听不进去的，就得给他会心一击。”李敏长得挺好看，有不少男生追，也遇到过和江随一样的问题，不过她脾气比江随大多了，对男生很凶，男生背后叫她是“李辣椒”。

学院里传着一个说法——广告（1）班有最凶的李辣椒，也有最软的江阿随。

江随上大学也没有改 QQ 名，最开始是室友这么叫，后来班里有些相熟的同学也叫她阿随。

江随有时候会羡慕李敏，觉得她噼里啪啦说出一串话的样子很厉害。

反正寝室里，程颖跟李敏都挺厉害，崔文琪要文静一些，她比较理解江随："骂脏话阿随肯定做不到，她就不是这样的人。"

江随点头："我都很严肃地跟他说过几次了。"但好像没用。

这样的事，上了大学，江随遇到几回，别人知道她有男朋友也就算了，只有这个林岸不走寻常路。

也许这就是大学和高中的不同。在大学里，谈恋爱是生活的一部分，光明正大，不用担心老师、家长阻挠，也不用担心别人讲闲话，所以大家都更主动，看到喜欢的就追，连女生也很主动，学院里几个好看的男生都有很多女孩喜欢。

江随有时会想，是不是也有很多女生追周池？

她倒不是怕他变心，但这样想想，也会有些不舒服。

思修课上到一半，江随口袋里的手机振动了一下，她偷偷摸出来看，是一条信息——

"今天没流鼻血吧？"

她回："没有，你起来了啊，吃早饭了吗？"她知道，他今天早上没课。

很快，信息又来了——

"没吃，还在床上，小黑去买早饭了。"

小黑是周池的上铺，江随也知道，她发了几个字过去："你真懒。"

过了几秒，她收到回复——

"在女朋友面前勤快就够了。"

江随低头看了两遍，脸上露出笑。上大学后，他说这种好听话真是越来越拿手。

越是有期待的时候，日子过得越快，转眼到十二月下旬。江随度过一段忙碌的日子，经常满课还有社团活动。

圣诞节前，院学生会有个筹备已久的设计比赛，江随去做候赛室引导员，结束后换完衣服，大家去聚餐，一起拍了几张搞怪的照片，晚上回去，她选出一张传到了校内网。

林琳和张焕明都在底下冒泡评论。

林琳留在省内读了个还不错的财经类学校，而张焕明因为成绩太差，只好上了专科。读大学后，校内网越发红火，大家从 QQ 转战过来，依然在网络上保持着密切联系。

林琳夸了一句："漂亮死了。"

张焕明不太正经："咦，这么多男的，我池哥知道吗？"

江随回复他一串省略号。

过了会儿，她倒杯水回来再看，发现周池出现了。他回复张焕明："你池哥知道。"

江随看得好笑。

过了不到半分钟，电脑右下角的 QQ 头像就闪起来——

"还有最近的照片吗，发我几张，不要有别人的。"

江随在文件夹里找了找，发了一些过去。

周池摁着鼠标，一张张点保存，一直到最后一张，那是江随今天工作时候的照片，别人拍的她。

全身照。

黑色套裙，里头的是白色的花边领衬衣，裙子到膝盖，高跟鞋，小腿又瘦又直。

小黑爬下床倒水，瞄了一眼周池的电脑，眼都直了。

"我靠……"他瞪大眼，艳羡得很，"我说你他妈真有福，这腿！摸起来很爽吧。"说完，他还津津有味地看了几秒，"哎，你摸过吧？"

江随发完照片，周池好一会儿没回，她忍不住问："还在吗？"

过了半分钟，等到周池的回复：“在的。”

“你干吗去了？”

“揍小黑去了。”

江随：“？”

“他很烦。”

周池敲这句的时候，被揍的小黑很不知趣，死活不撤退，还很委屈：“谁烦了？我这是关心同学！”

他刚说完，屏幕对话框跳出一句新的——

“不要欺负同学哦。”

小黑笑得哈哈的：“你老婆真可爱。”

没笑完，一个苹果砸过来，小黑一把接住，眼看还要挨揍，赶紧麻溜爬回床上：“老子下次一定要告诉阿随同学！”

时间已经不早，江随在 QQ 上和周池聊完几句就互道晚安。

临睡前，她本以为不会再发短信，没想到熄灯的时候又收到他的信息。他说寄了东西，大概明天就到。

第二天，江随收到快递，一大包全是吃的，巧克力、坚果之类的，还有个小礼盒装的苹果。

江随把其他的分给寝室同学吃，只有那个平安果没动，好好地放着。

开学以来，周池几次寄吃的过来，整个 721 寝室跟着沾光，所以她们对周池的印象都不错。

崔文琪羡慕地说：“你男朋友好疼你啊。”

连一向对男生很挑剔的李敏都说：“阿随眼光真是不错了。”

江随心里开心，也觉得自己眼光不错，周池这个人真的挺好。

一周后，元旦假期终于来临。

江随本来以为周池要一号才过来，没想到他三十一号傍晚就到了。而且，他根本没有提前说，江随六点上完最后一节课才收到他的信息。

“你住的那栋楼我怎么找不到？”

江随当下就一愣，她知道周池的课很多，比她还满，他们彼此都有对方的课表，今天周三，他有四节课的，还要去那个什么实训中心。

难道他翘课来了？

江随没有回短信，而是打了他的电话，周池很快就接了。

“下课了？我逛到你们图书馆这边了。”

他刚说完，就听见电话里“啊”了一声，小女孩的声音，很惊诧又很惊喜的那种，有点慌乱，然后连说话都结巴起来：“你、你……”

周池听得直乐，在北方的冷风里直笑：“干吗，紧张什么？”

“我、我去找你！”江随说得又快又急，“你别动啊。”

还别动？

周池笑着收起手机，手插进兜，在图书馆前的假山旁走了几圈。

天黑得早，校园里的路灯已经全都亮起。

过了六七分钟，周池看到一个身影，她是跑过来的，怀里抱着两本书，围巾都被风吹得飘向肩后。等她跑近，他才借着灯光看清她冻得泛红的脸。

“周池！”她喊了一声，气喘吁吁，却笑着。

周池歪着头看她两秒，也笑了一声，手臂张开。

江随跑到他怀里，一把搂住他的腰：“为什么……现在就来了啊？”她还在喘着气，衣服上都是寒气，凉飕飕的。

不远处，一拨又一拨学生从图书馆出来，往这边瞥一眼，一点也不奇怪地走了过去。

这就是上大学的好处，这种情景在校园里太常见，完全不会引起别人的围观。

周池把她紧紧搂住。

“你说为什么？”他声音低沉。

江随心跳还没缓下来，缩在他怀里不动：“你翘课了吗？”

他低“嗯”了一声。

“翘课不好吧。”江随心里很感动，一时不知道说什么，嘴里冒出这么一句。

“没良心。”他嘴巴贴着她的耳垂，“我为谁翘的？”

江随被他弄得面红耳赤，脑袋动了动，小声说：“为我，我知道的，你没有吃晚饭吧？”

“没吃。”

“那你的东西呢？”

“宾馆里。”

啊，连宾馆都去过了？

江随说：“那我先带你去吃饭吧，你想吃什么，我——”话说一半，他松手，吻住了她的嘴巴。

离国庆已经整整过了三个月，他一点都不想跟她讨论晚饭吃什么，只想先享受男朋友的权利。

江随一跟他吻上就知道他又吃糖了，甜的。

粗略一算，两人恋爱谈了快两年，接吻的次数记不清，但这次隔得最久，江随被他一亲，也不知怎的，眼睛就有点热。虽然是在校园里，她也不顾忌了，乖乖的，心想他想亲多久就亲多久。

好在，周池还是有节制的，亲够就放过了她。

北方的室外实在太冷，首都又刚刚下过一场雪，两人鼻头都冻得红红，喘气时就一团白雾。

江随看着他：“你冷不冷啊，穿得有点薄了，这边很冷的。”

确实冷，跟南方的冷不一样。周池缩了缩脖子，牵住她：“走，带我吃饭吧。”

江随想带他去西门后面吃，那里饭店多，周池却要去她的食堂，江随于是带他去风味餐厅，在体育馆旁边，里面种类很多。

江随照顾周池的习惯，尽量选不太辣的菜，周池也许是太饿了，胃口很好。

江随问："你怎么来的？飞机吗？"

"动车。"周池喝一口瓦罐汤，"飞机时间不好，赶不上。"

坐动车的话，要九个多小时，而且火车上东西都很难吃，难怪他这么饿。

江随有些心疼地看着他。

"很累吧？下次我去找你吧。"她说。

周池放下勺子，抬头看她："不用，看自己女朋友应该的。"

他笑了下，看了看隔壁桌，跟她说："想喝汽水，行吗？"

"行啊！"江随立刻站起来，"我去买。"她小跑到窗口那儿，买了两瓶玻璃瓶装的雪碧，拿上吸管又跑回去，刚坐下，听到不远处一道声音。

江随一看，脸色就变得不好。

又是广告（2）班的那个讨厌鬼林岸，他和几个男生一起，端了一盆麻辣香锅过来。看到她，他很惊喜，朝她挥手。

江随没有理他。

林岸一向很没有眼色，执着地凑过来："好巧啊，刚刚下课我还找你呢，怎么跑那么快？"他笑着看江随，过几秒眼睛才去看坐在她对面的人，愣了一下，心里警铃大作：什么时候又多了个情敌？

"欸，阿随，这位同学没见过啊，不是咱们院的吧？"

周池眉头一皱，冷冷地说："你谁？"

嚯，语气还这么冲。

林岸有点不爽："你谁啊？"

"我是她男朋友。"

林岸："……"

江随看周池脸色变了，更烦林岸了："麻烦你不要站在这里了。"

"阿随……"

“谁让你这么叫她的？”周池放下饮料瓶，站了起来。

江随一看要不好，小声喊他：“周池。”

她朝他摇头，又对林岸说：“我已经说过好几次，你以后不要这么叫我。你快点走吧，我们还要吃饭，你再这样我真的要生气了。”

林岸再不走就真的是傻子了，他很沮丧，看了看江随，惆怅地说：“那你们慢慢吃。”说完佝着头走了，回到那边，被几个男生一顿嘲笑。

而这边，江随正跟周池解释：“是因为 QQ 名，班里有些同学都那么叫我了……”

周池：“他是你班里的？”

江随摇头：“隔壁班的，同一个专业。”

“他追你？”

江随老实地点头，注意着他的脸色，说：“我拒绝过很多次，他心地不坏，我刚来的时候他帮过我，但好像就是听不明白话，知道我有男朋友，还老是这样。你别生气。”

周池低哼了声：“我揍他一顿，说不定就好了。”

江随立刻说：“不要打架。他刚刚都看到你了，应该不会再缠着我。”

周池开了汽水瓶，抬眼看她两秒，说：“‘阿随’只有我能叫，知道吗？”

“啊？”江随睁了睁眼睛，“可是宿舍同学都……”

“女生可以。”他说，“男的不行。”

“我爸……”

“你爸可以。”

“哦。”江随回想了一下，他之前好像没这么喊过她，都是连名带姓叫她江随，现在居然就把这个称呼变成自己专属的。

是不是有点霸道？

不过江随不计较，把另一瓶饮料也给了他。过了几秒，她又听见他问：“追你的人很多？”

江随一愣，莫名有一丝紧张，不知道该怎么回答。

周池一看她这表情，就已经明白。

他也是个男的，知道男生的心理，先不说“情人眼里出西施”，就从理智的眼光看，她确实长得好，性格又好，连小黑那浑蛋只看一条聊天记录都觉得她可爱，何况Z大的这些男生。

周池心里的确有些不爽，但也没说什么。他朝江随笑了一下：“行了，不用回答。”

吃完饭，江随让周池在宿舍楼外面等一下，她要把书放回去。

周池让她带一点衣服，江随听完看了他一眼。

“今晚住外面。”他说。

江随懂了，脸有点红，没说话，点点头就快步跑进楼。

周池等了一会儿，她背着书包下来，手上拿着两顶黑色的毛线帽，情侣款。

“头低一点。”

周池听话。

她踮着脚帮他戴上男生的那款，他身上穿的正好是夹克型的薄羽绒服，戴上帽子很合适，酷酷的，很潮。

“好看。”

周池牵住她，往学校东门走。

江随的身份证上还没满十八岁，到了门口，周池直接带着她进去，幸好宾馆也没有严格的访客登记。江随像个跟着家长的小孩，背着书包在他身后。

周池订的是大床房，很宽敞，有一整面落地窗。

室内暖气充足，他们脱了外套。

周池打开电视：“你看一会儿，我洗澡去。”

等他进了卫生间，江随就坐在床尾看电视，但其实心思并不在电视上，转头看了看两米的大床。

她不是没有跟周池睡过觉。

去年六月，在他眉城老家，他们一起睡过。那时候他太难过，她什么都没想。

周池一刻钟就洗完了澡，只穿着裤子，拿浴巾一边擦身体，一边走了出来。

江随看了他一眼，莫名想到之前李敏和程颖特别豪放地在宿舍里共同观摩的一部电影，还是未删减版。她和崔文琪没太敢看，瞄了几分钟。

反正有点吓人。

当时李敏在说男主的身材怎么怎么……

江随也不知道怎么想到这儿，觉得自己想得太下流了，转开了眼。

电视里在放一部家庭剧，都是婆婆媳妇之类的剧情，正在播放的画面是女主怀疑老公外遇，在和闺密吐槽。女主的嗓子尖细，显得有些聒噪。

江随调低了音量，坐得端端正正，手上揉着钥匙串上的挂饰——还是那个粉色小企鹅。

已经两年了，毕业后从旧书包上拆下来，又挂到钥匙串上，隔段时间就拿下来清洗晾干，上面的绒毛都秃了。周池后来又给她买过别的挂饰，但这一个江随仍然不舍得丢。

第一个，意义总是特别的。

周池走过去，在江随旁边坐下，一边看电视，一边擦身上的水珠。他举动特别自然，没有一点不好意思，好像对自己裸露的上半身并不在意。

不像之前，他们刚认识的时候，还不熟，洗澡后不小心被她看到，他一发现立刻就穿上衣衫，好像多被她看几秒都是吃亏。

江随心里有些紧张，又有一丝奇怪的感觉。

她想，是因为他们已经很熟了，很亲近，他才会这么不见外吗？

这么说，他对她也是很信任的。

周池擦完身体，又继续擦头发。

“这种剧怎么这么多？”他转过脸问江随，漆黑的发丝还是半湿的，脸庞很干净。

“因为大人喜欢看吧。”江随回答了一句，下意识地转头，看到他袒露的胸口，眼睛一下子不知道往哪儿放，只好低头。

这一低头更糟糕，周池穿着宽松的运动裤，裤腰的系带没有弄好，被他穿成了低腰裤，江随好巧不巧地看到了他的腰那里。

这个时候的江随还不懂那个部位的线条叫什么。

周池十九岁了，他没有刻意去健身，不过体育运动还是喜欢的，经常打球，身体不是很壮实，但线条都不错，没有多余的赘肉，人鱼线也并不是很夸张、很明显的那种，比较自然，好像是身体天生的模样。

江随把自己的脸给看红了。

不知道他怎么就不能把衣服穿穿好，像个小孩一样，马大哈。

“你穿上衣服吧，小心感冒了。”

“不是有暖气吗，等会儿穿。”周池这么说了一句。

“……”

江随脸很红地看着他，心想：你这样被看光了，不能怪我。

这时候，她的手机响了。

程颖给她发了信息：“所以是不回来了？”

江随回复：“嗯，我桌上有中午买的蛋糕，你们把它吃完吧。”

她回消息的时候，周池看了一眼：“室友？”

“嗯。”江随说，“问我是不是不回去了，大概有点担心我。”她笑了笑，跟程颖互相发了几条信息，转头一看，发现周池已经坐进被窝，上身总算穿上一件灰色 T 恤。

他靠在床头。

“要不，你也去洗澡吧。”他说。

“哦。”

江随把毛衣脱了，从书包里拿出装衣服和护肤品的袋子，去了卫生间。

洗手台上放着周池刚换下来的衣服，内裤在最底下，露出一角，上面是 T 恤。江随看了一眼，把袋子放在旁边，脱掉衣服进去冲洗。

周池知道女孩儿洗澡慢，他并不着急，靠在床上等着，电视还在放，但他懒得看，拿着手机玩，过了半个多小时，听到脚步声，他抬起头。

江随站在浴室门口，穿一套奶黄色的夏款睡衣，短袖短裤，领口、袖口都有小花边，短裤的长度到膝盖。自从感受到暖气的厉害，她在屋里就不分冬夏睡衣了，总是一样的短袖凉拖。

她侧着身，站在门口的柜子旁吹头发，转头看到他的目光，朝他笑一下，皮肤莹白，唇色微红。

她好像长高了些，从侧面看整个人都很纤细，脚踝瘦瘦，腰和腿也是，胸口处微微隆起。

周池静静看了一会儿，收回视线。

江随吹完头发走到床边，抹了些护肤乳，坐进被窝。

周池还捏着手机，在玩小游戏，江随靠过去，看了一会儿，周池把手机给她："给你玩一把。"他伸手把她搂过来。

江随靠在他怀里，手指摁着，不太熟练，几下就死掉。

她不好意思地仰头，笑了笑："我好差。"

"帮你。"他握住她的右手，拇指在手机上操作，动作很稳也很快，帮她赢回一局。

江随很高兴，又笑了："赢了。"

她转头的时候，头发从他脸上滑过，很香。

不知道她用的什么身体乳，身上也有淡香，很好闻。

周池觉得她再蹭两下，他真要忍不住了。他抿着唇，想分散注意力，于是又帮她玩了一局，还是赢了。

"你好厉害啊。"她轻轻搂住他的手臂，眼睛晶亮，崇拜的意思很明显。

周池问：“那怎么奖励我？”

啊？

江随愣了下。她头发干得差不多了，柔顺地垂在肩上，小小的脸秀气白皙，眼神带着惊讶。

周池心里骂了一声自己，伸手搂住她，把人扑到床上，对着嘴唇亲，亲到后来就已经不满足。大抵是从那天看了她的照片后就一直没满足过，他自己发泄过几回，都觉得不够。

隔着万水千山的，抱都抱不到，憋得难受。

他一个有女朋友的，比宿舍那些光棍还难熬。

十九岁的年纪，那样的事情，不可能不想。他就这么亲着，已经起了反应，还特别强烈。他脸贴着江随的头发叫她的名字，声音含糊。

江随显然感觉到了：“周池……”

他气息粗重，手掌碰了她的胸脯。

怀里的身体微微发颤，周池觉得自己很混账。

“江随，别害怕。”

他就是憋死了也不会那么禽兽。

江随不是一点都不懂，她也看过小说，结合现在的情况，朦朦胧胧就知道周池怎么了。他显然不太好受，额头都出了汗。

江随心软，轻轻地搂住他的背：“你很难受？”

“有点。”周池克制着，缓了一些。

江随又问：“要紧吗？”

“没事。”他撑着手肘起身，在她脸颊上亲了一下，“我去洗手间。”

他去做什么，江随能猜到，她红着脸，脑袋埋在被子里。也不知过了多久，周池回来了，重新到床上抱住她。

这回他很正经，什么都没做，过了一会儿，低声问：“刚刚那样，你讨厌吗？”

“……也没有。”

回想起刚刚他压在她身上，那样的反应真的有点吓人，但又有些说不出来的奇怪感受。江随想，大概是因为自己是喜欢他的，所以他触碰，她并不厌恶，只是很不习惯。

“你刚刚好难受的样子。”

周池“嗯”了声：“不怎么舒服。”他随意地说，“男的都这样。”

“是吗？”

“嗯，和喜欢的人一起就会，控制不住。”

江随不接话了，脑袋靠在他的胸口，好一会儿，低低地说出一句：“我也喜欢你。”

年轻气盛有时候也不是好事，太容易被撩起来，她温言糯语讲几个字，又把他折磨一把。

“周池，”江随说，“我们聊会儿天吧。”

“好。”

说是聊天，可一时两人也不知从哪儿聊起，分开挺久，突然又这么亲密地待在一起，有些不真实。

江随想了片刻，有一丝苦恼地笑了：“好奇怪，你没来的时候，我就想着，等你来了我肯定要跟你说好多好多话，平常短信都发了那么多呢。”

周池：“你还嫌信息发多了？”

“不是。”江随抬头，“你有没有觉得这样谈恋爱累啊，你又那么忙。”

他每天都跟她联系，多忙都是。

他以前就黏人，但那时候两个人在一起，每天都能见上，黏就黏吧，也不费力。但现在不一样，他们隔着一千多公里。而且，理工科课程真的多，周池自己还参与一些别的事情，他从高三开始就经常熬夜，现在上了大学依然不轻松。

江随觉得他很努力，有时候，她能从电话里听出他很疲倦。

可周池否认了，无所谓地说：“这有什么。”他停了下，手掌轻轻刮了刮她的脸，垂目看她，“你累吗？”

江随摇头，干干净净的眼睛看着他：“其实，不每天联系也可以的，还有，我可以过去找你，不用每次都是你跑过来。”

周池笑了声，声音懒洋洋的：“你一个女孩儿，让你千里迢迢过去，我还是男的吗？再说，你半路被人拐走了，我找谁哭去？”

“……”江随有点儿无语，“我又不是三岁小孩儿。”

周池：“也差不多，有几个上大学都半年了还未成年的？”

“……”

江随无言以对。

班里倒是还有两个一九九二年的，但月份比她大，这个元旦一过也就都成年了。

“我就是上学早嘛。”

“怎么就那么早的？”他问。

“我奶奶啊，她以前就是小学老师，我幼儿园没读大班，她就把我带进小学去了，她觉得我不用读大班了，她在家教了我一些小学的知识。”江随笑了一下，“听说我爸爸那时候很反对，说她揠苗助长。”

周池也笑了：“这不长得挺好？”

“是啊，所以我奶奶好骄傲的，觉得自己没错。”

她这样笑着，露出小小白白的牙。

他又想亲。

周池真觉得这趟过来是受苦受难来了。

俩人有一搭没一搭地聊着，到最后各自说起学校的事。江随说李敏她们打算学英语，考考雅思、托福之类的，周池问：“你也想考？”

江随不太确定：“学姐说，就算不出国，有些公司也会看看这些的，好像比四六级还要管用一点，李敏喊我一起，我还在想呢。”她从小到大都挺勤奋的，对学习的事从来不嫌弃。

“想考就考吧。”周池说，“回头我也考一个。”

“真的吗？”江随笑了，“那如果以后出去读书了，我们一起好不好？”

他点头：“行。”

其实周池心里一点也不意外，他们认识的时候，她就是好学生，她一直都是上进的。而他不是，在眉城的那些年，都是混沌着过来的，没目标，没方向，没人对他有期待。

周蔓说他三混四混的，拿什么跟江随在一起？

周蔓还说如果他烂泥糊不上墙，指不定江随什么时候就瞧不上他了。

这些话周池始终记得很清楚。

虽然现在还不知道能拿什么，但至少他心里目标明确，想给她好的生活，让她以后都不后悔那时候选了他。

跨年的这一晚，两人没有出去，在宾馆度过。

九点多，周池下楼一趟，买了夜宵上来，两人窝在桌边吃着。刚吃完，江随收到一条信息，只有几个字：“预祝元旦快乐。”

是陈易扬发来的。

陈易扬也在首都，他就读的P大离这里不远，公交车直达，只有几站路。上个月有个校友会，很多在首都的二中人聚首，江随被本校的一个老乡学姐带过去，恰巧见到他，也是那时候陈易扬找她交换了号码。

当着一堆老乡的面，江随不好拒绝，后来他们几个新人被学姐拉进同一个校友群，陈易扬又因此来加了她的QQ。

这两件事江随没在周池面前提，怕他不高兴。

想了想，她给陈易扬回复了：“同乐。”

没想到，他又发来一条：“元旦有什么打算？我这边几个老乡打算明天去香山，你要不要一起？”

她怎么可能一起去？

江随正要告诉他没空，周池就收拾好垃圾，洗完手过来了，问她：“谁找你啊？”

江随有点紧张地看着他，想撒谎，又觉得太过分。

周池看出她的犹豫，抬了抬眉："不能说？"

江随迟疑了下，还是没有骗他："是陈易扬。"

周池的表情微微僵了下，他走过来，抽了张纸巾擦手，淡淡地问："你们有联系？"

"也不是。"江随把校友聚会的事解释一遍，说，"没怎么讲过话，就刚刚问我明天去不去香山玩，说有老乡一起。"

周池没说话，手擦完了，把纸巾丢进垃圾桶。

江随问："你没有生气吧？"

周池抬眼，低声说了句："能不能不理他？他对你有企图。"

江随一顿，忍不住解释："他没有说过什么，而且根本也没有联系几次。我们高中都是一个学校的，我如果莫名其妙就对他冷着脸，也很奇怪不是吗？"

其实江随也认真想过，陈易扬什么都没有表示过，他们甚至比一般的校友关系还要生疏，她觉得自己如果搞得特别不友好，反而显得很自作多情似的。

这种心理其实很正常，人际交往上，江随很少跟人闹过红脸，一向都是包容型的，除非对方特别过分，比如林岸那种不知分寸、死缠烂打的。

可周池不是她，他自我惯了，交友上也很随心，想理的人就理，不想理的看都不看，不会考虑这么多，也不会在意这样的冷漠会不会伤害到谁，所以他并不能真切地理解江随的处理方式。

听她这么说，他心里并不舒服，可现在不是高中了，两人在一起快两年，他也有些改变，克制着问："那你怎么回他？"

江随说："我告诉他我没空。"

"如果他下次还约你呢？"

啊？

江随没想过这个问题，皱眉说："应该不会吧，他也很忙，大概就这时候有空。”

周池走近一步，靠在桌边，目光自上而下地看她：“你想得太简单了，你以为他在做什么？他在试探你。男的就是这样，得寸进尺，而且不会悔改。”

江随愣了愣，仰着头看他。

“你可以说得更清楚，你告诉他，你现在跟我在一起，去香山也是跟我一起，”他朝她伸手，“手机给我，我帮你回。”

江随沉默地看了他一会儿。

屋里气氛莫名有了变化。

几秒后，江随把手机递给他。

周池将她打出来的字删掉，重新发了一条。

过了半分钟，陈易扬回复了：“好，知道了，祝你们玩得开心。这两天温度低，香山可能有结冻，爬山注意安全。”

周池没有再回，看了一眼，把手机还给江随。

她接了，头低下去，没有说话。

两个人沉默地待了几秒，周池伸手把她拉起来，抱进怀里：“生气了？”

江随没讲话，他又去亲她。

“我看不惯他，知道吗？”他小声说，嘴唇吻着她的脸颊，“他离你那么近，万一把你抢走了，我怎么办？”

“你又不信我了。”江随唇瓣动了几下，声音很小，几乎是堵在嗓子里，“我又不喜欢他。”

“那就不要理他了，好不好？”

江随最终还是点了头。他很辛苦地跑过来，她不想让他不高兴。

周池在首都待了三天。他们去了一些景点，因为又下了一场雪，所以没有去远的地方，香山也没去。

三天时间过得太快，不在一起的时候还好，在一起又分开似乎是更加令人难受的事。分别的那天，两人情绪都有些低落。

周池订的是傍晚的飞机，江随要送他去机场，他不让，直接叫了出租车到酒店。

他们就在酒店门口分别，出租车在等着，江随仍然拉着周池的手没有松开。

周池叮嘱她："照顾好自己。"

"嗯。"江随想了想，说，"下次我去找你吧，考完试如果还早的话，我就过去。"

"看情况，到时候我们再商量。"

江随点了头，松开手。

周池亲了她。

他坐进车的时候，江随挥了挥手。

等车一开走，她忽然就更失落。在这种情绪下，那天关于陈易扬的那点不开心好像都不算什么。

02

# 生日快乐

元旦之后，江随度过非常紧张的两周，体验到大学的第一次期末考。按她从小到大的习惯，但凡考试都要认真对待，所以连选修课都十分认真，她每天都窝在图书馆复习，后来考试都很顺利，可是有一门怎么都不能达到自己的满意度。

不用说，肯定是体育。

中小学那么多年，江随体育成绩总是马马虎虎，上大学也没有改变，而且选课时很不幸没有抢过别人，比较好的课都满了，她最后被迫选了藤毽球。毽球还好，就是踢毽子嘛，但是藤球很难，最后总成绩不佳，在大部分同学都是九十多分的情况下，江随勉强拿了个八十分。后来在电话她里跟周池一说，他笑了好一会儿。

“原来你也有弱项啊。”

他是这么说的。

江随说他幸灾乐祸，他又好言好语哄她，说改天给她做个选课插件，以后专挑好课抢。

周池才大一，江随没指望他真能弄出这玩意儿，不过她并不是那种爱泼人冷水的女朋友，还是听话地把教务系统的账号密码都发给了他。

一月二十号，所有考试都结束，寒假开始。

假期第一晚，江随收到陈易扬的一条信息，问她什么时候回，打算怎么走，她犹豫片刻，最后没有回复，因为元旦的时候已经答应周池不再理陈易扬。

Z 大放假其实偏早，周池所在的 C 大还要到月底。

她原本打算去找周池，可是程颖的实践团队人手不足，把她拉进去凑数，就这样在首都滞留了几天，江放过来开会，顺道就把她接走。

周池放假后还有别的事要忙，江随也不懂他们那些专业术语，只知道是实训方面的，另外，他还要帮学长做一些事。这么一折腾，他回家的时候都快到小年，只跟江随在一起待了四个整天，话还没说够，江随就被带回江城老家过年。

所以这一年的情人节两人也没能一起过。

等江随回来，周池已经被学长叫回学校。

一个寒假只见上四天，江随还是很失落的，但这种失落很快就被弥补。她收到了迟来的情人节礼物。

令人惊讶的是，礼物是知知送来的。

知知已经读初三，这两年，他跟周池还是不对盘，这对舅甥只要碰面依然会闹点矛盾。知知在江随面前不知道告了周池多少黑状，没想到现在他居然帮忙送东西。

江随以为他们俩破冰了，很欣慰，揉了揉知知的脑袋，正准备夸几句，知知就喜笑颜开地告诉她："跑腿费一千呢，我不干这活不傻嘛。"

"……"江随很无语，"快递费真高。"

"还行吧。"知知得了便宜还卖乖，"我可是元宵节专属快递员，这都是友情价了，就算是亲舅舅，那也要明算账。"

江随对他很无奈。

更无奈的是，她拆礼物的时候知知还特别八卦地看着，叽叽喳喳像麻雀一样："我舅舅还挺浪漫的嘛，玫瑰哦，不过是干的，这就要打个折了，你说他怎么不选清晨最新鲜的第一束玫瑰呢，带着露水的那种，反正他再给我一千块钱，我肯定愿意帮他买的啊，他这个人啊，还是太小气了……"

说完了玫瑰，看江随拆开另一样，是个铂金吊坠，他又"哇"一声：

“这玩意儿带钻吗，我怎么看不见，哦哟，该不会是假的吧，我看看！”

江随一巴掌拍开他的手：“不要乱碰。”

知知很受伤：“姐，你谈了恋爱就变了。”

江随懒得理他，拿着吊坠看了一会儿：“这个应该挺贵吧，他有那么多钱吗？”

“他当然有钱了，我外公死了，钱还不都是他的。”知知哼了一声，“他就是个富二代，你少替他心疼了。”说完，他又瞥见旁边一个小盒子，“这是什么，该不会是戒指吧。我靠，他要求婚啊。”

“这不是戒指盒。”江随瞪了他一眼，“你能不能正常点，都多大了。”

知知不以为意：“这叫幽默，女生最喜欢听我说笑话了，哪像我小舅舅，一张冰块脸，也就你喜欢他……”

是啊，冰块脸。

可是他温柔的时候，你没有看到。

江随不想和一个小破孩争辩，低头拿起盒子拆开，里面是个小小的U盘，不太新，像是周池用过的。

江随愣了一下。

“送个U盘给你干吗？”知知眉一挑，露出不怀好意的神色，拖长音调“哦”了一声，“该不会里面是那种片子吧……”

“你不要乱想。”江随都不知道知知脑子里装了些什么，周池才没有这么色呢。

江随敲了知知的脑袋，起身打开电脑，把U盘插上去，里面有一个名为“xkcj”的文件包，还有一个Word文档，写着“使用说明”。

江随点开文档，五号宋体，满满大半页，她一下就明白了，这是周池给她做的选课插件，他还特别细致地写了使用说明。

知知在一旁瞅了半天：“这都什么啊？”

江随对他的问题充耳不闻，她正感动着。她本以为周池只是随口说一句，没想到他真把她的事情记在心里，还认认真真去做了。

他那么忙。

江随心里原有的那点沮丧都没了。他没有等她回来就去了学校，这也不算什么了。

等到开学，经历选课周，江随就更感激周池，也很佩服他，因为他做的插件很管用，得益于这个小玩意儿，整个 721 宿舍在选课这件麻烦事上非常顺利，全宿舍的姐妹都夸周池。

江随觉得自己也是个俗人，因为她心里有点骄傲。这大概就是与有荣焉吧，男朋友越来越优秀，这当然值得骄傲。

晚上，江随躺在床上给周池发信息："你怎么这么厉害？"

过了五六分钟，他回："？"

江随轻手轻脚地起身，溜出宿舍，到这一层的公共晾衣间给他打电话。

周池一接通，她就笑了："你在干吗？"

"刚洗完澡。"周池有些奇怪，"这么高兴？"

江随"嗯"了一声，说："我们选完课了，大家都选得很好，今天夸你呢。"

周池说："这又不算什么，很简单的事。"

"我觉得很厉害。"江随低头，脚擦了擦瓷砖地面，犹豫了下才说，"周池，我好像更喜欢你了。别人夸你，我觉得比夸我自己还高兴。"

这话很好听。

周池在电话那头笑了出来。

为了表示感激，江随很不应时地买了两团毛线。现在三月份，在下一个冬天到来之前，她有很长时间亲手织一条围巾，作为他的生日礼物。

两人再次见面，是五一假期。

周池又一次来了首都，但这回不是一个人来的，张焕明、李升志还有班里另一个叫赵成的男生都来了，林琳恰好也过来，她提前一周就告诉了江随，大家刚好赶在一起。

江随自然要尽地主之谊接待他们。她提前订好了宾馆，一共三间。

不用说，她这次肯定不能跟周池住了，要和林琳一起。他们四个男生刚好两间。

林琳是第一个到的，那几个男生和周池是前后脚，直接就从机场一道过来。

电灯泡实在太多，而且瓦数够亮，在宾馆碰面时，江随几乎没有机会跟周池亲密。他背着黑色背包，比之前更瘦，穿着很薄的长袖线衫，灰色的锁口运动裤。

他总是喜欢穿运动裤。

江随看他走来，朝他笑了一下，然后就忙着跟几个久未见面的同学打招呼，直到登记完，每个人都进了房间，林琳去上厕所，江随才有时间给周池发信息。

没过一会儿，他就来了走廊。

收拾房间的服务员推着推车从旁边过去。等人走远，周池就走了过来，一把将她抱到怀里。

“怎么又漂亮了？”他精瘦的手臂搂住江随的腰，低头亲她的嘴唇，“比照片还漂亮。”

江随任他亲了一会儿，问：“你怎么又瘦了？没好好吃饭吗？”

“没瘦，体重还长了。”

“那是又高了？”

“可能是。”他笑着，嘴角上翘，眼尾光彩明显。

江随问：“你晚上跟张焕明一起，可以吧。”

周池：“我还有别的选择？”

江随摇头。

周池点点头，说：“就这么几天，他们真他妈会选日子。”

江随虽然也想跟他单独相处，但同学来玩，她还是很高兴：“大家一起玩会很开心的。”

周池接受了现实，没多说什么，又亲她。

天已经暖了，她穿得不多，一抱紧，身体上什么凹凸都能感觉到。周池很无耻地算了算，再过四十六天，她成年。

江随做事挺有条理，在几个同学到来之前，她已经提前做好出游计划，因为这是第一次接待别人，她弄得很细致。

起初大家在群里讨论时，长城这类的就被 pass 了，一是因为太累，二是因为几个人小时候就去过，所以这一次以轻松游为主。真正玩的时间有两整天，江随仔细选出几个值得去的地方，行程安排得也比较妥当，比如两个著名的园林里挑了一个，另外，因为男生偏多，所以军事博物馆也入选。

第一天出发，江随把自己打印好的介绍提前发给了大家。在地铁上，她拿着纸小声给大家讲了几句，像个小导游似的。

周池就在旁边笑着看她，好像看着自己家已经长大的小姑娘。

江随讲完了，一抬头，目光和他相对，她以眼神询问，他却不讲话，弄得江随有点脸红，也不再看他。

一行人坐地铁，浩浩荡荡，张焕明不断感叹首都地铁真便宜。

江随想告诉他，公交车更便宜呢，学生票才两毛。

大家一路聊天玩乐，再吃点好的，就觉得很满足，后面有一程，去颐和园，他们乘坐公交车。林琳很体贴地坐到前面，于是周池得以和江随坐到一起。

张焕明同学正在吹嘘他在大学里追女生的经历，按他的意思，他是一追一个准，所以已经谈了好几场恋爱，只是觉得没什么意思，很快就腻了，所以分手也很干脆。

他很奇怪地说："我就不懂，池哥跟江随怎么就能谈这么久的？"

林琳没好气地白了他一眼："那是因为你花心，他们两个又不是谈着玩玩的。"

张焕明觉得这不是理由：“我晚上得亲自跟池哥讨教一下。”

而他要讨教的人此刻就坐在后面。

男生身上真的都像装了一个火球似的，他一坐下，江随就觉得身边都热起来。

车上嘈杂，江随挨着他的耳朵问：“你身上怎么那么热啊？”结果车一到站，猛地停下，她的嘴巴就碰上周池的耳朵。

后面坐着的都是游客，是几个年纪挺大的伯伯、阿姨。

江随赶紧坐好，好像什么都没有发生过一样。

周池笑得肩膀轻颤。

江随无语地在他腿上拍了一下，被他捉住手，后来也没能抽出来，由他一直握着。

“你昨晚睡得好吗？”她小声问，“张焕明应该还好吧。”

“不怎么样，话多。”

江随觉得这很符合张焕明的性格，她也感觉到这个人话比高中时还多，显然他的生活过得很丰富，所以有很多话讲。

“听说张焕明谈了好几个女朋友，是吗？”江随是听林琳说的。

“是啊。”周池看了她一眼，“你怎么关心起他来了？”

“就问问，林琳说张焕明最喜欢说这个，林琳还说，很多男生都觉得谈好几个女朋友是挺有成就的事。”她抬眼看他。

周池又被她看得笑出来：“你在想什么？我又不是张焕明。”

他这样回答，其实并不直接、明确，但江随笑了，从兜里摸出一把糖给他：“我留给你的。”

他心情甚好地接过去。

张焕明逛颐和园，最大的兴致就是拍照，他上大学后爱上摄影，看到风景拍一拍，然后还要给别人拍，导致他们在园子里耗了很长时间。

到了十七孔桥，张焕明对江随说：“你俩过去，给你们俩照一张好的。”他像个专业摄影师一样指导了半天，后来脑筋一热，大胆提议，“给你俩拍个吻照怎样？”

旁边几人也起哄。

周池看向江随，要笑不笑的，好像等着她做决定。

江随脸红，摇头：“就拍个正常的。”

“都谈多久了，还害羞呢。”张焕明挠挠头，“那好吧。”

他重新指导了一番。

两人站在桥边，靠着栏杆，江随被周池揽着，她微仰着脸，他低眸看她。

不远处，是红彤彤的夕阳。

张焕明从镜头里看着，喊着：“一、二、三！”

“三”字刚喊完，周池一低头，嘴唇落在江随的额头上。

还真成了一张吻照。

张焕明朝周池竖起大拇指：“好样的！”

他跑过来给他们看照片。

“看，多浪漫啊，我池哥多帅，这身材，这脸！江随，你赚大发了。”

讲真话，江随也觉得不错，周池亲她的时候，特别温柔，头发上都是金色的夕阳光芒，整个人暖融融的。

周池说：“这张你晚点发给我。”

张焕明：“这简单，到时候我都放校内相册里，你们想要啥自己去拿。”

一整天在几个景点中辗转，大家都挺累，晚上没再搞别的活动，吃完饭后窝在宾馆里斗地主，十点多各自回屋休息。

夜聊就此开始。

男生这边，张焕明这个话痨又开始了，他使劲打探周池和江随的恋爱之道：“你说怎么保持对一个女孩长久的吸引力啊，让她就一直喜欢我？”

周池刚洗澡出来，很不客气地一下戳破：“被甩了啊？”

“哪有，和平分手好嘛！真要说，那也是我甩了她！”

周池知道他的尿性，八成是打肿脸充胖子，懒得接话。

张焕明从床上翻身坐起：“说真的，我说池哥，你有没有想过，万一哪天你被江随甩了呢？”

话刚说完，一个毛巾团砸向他。

张焕明无语：“就假设一下怎么啦，戳到你的小心肝了？”

周池不搭理，张焕明又自个儿找话题：“难道是我功夫没到位？不会吧？”自言自语两句，他又问周池，“哎，你跟江随和谐不？”

“……”周池捏着矿泉水瓶，想着要不要直接砸死他。

张焕明愣了一愣：“你不会还是个……那什么吧。”

“……”

几秒钟后，一声惨叫。

隔壁，江随和林琳正在敷面膜。

女孩在一块儿，什么都聊，护肤、学习、室友、谈恋爱……

江随和林琳在一起话挺多，有一些不跟周池说的话，都会告诉林琳。

“你是说，你那个同部门的干事针对你啊？”

江随“嗯”了声：“有好几次了，学院里一办活动我就挺难受。”

人际麻烦，江随最害怕。

林琳说：“那你打算怎么办？一直忍吗？”

“我也不知道，我想等这学期的活动结束就退，我好像并不适合学生会，我也不打算竞选部长什么的。”

“就算要退，那也不能把之前受的委屈就那么忍了。”林琳给她出主意，“退之前，你得让大家知道，那个女的之前陷害了你，让你背了很多锅。”

“那会弄得很难看。”

“难看就难看。”林琳把面膜揭下来，对她说，“阿随，你就把自己当个公主，没必要一直忍让别人，你就是太好了，那人明显很有心计，还三番五次，事情让你做了，功劳她来抢，有什么问题都往你头上推，你不能这么软。”

“我也觉得我有点糟糕。”江随说，“大学里跟高中不一样，挺复杂的。”

“是啊，你这个性格很容易吃亏，周池又不在你身边，有些事情你要自己强起来。”

“嗯，这事他不能帮我，我也不想让他担心，他自己已经很忙了。”

“谁让你们俩异地呢，是挺麻烦的。”林琳叹了口气，说，“咱班里那几对，上大学没多久就都分了，就你俩还好好的，不容易。”

江随沉默了下，轻声说：“我们也不是一点问题都没有。”

林琳一愣：“有什么问题？”

江随不知怎么描述，问道：“你还记得陈易扬吗？”

“记得啊。”

江随于是把上次的事告诉林琳。

说起这件事她有点无奈：“所以校友会我就没有去了。他后来还问过我，陈易扬有没有再找我……我校内的留言板他都会去看……”江随也是意外发现的，有次有个别的系的男生过来留了言，被周池看到了，他还截个图发给她。

林琳听笑了：“这么幼稚啊，看不出来，他现在那样子看上去比高中成熟多了，大概是太喜欢你了吧，怕你被别人勾走。”

江随也笑：“除了这个，他都挺好的。”

“是吗？”林林笑得有点意味深长，“那你们到哪一步了？”

“没到哪一步。”江随很不好意思。

“真的？那也快了吧，你们谈了快三年了。”

“没到。”江随说，“两年多一些。”她知道林琳说的是什么意思，因为她脑袋里已经莫名其妙想起了元旦假期的那个晚上。

林琳见江随不说话，以为她一点也不知道这些，忍不住调侃道："哎，你是不是得去丰富一下知识储备？毕竟你现在是有男朋友的人了，不要搞得一点准备都没有啊。"

江随被她说红了脸。

这种知识怎么丰富？

没想到很快就有了一次很巧的机会。

五一假期结束，送走了他们，江随被李敏带去凑人数，参加了学校里一个叫"星星社"的小社团举办的活动。因为李敏和社团负责人是老乡，对方怕场面太冷清，到处拉人凑数，活动主题是什么"关爱健康，预防乙肝"，乍一听很平常，活动主要以实践小游戏为主，在这个过程中，把一些知识融进去。

中途有个环节，讲到避免传染途径，主讲的人刚讲到性传播，一个女生过来给大家发香蕉，又挨个给大家发未拆封的安全套。

然后大家在主讲人的介绍下练习给香蕉套上安全套。

"……"江随不知道怎么会有这么一个环节，她第一次这么清晰地看到安全套，在场的人女生居多，虽然有些女孩和她一样脸红了，但大家都在认真地配合。

江随看了李敏一眼。她已经拆了安全套。

江随犹豫了下，也跟着拆了。

活动结束后，李敏语带赞叹地对江随说："这个策划人挺有勇气，中国的性教育如果都有这种大大方方的态度，也不至于每年有那么多女孩堕胎。"

江随原本还觉得尴尬，听她这么一讲，也觉得很有道理。比如她，就是今天才知道避孕套是这样用的。

李敏说："你知道中国每年有多少女孩堕胎吗？很多都还是在上学的，这个数字说出来吓死人，所以女孩一定要保护好自己，不能随便和别人做亲密事，一定要跟喜欢的人才能做，就算做了，保护措施一定要有。阿随，我们都要记住。”

江随点点头，觉得李敏真好，她是一个头脑特别清醒的女孩。

这个月尾，江随退出了学生会。

在最后一次工作总结会上，那个叫宋铃铃的女生站起来总结失误，当她说道：“关于席位签的事情，我和江随一起负责的这件事……”

江随站起来打断了她：“我没有参与这件事，当时我们的分工不是这样的，宋铃铃，请你不要再撒谎。”

宋铃铃僵了一下，震愕地看着她。

如江随所想，这件事最后确实弄得不太好看，场面很尴尬，很多人都变了脸色。

那天回去后，江随写了一封辞职申请书发给部长。

后来，连续一周，这事都是学院里的谈资，有人说宋铃铃过分，更多的人说江随傻、耿直、不会做人。

只有宿舍的几个女生说江随很有勇气。

江随也不知道这算懦弱还是勇敢。

太年轻的时候，遇到令自己厌恶、难受的，似乎只会本能地选择逃开。

这件事江随没有刻意去跟周池讲，异地久了，她现在也“报喜不报忧”。其实她早就发现，周池去 C 大读书快一年，从来没有跟她抱怨过什么，每次问他好不好，他总说还好。

也许这是一种体贴。

所以，江随也渐渐和他一样，因为距离太远，除了徒增担心，几乎没有好处。

六月到来，江随才意识到时间过得真快，大一已经接近尾声，而她即将迎来十八岁生日。

她仍然记得去年生日正好是谢师宴，大家刚从高中解放，快活得像出了牢笼的鸟，好像觉得离开了高中，未来只有美好欢乐。

事实上现在究竟怎么样，大概也是如人饮水。

非常凑巧，今年的阳历六月十六号正好是端午节，法定假期从十四号到十六号，江随十四号有个设计比赛，要耽误一天，她找了借口去院里开好十七号的请假条，这样就凑满了三天。

终于有机会实践之前的承诺，江随提前几天就告诉周池不要过来。

“我去看你。”她这么说。

周池当然不放心，但不管他说什么，江随主意已定，第一时间订好机票。

两人在电话里拉锯似的磨蹭了好一会儿，后来，周池就答应了。但他依然不放心，江随出发的前一天晚上，他打来电话，事无巨细地讲了很多。

江随发现他有些啰唆。

“知道了，我坐过飞机的，虽然之前都是跟我爸一起，但我知道怎么做。”她笑着抱怨，“你话好多。”

“你还嫌弃了？”周池说，“下飞机就开机，我接你。”

“嗯嗯。”江随连声应着。

又讲了几句，挂掉电话，周池往里走，小黑打开水回来，刚好听到两句尾巴，问：“你老婆要来？”

大概是心情不错，周池笑了下：“对，明天来。”

隔天，十五号，江随坐飞机很顺利，周池担心的那些都没有发生。

下午一点多，江随一身轻松地下了飞机，她没有行李箱要拿，只有一个背包。

手机一开机，周池的电话就打进来。

江随按他说的走，到了接机大厅，周围人山人海，她还在张望，周池已经走过来，牵住她的手。

江随吓了一跳，转头看见是他，露出喜色。她脸庞微红，额头上有层薄薄的汗，头发在脑后扎起一个简单的马尾，整个人活泼朝气。

周池把她拉到旁边，从兜里摸出纸巾帮她擦掉脸上的汗。

“热坏了？”

“还好。”她没告诉他，自己刚刚是小跑过来的。

“你忙吗？”她人过来了才想起问这个，“假期里有没有事情要做？我之前忘了问你，就订了机票。”

周池一笑：“陪女朋友算吗？”

“算。”

周池已经在C大附近最好的酒店开了一间房。C大不在繁华市区，不过只要有大学在，周边设施都很齐全。这个商务酒店经常和学校合作，用来接待学者、外宾，环境很好。

出租车从机场过去，开了很久。

江随知道C大不在市区，但不知道原来这么偏僻。不过到了校园，她就觉得偏僻也有偏僻的好处，地广人稀，看起来特别辽阔，比她那个位居繁华地段的Z大不知道大了多少，放眼望去没看到几个走路的，来来往往，骑自行车的居多。

周池也有一辆自行车，就停在图书馆前面。

“饿吗，先带你吃饭？”他问。

江随摇头：“飞机上吃过了，你带我看看你的学校吧。”

“好。”周池推着自行车往前一步，“坐上来。”

江随上一次坐自行车，也是坐在周池身后，那时还在高中，现在却已经在他的大学里。

午后太阳消失，天色昏沉，江随却能感觉到徐徐凉风，周池骑得不快，到了一个地方就会停下来让她看看，偶尔讲两句。他没有做导游的天分，讲得很简单。

骑到男生宿舍楼下，周池脚撑住地，把车停了，指给她看：“我住在那儿。”

一栋比较新的宿舍楼，门口有几个男生进出，或背着书包，或抱着电脑，可见都是用功的学霸。

在校园里逛了快两个小时，周池带江随去酒店，让她休息了一会儿才去吃饭。

天气闷热，江随赶路也有些累，胃口不怎么样，周池点了很多荤菜，她没怎么吃，倒是喝完一碗菜粥。

周池原本还打算带她去看电影，看她这样只好算了，带她回酒店休息。

“以后还是我过去。”他微蹙着眉说，“你这身体不行。”

“不是，我哪那么弱。”江随解释说，“是昨晚睡眠不够，没怎么睡着……”

“怎么没睡着？”

“我也不知道。”江随笑了下，“可能……太高兴了。”

“因为要见我了？”他神情愉悦，“是不是特想我？”

江随不承认：“才不是。”

他又笑了，把她搂过来亲了亲：“不吵你了，先睡一觉，我回学校一趟。”

江随问：“回学校干吗？”

“拿衣服，顺便给你弄点吃的来。”周池说，“你没吃多少，晚上会饿。”

“好吧。”

周池回宿舍，到阳台收了内裤、衣服塞到包里，把电脑也塞进去。

宿舍里只有一个常驻的小黑，其他两个室友都不在。小黑偷偷看了一眼，问：“出去住啊？”

周池应了声。

小黑嘿嘿一笑：“懂懂懂，欸，那明天聚会你还去不？”

“不去了。”

“干吗不去，把你老婆带去不就行了。”

“屁话真多，我走了。”周池提着包出门。

他到酒店时，江随睡得正熟。

周池把东西放好，没打扰她，拿着电脑坐到外面阳台，开了墙壁小灯，刚好趁这个时间赶一赶没做完的活儿。最近他从学长的公司接了更多事情，又参加一个团队比赛，几乎没有空闲时间。

中途他进去看了江随几次，发现她似乎真的累到了，睡得特别香。

忙到十一点半，总算完工，周池洗完澡，擦干头发出来，看到屋里壁灯亮了一盏，江随不知什么时候已经醒了，躺在床上揉眼睛。

他走过去，俯身看她：“睡好了没？”

江随迷糊地问：“几点了？我是不是睡了好久？”

“是睡了挺久。”他靠近，在她唇上亲了两下，“再过五分钟，你就十八岁了。”

“……”

她居然睡到现在。

江随看到他的头发，问：“你洗过澡了？”

“嗯，饿吗，要不要吃点东西？”

“有什么吃的？我先起来吧。”

周池把她搂起来，从进门柜上拿来一个盒子。

江随：“你买了蛋糕？”

“对。”周池往阳台走，边走边摸出手机看时间，“刚好，拆完盒子，点好蜡烛，时间就到了。”

“……”

江随惊讶地看着他。

第一次有人踩着点给她过生日，一分不多，一分不少。

阳台上有微风，周池将落地窗帘拉上了一半。江随坐在藤椅上，看着他把彩色蜡烛都点亮。

“你数过了吗？”

“数过了，一根不少。”他抬头，“生日歌我找了音频，中文英文都有，你想听哪个？或者，我唱给你听？”

江随笑起来：“那你唱，要英文版的。”

周池倒是一点不矜持，大大方方地就开始唱了：“Happy birthday to you，happy birthday to you……”

他声音不高，低醇缓慢，唱的时候眼睛就看着她。

江随听得直笑。

等他唱完，她很捧场地鼓掌。

周池在烛光里笑着看她：“满意吗？”

江随点头。

他说：“许愿吧。”

“嗯，我许两个。”她闭上眼睛，过了几秒，睁开，“我吹蜡烛了。”

“吹吧。”

她一口气鼓足，全灭了。

江随抬眼，脸庞微红：“谢谢你。”

“不客气。”

周池静静地看着她，眉目温柔。

过了两秒，他背弯下，隔着蛋糕靠过来，亲她的额头：“生日快乐。”

午夜寂静，窗帘拉得密密实实，两边的流苏被风轻轻吹拂。

走廊灯已经关掉，阳台一片昏昧。白色的小藤桌上，吃剩的蛋糕摊在那里。

已经凌晨一点。

江随坐在床上，手里抱着一个透明罐子，里面装了五颜六色的千纸鹤，一个个小巧玲珑，漂亮得很。江随左看看右看看，又把瓶子放到枕头边，拿手机拍了一张，忍不住又要笑。

他怎么这么好玩啊。

所以，那年知知说他没事就折纸鹤，是真的。看来他小时候手工课真的满分。

江随不知道别人家的男朋友是不是这样，她觉得自己家这个挺奇特。

她将罐子放到床头柜上，跳下床。

卫生间有水流的声音，周池在洗脸。他不用毛巾，满脸水珠，湿黑的眼眨了眨，看见门口的身影。

江随靠在门边，目光柔软地看着他。

周池抹了抹脸，眉毛上的水珠没了，湿润润的。

“怎么了？”他脚上穿着酒店的拖鞋，朝这边走了两步，仍然在洗脸台边，隔着两三米的距离问她。

江随摇摇头，笑了一下。

“等急了？”周池也笑，水珠沿着他的脸颊滑到下巴。他的笑声低低的，挂着水珠的脸庞有些性感。

这句话里的意思不太正经，好像电视剧里浪荡的男主角说的。江随微窘，说：“我只是觉得很晚了，你怎么还没弄好。”

难道不困吗？

她现在比较精神，是因为今天已经睡过一觉。

“你躺着，我马上来。”他越说越不正经。

“……我不跟你说了。”江随赶紧走掉。

她在床上躺了一会儿，手机里进来一条信息，没想到林琳这个夜猫子居然还记得她的生日，这时候发了祝福短信过来。

江随趴在被子上给林琳回信息，周池过来了。他从背后搂住她，江随还在摁着手机，脑袋被揉了一下。

“忙什么呢？”

江随说：“我给林琳回信息呢，马上好了。”她发完，翻个身，脑袋搁在他怀里，眼睛闭上，蓬软的头发在他颈侧扫了一下。

“你是不是困死了？”江随喃喃的声音问道。

床头灯亮着，他正低头看她，并没有任何困顿的样子。

“我睡了好久，现在好像睡不着了。”她又说了一句。

“我也睡不着。”周池说。

江随抬起头，有些惊讶地看着他：“已经一点多了。”

“我知道。”

他缓了缓呼吸，手掌捉住她的手，低哑的嗓音贴近：“我们做点别的？”

江随一愣，眼睛定定地看着他，过几秒，就感觉到他过快的心跳和越来越热的身体。

周池伸手，拿到床头柜上的小盒子。江随一看，脸就红了。

“这个知道吗？”

江随点点头，脸庞低下，小声嘀咕：“我学过这个。”

周池听得很模糊：“什么？”

江随又抬起头，轻轻扶住他的脑袋，嘴巴对着他的耳朵，小声地讲了几句。周池渐渐笑出来。

江随脸庞很热：“别笑。”

周池将她搂紧，翻个身把人压到身下，手掌撑在她颈侧，鼻息越来越浓重。

他哑声说：“要不要在我身上实践一下？”

“……”江随还没有说话，他又伏身，捧着她的脸，绵密的吻落在她的嘴唇上，有点急躁。

江随被他弄得很晕乎。她感觉到他在忍，因为他的身体绷得很紧，无论哪个地方都是硬的。

他把她亲得乱七八糟，然后脑袋埋到她颈间。

屋里格外安静，薄被下的两个身体都热得要冒火。

也不知过了几秒，他抬起头，漆黑的眼睛觑了江随几秒，笑了笑，喑哑的嗓音说：“把我给你，要吗？”

“……”

江随后来想起那个晚上，都觉得他太会说话了，把她弄得混混沌沌的，她想摇头的，最后却伸手摸了摸他的头发。

# 03
# 裂　缝

周池醒来，身边已经没了人。他听见卫生间的水声，起身套上裤子，走过去。

江随站在洗脸台边洗衣服，她自己的已经搓完，这会儿手里正在搓洗的是周池昨天换下的内裤。

听到脚步声，她回过头，看到他只穿了条裤子站在门口。

“什么时候起的？”

江随朝他笑了一下：“有一会儿了，我睡不着。”

虽然经过昨夜，已经跟他更亲密，但被他看到在洗他的内裤，江随仍然不好意思，解释：“我没事做，就想把衣服洗了。”

周池走到她身后：“我来吧，你不累吗？昨晚……”

他说到这里就抿了抿唇，耳朵有些热。

江随也一样不自在。

但同时，他们心里都有些开心。

对他们两个来说，昨晚即使生涩、混乱，甚至有一丝坎坷，也是特别让人难以忘怀的。

江随小声说了句“没事”，又继续洗。周池搂住了她的腰，弓着背，脑袋搁在她的肩膀上，闻到沐浴露的味道。

他问：“洗过澡了？”

“嗯。”

“还难受吗？”

江随摇头。

周池放下心，松开她，站直了身体说："待会儿出去吃早饭，完了带你看电影。"

江随拒绝："我今天不出去了。"

"怎么了？"

江随转过身，脸抬起来，手指着自己的颈侧。

一个很显眼的吻痕。

"……"

周池摸了摸鼻子，低头笑了一下。

两人因此窝在酒店看了一天电影。分别后的重逢，只要在一起，做什么都是好的。

电视上播放的是部老电影，还是文艺片。以前窝在周池的小阁楼里，两人也是这样，经常拉上窗帘昏天黑地地看一场电影。

江随摸了摸自己的脖子，抬头问："还很明显吗？"

周池看了一眼，又笑了："没那么快。"

"你还笑。"江随轻轻地打了他一下，"都怪你。"

"嗯，怪我。"他眉毛弯起，眼睛看着江随，手掌揉了揉她的腰，"以后注意。"

江随不说话，他的手更过分，嘴唇也压过来。

他一摸，江随就紧张，怕他又来，她揪着他的 T 恤领子小声拒绝："我不行，昨天……"

"知道，不动你。"

傍晚，周池下楼给江随买了创可贴。她脖子上的痕迹用热毛巾敷过，但看上去效果不明显，一两天肯定好不了，偏偏她皮肤又白，那颜色很容易就被看出来。

她不可能一直不出门。

周池帮她把那红痕贴上，说：“出去吃晚饭吧，你今天都没好好吃。”

出了酒店，两人刚走到街上，周池的手机响了，他接通电话。

江随走在他身边，一只手被他牵着，距离很近，听筒里的声音很大，是个男的，嗓门粗。周池喊他“尘哥”，江随听了几句，大概听明白是什么事。

周池没有讲很多，很快挂了电话，问她想吃什么。

江随问：“你有事情？”

周池否认：“有个聚餐，不用去。”

“我听到了，好像还有事情要跟你聊吧。”那些专业名词江随没听清楚，也不懂。她说，“要不你还是去一趟吧，我在这儿吃点就回去，你不用陪着我。”

周池看了看她，说：“是正在做的一个项目，都是同校的同学，还有几个师兄师姐。”

江随点点头。

他问：“愿不愿意跟我一起去？”

江随有些惊讶，犹豫了下，点了头。

聚餐地点在C大东门的一家粤菜馆，门口进进出出都是学生，生意很好。

周池刚进门，前台的姑娘就已经认出他。他们那个项目组每次都在这儿聚，店里员工都与他们很熟。

前台姑娘指了方向，周池熟门熟路带江随上二楼。

包厢里一张大桌已经坐了不少人，剩两个空位。

小黑眼尖，门口人刚进来他就看到了，眼睛一亮，喊了一声。

一桌人扭过头，有男有女，全是年轻人，看上去最年长的就是给周池打电话的那位“尘哥”，他全名刘昱尘，标准青春偶像剧男主名，却是个鲁智深的样貌，圆脸，皮肤黑，为人很豪爽。

“你小子总算来了！”

周池牵着江随走过去，很自然地和在座的人打了招呼，末了介绍一句：“我女朋友江随。”

“欢迎欢迎！”大家心中了然，都很热情。

江随略微拘谨，笑了笑：“你们好。”

“哎，坐这边！”小黑站起身，殷勤地帮他们挪椅子。

带家属的不只周池一个，其中有位师姐也带了男朋友过来，不过就是他们学院的，所以只有江随是第一次来，大家显然对她更关注。

有个穿白 T 恤的女孩笑着说：“周池，你女朋友很漂亮啊。”

江随不好意思，周池却笑着应声：“是啊。”

他一点不谦虚。

小黑劝道：“哎，咱能不能矜持点儿。”

在场的人都笑。

后来饭桌上气氛一直不错，江随看得出，他们一群人已经很熟，而且个个是学霸，几句闲话讲完就开始讨论正事，说来说去都离不了项目。

江随坐在周池身边，只吃自己面前的两个菜，周池时不时给她夹一点别的，她就默默吃着，听他和其他人讲话。

江随发现，周池讨论正事时有些不一样，虽然讲话还是不紧不慢，语气也是平常那个样子，但很奇怪，他说的每一句听起来都让人觉得很可靠，即使那些编程知识江随根本听不懂，也能感觉到他在这个项目里是核心人物。

江随还听出来那个白 T 恤女孩叫阮婧，和周池同班，好像很喜欢和周池对着来，周池说一句，她就来个“可是……”，讲话语速又快，妙语连珠，话里时而夹个段子，逗得大家都笑开。

听说语速快的人思维也快，江随觉得她应该很聪明，至少跟周池差不多聪明，因为她接得上周池的话。

后来又听那位刘师兄打趣地夸周池，说他拿了什么一等奖，是董教授最喜欢的学生。

江随才知道，原来他已经这么厉害。可他没有说过。

这个聚餐到后来，江随渐渐觉得自己有些格格不入，坐在这里挺尴尬。

聚餐九点多结束，有两个大四师兄住在校外，他们先走，阮婧要去买水果，也在校门口和他们分别，剩下的一群人一起进了C大东门，各自回宿舍。

周池带江随在学校里转了一圈，走到小卖部门口，给她买了一支冰激凌。

江随边吃边走。

校园里都是年轻的身影，偶尔也有几对和他们一样，手牵着手在小道上走着。

“周池，你是不是挺忙的？”江随忽然问。

“还好。”周池转头看她。

江随咬了一口冰激凌，脚步渐渐停下，说：“今天这个项目是怎么回事？”

周池有些惊讶，以为她不会对这个感兴趣，简单解释道：“是两个师兄的项目，院里一个教授把我推荐过去的。”

“是那个董教授吗？”江随问。

“嗯。”

江随朝他笑笑：“我听你刘师兄说了，这个教授很喜欢你是吧，你还拿了奖呢，你怎么都没有告诉我？”

周池略微低头，轻轻地把她拉近：“这点成绩屁都不算，告诉你干什么。”

他心里的目标远不止这样，真正想捧到她面前的也不是这些。

江随不是很懂。

怎么会屁都不算？这都是他一点一滴的进步。

旁边路灯的光昏昏暗暗，她没有说话，把手中化了一点的冰激凌递到他嘴边。

周池吃了一口。

走出校门口，江随的冰激凌吃完了，她把手里的包装纸扔进路边的垃圾桶，跑回来牵住周池的手。

两人快到酒店门口时，碰到了买水果回来的阮婧。

“欸，你们在这儿啊？”阮婧笑着和他们打招呼，看了一眼周池，笑嘻嘻道，“出来住？

“是啊。”周池淡淡问，“班长连这个都管？”

他语气不甚客气，散漫冷淡。

阮婧好像早习惯了，朝江随笑道：“他脾气真臭，是不是？”她这话说得很自然，俨然和周池是很熟的朋友。

不自在的反倒是江随。她不知道怎么回答，摇了摇头。

阮婧看了她一眼，笑容更耀眼：“你真是善良，好啦，我走了！”她挥挥手，提着一袋橙子潇洒地走远。

江随说：“原来她是你们班长。”

周池“嗯”了声，拉着她走上台阶，进了酒店的旋转门。

江随又问：“你们一起做事，是不是很熟了？”她语气还是随意的，声音却低了一些。

周池说：“不算熟，一般。”

江随“哦”了声，说：“我看她好像挺热情的。”

正说着，电梯来了。

两人走进去，周池摁了楼层，看了看她，忽然笑了下：“怎么老说她？吃醋？”

江随摇摇头。

周池靠近她，低头说：“你现在知道你跟别人亲密一点，我什么感受了？”

江随一顿，抬起眼。

看到她的表情，周池也一愣，笑容收了些：“怎么了？”

“我没有跟别人亲密。”江随小声说。

周池说：“我没那个意思。”

他这回真的只是顺嘴接了一句想逗逗她，因为头一次被她这样“盘问”，心里其实有点乐，没想到江随却会误会。

周池抿了抿唇，把她的脑袋搂过来：“想到哪儿去了？”

江随没有说话。

电梯门开了。周池带着她回房间，进门把人抱紧，带了点道歉的意思：“我开个玩笑，怎么心思这么重了？”

江随也发觉自己在这件事上变得有些敏感，之前聊天，他偶尔问陈易扬有没有找她，或者把留言板上的男生留言截图给她看，她就已经有一点。其实她挺害怕他那个样子，像她真的做了什么似的。

今晚江随心里本来就有些失落，被他这样一说，忽然就反应过度。

关于阮婧的事，她没有再问，温顺地抱住他。

周池感觉到她情绪不对：“怎么了，江随？”

“周池，我想亲一下你。”

“……”周池扣着她的肩，将她拉开一点，佝着头，脸靠近她。

江随搂住他的脖子，踮脚亲吻他。

江随是隔天中午离开的。机票是由周池替她订好的，他算好时间，怕下飞机太晚，她一个人从机场回去不安全，所以特意选了比较早的班机。

那天早上，两人又试了一次。

屋内没开灯，就在昏昏暗暗中，他们的身体贴在一起。

江随依然紧张，鬓边细碎的头发湿湿地贴在皮肤上。她没有睁眼去看压在自己身上的人，但手一直被他攥着，两人的掌心相扣。

这一次周池折腾了挺久，江随也渐渐有了点奇怪的感觉，她说不清，一直到结束后都有些迷茫。周池搂着她，给她擦脸上的汗，低声问她疼不疼、难受不难受之类的。

江随都摇头，也不讲话，就安静地趴在他怀里，手指揪着他的衣服玩。

周池垂头亲她的鼻尖："这么乖？"

江随脑袋抬起一些，朝他笑了下，周池于是又去亲她。

上午原本还有课，但周池没去，他带江随吃完午饭，将她送到机场。

进了安检口，江随回头看了一眼，周池还站在那里，即使是最普通的短袖长裤，在人群里也非常显眼。他朝她笑着，抬起手臂挥了挥。

异地就是如此，每一次的重逢必然伴随一次离别。

回校后就是期末，江随忙了起来，赶作业、复习、考试……一样一样连着来，整个宿舍开启了深夜发奋的模式。江随每天复习完都会收到周池的信息，他和她一样，这阵子也睡得特别晚。

等所有课都考完也没有放假，因为还有个军训摆在眼前。

首都很多高校的新生军训不是放在入学，而是大一暑假，Z 大也是，军训基地在八达岭那边，为期半个月，条件比较艰苦，二十多个人住一大间，伙食很糟糕，生活也不方便。

山里昼夜温差大，白天热死，晚上又冻得慌，湿气重，被褥总是潮的，江随那阵子过得不好，水肿严重，每天起来一看，小腿都粗得不像自己的。

不过也有开心的事，比如去山上徒步，还有射击活动，江随生平第一次摸到枪，在教官的帮助下射出两发子弹，虽然肩膀很疼，但还是很新奇的体验。

江随保留了那两枚弹壳，打算送一个给周池。

临走的前一天晚上，大家都很兴奋地开始收拾东西。

江随忙完，出去给周池打电话。他这个暑假已经进公司实习，每天都到八点多钟下班，有时还加班做事。

夜里山风很大，江随蹲在树下，穿一件 T 恤，下半身还是军训的迷彩裤，周池在电话里问她："东西收拾好了？"

江随"嗯"了声，手指闲闲地揪着土里的一棵草："都弄好了，你是不是还没吃晚饭？"

电话里很嘈杂，有汽车的声音，他应该还在外面走着。

"还没吃，刚下班。"周池说。

"那你赶紧去吃东西，我先挂了。"江随有点心疼地催促。

"不急。"周池笑着说道，"饿不死，等会儿回去煮面，还要走几分钟，再讲一会儿。"

因为实习公司在市区，他就近找了房子，短租两个月。

"明早就回校？"周池问。

"嗯，上午应该就到了，还可以歇半天。"

周池想了想，问："真不打算过来这边实习？可以跟我住一起。"

"不行啊，不是说过了嘛，"江随说，"已经答应师姐，她把我报过去了，再反悔肯定不好，而且，这个公司挺好的。"

这事他们之前已经讨论过，江随是事情定好了才告诉他的，周池当时就想让她过去。

或许是有些失落，他语气低沉了些："当时应该先跟我说一声，广告公司哪儿都有，我看过了，我这一片也有不少。"

江随顿了顿，手指有些僵。默了两秒，她低头把草拔了出来，开口说："你找实习也没有跟我商量啊。"

她突然顶这么一句，把周池弄得怔了一下。

江随抿着唇，不知怎的，想起他上班到现在已经很累，还没吃上饭，心里又软了："算了周池，我们不说这个了，我这个实习应该结束得比你早，到时候我去看你，好吗？"

周池只好应声："好。"

这个暑假，江随没有回家，她的第一份实习工作内容很琐碎，基本以跑腿打杂为主，不过那好歹是个 4A 级的公司，她又在创意部，所以即使是做这样的暑期实习生，依然能接触到不少行业内的牛人，见识到很多很棒的点子。江随性格又比较踏实，在一个半月的实习期内她并没有厌烦，倒是发现自己对文案策划方面兴趣更浓厚，偶尔也能蹦出一些奇思妙想。

实习快结束时，江放来了一趟，但他行程匆忙，父女俩只吃了一顿饭。

江放过来主要是有件事要和江随说，他之前在美国访学过的一所大学要聘他做访问教授，讲授中国哲学。这样一来，至少要去一年，他不太放心江随，所以还未做决定。

江随一听，很为他高兴："我没关系，爸爸您不用担心我，我都这么大了，又不是小时候，反正我都在学校里。"

江放说："也没那么快，起码到年后再过去。"停顿了下，他又想起来，"对了，等你到大二，学校里应该会有交换生的名额，阿随你注意一下，要是有往美国那边的，可以看看有没有兴趣，要是你想过去，那倒刚好。"

"我还没关注过这个，"江随显露出感兴趣的意思，但她想了一下，忽然又摇头，"不想去。"

江放似乎猜到了什么，笑了笑，问："你最近跟周池怎么样了？"

江随微微一顿，有些窘迫，想到江放以前问她，和男生一起知不知道什么该做、什么不该做，那时候她说知道。而现在呢，她和周池在一起，什么都做了。

江随小声说："挺好的，他也在实习呢，很努力。"

江放又笑："阿随还是很喜欢他？"

江随点点头，喝了口汤，过了会儿，抬头问："爸爸，您觉得距离会对感情有影响吗？"

"可能会有些影响。"江放说，"不过，有时是好的影响，有时是坏的，看怎么处理。"

怎么处理？

江随回去后，又想起这个问题，然后她就订了机票。

结果，实习结束得比预计的还要早两天，江随直接改签，提前去找周池，想给他一个惊喜。

出发前一天，她和李敏一道去理发店做了头发，发尾稍微烫了点儿卷，散下来或扎成马尾都好看。做完头发又去逛街，江随买了两身新衣服，一套连衣裙，还有一套是自己搭的 T 恤配牛仔短裤。

实习这段时间，江随向李敏学习了化妆，平常不怎么折腾，只是备了一套化妆品，这次又添置两支新口红，李敏帮她选的颜色。

“这个超好看，你男朋友肯定很喜欢。”

李敏这么说，江随很相信她，对着镜子看了又看。

江随傍晚下飞机，便打车去周池住的地方。她两周前才给他寄过快递，地址还在。今天是周日，按照往常规律，他应该有半天假，中午就下班。

江随看着车窗外，车来人往，高楼林立。

这座城市的繁华丝毫不逊色于首都。

周池住的地方是专门的一栋单身公寓，用来出租给附近的上班族。江随确认了一下手机里存的地址，走进电梯。

到十楼，她看了看时间，已经七点一刻。他应该在家。

江随敲了敲门。

屋里小黑正仰在沙发上看电视，餐桌边几个男生在玩牌，阮婧从厨房端菜出来，对着他们吼：“你们一个个耳朵聋了，没听见有人敲门啊？”

“你去开呗。”小黑说，“尘哥动作够快啊，这么快就来了。”

阮婧朝他扔去一个橘子：“懒死你了。”她转身过去开门，看清门外的人，手顿了下，眉毛抬了抬。

门外的江随也是一怔。

“尘哥啊，正说你呢……”小黑刚走过来，眼睛一下亮了，“我靠！”

他嘴巴特快，扭头冲厨房喊，“周池，你看谁来了！”

话音落下，厨房走出个人。

周池刚洗完青菜，一手的水，看见站在门口的人，愣了。

她化了淡妆，眉目秀气，唇色淡红，穿一件及膝的棉质裙，低跟单鞋，小腿修长漂亮。

在飞机上，江随想过几种情景，想象周池开门时会是什么反应，是不是会被她吓一跳，但没想到是这样。

这一瞬间，江随觉得自己好像来得不是时候，像个不小心闯过来的局外人。

还是阮婧先开口：“快进来啊，站着干什么？”她边说边笑，“我们大家刚好都在这儿玩呢，饭快做好了，你来得真是巧了。”

周池已经走过来，他一身居家打扮，趿拉着拖鞋，身上这套灰 T 恤、运动裤还是江随之前买了寄给他的。

江随有些僵硬地站着，直到被他牵住手。

“怎么过来的？”他眼里有讶异也有惊喜，江随忽然又觉得有点安慰。至少，他脸上的高兴是真实的。

“我坐飞机来的。实习结束了，就提前来了。”

“怎么没说一声，我去接你啊。”周池伸手拿过她手里的背包。

江随说：“我怕你忙。”

“先进来，饿了吧，刚好吃晚饭。”周池弯着嘴角，牵起她往里走。

旁边的阮婧看着他脸上的笑容，微微敛目。

客厅的几个男生都过来打招呼，上回聚餐见过，江随对他们还有些印象，她也友好地朝他们笑了笑。

桌上菜已经摆好，小黑撤了扑克牌，又听见有人敲门。

“这回肯定是尘哥！”他跑去开门，不仅接到了刘昱尘，还有另外两个师兄，他们带来一箱啤酒，打算好好喝一顿。

一群人在桌边坐下，边吃菜，边聊天，热热闹闹。

阮婧把啤酒拿上桌，没找着开瓶器，视线往厨房看去。

还剩一菜一汤没弄好。

那人在炒青菜，背影高高瘦瘦，他旁边的女孩在一旁洗蒜，弯着腰，裙子后摆微微往上，露出一双长腿。

阮婧视线没动，看见他弄完菜，放下锅铲，把身边的女孩搂到怀里亲。阮婧转过脸，回到桌边坐下，踢了身边的小黑一脚：“哎，去厨房找找开瓶器。”

小黑傻乎乎的，什么也没想，真就去了，结果就看到了不该看的。

“我靠……”小黑赶紧摆手，“继续继续，我啥也没看见。”开瓶器他也不要了，扭头退出去。

江随很尴尬，周池没动，仍然把她抵在洗手池边上。

江随推他：“汤要热了。”

“热就热了。”

“大家等着吃呢。”

“不急这一会儿。”他垂着头，眼睛还看着她，“什么时候学会化妆了？”

“实习的时候。”

“很漂亮。”

江随不自在地捋捋头发，抬头看着他嘴唇上沾到的一点口红，指了指：“你擦一下这儿。”

周池笑了，食指抹了一下，指腹有点红色。

江随想了想，问：“我今天过来是不是有点打扰你了？”

“你说呢？”

江随没有说话，沉默地看着他。

周池揉揉她的脑袋：“跟我还说打扰不打扰？很傻。”

江随也觉得自己像傻了似的，明明心里有点失落难受，却还陪他在这里做菜，他不过是笑一笑，讲了几句好听的，她就什么话都说不出来。

她在这个人面前总是被动，从最开始就是。

后来吃饭的时候，江随一直忍不住去注意阮婧和周池，不过什么都看不出来，周池几乎没跟阮婧讲话。其间，阮婧给大家夹菜，捞了排骨要给周池，他也没接，说懒得吃，让给小黑了。

直到九点多，送走一桌客人，江随才有机会好好看一下周池的小公寓。

地方不大，但是个小跃层，空间利用得不错，卧室和卫生间在楼上，楼下是小客厅和厨房，厨房原本是开放式，屋主自己改造过，弄了隔断，变成单独的一小间，和客厅互不干扰。这样的空间，一个人住绰绰有余。

不过在周池看来，加上江随才是最好的。

自从六月那次相聚，异地变得更难熬，不只是心理上的想念，对周池这个年纪的男生来说，生理上也不好受，忙的时候会好些，但有时候晚上和她通过电话，会更难忍。

好不容易见面，他不可能不碰。江随穿的是睡裙，领子低，他压着她，手摸进去扯掉了她的内衣。

这天夜里，周池反复克制，还是折腾了两回。

江随被他弄得汗涔涔，到后面没有一点力气，浑身都软绵绵的，周池仍把她抱得很紧。江随脸贴着枕头，缓了好半天。

“不舒服？”周池倦懒地躺着，在她耳边沙哑地说了两句荤话。

江随羞赧，推了他一把，脑袋挪到另一半枕头上，结果又被周池抱回去。

“不高兴了？”他温声哄着，“阿随，我很想你，你想我吗？”

江随没回答，反问道：“你想我什么啊？”

“什么都想。”他贴着她的额头低声说。

“是吗？”江随抱着他，“周池，我跟你说一句话。”

“你说。”

江随犹豫了好一会儿，才说：“我觉得我们跟从前不太一样。”

周池问：“怎么不一样？”

江随蹙眉："我说不清楚，就觉得……"她欲言又止。

"觉得什么？"

沉默几秒，江随脸颊贴紧他的胸膛："觉得你没有我，好像也过得挺好。"

周池愣了一下，垂目看她。

江随还是低着头，声音很轻："你学习上越来越好，也有很多好朋友，什么都挺好，我其实挺为你高兴，但是……"

但是除了高兴，她也有很多其他的感受。

江随无法准确描述，但心里的不舒服确实存在，她斟酌着说道："你说你想我，我不知道，你是不是只是想跟我做刚刚那样的事……"

她说完这句，感觉到周池僵了一下。

屋里忽然陷入寂静。江随一直没有抬头，过了好一会儿，周池捧起她的脸，借着床头灯，江随看到他的脸色很难看。

"你说清楚一点。"他声音低沉。

江随不知怎么去解释自己的感受。

周池脸更冷了，低缓地问："你觉得，我只是想跟你上床？"

江随顿了顿，要开口，周池没再给她机会，胸口微微起伏，有些憋不住："你是这么看我的？"

他气得笑出一声："我想上床，用得着等你千里迢迢过来？"

江随定定地看着他，眼睛渐渐红了，好一会儿没说出话。

周池也意识到自己话说过了，皱着眉，不知是更气她还是更气自己。

屋里气氛忽然就跌至冰点，刚刚的温存好像消失了。

"是，你是不用等我，很多人喜欢你，我知道。我也不知道我为什么千里迢迢过来。"江随从他怀里退开，撑着身体坐到床边，拿过衣裳往身上穿。

她背对着周池，裸露的身体上有不少明显的痕迹，泛着淡淡的红，都是刚刚亲密时弄出来的。

周池心口一疼，一股气泄了大半，起身从背后搂住她。

“对不起。”他张口跟她道歉，手背一烫，抬手往上摸她的脸，更心疼，“阿随，是我不好。”他帮她擦眼泪，把人抱在怀里，轻声哄着，“我说话重了，对不起，你别哭……”

可江随的眼泪好像掉得停不下来。

在周池眼里，她还是和以前一样，哭起来默默地，让他很难受。

那天晚上是他们在一起后江随第一次哭成那样，或许已经压抑了太久。周池一直抱着她，也不知道弄到什么时候，他们才睡过去。

第二天上午，周池请了半天假。

江随醒来时，床边已经没有人，她以为他上班去了。

在床上坐了片刻，江随起身洗漱，下楼后却听到厨房有动静，她走过去，看到周池在做早饭。

江随没有进去，远远看了一会儿，直到他转身。

两人隔着不长不短的距离对视了一下。周池放下手里的盘子，走出来：“你醒了？”

江随点点头：“你怎么没上班？”

“请了半天假。”周池又走近一步，看着她微肿的眼睛，“睡得还好吗？”

江随又点头：“还好。”

谁都没提昨晚的事。

周池沉默了一会儿，说：“煮了鸡蛋面，你还有没有别的想吃的？”

“不用了，就吃面吧。”

“好。”

周池进厨房盛来两碗面，两人面对面坐在餐桌边。周池每次抬头，江随都是低着头。快要吃完的时候，周池说：“我们等会儿去看电影。”

江随问：“你下午不是要上班？”

“没事，时间够了。”周池停顿了下，深黑的眼睛看着她，“你好不容易过来，我陪陪你。”

江随没有说话，把面吃完。

低头坐了一会儿，她抬起头：“周池，我想今天就回去了。”

这句话打破了此刻表面的平静。

周池碗里的面还剩两口，但他没有再吃，握着筷子的手有些僵硬。

他抿了抿唇：“不是还有几天假吗？”

江随没有看他，视线落在桌角：“你要上班，也挺忙的，我不想耽误你……”

“是这个原因吗？”周池冷声打断了她。

江随沉默了。

“阿随，”周池克制着情绪，“昨晚是我不好，我气大了，让你伤心，是我的错，但你是不是也过分了？我对你什么感情你不知道？”他扯了扯嘴角，自嘲，“怎么在你眼里，我就成了那种男的？”

江随有点茫然地垂着脑袋。

没错，她也很过分。

两人就这样僵坐了一会儿。周池心里烦躁，隐忍地问：“真要走？”

江随点头。

周池看着她：“你不想跟我待一起了？”

江随没有回答，坐了一会儿，说：“我先去收东西吧。”

她起身上楼。

周池在楼下抽完一根烟，慢慢冷静下来，听到脚步声，他抬头看向楼梯上走下来的人。江随提着背包，已经换回自己的鞋。

周池还是坚持送她。

路上，两人坐在出租车后座，谁也没有说话。

江随靠着车窗，想起昨天来的时候。

那时，她坐在车里对着小镜子补口红。

到机场，分别前，周池没忍住，有些强硬地抱住江随，压下了一切情绪，说："我知道你心里还生气，不想理我。阿随，我可以等着，不管怎样，十一我去找你。"

距离十一，也不过二十天时间。

到那时，他实习结束，手上的项目也将收尾，有足够的时间好好陪她。

飞机晚点，江随出机场已经不早。外面灰蒙蒙的，天气闷热，好像很快就要有一场大暴雨。

果然，她刚坐上车，雨就下了，车窗上雨水连续不断，什么都看不清。

车停在 Z 大东门，江随抱着背包从车里出来，快步跑进学校。等她跑到最近的一栋教学楼，身上已经全湿透。

眼前雨幕无边，江随抹掉脸上的雨水，站在玻璃门边看了一会儿，从背包里摸出手机开了机，有一条未读短信。

ZC："到了吧，路上顺利吗？"

江随回了一个字："嗯。"

# 04
# 分　崩

新学期开始，2010 级新生报到，校园里一阵热闹，到处是社团招新的横幅，和去年一样。食堂东侧有一整排的小摊位，这是开学季和毕业季的必备活动——跳蚤市场。

李敏早早报名，为 721 宿舍占了一个位置。

从清早到下午，大家兴致勃勃，轮流守着摊子，卖出不少东西，一直到傍晚才收摊。周池打来电话的时候，江随正在收拾，把没卖完的杂志一本一本往盒里捡。

手机振了好几下，她摸出来看到来电人，手指微微一紧。

那天之后，他们没有打过电话。周池每天晚上还是会发短信，她也回复，但两个人不再像以前那样能聊很多条，总是说几句就没了，好像真的有了隔阂。

江随接通电话，听筒里很嘈杂，过两秒传来他的声音：“江随？”

“嗯。”她刚应了一声，就有个提着水壶的女生过来问：“同学，这个包怎么卖？”

“哦……”江随看了一眼，“那个二十五块。”那是李敏上学期买的帆布包，原价两百多，李敏用了几次就没用了，九成新。

“便宜点啊，十五行吗，这都不新了。”那女生居然还会讲价。

江随想起李敏的交代，说：“这个只用过两次，已经很便宜了，不能再低了。”

对方犹豫了一下，还是要了。

江随接了三十块钱，给她找五块。

手里还握着手机，她看了一下，他没挂。

“周池？”

那边似乎在下小雨，有细微的声音。江随听见他“嗯”了声。

“刚刚有点事。”她说。

周池：“很忙？”

“跳蚤市场，卖点东西。”

“我听见了，卖了二十五，你都会跟人讲价了，挺厉害。”周池站在走廊里，靠着窗。不远处，阮婧正和小黑一道过来。

小黑冲他招手，他没理，往角落走了几步，从兜里摸出烟盒。

另一边，江随问：“你吃晚饭了吗？”

“没有，等会儿还要开会。”

江随“哦”了声，没有再问。

电话里静静的，两人都沉默。

团委的那几个干事又过来催促收摊，江随打了个手势，把人应付走了。她对着电话说：“有人来催，我要收摊了……”

“好。”他应了声，却不挂电话。

江随等了几秒，说：“那我挂了。”

没有听到他说话，她也不知道说什么，想好好讲两句话，但讲不出来，那边人又来催。

周池指间捏着烟，眼睛看着墙角瓷砖上的裂纹。

过了会儿，他再看手机，电话已经断了。

项目组的讨论会开到九点，大家各自散去。

小黑饿狠了，拽着周池去餐厅炒了两个菜。

吃到一半，小黑说道：“我觉得吧，你决定进尘哥的团队没啥问题，不过你确定要做这个风投？其实尘哥他们融资拉不到也是暂时的，还可以想别的路子，咱这才大二啊，没必要这么着急建功立业是吧。”他说这话有点规劝的意思，“说难听点，现在是个人都能顶个创业的名头，一棍子敲下去十个有九个都有注册公司，咱们以后帮忙弄弄项目是可以，技术支持也是支持啊，你真要做这个股东，我看挺冒险。”

周池反问：“做什么你觉得不冒险？”

“话不能这么说啊，”小黑咬了块红烧肉，“不说别的，你要这么大笔钱，你家里能同意？在那些大人眼里，肯定觉得几个年纪轻轻的小子能干什么，就一小破公司，成立刚满一年。”

“我不用家里同意。”周池答了一句。

小黑惊讶，跟上他的步伐：“这么拽？你自己有钱？”

周池没回答，说：“我这周末回去一趟，老董那讲座你去。”

“行，这没问题。”

过了会儿，小黑想起了什么，问：“哎，这事儿你跟你老婆说了没？”

周池捏着啤酒罐，忽然就沉默了。

小黑觉得奇怪，又问了一遍：“到底告诉她没？”

“做成了再告诉她。”周池说。

周六下午，知知玩耍回来，进门就看到一个许久未见的人，吓了他一大跳。

“妈呀。”他拍拍胸脯，平复了下，“小舅舅啊。”

周池坐在桌边吃面，“嗯”了声。

知知一屁股坐到旁边椅子上，疑惑地说：“你回来得真是时候，跟我妈赶一块儿去了，你俩约好的吧，要一家人团聚？那你得把我姐也带回来啊，我可想死她了。”

周池没搭理他。

知知讨了个没趣，哼道：“真没劲。”说完自个儿跑上楼。

陶姨从洗衣房出来，瞅见知知的背影，唉声叹气：“尽知道玩。”

傍晚，周蔓匆匆回来，从陶姨口中得知周池在家，有些惊讶，不过这时候她没精力顾及，进书房休息片刻，又连着打了几通电话，正要下楼，碰到从阁楼下来的周池。

他提着书包，像是要出门。

周蔓抬起目光，问了句："怎么突然回来了？"

"有点事。"

周蔓看了看他："长高了啊。"

"陶姨说你要卖这房子。"周池忽然说。

"是啊。"

"你应该知道，这一片现在不是脱手的时候。"

周蔓有一丝惊讶："你还了解这个？不过脱手也不亏。"

她说完，转身要下楼，身后传来声音："你是不是缺钱？"

周蔓脚步顿了顿，回过头，这回真有点惊讶："你还真挺厉害啊。"

周池没说话，站了两秒，从书包里摸出文件袋递过去："这房子先别动，眉城那几套反正留着也没用。"

周蔓一愣，没接，有点疲倦地笑了笑："小看你姐了吧，不需要你的钱。"

"本来就不是我的。"周池把文件袋递到她手里，"知知还小，你也没必要跟我逞强。"

周一这天，江随和李敏帮大四的师姐完成了课题访谈，晚上，师姐请她们几个大一、大二的小孩吃饭。在场都是学院里名列前茅的学霸，席间自然而然聊到未来发展，恰好这段时间交换生项目陆续下来了，大家正好讨论一番。

其中两个有过交换经验的师姐都建议尝试争取交换名额，她们分享了自己的经历，有几个同学跃跃欲试，李敏也有想法。之前第一批项目下来时，辅导员问过她和江随，江随当时拒绝了，李敏有些犹豫，最后也没有报名。

现在又有了第二批，对口的都是美国的学校。

晚上回到宿舍，李敏跟江随讨论起这件事，劝了她一句："要不咱们一起试一下吧，看师姐说的，好像是挺有价值的经历，我们这么年轻，不是就应该多看外面的世界吗？"

江随其实也有些心动。上次辅导员问，她直接就摇头，这次却沉默。

李敏好像知道她在想什么。

"是不是因为你男朋友？其实这又没什么关系，只是出去一年而已，又不是不回来了，我觉得他会同意的吧。你反过来想想，要是他有这种机会，想出去看看，难道你还会阻止吗？阿随，我觉得你考虑他太多了。"

江随愣了一下。

李敏觉得江随大概心里也是想去的，建议道："要不你问问你男朋友，跟他商量一下吧。"

江随点头："嗯，我想想。"

或许也想借由这件事试着和周池沟通，打破这些天糟糕的相处困境，周二晚上江随主动给周池打了电话。

很奇怪，电话拨出去的时候，她莫名紧张。

靠在晾衣房冰冷的墙壁上，江随想着第一句要怎么说，这时候才发现已经好多天没有主动给他打过电话。

然而，江随这个电话却没有打通，因为周池的手机关机。

江随愣了愣，又拨他宿舍的电话，是小黑接的。小黑没有多嘴透露周池回去弄钱，只说他不在宿舍。

江随问周池大概什么时候回来，小黑挠着头，说："不太清楚哎，他这阵挺忙的，等他回来我告诉他呗！"

江随只好道谢，挂了电话。她忽然觉得刚刚的紧张是多余的，现在连他的人都找不到。

后来那天晚上也没能等到周池回电话过来，江随很晚才睡着，连梦都做得乱七八糟。

耽搁两天，周池直到周三才回学校，他没回宿舍，下午直接去了教室上课。

晚上项目组的工作收尾，一群人聚在一起熬夜。

中间休息时去买夜宵，小黑想起一件事：“差点忘了，昨天晚上，你老婆打电话到宿舍来了，就问你在不在，你那会儿手机没电是吧，关机了。”

周池一愣：“什么时候？”

“九点多吧。”

周池心里跳了跳，摸出手机，拨江随的电话。

小黑很奇怪：“这么激动干什么？”

看他拨电话，小黑好心地提醒：“哎，你知道现在几点了吗，你老婆搞不好都睡了。”

周池习惯性地直接输江随的号码，十一个数字已经输了十个。

小黑告诉他：“十二点了，你没有急事干吗扰人清梦？我看她昨天那语气，挺平静的，也不像有急事的样子。”

周池手指停下，没拨过去，发了条信息。

凌晨三点，这个折磨人的项目终于全部结束，一群人都在刘昱尘的工作间——距离C大不远的一栋大厦地下室里。

休息区的桌上横七竖八地摆着很多外卖盒。

阮婧和另外两个师姐瘫在那张L形的旧沙发上：“累死了。”

小黑站起来伸了个懒腰，对周池说：“咱还回去不？”

“回去干啥？”刘昱尘说，“大家都辛苦了，我去给你们整点热乎的，先吃一顿。”

这个点，外面只有二十四小时便利店还开着。

刘昱尘往外走，周池起身：“尘哥，我跟你一道。”

小黑本来也想跟着去，但猜测他们应该是有事要聊，就没去凑热闹。

深夜的道路安静很多，不同于市区，夜里这一片大路上车辆都很少。几百米之外，有一家通宵营业的便利店。

两个男生走路都不快，似乎也不着急。解决了手头这个项目，刘昱尘一身轻松，和周池闲聊了几句董教授周末的讲座。往前走了一段，周池开口："尘哥，融资的事，抱歉……"

"这件事不用说了，"刘昱尘打断了他，"共事这么久，你小子什么个性我清楚，这事你如果不是有难处，不会这样，这点我信自己的眼光，用不着多解释。"

他爽朗地笑了两声："放心吧，不是什么大事，当初起头干这事我就做好了准备，什么结果都行，咱们都年轻，未来有无限可能！大不了创业失败我照样找工作呗，还没听说咱电院出来的有谁饿死的。"

周池没说话。

刘昱尘拍拍他的肩："你有野心，我早看出来了，这是好事，但太着急太拼了，自个儿撑不住，知道不？"

周池点头。

凌晨六点，周池回到宿舍，简单冲洗完就躺到床上。闭眼前，他设了八点的闹钟。

几天奔波，再加上熬了一整夜，他确实十分疲倦，这两个小时睡得很昏沉，直到被闹钟叫醒。

宿舍里除了还在昏睡的小黑，没有别人在，另两个室友这周去广州参加比赛了。周池脑袋仍然晕得厉害，他爬起来拔了正在充电的手机，看了一眼。

有一条新消息，江随今天早上七点半发的。她说没什么事，只是打个电话。

周池想了想，今天周四，她上午一二节空课。他走出宿舍，右转走到拐角的楼道里给她回电话。

江随这时在图书馆，看到手机亮起，起身穿过几排书架，离开阅览室，走到休闲区。

电话接通，周池先开口，他这次叫的是“阿随”。

江随恍惚了一下。除了在床上，他很少这样叫她。

“不上课吧？”因为熬过夜，周池的嗓音有些涩哑，“在宿舍？”

“不是，”江随说，“在国图，过来查点资料。”

周池靠着墙，抬手揉了揉疼痛的肩膀：“前天有些事情，我回去了一趟，你打电话时，我手机正好弄没电了。”

他没说究竟因什么事回去。

江随轻轻吸了一口气，“嗯”了声：“你短信里说过了。”

周池：“怕你生气。”

江随没说话，蹲在墙边，视线落在自己的脚尖上。

她等了那么久，想跟他商量交换生的事，问他的想法，可是连人都找不到，他有什么事，她也一无所知，好像她不是他女朋友一样。

江随也不懂，为什么明明心里对他生气，却发泄不出来？

如果她对他发了火，会怎么样？会吵架吗？

她下意识地想避免这样的情况。

片刻的沉默后，周池说：“明天我就过去了，我坐最早的飞机，上次那家的蛋糕你还想吃吗，我带一个过去，你要什么口味，我……”

“周池，”江随说，“别过来了吧。”

周池微顿：“怎么了？你忙？”

“我假期不在，要回江城去。我姑姑前一阵做了个手术，我爸爸要带我回去看看她。”江随也不知道为什么会跟他解释。

过两秒，周池低沉地开口：“明天什么时候走，我今天过去，行吗？”

“不用这样，周池，”江随把话说出口，“我们……”

“我们怎么？”周池攥着手机，“你不想见我？”

江随说：“不是的，我怕我们又像上次那样吵架。”如果吵架，口不择言真的太伤人，不知道会说出什么来。

周池怔了下，说：“不会再吵架。”

江随：“周池，我们过一阵再见面，行吗？”

周池没有回答，电话里只有沉默，江随等了一会儿，开口：“周池？”

“过多久？”他皱着眉，尽力克制，“等你假期回来，够了吗？”

他明显压着怒气，江随听出来了，顿了顿，应声：“嗯。”

挂了电话，江随又对自己这样的反应感到无奈，似乎在他面前总是让步，无法对他发脾气，甚至无法质问他失联的那段时间是去做什么。也不知从什么时候开始，他不主动说的事，她已经学会不问。

国庆的一周假期江随在江城度过，起初的几天周池似乎也在生气，他们没有联系，后来他发了几次短信，江随也回了，谁也没再提起之前的龃龉。

回程的飞机上，看江随蔫蔫的，江放问道：“阿随最近不开心吗？”

江随摇头说没有。

江放却看出来：“不想说？”

“不是。”江随低头想了想，问他，“爸爸，您那时候和我说，您和周阿姨分开是性格不合适，是真的吗？”

江放点头：“确实。”

“您是怎么发现的？”江随问，“你们吵架吗？”

“不能算吵架吧。”江放说，“我并不喜欢吵架，应该说有过几次分歧，我和你周阿姨都意识到这个问题，我们都不想改变自己，也不想勉强对方。”

江随不知在想什么，说：“我也不喜欢吵架，很难受。”

江放还想再问，她却不说话了，似乎有点累，把眼罩戴上了：“爸爸，我要睡一会儿。”

回校的那天傍晚，江随洗完澡，打开电脑下载文献，李敏回来了，让她上校内网。江随登录上去，被一堆提示消息弄蒙了。

之前她们和大三的学姐一起做了个六分钟的公益宣传片，微电影形式，文案是江随弄的，后来找不到女主角，她就被拉过去出镜。昨天小组长把成片传到校内网，当时只有她们几个转发，没想到现在转载量有大几千，评论也暴增。

李敏兴奋地说：“这片子算火了吧？”

江随的主页突然多了很多访客，相册和留言板也出现了很多不认识的人。

后来，江随登录 QQ，发现林琳和张焕明也在他们的小群里讨论这件事，他们还拿周池打趣。

江随刚看几句，周池就打来电话。她走去阳台接通。

周池说：“看你在线，在学校了？”

“嗯，”江随问，“你吃过饭了吗？”

“吃过了。”他走了两步，说，“我刚才看了你拍的那片子，挺好的，什么时候做的？”

“有两周了。”

“怎么之前没给我看看？”

“师姐们做的，之前我这儿没有成片。”

周池“嗯”了声，停顿了下：“你校内留言板好像看不见了。”

“哦，我隐藏了，因为有一些不认识的人过来留言。”

周池淡淡地说：“那我也不能给你留言了。”

江随微微一顿。

之前两人感情好的时候，有一阵他像在她留言板安了窝似的，没事就来一趟，有时是一个表情，有时是个冷笑话。那时候，江随看他那些无厘头的留言像看情书似的。

周池没再说这个，看向窗外：“江随，我后天去看你。”

江随：“后天……你不上课吗？”

“不上了。”

“别这样，”江随说，“上课重要，你……”

“我想见你。”

周池是下午三点半到的。

江随四点上完课，走回去时，他就站在宿舍楼外那棵树下，身上还是穿着她买的那一套灰 T 恤和运动裤，脚上是一双夏款的黑球鞋。他将背包提在手里，脸色有些白，眼底有明显的疲倦。

江随走过去说：“去吃饭吧。”

还没到饭点，风味餐厅人很少。他们坐在之前坐过的位置。那次元旦，周池过来，两人也是在这里吃的晚饭。和上回一样，江随给他买了两瓶饮料。

中途江随接到一个电话，是李敏打来的，告诉她学校交流生的面试在明天下午。

周池也听到了，停下筷子，一直看着江随。

江随说完几句就挂了电话，抬起头，目光与他对上，她解释道：“学校有个交流生项目，我想试试。”

“去哪儿的？”

“美国。”

周池沉默地看了她一会儿：“你没有跟我说过。”

江随抿了抿唇，不知怎的，脱口回了句：“你也没有什么事都告诉我。”

周池一顿，喉结动了动，却没有说话。江随看着他的表情，又泄气一般低下头：“那天我给你打电话就是想说这个，但没有找到你……我只是申请试试。”

也许那天申请也有一些冲动的因素，因为没有找到他，所以她好像赌气般自己独自做了决定。但其实，江随知道，有些事情她确实想去尝试和体验，也想看得更多，试着有自己的规划和方向，而不是混沌地努力，好像心里来来回回想得最多的总是和周池的感情，整个人都被困囿进去。就像李敏说的，她考虑他太多。

大家都在进步，江随也想让自己更好一些。

可周池并不清楚她的想法，他心里更难受，想和她解释那天并不是故意让她找不到，但失败的事特别不想在她面前提，最终他只是说："那天对不起。"

"没事。"江随说，"我们先吃饭吧，菜要凉了。"

两人沉默地吃完饭，离开食堂，沿着道路走到小操场。

傍晚，男生全在篮球场那边，小操场很安静。走了半圈，周池停下脚步，伸手去牵江随。

他的掌心很热，江随任他握了几秒，没有动。这些天，她也想了很多。

"你有没有觉得，我们好像越来越远？"她声音很轻，抬着脸看他。

"我没觉得。"周池手掌微微收紧，"只有两年半，毕业我们就在一起，不分开了。"

"不是这个意思……"江随静了几秒，"周池，我有时候不知道怎么跟你相处……"

周池："跟以前一样，不行吗？"

江随说："我不想骗你，我觉得有点难受。"

"跟我在一起难受？"

江随看了他一会儿，低下头。

周池说："我哪里做得不好，或者你讨厌的，你告诉我。"

江随沉默了。她没有给他答案，或者，连她也不知道答案。这个年纪，对人与人之间的点点滴滴并不能厘得一清二楚，所有的不舒服似乎都在细枝末节中，一丝一缕聚在一起，而她还不具备抽丝剥茧、厘清源头的能力。

周池眼角渐渐红起来，长久地看着她。

他们都意识到了问题，但好像谁也没有真正弄明白。

不远处有几个女生散步走过，好奇地看向这边。教学楼那边的音乐声响了起来，下课了。

在这短暂的时间里，江随乱七八糟想起很多，眼睛有些湿润。

“这么难受？”周池红着眼睛，自嘲，“我是不是特别差，很多地方做得不好？”

其实不是这样。

怎么会是他一个人的原因呢？

但江随没有说话。

周池心里更堵得慌。他伸手抱住她，眼睛潮热：“江随，你是不是不想要我了？”

六点半，天已经黑下来。宾馆房间光线柔和，江随坐在床边，有些呆呆的。

周池从卫生间出来，手里拿着毛巾，坐到江随身边，慢慢地帮她擦脸。

刚从小操场回来，两个人心里都不安稳，谁也没讲话。江随还没从之前的情绪里出来，安静地看着他，想起他问是不是不想要他了？

那时候她愣了一下。

她意识到，她是舍不得周池的。虽然难受，但她没有不想要他，心里其实还是想好好的。

周池帮她擦完脸，把毛巾放到一边。

坐了片刻，他主动抱了江随：“你还喜欢我吗？”

江随点头。

周池目光深深地看着她，好像高兴了，笑了笑。他像以前一样摸了摸她的头，说：“我前段时间忙，以后我多找点时间来看你。”停顿了下，想到了什么，他又说，“你想去美国，也没关系，一年我能等，反正假期去找你，或者后面有项目，我也可以申请。”

江随抬头看他，两人目光相对，周池认真地说：“阿随，以后我们好好相处。我做得不好的，给我个机会改？”

江随没有讲话，却抬手抱住了他的背。

这天晚上，他们睡在一起，但没有做什么。上次事后他们闹了矛盾，还因此冷淡了很多天，这事周池还记着，再加上今天的谈话，他就算心里想也得忍着，不想让江随又觉得他只是想做那事。

第二天江随早早就醒过来，她其实没怎么睡好，十点有课，但她还是留在宾馆和周池一起吃了早饭。

周池想等她上完课，江随没让，她知道他今天本来是满课，这样为了她跑过来，其实很不好。

“还是先回去吧，我不想耽误你上课。”

周池说：“我周末再过来？”

江随摇头：“不用的，太累了。”她并不是想要他这样，“过一阵吧，其实也不需要这样跑来跑去的，我们每天联系就好。”

周池点了头。

把江随送到学校，他就赶上午的班机回了学校。

这天之后，两人看上去好像又恢复原来的样子，每天都联系，短信、电话，偶尔方便时也用 QQ 视频一下。

周池主动联系江随的次数比以前更多，即使事情忙，中间也会抽时间跟她发几条短信或打个电话，哪怕就只说上几句。

江随有时候能听出他很累，但她开口问，他总说没事。

江随意识到，周池在迁就她。

在修补这段感情的过程中，他们都不知不觉变得小心翼翼，下意识地克制、忍让。江随渐渐有些茫然，想跟他保持亲近，却又不希望是这个样子，好像是两个人刻意地想抓住什么，但越走越偏。

十月底，学校交流生的申请结果公布。那次和周池敞开心谈话后，江随其实犹豫过要不要去面试，但最后还是去了，这回不是赌气，是认真思考后仍然想去尝试，结果也顺利入选。

周池收到这个消息时，正在刘昱尘的地下室里写代码。他身后几米外，小黑和阮婧窝在沙发里休息，一人啃一个苹果。看见周池去洗手间打电话，小黑说："八成是他老婆。"

阮婧瞥他一眼："女朋友就女朋友，什么老婆。"

小黑笑了声："有啥区别，都一样。"

阮婧没答话，看着那边走道里的身影。

周池靠在墙边，电话没打通，江随回了信息过来："在听讲座。"

周池问她："时间也定了？"

江随："嗯，一月要过去了。"

周池沉默了。那天他虽然嘴上跟她说去美国也没关系，但心里其实还是存了希望，想着他们和好了，她也许就不想去了。

周池并不迟钝，某种程度上，他也是敏感的。到这会儿，他也已经感觉他们之间跟以前不一样。以前的江随不会这样，她现在好像轻轻松松就能把他舍下。

站了片刻，周池最后回了一条："好。晚上电话聊。"

他捏着手机走回来，小黑丢了个苹果给他："歇会儿啊，搞得跟工作狂一样，你老婆不心疼死？"

周池接了苹果丢回桌上，没搭理他，靠在休息区的藤椅上，用那台破旧的二手台式机搜索江随说的那所大学，将资料从上到下看了一遍，又翻图片。

一所常春藤名校，各方面评价都很好。

小黑瞄了一眼："干吗，想出国啊？"

周池关掉页面，答了一句："江随要去。"

"啊，"小黑脑筋一转就明白了，这个时间只可能是交流生，"咱们院大三貌似也有这种名额，不过我看咱几个师兄好像都不是很热衷，嫌它鸡肋。你是不是想着要是有机会，也跟着去啊？"

周池揉揉眉，没应声，有点疲倦地往后一靠。

阮婧看了他两眼，低头咬苹果。

晚上打电话时，周池有几次想开口，最后都忍下了。这件事他们没有再聊。

周池原本要去一趟首都，结果刘昱尘的公司遭遇风波，跟一个实力差不多的竞争对手杠上，对方在背后搞出很多小动作，给他们弄出一连串的麻烦，大家都焦头烂额，好不容易才撑过去。

这么一弄，又耽搁下来。

而江随也在忙着自己的事。

十二月初，她意外地在学校碰到很久没见的陈易扬。那天，她去院办，经过文科楼有人叫了她一声。江随回过头，陈易扬穿着衬衣长裤，很正式，她看了两眼才认出来。

陈易扬走过来："好巧，没想到真是你。"

江随也很惊讶，但想起之前有两次他发信息，她都没回，又有些不自在。

"你变了一些。"陈易扬温和地笑了笑。

聊了两句，江随得知他是过来参加辩论赛的，是一个首都高校的友谊赛，Z 大校辩队是承办方。

陈易扬问她要不要去看一下，江随下意识就拒绝了："我还有事。"

陈易扬也没有勉强她，停顿了下，状若随意地问她："之前给你发过信息，不知道你是不是没有看到，好像没有回复。"

江随窘然，不知道怎么说，只好撒了谎："我不记得了，大概是没有看到吧。"

陈易扬没有再问，笑着说："那你忙吧，我先进去了。"

"嗯。"

两人各走各路。

那天晚上，江随在校内网转了个帖子，是关于交换生的一些小贴士。

林琳在底下问："啊，阿随你要去美国？哪个学校？"

江随给她回复完就去洗澡了。等她洗完回来，刚坐到桌边，周池的电话就打过来了。

江随接通，听见他问："你跟陈易扬还有联络？"

江随顿了顿，很蒙，说："没有。"

周池声音有些冷了："我在你的校内看到他了。"

江随一愣，点开网页，在一连串的新评论中，她看到了那条——

陈易扬："费城不错，离纽约挺近，以后可以一起玩。"

江随不知道他怎么会跑来评论，他们之前在校内网上从来没有交流。

江随皱着眉，拿着手机走出宿舍，到楼道才开口："周池，我只是今天在学校里碰到他了，他来参加辩论赛，我之前没有跟他联络过，上次你说了就没有联系了……"她声音低下来，"今天只是说了几句话。"

"他也去美国？"周池心口闷堵，不太能听进去她的解释，他也不知道自己为什么从高中起就很介意这个陈易扬。

江随说："我不知道他去不去，没有聊到这个。"但是看陈易扬回复的意思，他应该也要去，是去纽约。

周池喉咙动了动，眼睛盯着地面，渐渐克制不住："江随，你有没有骗我？"

江随僵了一下，没有回答，眼睛热了："你都这么想了，还问我干什么？你总是这样。"

"我怎么样了？"

江随在墙角蹲下来，忽然又生气又难受，或许更多的是失望和委屈："你每次都这样问我，你都问多少遍了，你让我这样让我那样，我都做了，你自己呢，你自己的事情告诉过我吗？你跟谁在一起、跟谁做什么，告诉过我吗？我什么都不知道，周池你真的很过分……"

"我他妈没跟谁做过什么，也不会跟谁一起出国。"周池也气上头了，压不住火，语调都变了，“是你变了。我没那么好，你上次就不想要了。”

一段关系一旦有了裂隙，无形中就脆弱起来，禁不住一点风吹雨打。

江随怔怔地听着。她知道了，陈易扬只是个导火索而已，他们之间早就不对了。

江随一直抹着眼睛，忽然什么都不想说了：“既然你这么想，我们为什么还要在一起？”

电话里许久没有声音。

两人就这么僵着。

也不知过了多久，他在那头笑了声，有些嘲讽：“我他妈再求你一次，我成什么了？”

江随什么都说不出来，难受地把电话挂了。

那天晚上，几个室友都注意到江随的异常，她很晚才从楼道回来，一双眼睛红肿明显。三个女孩吓了一跳。

李敏问她怎么了，江随却只是摇头，什么都没说，低着头把自己的电脑关掉，躺到被子里。她们几个互相看了一眼，隐约猜到什么，都没敢再问。

两周后，首都迎来初雪。天空中洋洋洒洒地飘着白雪，到夜里外面就已经全白了。

临睡前，江随站到凳子上，打开最上面的衣柜，从里面拣出明天要穿的长款羽绒服，翻到压在衣服下面的一条青色围巾，她愣愣地看了好一会儿。

那是去年买的毛线，她拆了几遍才织好。

他的生日已经过了。

这期间，他们毫无联系。

江随把围巾放回原处，看到柜子最里头的透明罐子，里面彩色纸鹤的颜色依然鲜艳。江随伸手把它拿出来，默默地看了一会儿又放回原处。

她一摸脸颊，不知什么时候已经都是眼泪。

记忆里的很多事情好像忽然都不听话似的，全不受控制地跑了出来，在老巷子里的点点滴滴，整个二中的一切，那些年的零零碎碎。

他为她打架弄得一头伤，在树荫下说要照顾她，靠在后墙黑板边对她笑，踩着自行车朝她招手，每天把保温饭盒放在她桌上……给她折纸鹤，唱生日歌……

江随，真就这么没了，你舍得吗？

这个问题在江随心里折腾了一夜，起床后，她冲动地做了一个决定。

首都天气恶劣，很多航班停飞，江随只好买了动车票。

周六早上出发。

她上了火车，什么都不再想，困得一直靠在座椅上。

或许是一直半梦半醒地睡着，她并不觉这一路有多长。

下午三点多下火车，四十分钟后，江随到了 C 大。

上火车的那一刻，或许是纯靠一股冲动驱使，江随没有犹豫，然而到了他的宿舍楼下，她却踟蹰许久。

离他越来越近，勇气却在减少。

江随待在树荫下的长凳边，把书包放过去，站在那儿看着他的宿舍楼。

手机电量已经危险，反复提示。

江随拨通了电话，才发现没想好第一句要说什么，但那边已经开口。

“喂？”

是个女孩的声音。

江随手一顿：“你……”

“江随是吧，我是阮婧。”她的声音似乎刻意压低，“是这样，周池在公司，和我们在一块儿，昨晚大家熬了通宵做事，今天又考试，他还被老董叫过去忙了大半天，特别累，刚刚才躺下睡着，要帮你叫醒他吗？”

也许是在这一刻，江随的最后一点勇气也溜走了。

听筒里静了很久，阮婧没有听到回应。

手机电量彻底耗尽，通话断掉，江随在长凳上坐了五六分钟，起身把围巾装进书包，从树荫下走了。

周日晚上，江随开始发烧。

在这之前没什么预兆，在火车上过了一夜，凌晨五点多车到站，她下火车时只觉得嗓子难受，没想到夜里严重起来，周一早上醒来烧还是没退，她自己在宿舍量了体温，38.7 度。

程颖和李敏赶紧陪她去校医院，结果这一进去就没出来，直接进了隔离区。

江随烧得难受，全程都很恍惚。医生问她最近有没有出远门，她很老实地说去了趟 S 市。

之前经历过甲流的肆虐期，首都高校对这方面都很谨慎，发烧到一定程度就要隔离观察。程颖和李敏回宿舍帮江随收拾了一些生活用品送过来。

整个校医院三楼都是隔离区，江随被安排到最边上的一间病房，和历史系的一个女生住在一起。

这间病房背阳，不开灯就很阴暗，让人难受。

校医院安排人给她们送一日三餐。

刚进去的前两天，江随很不舒服，头一直疼，输液、吃药、睡觉，到第三天好了不少，偶尔清醒的时候，就听着那个历史系的女生讲话。

那女生叫孟晗，也是大二的，比江随大一岁，人很活泼，爱说话，听说进来时高烧 39 度，已经在这里待了四天，精神却不错，闲得无聊就给江随讲些历史典故。

晚上，护士过来换了输液瓶。

江随躺在被子里，给李敏回短信，让她们放心。

隔壁床的孟晗在打电话，电话那头的人不知说了什么，她笑得咯咯的，像小女孩儿似的撒娇，挂电话时依依不舍。

隔天上午，孟晗的隔离期结束，病房里只剩下江随。她独自躺了一整天，没有再发烧，护士告诉她明天就可以出去。

傍晚，江放打来电话，照常问近况。听到他的声音，江随就红了眼睛。

江放问："最近还好吗？"

"嗯，挺好。"不想让他担心，江随绝口不提生病的事，也不告诉他自己在校医院，但江放还是听出不对："阿随，怎么了？"

江随用力抹了抹眼睛，告诉江放："爸爸，我没事。"

江随出院后没再发烧，这场感冒却绵延很久。大抵是因为生病，在这段时间里，江随不知不觉瘦了很多。

转眼到了一月初，首都又迎来大雪，彻底进入寒冬模式。

江随把学校里的事弄妥当，请相熟的室友、同学还有师兄师姐们吃了饭，算作告别，之后便收拾东西离开首都。

江放为了与她同行，特地延缓了行程。

临行的前一天，江放去看望两位老师，江随独自出门逛街，买好一些必需品，时间还早，她沿着街道漫无目的地走了一段，后来走到一条熟悉的路。

路边有家奶茶店。

江随走进去坐了很久。

高脚凳还是那个高脚凳，窗外依然是来来往往的车流，但店里播放的歌曲已经不是那首《甜甜的》。

那首歌过时了。

江随走出店，一阵冷风迎面吹来，她打了个寒战，把羽绒服的帽子戴上，沿着街道越走越远。

这个冬天寒冷而漫长。

# 05 重　逢

一场雨裹着初秋的寒意，连绵地下了半小时。出租车的透明玻璃上，残留的雨珠缓慢向下蜿蜒，留下一条条弯曲的水迹。

司机暴躁地一连骂了几句脏话，很后悔这个时间接下这一单。

几年时光一晃而过，时移世易，而繁忙的国贸桥一如从前，尤其是正值下班高峰，堵得令人头疼。

不过这对江随影响不大，她在后座困得打盹，恨不能直接睡上一觉，直到包里手机忽然振起来她才惊醒，混混沌沌地摸出手机，是李敏发来信息，说她马上下班，问江随到哪儿了。

江随揉眼看看窗外，回复："快到了，堵在路上。"

李敏给她发了个"摸头"的表情。

二十分钟后，江随到了李敏公司那儿，两人碰上头。

江随把行李箱扔到后面，人坐上副驾。

"是不是堵得想哭？"李敏把车开出去。

江随笑了："没那么夸张，你天天被堵，不也还好好的？"

"我那是麻木了。"

毕业三年，李敏也在这里上班三年，这种生活早已是常态，她无奈地叹气："帝都人民生活拥挤啊，哪像你在美帝，地广人稀的，多宽敞。怎么样，还真打算回来了？"

"还没确定。我师姐挺想我去帮她的，先回去看看。"江随看着窗外，车已经出了停车场，开上了道。

李敏说："就你之前说过的，跟你特有缘的那个？"

"是啊，我们同一个高中的，到国外才认识。"

李敏很失望："还以为你回来陪我呢，看我这孤家寡人的，连个吃饭的人都没有。"

大学毕业以后，宿舍几个姑娘各奔前程，江随和程颖出国读研，崔文琪跟着男朋友去广州打拼，只有李敏一人留在首都。

"怎么说得这么可怜？"江随问，"你男朋友呢？"

"他啊，别指望了。"李敏说，"去分公司了，不知道什么时候回来，估计我们也处不久。"她说这话时，语气很平淡。

人一离开学校，成长的速度好像瞬间加快，只不过几年工夫，心态已然成熟，对待人与人之间的各种关系也越来越现实。

江随看了她一眼，心里也了然，没有再问，脑袋往后靠了靠，看着窗外的夜景。

吃过晚饭，李敏带江随回自己的住处。

毕业那年，家里给她买了个小户型，几年一过，房价涨了又涨，她也挺庆幸，虽然屋子不大，但已经够住了，她现在的压力比很多独自漂泊的年轻姑娘要小多了。

洗过澡，收拾清爽，李敏窝在沙发上。

江随吹完头发走出卫生间。

"哎，头发可总算留长了。"李敏靠在枕头上打量着她，"你好像又变了不少。"

江随坐到床边抹护手霜："哪儿变了？"

"说不清。"李敏回忆了下，"大一第一次见你的时候，你就是个小女孩儿，看着特别单纯，特容易被男生骗的那种。"

江随抬起头，脸上那点淡淡的妆已经卸掉，洗过的脸庞干干净净，唇色是自然的红。

"现在呢？"她问。

“现在啊，”李敏说，“长大了吧，脸都长开了，大美人了。”

江随笑：“这都多少年了，还不长开那不是很奇怪吗？”

“也是。时间真快啊。”

依稀还记得二零零九年刚来大学大家稚嫩的样子，一转眼，已经二零一六年。

夜里，两个姑娘像当年住在宿舍一样，躺在床上聊天，说着一些同学的近况，聊着聊着，渐渐就发现很多人真的再也不联系了。

这些年，实名制的校内网彻底没落，微博、微信崛起，再也不像当年可以随时看每个同学的状态，大家如今真的连一点交集都没有。

后来，李敏分享了自己的感情状况，说跟现在这个男朋友已经没什么感觉了，在等着对方提分手。

江随问：“怎么不自己提呢？”

“懒得提。”这年头，人人都累，也人人都懒。李敏说，“你呢，还不打算谈个恋爱？”

“没合适的，跟谁谈啊？”江随已经犯困了，声音有些懒。

“那个 P 大学霸呢，大四时不是还来找过你吗，没联络了？”

“嗯。”

李敏说的是陈易扬。在美国交流的那段时间，陈易扬曾经来找过她几次，当时有一些中国留学生活动，他们因此会碰到一起，交集挺多。大四毕业前，陈易扬在短信里表白了，江随只回了句“对不起”，毕业后江随又去美国读研，他们渐渐没再联络。

李敏觉得很可惜：“那人其实不错。”

江随应声：“是不错。”

后来李敏又说了些别的。

江随起先还搭个话，后来睡意昏沉，迷迷糊糊的，好像听见李敏问了句：“你那个初恋呢？我记得他好像蛮帅的吧，叫什么来着……”

屋里渐渐安静。

清早，李敏先起床。她赶着去上班，一边换衣服一边对江随说："你要是不急，就在我这儿多住几天，等周末，我们还能去学校走走。"

"不了，还有事情，我今天就走。"江随刚说完，手机响了下，是一条语音消息。

她点开，是个年轻男孩的声音——

"什么时候到啊，提前给我发一下呗，到时候我飙着飞车去接你。"

李敏惊讶："这谁啊？"

"我弟弟。"

弟弟？

李敏想了想，有些印象，大学时江随跟她们说过，有个不是亲生的弟弟，还在宿舍视频过几次，她们都见过。

"就那男孩啊，很搞笑的那个？"

"嗯。"江随往下翻，知知给她发了张照片，备注一条：这张英俊潇洒的脸先看看好，别到时候认不出你弟。

江随看笑了，虽然长成大男孩了，但知知似乎对鬈发依然执着，还是个卷毛。

李敏问："他也读大学了吧？"

江随点头："是啊。"

这家伙高考不怎么样，在国内没什么好大学可上，被周蔓送德国去了，这段时间回来弄实习凑学分。他们已经好几年没见过面，但一直有联络，也视频过。

当天中午，周应知开着一辆新车准时出现在机场。

虽然已经看过照片，但见到面，江随才发现当年那小男孩现在身高已经蹿过一米八，往他身边一站，还真不习惯。幸好他脸庞变化不是特别大，依然保留着小时候的机灵模样，穿衣也和从前一样浮夸，一件大粉的线衫，和那一头鬈发简直绝配。

看样子，他是在国外更加放飞自我。

大概是太久没见，周应知话特别多，似乎跟江随一点也没有生分，他从上车开始讲起，中间就没停过，吐槽他在德国的辛苦生活，又吐槽他老妈的心狠手辣。

江随没有安慰，反倒劝他："你不是说周阿姨最近身体不好吗，你听话点。"

"我哪有不听话？最近我不知道多孝顺，想着多去医院陪陪她吧，她倒好，待在病房里还要弄工作，还叫我没事少去烦她。姐，你说我这心凉不凉？"周应知万分委屈，"老实说，我妈这人真没法沟通，就那肿瘤，医生老早就说要切了，她偏不弄，就仗着是良性的，一直拖一直拖，要不是我小舅舅这回发了大火，她现在还在忙工作！"

说到这儿，惊觉自己刚刚提到"小舅舅"，他立刻就闭上嘴。

自从当年知道这俩人崩了，他一直十分自觉，不在他姐面前提小舅舅，也不在小舅舅面前提他姐，谁料今天一不小心说兴奋了，犯了糊涂。

车里难得静了一下。

江随问："手术什么时候？"

"就今天下午。"周应知正经起来，"姐，等会儿把你送回去，我就去医院，我小……不是，那个谁他今天不在，签字什么的都得我来。"

江随想了想，说："那等会儿我跟你一起去吧，我去看看周阿姨。"

"真的？"知知很高兴，"那行，我妈肯定特开心！"

车开到新区，在一处安静的小区停下。

这里有套公寓在江随名下，是她读大学时江放买的，精装修，家具也齐全，从来没有住过。周应知帮她把行李提上去，稍微歇了会儿，两人就去了医院。

见到江随，周蔓确实很高兴，她们已经很久没见。江随待在病房里陪她聊了好一会儿，直到她进手术室。

虽说是良性肿瘤，但毕竟要做手术，也不是小事。

江随没有离开，陪知知一起等在手术室外。

手术的时间不短，中途江放打来电话，江随走去安全通道接听，简单地讲完几句就挂了。她捏着手机，推开通道门往回走，电梯门正好打开，一个人当先走出来，江随认出他是周蔓的助理小赵。

她往前走两步，正要过去打招呼，就看到小赵侧过身让到一旁。他身后，一个高高的男人走出电梯，穿着一件深色衬衣，外套搭在手臂上。

江随微微一怔。

她停在通道门前，没有过去。后面有人匆匆推门跑进，没有防备地撞到她，手机差点被碰落。

那人匆忙道歉："对不起对不起。"

江随让到一旁，再抬起头时电梯口的那个身影已经走去走廊，几个护士推着小车进了电梯。

江随低头给知知发信息，刚编辑两个字，知知的电话打了进来。

"我妈出来了！"

江随顿了下，应声："好，我过来了。"

手术很顺利，周蔓一被推出手术室，知知就打了电话给江随，没料到电话一挂就看到走廊那头走来两个人。

他有点儿蒙。

这人怎么回来了？不是要在广州待一周？

顾不上多想，知知跑过去说了手术的结果，跟着跑去病房。

周蔓住的是 VIP 特需病房，空间大，设施齐全。刚刚结束手术，周蔓还在昏睡，小赵去找护工，病房里剩下舅甥俩。

知知见他老妈脸色还行，放下了心，把这里交给他小舅舅，自己跑进卫生间，准备安心地上个厕所。他已经憋了很久。

江随过去时，护士正向家属说明恢复期内要注意的事项，沙发旁的男人垂目听着，他身量颀长，站在年轻的小护士面前显得挺拔高大。

小护士有些脸红，又仔细说了几句，他低声道谢，听到开门的声响，转过头，视线顿了顿。

小护士有些讶异地看着。

这时，知知从洗手间出来，看到门口的江随，一下打破了平静：“欸，姐！你跑哪儿去了？”

“接了个电话。”江随低头把门关上，走到病床边，问他，“周阿姨怎么样了？”

“挺好的，手术特别成功，没什么事了。”知知也走过来，“你看，我妈脸色还过得去，是不是？”

江随看了看病床上的人。

“哎，姐，你坐这儿歇会儿，我妈一时半会儿还醒不了。”知知顺手从旁边拖来一张陪护椅让江随坐下，接了杯水给她，“姐，喝水。”

江随顺从地坐下喝水。

知知转着眼珠，看看她，又瞄了瞄沙发那边。那小护士说完事情，已经出了门，他小舅舅坐在沙发上，正低头看手机，好像业务很繁忙的样子。

病房里此刻就剩他们仨。

知知心境很复杂，他有点儿后悔，刚刚不该出来，应该躲在洗手间里，瞅瞅这对老情人别后重逢究竟会上演什么大戏。

对这俩人的感情历程，知知一直很模糊，当年没摸清楚他们怎么好到一起的，后来也没摸清楚为啥分了，明明高三那时好得跟什么似的，大中午的在那小阁楼亲来亲去都被他撞见过，好像都爱得不行了，后来怎么就崩了？

知知挠挠头，觉得爱情这玩意儿真奇妙。他也二十出头了，恋爱谈过两段，但都很短，几个月谈得跟玩儿似的，很快就觉得没意思，分也就分了，没什么感觉。

不过，这俩人分手对知知来讲，他其实没损失，姐姐还是姐姐，舅舅还是舅舅。只是遇到现在这种状况，就有些尴尬。

知知觉得自己像个夹心饼干，尴尬恐惧症都犯了，为了避免冷场，只好不断讲话，东拉西扯一箩筐，后来看到他小舅舅打着电话出去了，才松了口气。

“姐，”瞥了瞥江随的脸色，知知赶紧把自己撇清，“我真不知道我小舅舅今天会回来，我妈明明说他要去一周，这事儿跟我没关系。”

“也没说跟你有关系啊。”江随握着杯子，面色平静。

“那就好！”知知放了心，猛然想到什么，说：“姐，你晚上跟我一道回去吃饭吧！”

“不用了，”江随拒绝，“我还得回去收拾屋子。”

“这又不急，吃了饭我送你回去，帮你收拾总行了吧，你这么久没回来，我们家都搬家了，你总要去认认门吧？”

“搬家了？”江随一愣，“搬到哪儿了？”

知知说了地方，江随也不知道，这几年，这座城市变化很大，她不了解的越来越多。

“那以前的房子呢？”那巷子里的老房子，江随曾经住了四年多，在她记忆里占了很重要的一部分。

知知说：“那旧屋啊，我妈把它卖了。”

江随想想也是，那里地段好，本来就是待价而沽的地方。

知知摸摸鼻子，问：“姐，我问一句哈，那什么……刚刚你和我小舅舅，你们俩连个招呼都没打，你是不是特不想见到他啊？”

不想见吗？

江随也问自己。

那年冬天离开，她确实是删了他所有的联络方式，不想再见的。但那时她十八岁，还太幼稚。

知知见她不回答，以为她默认了。难怪她不愿意去吃晚饭。

“你放心吧，我小舅舅忙得很，很少回去，他在公司那边有住的地方。”知知指望这话能打消江随的顾虑。

为了继续劝她，他把陶姨搬出来：“陶姨也想死你了，你好不容易回来一趟，都不去看她，这都多少年了，陶姨这两年身体也不怎么好。姐，你要是不去，是不是有点儿没良心啊？”

江随被他问得没话说，松了口：“好了好了，你都这么说了，我就去看看陶姨吧。”

过了会儿，小赵领着护工过来了。看到江随，他也很惊讶，差点没认出来，没想到当年那小女孩儿都长这么大了。

说了几句话，小赵就接到电话。

江随听见他喊那头的人“小周总”，讲了两句就挂了，似乎是有急事要处理，匆匆离去。

周蔓醒来时，江随和知知就在病房陪她，直到傍晚才离开医院。

知知带江随回家。

车开到地方，江随才发现原来是个别墅区。

江随的到来让陶姨很惊喜。多年没见，陶姨上上下下将她打量好几遍，忍不住红了眼眶：“哎哟，我阿随都是大姑娘了，漂亮的哟。”

江随也有点感怀。

如今陶姨也快六十岁，看得出来她已经没有那些年硬朗，现在家里的事情周蔓都不让她再忙，每天有专门的钟点工上门，但做饭这事陶姨还是放不掉。江随好不容易来一趟，陶姨高兴得忙上忙下，记性又好，到现在还记得江随爱吃的菜，都想给江随再做一次。

江随劝不住，也没办法，就待在厨房一边帮忙一边陪她聊天。

做个饭的工夫，有些事江随就从陶姨口中知道了，原来周蔓那时候卖房子是因为公司遇到困难。

“那两年哪光景差，小知知还小，蔓蔓愁得哟，亏得还有个小池，书没念完就晓得帮衬他阿姊，这孩子脑子也灵光的，姊弟两个就撑过来了。”

江随算了算，那时候，他应该是大三、大四。

陶姨还在说着："你不晓得，那两年小池瘦得，哪个见了都要心疼，蔓蔓跑东跑西的，他都跟着跑，没个歇脚的时候……"

陶姨又说了一些，江随默默听着，偶尔顺着话问一两句。分开这么久，他这些年的生活，她从没有刻意去打探过，在陶姨絮絮叨叨的回忆中，她了解到周池本科毕业后没有继续读书，也没留在S市找工作，因为周蔓身体不好，他回了家里帮忙。

离吃饭还有些时间，知知带江随上楼看了看。

这栋别墅比以前的老宅还要大很多。

知知给她介绍："这我的房间，"他又指指对面，"那我小舅舅的屋，不过他住得少，差不多半个月能住一回，他跟我妈一个样，都是工作狂！"

江随看着对面紧闭的房门，说："他努力起来是很拼，和周阿姨很像。"

晚饭很丰盛，但还是和从前一样，吃饭的人很少。还好陶姨有所改变，她以前都不上桌，现在没那么执拗了。

三个人坐在长餐桌边。

知知边吃边讲话，又说起在德国念书的事情。陶姨时不时念叨他一句，叫他少说多吃。

晚饭刚吃完，周池回来了。

知知已经上楼，江随正帮陶姨往厨房收碗，她出来时，他刚好进屋，在玄关那儿。两人显然都没有料到，视线一碰，一时间都顿了顿。

江随停在桌边，看到他换了衣服，和中午不是一套，领带扯了一半，衬衫的扣子解开两粒，领口有些皱褶，露出脖颈和锁骨那一片皮肤。

他似乎喝过酒，脸庞有明显的红。

僵了一会儿，江随动了动唇，想着打个招呼吧，他却忽然皱眉，走去洗手间。没几秒，有些声音传出来，江随无意识地朝那边走了几步。

陶姨从厨房出来："是小池呀？"

江随回过身，指着洗手间："他好像在吐。"

陶姨一听就知道了，一边数落一边倒了杯水端过去。

江随站在外面，听了一会儿，走回来继续收拾桌上的菜碗。

过了三四分钟，周池走出来，陶姨在他身后絮叨："身体要紧哪，讲了好多回，酒要少喝少喝，恁地不听讲……"

江随在擦桌子，没有抬头。

周池坐到沙发那边，抬手把解了一半的领带抽出来丢到一旁。

陶姨很快煮好米汤，喊正在洗碗的江随端过去。

江随照做，把小碗放到茶几上，往回走，身后有了声音。

"什么时候回来的？"他的嗓音成熟了，偏低沉，带着酒后的暗哑。

江随停住脚步，沉默了下，说："刚回来。"

周池抬眼。

江随没有回身，微卷的长发散在肩上，她穿一件奶茶色薄毛衣，搭着样式简单的牛仔裤，一截白皙清瘦的脚踝露在外面，整个人似乎长高了，也瘦了。

"回来工作还是探亲？"他的语气淡淡的，很平静。

江随这时转过了身，说："都有吧，工作还要先看看。"她朝他看去一眼，碰上他的目光，也淡淡地问了句，"你身体怎么样？"

"没什么，喝多了。"

他脸庞没那么红了，渐渐变白，眉眼显得更黑，和学生时代相比，他的样子确实成熟很多，大概也更英俊了，脸庞的轮廓和五官都挑不出瑕疵。

他眼睛里看不出任何情绪。

再站下去会尴尬起来，于是江随说："你注意点吧，喝酒不好。"她往厨房走，才走两步，又听到了更低的声音。

"这几年你过得好吗？"

客厅安静了一下。

江随说："我挺好的。"她也问他，"你怎么样？"

周池单薄的唇动了动，回得简洁明了：“还行。”

他声音很低，显得很冷淡。

看他好像没有继续寒暄的意思，江随说：“那你休息吧，我去帮陶姨忙。”

陶姨在洗水果，江随过去接手，过了会儿再出来，周池已经上楼，那条领带落在沙发上。

江随没有多留，八点多知知送她回去。

路上，江随坐在副驾，头靠着车窗，有些走神。

知知再傻也察觉到了什么。

“姐，你不开心哦？”他握着方向盘，忍不住问，“是不是因为我小舅舅？也真是奇妙，偏偏你一来，他今天就回家了，你们今天见面还好吧？你们那时候到底怎么了，怎么搞分手了？”

江随说：“你怎么话这么多？”

知知“唉”了一声：“我都憋好多年了，你不想说就不说，反正我小舅舅是肯定不会告诉我的，他那个人……”知知啧啧两声，“说实话，其实他还挺厉害的，就是性格不怎么样，不过现在好像进步了，没骂我也没揍过我了，就是有时候看我一下，挺吓人，好像要用眼神抽打我。”

江随没有搭腔。

知知又说：“你是不是心情特别差啊，那我闭嘴好了。”

江随：“其实也没有不开心，只是有点尴尬。”

她没有想到回来的第一天就见到他，心理上也没有什么准备。

“正常，”知知满不在乎地说，“老情人见面不都这样嘛，多见几回，脸皮厚点就不尴尬了，你看我，现在都能约我那俩前女友一起烫火锅了，她俩处得跟姐妹似的！”

“……”江随很佩服他。

知知继续讲：“其实好早以前我是不怎么看好你俩，不过很奇怪，后来你们真崩了，我好像也没觉得高兴，毕竟我小舅舅也不小了，现在光棍一条，也挺可怜是不是？”

“他没有女朋友吗？”

“没有吧，反正我没见过他带女的回来，不过我倒是知道，公司里有的是女人喜欢他。这年头，那些女人都很肤浅，不是看钱就是看脸，恰好我小舅舅什么都没有，就不缺这两样……”

知知说的是大实话，江随不作评论。

“哎，姐，”知知试探着问，“你跟我小舅舅……你俩现在真就连朋友都没的做了吗？”

这个问题，一直到下车，江随都没有回答。

回去后，她独自收拾屋子，拖地、擦桌子，忙出一身汗。

这几年她都是独居，毕业后在国外读书两年，工作一年，租房子、换房子也折腾过几回，适应能力越来越强，现在才回来第一天，好像也没什么不习惯。

洗澡前，江随回到卧室打开墙角的行李箱，把里头的衣物都拿出来，一样样放好。最底下是件短羽绒衣，她拿起来时，从里头掉出一条叠好的青色围巾。

是那年她没送出去的礼物。

江随只织过这一样东西，国内国外辗转几年，这个还在。她自己没拿来用，也没有另外送给别人，仍然崭新。

她手工确实差，钻研很久，最后织了当时最流行的针法，现在看，这种东西虽然没有保质期，但样式已经过时，而且也不再适合他。

他那时候还是个男孩，T 恤、卫衣、运动裤，穿得懒散休闲，冬天裹条手织的毛线围巾也会很好看，但现在，他是真长大了，西装革履，成了别人口中的“小周总”。

虽然只见到那么一会儿，但江随知道，他再也不是十七八岁的周池。

## 06

# 一起吃饭吧

夜里，知知玩游戏到很晚，下楼拿饮料上来喝，发现露台亮着灯。他熟练地溜过去，站墙边抻头一看，藤椅上靠着个人。

看那“寂寞又萧索”的背影，是他家小舅舅无疑。

这架势，不是在思考人生就是在思念旧爱。

几年一过，舅甥俩关系仍然算不上亲热，但好歹比从前缓和不少。知知挠挠脑袋，走过去，丢一瓶可乐放桌上，拉过旁边的摇椅坐下：“大半夜的不睡觉，跑这儿吞云吐雾，好快乐吧？”

露台有微风，空气很好。陶姨整了一排花花草草。

周池捏着烟，问：“没死够？”

“死毛啊。”知知被戳了痛处，前阵子打游戏天天死个十几次，“已经翻身了！不信，来杀杀看。”

周池没应他。

知知瞥他两眼，说：“我今天可不是故意把我姐弄去的，她想去看我妈，我还以为你在广州回不来，本来想把你们错开，没料想你又回来了，可能这就是缘分吧。其实我姐也挺尴尬的，她是女的，脸皮子总比你薄吧。”他说着懒懒地往后一靠，跷着脚晃荡着，“欸，你觉不觉得我姐漂亮了？”

“她今天到的？”周池答非所问。

“是啊，我去接的。”见他搭了话茬儿，知知也不顾忌了，“你就说吧，你觉得我姐怎么样？”

半天还是没有等到回应，知知很无语。

果然，从小舅舅嘴里真是屁都问不出来。

“行吧，你不说算了。”跟这人交心太累，知知放弃了，拍拍屁股起身，“真没意思。”

露台安静下来。

一支烟抽完，周池回屋，疲惫地躺下来，也不知什么时候睡了过去。

夜里恍恍惚惚胃疼得厉害，他却像被梦魇住了似的，乱糟糟的影像胡乱闪过，他牵着个小姑娘，狠狠摔了一跤，手里就空了。

心里绞得难受，他醒过来时，满头满脸的汗。

在家休息了一天，隔天下午江随出去和林琳、许小音会面。

之前和林琳聊天，江随透露可能要回来一趟，林琳特别高兴，老早就约定好回来要见面。

她们约在二中旁边的一个咖啡馆，三人都准时到达。

读书时，她们三个关系最好，可是后来求学、工作都不在一起，很久没见面，联系也没有那么频繁。

她们各自聊起自己的近况。

林琳现在在银行工作，许小音今年研究生刚毕业，参加工作不久，在一家挺不错的制药公司。

谈完工作说到感情方面，许小音给她们看了男朋友的照片，是个看上去很阳光的男人，娃娃脸，笑起来还有酒窝。

“我们一个学校，他是管理学院的，学院搞联谊的时候认识的，我们都是工作人员，结果那个联谊别人都没成，我跟他却在一起了。”

江随笑了：“那你们很有缘。”

林琳挑着眉毛：“上次还跟我说没谈，原来暗地里都好大半年了，真有你的。”

“那时候还是暧昧期，告诉你，万一吹了呢，我这不是先搞定了再汇报嘛。”许小音脸上洋溢着甜蜜，“现在工作都定了，他跟我来这边了，我们俩公司就隔两条街。”

“那你们算是稳定了吧？”林琳问，“下一步考虑结婚了？”

“哪那么快，才刚工作呢。再说，我们才多久啊，总要谈久一点，感情基础再深厚一点。另外，我们还要先把房子买了吧，差点忘了，我们还没见家长呢。”

这个时候已经不是刚上大学，谈感情都要把现实因素考虑进去，想的都是结婚生子、买房置业。

林琳很赞同：“也是，既然是奔着结婚去的，是要想得周到一点，你再多考察一阵，什么时候带来给我们见见？”

“回头我让他请你们吃饭。”许小音说完想到了什么，问江随，“阿随你是不是真不走了啊？”

江随说：“还没有决定，要去看看那个公司再说。”

“我看你就别走了，在这边大家想见面就能见上，没事还可以聚个会。”停顿了下，她轻声问，“对了，你回来……周池知道吗？”

这是个敏感话题，林琳闻言也立刻看向江随。

“他应该不知道吧。”林琳说，“我觉得你肯定不会告诉他。”

“我没有告诉他。”江随说，“不过我已经见过他了。”

“啊？”林琳和许小音都一愣。

江随解释了，她们又唏嘘感叹。

“一回来就碰上，这得多巧。”许小音说，“那时候你们那么好，班里女生谁不羡慕？”作为那段感情的知情人，她一直觉得遗憾，终于忍不住问，“当时怎么就分了，你们出了什么问题，还是周池犯了什么大错？”

江随被她问得沉默。

现在再说出了什么问题，把当年的事情拿来讲，也许她自己都很茫然。

时间已经让琐碎的一切显得缥缈而微小，甚至现在再回想都会有一瞬间觉得十八岁的自己矫情得可笑，可当时所有的感受都是真实的。

江随想，周池应该也是一样。

他们互相让对方难受了。

这段感情开始的时候，她不到十六岁，周池也大不了多少，朝夕相处的爱情青涩纯粹，可到后来，一切都变了。

她难道没有让步过？周池难道没有挽回过？

他们都努力了，但没有成功，那种裂隙越来越大而他们无力缝合的感受真真实实地让彼此痛苦过。

时过境迁的反思和剖析都像隔了一层，搔不到痒处。非要掰扯清楚当年谁错得更多，实在没有必要。

江随笑了笑："过去太久，我说不清楚了。"

林琳说："怎么好像初恋都搞成这样，咱班班对没一个成功的，全分了。"

"还真是。"许小音也叹气，"也不知道这是什么魔鬼定律。"

周一，江随接到师姐沈敬的电话，邀她去公司一趟。

这些年这座城市变化不断，新区建设得越来越好，创业园区一扩再扩，高楼林立。

几年前，得益于政策扶持，园区往东又辟出一块地方，建出新的创意产业街，大大小小的新兴公司聚集于此，沈敬也在那时分得一杯羹。

江随其实对公司没什么太高的要求，而在某些方面，沈敬的理念跟她一直很契合。过去看了情况，江随没有多犹豫就做了决定。

她待到傍晚离开，从创意街这边走出去，远远看到那边产业园一排排的写字楼。

本想再看看周边环境，但阴沉沉的天空已经下起小雨，江随只好走去街上，在路边广告牌下等出租车。正值出租交班时间，她一连拦了两辆都没停，雨却越下越大。

江随拿包遮在头顶，快步往前面的咖啡厅跑，身后传来鸣笛声。

黑色汽车停在她身边，车窗降下，江随看到驾驶位上的男人，愣了愣。

雨声和马路上的噪声混在一起，嘈杂喧闹，她脸上水珠下滑，睫毛上也沾了雨滴。

周池开口："上来。"

江随没耽搁，拉开车门坐进副驾。

车前雨刷器不断滑过，江随抹着包上的雨水，把它放在腿上。她今天穿了风衣，淋雨后身上一块湿一块干，很狼狈。她低头理着衣服，一条棕色毛巾丢到她腿上。

江随转过头，周池面朝前方，手搭在方向盘上，眉目很英俊，也很淡漠。

"谢谢。"江随拿起毛巾擦脸和头发。

前面红灯，车停下来。

江随接到电话。

"师姐，"她贴着手机，听完那边的话，说，"没事的，我已经坐上车了……嗯，对，我大概订明天的机票。"

她挂了电话，周池忽然开口："来这边做什么？"

"来找我师姐，她的公司在这边。"

"哪家公司？"

"宣达。"江随说，"在创意街那边，才起步两年，你大概不知道。"

江随知道周蔓的公司也在这个园区，不过在西边，离这里虽然不远，但这么容易就碰上，也是太巧。

压着不平稳的心绪，周池忍了片刻，还是问了："你订机票，是要走了？"

他语气有些奇怪，江随看了他一眼，说："要去江城，看我姑姑。"

她讲完这句，没听到周池接腔，索性也闭上嘴。

汽车一路前行，窗外雨幕渐薄。

正是下班高峰，到了中心路段，堵车严重。

江随听着周池打了两个电话，谈的都是工作上的事。她不经意间转头看他，见他微蹙着眉，垂着眼，和人说话的过程中淡红的唇抿了几回，嘴角下压，像有烦心事。

意识到看他太久，她转开了脸，低头无聊地翻手机，回复知知发来的几条微信。

等了好半天，静止的车流终于重新运动起来，雨也渐渐变小。

周池问："你住哪儿？"

江随回过神，看了看外面："等会儿你就在前面那商场门口停吧。"她心里想的是他忙，不好耽误他太多时间。

周池却误解了。

"地址都不愿说了？"

江随一顿。

"就算分手，我们至少算是同学吧。"他捏着方向盘，语气很淡，"也是，毕竟你分个手，删得干干净净，毫不留恋。"

车里一瞬间变了气氛，陷入寂静。

江随沉默好半晌才说："我不是这个意思，我看你忙，所以……"停了停，她没再多解释，告诉他地址，"我住殷泉路明微新城。"

过了绿灯，往前行驶，到路口，周池打着方向盘拐弯。

没有人再说话。

这种安静让江随觉得不太舒服，她靠着窗户，脸朝向窗外，看着外面天色渐渐黑下去，霓虹鲜艳。

汽车行到小区门口停下。

车里的两人默默无言地坐了会儿。周池手肘抵在方向盘上，揉了揉额。

"新买的房子？"他又主动开口。

江随说："不是，我爸以前买的。"她坐了几秒，以为他不再说话，便伸手开车门，却又听到他问："你一个人回国？"

江随停下动作："嗯。"

"你爸呢？"

"他还在美国那边工作，"江随说，"前年和学校里的一个同事结婚了，算是在那儿定居了。"

"那你为什么回来？"他忽然转过脸看着她。

他的眼神让江随愣了一下。她低头，无意识地攥了攥手指，想了想，说："我师姐的公司缺人，我回来帮她。"

"只有这个原因？"

江随抬眼看向他，在不太明亮的光线里，他们无声地看着对方。

"江随。"重逢以来，周池第一次叫这个名字。

江随有些恍惚："嗯？"

他却忽然垂眼，不再说话。

江随也没有再问，坐了一会儿，她从车里下来，回过身说："谢谢你送我。"转身走进小区大门。

到了单元门外，江随摸了摸风衣的口袋，只有手机，没有钥匙。回想了一下，觉得可能落在车上，她又快步折回。

昏黄的路灯下，那辆黑色车依然停在原处。车门是开着的，江随探头进去："我的钥匙是不是落在这儿了？"

话落，她就在周池手里看到了。

他捏着钥匙串上的挂饰，那只粉色小企鹅，已经很旧，身上的毛完全秃了，剩个光秃秃的模样，很寒碜。

江随要拿，他躲了下，仍然拿在手里看着："这个怎么还在？"

江随说："还能用。"

"旧成这样，你不嫌丑？"

"还好，没觉得丑，只是没有毛而已。"

周池看她几秒，忽然低头，似乎是笑了："对这么个破玩意儿，你倒挺长情。"

他把钥匙递给了她。

江随想再说点什么，但发觉无从开口，只好作罢。

上楼回屋，她走到后窗边，看着小区外面。过了十分钟，门口那辆汽车开走。

一股凉风吹进来，江随冷得一哆嗦，赶紧关上窗户。

周池驱车前行，没有回住处，而是去了张焕明的麻将室。

前两年，张焕明倔强地抛弃月薪三千的搬砖工作，投身休闲娱乐行业，结果没到半年，网吧开倒闭了。他没有气馁，改开台球馆和麻将室，刚好弄成上下两层，楼下供中老年打麻将，楼上给小年轻玩台球，生意居然还不错。他悠闲自得，开始钻研厨艺，没事就约几个兄弟吃饭。

周池过去时，他刚炖好一锅肉，买几瓶酒，炒几个小菜，就是哥俩的一顿晚饭。

饭后，两人在台球室放松了一会儿，周池靠到沙发上。

张焕明过来丢一罐啤酒给他。

“我看，我大概知道怎么回事了。”张焕明一屁股坐到小凳上，挑了挑眉，“是不是有人回来了，搞得你心花怒放……啊不，是心慌意乱。”

周池：“你爱怎么说，随你。”

“难道我说错了？”张焕明晃了晃脑袋，“我都听林琳说了，江随回来了呗，你不就这么一个心头痛嘛，人都回来了，你这也痛够了，该痊愈了吧。”

周池一言不发地喝酒。

“以前那些破事，谁对谁错有什么关系，江随一走了之是狠了点，不过这事一个巴掌拍不响，你肯定也做了浑蛋事儿，双方扯平了呗，这都还年轻，重新开始不行嘛……”

任凭张焕明怎么说，周池就是不接腔。

半罐酒喝下去，脸色不怎么好，周池仰靠着，闭了闭眼。

心口难受得很。

活这么大，让他最开心的是她，让他最痛苦的也是她。

他不是没有想过自己哪里做得不好，只是即使认识到了，也受不了她就那么果断地把一切断个干净，没给他留一丝余地。

“你这人，算了，我懒得管你。”张焕明说，“对了，我准备整一个同学会，刚好江随也回来了……要不，你今年也来参加一次？”

“没空。”

“还真不想见她啊？”张焕明叹了口气。

周池没有回应，张焕明拍拍他的腿：“回头人又走了，我看你找谁去，要我说，搞不好人家江随就是为你回来的，她也想跟你重修旧好来着……”

确定好入职时间，江随回江城老家待了三天，回来前，行李箱被姑姑塞满一堆特产，还有很多肉干。

江随根本吃不完，打算送一些给陶姨。她去的时候是上午，家里只有陶姨和知知，而知知那家伙还在睡懒觉。

她没有多待，和陶姨聊了一会儿就离开了。

隔天江随开始上班。

虽是小公司，但并不轻松，刚入职就连加两天班，到周三事情才稍微少了些。

下班后，江随和师姐沈敬一道去附近吃饭。

点完菜，沈敬去了洗手间，江随坐在桌边，视线随意地往外看，隔着透明的落地玻璃，她看到了对面店里的人。

那是一家杭帮菜。

靠窗的位置有个熟悉的身影，桌边还有两个男人。江随猜那两个人可能是他的客户，也可能是朋友。

他穿的还是衬衣，黑色，剪裁得很合身，肩线完美。

江随出神地看着，直到被师姐叫了一声。

“看什么呢？”沈敬笑道，“外面有什么吸引你的？”她顺着江随的视线看出去，除了来来去去的人，并没有什么特别的风景。

江随随口问：“对面那是杭帮菜吧？”

“是啊，口碑不错，”沈敬莞尔，“服了你，还以为你看什么呢，直勾勾的，想吃啊？下次请你。”

江随笑了：“好啊。”

沈敬又说：“对了，我把咱们小师弟也叫回来了，估计最近就能来。”

“乔铭？”江随有些惊讶，“他你都能叫动？”

“当然没那么容易，你以为他甘心来给我打工啊？他带着投资过来，那可不就是帮他自己了吗？”

“原来是这样。”江随有些感慨，“还以为他会留那边呢，这么说，我们都回来了。”

“是啊。”沈敬抬抬眉毛，“毕竟还是家里好，对吧。不说别的，咱们在国外那会儿最想中国菜，是不是？”

江随：“还真是。”

人在国外，想念的一切都在国内。

吃饭中途，江随有意无意地又往外面看了两次。等吃完后她再看，那边的座位已经换了别人。

离开餐厅，江随和沈敬一道下楼，在商场大厅分别，沈敬还要回公司，江随独自去一楼逛了逛，买了一套睡衣，又添置两套护肤品。

她提着两个纸袋往前走，打算去地下一层的超市再买点东西，路过一个饰品店，便进去挑选洗脸用的发带，对着镜子往头发上试戴。

等她结完账走出来，看到不远处熟悉的人。

周池站在扶梯那儿。

几秒后，他朝她走了几步：“买什么？”刚刚地远远看着，觉得像她，就走过来了。

就真的是她。

江随将手里的袋子提高，告诉他："发带、睡衣什么的。"

周池问："一个人？"

她点头。

看到她手上还提着一个带有公司 Logo 的纸袋，他问："上班了？"

"嗯，上班有几天了。"不过没有在这边碰见过他，今天是第一次。

周池点了点头，还站在原处。

周围来来往往都是人，过了会儿，他说："一起吃个晚饭吧。"

江随愣了下。

"这里有家杭帮菜，很不错。"他目光淡淡的，声音很自然，好像遇到老朋友。

江随看着他，心里微微发紧，想说你刚刚不是已经吃过了吗？但不知怎的，她没有开口，也没有告诉周池她也已经吃过饭。

乘坐扶梯时，江随靠边站着，周池在她后面一级台阶。

江随背朝着他，两人没有交流。后面有小孩迈着台阶往上跑，从旁边擦过，周池抬起手臂，下意识挡了下江随的胳膊，指尖碰到她的手腕。

"小心。"

这声音让江随有片刻的失神。

进了店，周池走在前面，窗边已经没有空位，服务员领他们去里面的位置坐下。

周池把菜单递过来，江随点了两个，他又接着点了一些。

"不用那么多。"她其实很饱，而她知道，他明明也吃过饭。

"嗯。"周池没抬头，又加了两个菜。

点完后，他的手机响了，来了个电话。他起身去洗手间那边接听。

江随独自坐着，喝了口茶水，在这片刻内，她心里平静下来，不再去想自己为什么会跟他来吃饭。

周池打完电话回来坐下，手机放到桌边，他抬手解开了衬衣的袖扣，随意地往后卷了两道。

很快，菜就上了。

江随想起知知早上发的微信，问："知知是在你那儿做事？"

"嗯，暂时在市场部。"

"哦……"江随停顿了下，问，"所以现在周阿姨的公司主要是你在管？"

"差不多，广州那边的项目还是她负责。"

江随又说："那你很忙吧？"

"嗯。"周池夹了一块豆腐，筷尖停在面前的碗里，问，"你工作怎么样，忙吗？"

"还好，也快适应了。"江随怕冷场，主动问，"你是毕业后就回来了吗？"

"嗯。"周池看了看她，语气平淡地问，"在国外读书怎么样？"

"就那样吧，刚开始挺累，习惯就好了。"

"在那儿开心吗？"

江随怔了怔，说："还好。"她开始低头吃菜。

两人有一两分钟的沉默，后来还是周池起了话头。

"那天去看了陶姨？"他问。

"那天……"江随记了起来，"那天是从江城回来，吃的东西带太多了，送一些过去。"那时候，他不在。

"你后来尝了吗？"她说，"肉干还不错。"

"没吃，知知拿走了。"

"……哦。"江随垂眼夹了菜，听到他低缓的声音，"我今天回去尝尝，不知道他吃完没有。"

不知怎的，江随脱口就接了话："我那儿还有，你……"

周池抬眼看着她。

江随愣了愣，迟疑过后还是把话说完："你要不要？"

"要。"他答得很简洁，眉毛不由自主地舒展，"你怎么给我？"

"……明天带给你，行吗？"

他应了声："好，我明天上午都在公司。"

江随点点头，表示知道了。

在这之后，江随觉得他心情似乎莫名变好了一些，话也讲得多了，问了她公司的情况，到后来，两个人居然还心平气和地讨论起来。

"这么说，你也觉得前景不错？"说到工作，江随身上显露出与平常不一样的活力，在她没有意识到的时候，她嘴角已经有了笑，"我还以为你不会看好。"

"为什么？"

江随说："你那么厉害。"

在那么大的园区内，创业者一批接一批，有那么多走在前头的人，而他早已是其中的佼佼者。江随还记得陶姨说过，他还没毕业时就已经在帮周蔓支撑着公司。

她这样笑着的样子，让周池想起高三时，他不过是考试进步了，她就开开心心跑来他的座位，笑得眉眼弯弯，夸他好厉害。

轻易不去触碰的记忆冷不丁在心里翻了一遭，大有愈演愈烈的趋势，周池低下头，不想再看她："吃吧，菜凉了。"

这顿饭多少吃得有些尴尬。

周池结了账，江随在门口等他，轻轻对他说："谢谢，下次我请你。"

她说得很礼貌，周池的目光落在她光洁白皙的脸庞上，停留一会儿，他转开了脸："走吧。"

下楼走到大厅，周池问江随："你还要买些什么？"

"要去一下超市，要不你……"她想说让他先走，他却已经截住话头："行，我也去一趟。"

他们一起去了负一层的超市。

江随要买的东西很多，她推一辆手推车，从厨房用品到各种各样的速食，而周池只拿了一点食材：两把蔬菜和几块鸡翅。他偶尔没应酬的时候会自己做晚饭，所以冰箱里时常会塞点东西。

江随却觉得奇怪："你怎么自己买菜？陶姨不是做饭吗？"

"这周不回那边，"他说，"我住公司后面。"

江随明白了，园区里有专门的公寓区，住的都是附近的员工。

她没再多问，想再挑一口小锅。

周池晃了一圈回来，她还没挑好，站在货架前捧着个白色炖锅看来看去，像个不食烟火的小姑娘。他走过去扫了一眼就说："这个用时很长。"

江随只好把锅放下，又看旁边的，看中一个就下意识地问他："这个怎么样？"

周池看了看功能，说："还行。"

"那我就买这个。"

周池抬了抬眉，瞥着她："你这么信我？"

江随看了他一眼，没有接话，把锅拿到手里。她意识到，有些习惯根深蒂固，隔了漫长的时间依然强悍。从前她和他逛超市，买什么都爱问他意见。

周池似乎也想起这个，唇慢慢抿紧。

他们心照不宣地没有提从前。

结账时，周池在前面，他把东西放过去，收银员问："后面这些也是？"

江随刚要说不是，他已经先开口："对，一起。"

结完账，八百多。

江随拿了小票，周池那几样就几十块钱，其余都是她的，装了三个袋子。江随提起两个袋子，被周池接过去。

"你拿那个。"他留了个轻的给她。

走出超市，江随说："我把钱还你吧。"

"不用。"

"可是……"

"江随，"周池转过头，微蹙眉，"真的需要跟我这么客气吗？"

说完，他当先迈步，坐上扶梯。

到了外面，他径自走去车边，把东西放到后座，回身对江随说："我送你。"

"不用。"江随说，"我自己打车，你也挺忙。"

"没事，送你。"

他坚持，江随也就不跟他犟。

车在夜色里行驶。

八点已经过了，天早就黑透。江随很疲倦，听着车载音乐，差点睡过去。

后来林琳给她发来微信，有两条语音消息，江随点开听。

"阿随，周末张焕明他们喊了我和小音去聚聚，你也一道去吧。大家都好久没见你了。"

紧接着是下一条——

"哦，对了，我特意问了，周池不去，你不用担心。"

江随手指一僵，下意识地看了一眼身边的人，而那人好像没听见一样，手搭着方向盘，没什么反应。

直到江随下车，他才开口语气平淡地问了句："聚会你去？"

江随回答："可能去。"

回去后，林琳的电话打来，问她是不是没看微信。

"这次聚会有十几个人，咱班留在本地的同学张焕明都去联络了，大家就和以前一样吃个饭玩玩，平常也没什么时间聚，"林琳说，"尤其是你啊，前几年的同学会你都不在国内，这回赶巧了。"

江随还没讲话，她又说："你真不用担心周池那边，你走之后，我那几年只见过他一次，同学会他都不来的，我看他大概也就跟张焕明那几个男的聚聚，他现在是大忙人了，小周总嘛，应酬多得分不开身。怎么样，你就去吧？我得先给张焕明报过去，他先把地方订了。”

她说了这么一箩筐，江随哪好意思推辞，就答应了。

第二天出门前，江随把一袋肉干塞进包里，后来趁午休时间去园区西边跑了一趟，没有找周池，只把东西交给了前台。

07

## 情难自禁

周六聚餐，地点在二中附近。

林琳发现她低估了张焕明的号召力，他居然叫来了二十一个人，还有几个同学是特地从外地赶来，比如体育委员宋旭飞，还有曾经的班级红人赵栩儿。

大家曾是一个班的同学，都一样年轻稚气，而如今，从外表到气质，每个人都有明显的变化。当年腼腆的宋旭飞如今下海了，在邻市和人合伙办厂子，弄得红红火火；而花枝招展、不走寻常路的赵栩儿居然出乎意料地早早结了婚，如今整个人都是一种贤惠少妻的气质，听说托家里的关系，找了体制内的铁饭碗，在一个清闲的事业单位。

赵栩儿笑吟吟地走过来，江随有种恍如隔世的感觉。当年总是处不好的死对头，现在居然也能一起好好地聊天。

时间真厉害。

那边桌子上男人们也很热闹，寒暄、吹牛、点烟、交换名片，不亦乐乎。

“听说你后来出国读书了，”赵栩儿笑着说，“也不奇怪，高中你就挺厉害的，老实说，当时我挺嫉妒你的，也许是因为你总是被老师夸，我总是被老师骂吧。哎，你不会还记仇吧？”

江随也笑了：“没有，我快忘记了，都过了那么久。”

赵栩儿问：“在国外怎么样？”

“还好，我也没待几年。”

“我看你变了不少，时间过得真快。”赵栩儿毕业那年就举家搬到外地，这些年聚会从没回来过，对同学的事不太知情，很自然地问了句，“对了，周池怎么没来？你们是不是也快结婚了？”

江随平静地摇头：“没有，我们分了。”

“啊？”赵栩儿很惊讶，“真没想到。”

江随笑笑，走去旁边倒茶喝。她端着杯子抬起头，看到门口张焕明领了个人进来，只看了一眼，目光就落在他身上。

他应该是刚工作完赶过来的，穿的和之前一样，偏正式，衬衣虽然还是黑色的，但江随看出和昨天不是同一件，肩袖的设计不同。

他一进来就把大家的目光都吸引住，男人女人都看他。他和张焕明一道走到桌边，与那些老同学打招呼，场面很热络。

隔着那么多人，有那么一两秒，周池的视线投过来，看到江随。这时，桌边又有人跟他讲话，递了名片给他。

林琳和许小音都没料到周池会来。林琳走到江随身边小声说：“张焕明这个骗子，他说了周池不来的。”

吃饭的时候，一个大包厢，两张大桌子刚好坐满。周池和江随不在一张桌上，多少避免了一些尴尬。

在座的除了个别消息不灵通的，其他人都隐约听说了他们的事，没有谁那么蠢，刻意提这一茬儿，桌上气氛很好。

踏入社会后，不同于读书时，男生们学会绅士客气，也更会照顾女生，敬酒的时候，自己倒一大杯，给女生倒少一些，还有男生主动帮女生挡酒。

很巧，江随左边坐着林琳，右边坐着宋旭飞。

见江随已经被人敬了三杯，宋旭飞很关切地看着她：“喝不了就别喝了，他们就爱瞎胡闹。”

立刻有男生笑道：“哎，宋旭飞你凑那么近干什么，讲什么悄悄话？”

他声音大，旁边人听得都笑。

宋旭飞说：“好了好了，你别老让女生喝酒了。”

“那你来帮江随喝，罚一杯！”

宋旭飞特别好脾气，还真喝了。

隔壁桌上，张焕明瞥着周池，心里直叹气：作孽。

他本来以为帮他们把位子排开，对他们都好，现在看来好像搞错了，这人是身在这桌，心在那桌。

张焕明搞不懂，放不下，追回来就是了。虚岁都二十七了，又不是十七，矜持个什么劲儿？

晚饭结束，大家没散，到 KTV 续场子。

这种活动是怀旧标配，尤其是再配上感怀的歌曲，气氛就被调起来了。一个包房里，大家各自坐成一堆，喝啤酒或饮料，叙旧或谈笑。

林琳和许小音去前面合唱了一首《十年》，江随坐在角落看着她们。这首歌没听完，有个人从那边走了过来，坐到她身边。

他把手里的红茶递给她。

“我有喝的。”江随拿起腿边的小瓶可乐给他看。

周池把红茶放到茶几上。

“吃饱了？”他问。

“嗯。”

“看到你喝酒了。”

“喝了一点。”江随说，“你也喝了吧。”

他点头。

轻轻缓缓的音乐还没停，正唱到“十年之后，我们是朋友，还可以问候……”

江随轻轻转头，看了周池一眼。

“肉干挺好吃。”他忽然说。

江随问：“你觉得辣吗？”

“还好。”周池看了看她，“前台送来，被知知看到，他卷走一半。”

“……”江随有点无奈。

知知有这么喜欢吃吗?

“我下次回去再带一些吧。”江随想起周蔓，问，“周阿姨怎么样?”

“挺好，早上去看过她。”他也转过脸，看着江随，“她问到你了。”

江随想了想，说：“我明天去看她。”

“什么时候?”

“看情况，可能上午。”

周池说：“我去接你。”

“不用接的，”江随笑了笑，“你那么忙，我闲得没事，自己过去吧。”

此刻，他们之间的距离很近，近到他们都能闻到对方身上的酒味。

周池看着江随脸上淡淡的红晕，她半侧着脸，柔顺的长发垂在脸侧，微卷的发尾堆落在肩上，整个人很温柔。

“没事，我接你。”他低声说。

前面，林琳和许小音已经唱完了，看到周池坐在那边，她们两个没过来，去坐了张焕明那边的位置。

有一个刚订婚的男生喝了不少，被张焕明他们起哄，脑子一晕，还真去楼下超市买了一大袋喜糖过来给大家分发。到江随这边，抓了一把给她：“喏，美女，这你们俩的!”

一捧糖果，各种各样的。

江随把软糖一颗颗挑了出来，有五六颗。她将其递到周池手边。

他似乎是愣了一下，低头看着她的手。

“你不吃吗?”江随小声说，“这些是软的。”

话说完，周池接了糖，连带着握住了她的手。

也许是喝过酒，又或是包厢里太闷，他的手掌很烫。

江随怔了怔。

两人沉默地看着对方。

过了一会儿，江随挣了一下，把手抽了回去。

周池别开脸，克制地抿着唇。

包厢里还是热热闹闹，谁也没有往这边看，唱歌的还在唱歌，聊天的也没停。

周池剥了一颗糖吃。

江随起身去洗手间。洗完手，她在外面待了几分钟，心跳渐渐平复。

结束时已经九点半，大家道别，寒暄着说下次再聚，有一些喝高了的同学被那些还清醒的人捎带着走了。

林琳要去找江随，被许小音拉住。

“别去碍事。”

张焕明也特别狠心地丢下周池，跟着一伙男生走掉。

路灯下，江随说：“我准备打车回去，你呢？要不要叫代驾？”

周池没有答，不知在想什么。之前喝的酒好像有点起劲，他的脸微微红着，唇也很红。他不讲话，江随以为他真的醉得厉害了，拿出手机：“我帮你叫代驾。”

她刚点开 APP，就听到他问：“想不想回去看看？”

江随抬眼。

“巷子里那个。”

江随：“……知知说卖了。”

“是卖了。”

江随明白了，是他买回来了。

路途不远，徒步过去也不过一刻钟。他们走的是当年读书时经常走的那条路，时隔多年，沿途建筑有很多变化，有些地方江随快要认不出了。

到了巷口，江随发现那个烤红薯的店没有了，现在是个小小的全天便利店，里头灯火亮堂。

周池告诉她这个店是两年前开的，江随有些惋惜地站着：“还是红薯店好，喜欢吃红薯的人比较多。”

巷子里住的很多都是老一辈的人，他们依然保持着早早休息的习惯，通宵便利店没有那么受欢迎。

江随是这样考虑的，但她这句很小声的话听在周池耳里，莫名像一个小女孩儿不甘心的嘟囔。他笑了笑，心口却微微泛涩，好像看见了以前的江随。她总说些又单纯又可爱的话。

“有没有想吃的？我去买。”

江随摇头：“我不饿。”

“那买点牛奶。”

他走了进去，很快买好出来，和江随一道走进巷子。

中间有一小段石板路在修，两盏路灯坏了，很暗。周池拿手机照着路，牵了江随的手。

“这里不好走。”他似乎在解释。

然而，走过这段黑路，他依然没有松手，好像害怕她躲掉似的，攥得很紧。

到了门口，他摸钥匙开门。

江随退到旁边，揉了揉手指。

进屋后，他开了灯，江随站在玄关往四处看，发现屋里家具都没什么变化，地板很干净，显然定期有人来清洁。

她再一看，发现冰箱还是工作状态，就像有人常住一样。

“不是卖过吗，这些东西怎么都在？”

“我姐当时租了个房子放着，有些老家具是她母亲留下的，没舍得扔。”周池找了双自己的拖鞋出来，“要不要换鞋？这个我没穿过。”

江随脚上穿了双平底单鞋。怕弄脏地板，她就换了鞋。

两人上楼，二楼几个房间都没变，包括江随以前住的那间。

他们去了小阁楼。

屋里的一切保持着江随记忆中的模样，小沙发还是那张小沙发，地毯也是原来那个，桌角那艘帆船好好地在那搁着，连他床上的被子都还是常用的那套灰色小格的。

“你经常在这住吗？”她问。

“有时候来。”周池说，“都是干净的，你随便坐。”

他过去开了电视，调试了一下，挑了部片子放给她看。他其实脑袋已经有点昏沉，但还是下楼去热牛奶。

江随坐到地毯上，刚刚走在路上吹着风还没有感觉，现在一进屋坐下，反而觉得头昏了起来。她喝得不算多，居然也会有反应。

闭着眼睛缓了缓，江随晃晃脑袋，把旁边乱糟糟的毯子拿过来简单叠起来，放到旁边，眼睛却忽然看到沙发缝里的东西。

她弯着腰，手指伸进去，把它摸了出来。

是个薄薄的木质小相框，里头放着一张旧相片。

是高三那年拍的。

相片里的两人都穿着校服，在二中校园里那棵百年老树下。周池一只手抱着篮球，另一只手在她头顶，揉她的头发。

两个人都笑得露出牙，很傻。

江随不知道看了多久，门突然一响，周池端着牛奶上来了。她背过身，很快地抹了抹脸。

但周池已经看见了。他把杯子放下，走过来：“江随？”

“嗯。”江随没有看他。

“怎么了？”

“没事。”

周池看着她微红的眼睛，没再问，在她身边坐下，觉得身上挺热，解开袖扣。

电影还在放，但谁也没看。屋里安静了片刻，江随把相框递给他：“你怎么选了这张？”

周池说：“这个不好？”

“很傻。”江随有些疲倦地靠到小沙发上，心里热热的，好像有什么在烧着，她指给他看，“你看你，我没有见你笑得这么傻过。”

周池也笑了：“那我平常什么样子？”

江随不知想起了些什么，目光渐渐变得很温柔。

“反正不是这样。”她喃喃说了一句。

周池静静地看着她。

也许是夜晚，也许是酒，让压抑的一切在此刻泄露。他忽然抬手捧着江随的脸，头低下来亲她的唇，江随躲了下，他没让，搂住她，把人轻轻压在怀里，亲她的耳朵。

他的身体和气息将她裹挟，江随微微颤着，后知后觉的酒劲儿似乎被他弄了出来，头晕脸热。她抬手摸他的脸庞，拇指在他颊边摩挲，眼神逐渐失焦。

不管隔了多久，有的人始终是你的软肋。

周池躁了整个晚上的心终于控制不住，他空出一只手，解开了衬衣的扣子。

在电影寡淡的对白中，小木几被碰翻了，滚到一边。

也许是失而复得让人神志不清，反正，谁也没有扛住。

清早，江随醒来时，窗帘紧闭，缝隙中漏进一束窄窄的阳光。她蒙眬地躺了两分钟，意识回转，记起自己身在何处，在短暂的几秒内她心跳有些剧烈，转过脸看了看身边的男人。

他睡得很沉，侧脸贴着枕头，呼吸沉缓，酒劲儿已经过去，他的脸庞和脖颈皮肤都没有了之前的红，唇色也淡了。

和昨晚不一样，睡着的他太安静。

江随看了很久，抬起手想碰碰他，但最后手指停在他的脸颊边。

脑子里仍然混乱，她没有逻辑、没有顺序地想了很多。

是不是很荒唐？

可是不得不承认，酒不能成为借口，因为她有意识清醒的时刻。

江随起身，捡了自己的衣裳，赤脚走进卫生间。

对着镜子，她看到身上的痕迹，抬手摸了摸左边脖子，那里有一处显眼的红痕。她把头发拨过来遮住。

穿好衣服出来，江随扶起翻倒的小木几，独自在沙发上坐了片刻，脚边乱糟糟的毯子让昨晚的一切更清晰。

她拾起地毯上的手机，看到知知发来的信息。

“姐，我今天放风，去找你玩吧。我现在去给我妈送汤，八点半准时到你家，给你带陶姨亲手做的爱心早餐！”

现在已经快七点。

江随朝床上看了看，拿起外套出门，到巷口坐上出租车，进小区前，她去了旁边的药店。

八点半，知知果然准时到达，江随刚收拾完，头发没吹好就听到敲门声。她一开门，知知提着一个大保温饭盒献宝似的在她面前晃了晃：“看！”

江随笑着说：“进来吧。”

“你也不感动一下，我今天可是起了个大早！”知知把保温盒放到餐桌上，看了看江随，“你才起床啊？”

江随含糊地应了声。

知知瞥见她脖子上的创可贴，有些奇怪：“姐，你这儿怎么啦？”

“擦伤了。”江随故作平静地回答，反问道，“你今天也休息？不是说周末也要去公司的吗？”

“懒得去，”知知满不在乎地说，“我本来就是去混个实习的，搞搞样子就行了，我小舅舅非跟我过不去。你不知道他把我弄到那什么市场部，成心想累死我。”倒完苦水，他扬了扬眉毛，又恢复神采奕奕的样子，“不过昨天我打听了，他今天一大早就要去广州，这会儿肯定不在公司了，不然我哪敢溜？被他抓到，那不是找死？”

江随微怔了怔：“他要去广州？”

“是啊，昨天他的小助理说的。”知知把保温饭盒打开，“我们先吃早饭，吃完出去玩！欸，你这儿有碗吗？”

“有。”江随走去厨房，找了两副碗勺过来。

吃完早饭，江随提议先去医院看看周蔓，知知觉得也行。

知知把车开出去，江随说：“等会儿在门口先停下，我买点水果。”

“不用买，你跟我妈客气什么，她又吃不了多少。”

“我少买点就是了。”

出了小区大门，知知靠边停下，江随下车去旁边的水果超市。

知知坐在车里等着，目光看向前面驶来的黑色汽车，忽然顿了顿，眼睛瞪大：“我靠！”他一下坐直了，“那不是我小舅舅的车吗？”

他以为花了眼，搓搓眼睛，只见那车越来越近，在两丈之外停下。

江随提着果篮走出超市，隔着几十米距离，看到车里走下的人，她顿了下，停住脚步，想起昨晚，突然间不太自在。

阳光穿过稀疏的树叶落在周池肩头，他没换衣服，身上的黑衬衣皱褶明显。

江随走过去：“你怎么来了？”

周池不说话，皱着眉看她，光线照着他微白的脸。

江随猜测他可能在气她不告而别，便解释说：“你睡得很沉，知知找我，我就先走了。”

“要去哪儿？”他似乎不太舒服，唇色也有些苍白。

江随攥着手里的果篮，告诉他：“要去看周阿姨，知知在那儿等着。”

周池顺着她的视线朝那边看了一眼。

车里看戏的知知僵了僵，磨蹭一会儿，下了车，几步走过来，不大情愿地喊了周池一声，解释说：“我没偷懒啊，是陶姨让我给我姐送早饭，这不，我姐要去看我妈，我陪她走一趟。你今天不是去广州吗？”

他话刚落，周池的手机就响了。

接通后，周池脸色有些变化，很快就挂了电话，知知好奇地问了句：

“出什么事了？”

周池没理他。

江随这时说：“你去忙吧，我和知知去医院。”

周池没动，还看着她，低声问：“两个小时后我去医院，你还在吗？”

江随点头：“嗯。”

看着小舅舅的车开走，知知浑身一松，长舒一口气，转头问江随：“怎么回事？奇奇怪怪的，你们俩怎么了？他怎么会跑来找你？”

江随都不知道怎么回答他：“别问了，走吧，去医院。”

术后休养一阵，周蔓已经恢复得不错，出院回去也没什么问题。但周池没让，他知道一出院，周蔓不会休息，这才把出院时间延后，趁这次的手术，让她好好歇一歇。

江随没跟知知去玩，就在医院陪周蔓。

十点半，周池过来了。

小护士刚给周蔓检查完，江随站在一旁，回过头就看到他在门口，也不知在那儿站了多久。

周蔓也看见了，心知肚明，笑着对江随说：“我睡一会儿，阿随，你去吃午饭。”

进了电梯，江随靠边站着，周池在她面前，隔开了人群。他从长裤口袋里摸了块巧克力递给她。

江随捏在手里，没有吃。

经过昨晚，他们之间有了些变化。重逢以来，那层冰块已经在渐渐变薄，现在，大概是彻底被敲碎了。

至少，现在周池很清楚自己想要得到什么结果。

走出住院大楼，周池问：“你想吃什么？”

江随摇头：“不太饿，坐一会儿吧。”

前面是医院的小花园，那边有长凳。旁边有一些健身设施，几个小孩在大人的陪伴下玩耍。

“你忙完了？”

周池应了声，在她身边坐下，说：“临时有点问题，已经处理了。”

“知知说你今天要去广州？”

“不去，推后了。”

周池看向她，江随注意到他的视线，摸了摸脖子。

“我弄的？”他问。

江随没有回答。

看了几秒，周池说：“对不起。”

“没事。”江随避开他的目光，“这个没有那么严重。”

“不只是说这个，还有以前。”

他突然提及从前，江随一时不知作何反应，过了会儿才摇头：“不是你一个人的问题，那时候，我也有不好。”

看着她低垂的眉眼，周池动了动嘴唇：“我给你写过邮件，我们以前用的那个邮箱。”

江随顿了顿。

高三毕业，他们注册了一个共用的邮箱，用户名是两个人名字的组合，邮箱里存了一些共同的照片和互发过的几封邮件。

江随说：“我后来没有登录过那个邮箱了。”

周池看着她的脸，声音低下来：“你把我全删了，连邮箱也不要了，是没有想过再找我，是吧？”

那年闹成那样，周池也是气极，那些天硬着一口气只想等她的只言片语，只要一句就行。没想到，等来那个结果。

他彻底伤了心。

江随看了他一眼，沉默了。

“我去过你学校。”周池说。

江随怔然，抬眼：“什么时候？”

“大四那年，十月。我看到你跟别人在一起，一个男的。”周池扯了扯唇，低头一笑，“我不知道是不是你男朋友。”

他想过或许只是同学，但看到的那一眼，难受得不行，不是没有想过她可能已经有了别人，但亲眼看到才知道是什么感受，他没法承受，更没有勇气上前去问。

“不是男朋友。”江随说。那一阵在做什么，她已经记不清了，也许是某个同学或者师兄。

周池看向她。

江随喉咙动了动：“我没有再谈过。”看着他的目光，她解释，“不是刻意没去谈，只是……”

只是什么？

江随也不知道怎么描述那几年的状态，的确会反复想起周池，想起和他在一起的时候，但她不是刻意要记着他。

周池问：“没遇到喜欢的？”

大概也可以这么说吧，江随轻轻点头。

旁边玩耍的小孩被大人牵走，留下空荡荡的跷跷板，还有淡淡风声。

周池久久地看着江随：“那你还喜欢我吗？”

江随没有回答。

他说：“昨天晚上……”

“周池。”江随打断了他，“能不能……不要提昨天晚上了？”

周池愣了一下，声音低沉：“后悔了？”

江随摇头：“没什么后悔的。”

“我想过以前，周池，”她轻吸一口气，语气平静，“想过我们好的时候，也想过吵架分手的时候，每次都很难受。”

“对不起，是我不好，对你说了过分的话，还有……”他抿唇，“陈易扬的事，是我的错。对不起。”当初撂的狠话，他早就后悔。

江随怔怔看他几秒，心口微热：“其实不用道歉，我们异地不是你造成的，相处的时候我也没有多为你想，没有好好跟你说话。隔了那么远，不可能像高中一样，但我没有调整好自己……”她笑了下，“后来越长大，越觉得那时候自己很糟糕，大概年纪小，很幼稚吧，弄得你也很累。”

她这样说，周池更难受：“是我没有照顾好你。”

江随摇头：“我后来想，可能我不适合你，也许你身边已经有了一个很好很体贴的人。”那些年她心里猜测过，那个跟他一起学习、工作、熬夜奋斗，知道心疼他的女同学会不会已经和他在一起。

江随没有去打听，也不想得到答案。她一直不是勇敢的人，那年带着礼物跑去他学校已经是很费勇气的事，被阮婧接到的那个电话让她泄气难堪，但也给了她决心，否则，不知道折腾到最后，他们之间是不是会弄得更糟糕，曾经有过的美好是不是会全部消磨殆尽？

如果走到那一步，她一定更后悔。

周池攥住了她的手，那颗快要被捏软掉的巧克力仍然在她的手心里。

“没有别人。”他没有迟疑地抱住江随。

隔着衬衫，江随被他身上的热度包裹，头顶响起他低沉的声音，每个字都认真郑重，尾音有些颤抖，让她的身体也一起热了起来。

“江随，适不适合，我都只有你。”

她长大了，不敌十几岁时勇气可嘉，而他也不是十七岁的混账小子，不会再跟她耍心计，逗弄她表白。他想给她一份更好的感情。

“重新开始，好吗？”他终归是把话问出口。

然而很不巧，还没等来答案，江随已经推开他的胳膊，从他怀里出来，看着小花坛那边。

一个小卷毛在小花坛那棵树下探头探脑，偷窥得不亦乐乎。

发现暴露了，他也难得不尿，大抵是看了场好戏，比当事人更激动，嬉皮笑脸地晃着手中的袋子：“我是好心来送温暖的，不过好像来得不是时候啊，要不要我回避？”

江随有些尴尬，起身问："你买了什么？"

知知开开心心跑过来："蛋糕啊，你先吃点儿，等会儿我们午饭吃大餐庆祝一下，我小舅舅请客！"知知对这种破镜重圆的戏份喜闻乐见，颇有欢天喜地的意思，咧着嘴问他小舅，"咱们吃什么？"

周池克制着想揍他的冲动，说："问你姐想吃什么。"

江随只好说："我都可以。"

结果那顿午饭后来听了知知的，去吃了日料。知知全程跟个活宝似的，兴奋程度仿佛在吃订婚宴。

饭吃到后面，江随接到一个电话，她用英文讲了几句，挂了电话，周池问："有事？"

"嗯，一个师弟刚从国外回来，我师姐不在，我下午去公司接待一下。"

"什么时候？"

"三点钟吧。"

周池点了点头。

江随问："你下午也有事吧？"

"有两个会，一点开始。"他看看表，说，"我等会儿得先走。"

"好。"

知知在旁边听着他们俩相敬如宾的对话，感觉十分头疼：旧情复燃愣是被这俩纯情男女玩成了初次相亲，害他围观大半天一点料都没有。这么一副小心翼翼的模样，到底是闹哪般？难道不应该干柴烈火赶紧来一场吗？

午饭吃完，周池先走，江随和知知回了医院。

江随三点多去公司，待到晚上才回家，洗完澡，手机上多了条短信。是个陌生号码，十分钟以前发来的。

"回家了？"

不知为什么，看到的一瞬间，江随好像就已经猜到是谁。她还没回复，电话打了进来，她将手机贴到耳边，果然听见了他的声音。

“是我。”

“嗯。”

“怎么没回信息？”

“我刚刚在洗澡，没看到信息。”

“已经回去了？”

“嗯。”江随坐到沙发上，“你呢，忙完了？”

“快了，有个应酬，再陪一会儿就结束了。”

“应酬是要喝酒吧？”

“嗯，要喝。”

江随说：“那你少喝一点，身体重要。”她记得那次他喝多了回去，在卫生间吐得一塌糊涂。

“你关心我？”

江随只说：“喝酒不好。”

她刚说完，听到那边有人叫他的名字，便说：“你去忙吧。”

“嗯，你挂。”周池站在洗手间外面，靠着窗户。很久没有这样和她讲电话，他甚至感觉不太真实。

江随说了声再见，先挂断了电话。

九点半，江随给自己煮了咖啡，窝在沙发上和李敏视频聊天，忽然听到敲门声。她以为听错，直到外面又敲了两下，才起身过去。

门一开，她怔了怔。

周池拿着一束花。

红玫瑰。

“要睡了？”

江随摇头，看着他酒后微红的脸，说：“进来吧。”想想也不奇怪，她的手机号、楼层门牌知知都知道，他想问也就是一句话的事。

周池进了屋，在玄关停下，把花递给她。

“谢谢。”江随接了，听见他问：“要不要换鞋？”

“不用，家里也没有鞋换。”她指指沙发，“你坐。”她过去把花放好。

闻到咖啡的香味，周池看着茶几上的杯子，垂了垂眉眼：“你喜欢喝咖啡了？”

“嗯。”

江随走过来：“你喝了很多酒吗？”

他坐在沙发上，比她矮，抬头对她说：“不多。”

“给你喝白水，行吗？”

他点头。

江随倒了杯水给他，找花瓶过来插花。她站在餐桌边忙着，周池看着她的背影，过了会儿，起身过去，从身后抱住了她。

他身上很热，江随手一颤，没动，轻声问：“你怎么晚上过来了？”

“明天要走。”

“去广州？”

周池：“嗯，不能再拖。”

江随点头。

“今天你没回答我。”周池握住她的一只手，滚热的气息落在她耳边，“江随，我好好表现，你给我机会吗？”

“……你好好表现什么？”

他将脸庞靠过来，紧抱住她：“好好做你男朋友。”

明明是句轻佻的话，他说得认真郑重，全无玩笑和逗弄的意味。

他们之间隔着近六年。这么久的时间足够每个少年人改头换面，也足够很多成年人放弃旧情人。

那些年，江随想过他很多次，很难受，到后来心里渐渐把他当作错过的初恋。

她没法否认，当初决定回来看看，心里想过他，但没有想这么多。

毕竟当年是她追的他，后来分手是她提的，也是她断掉一切联系。在一起几年，周池什么个性她怎会不了解，也知道他身边一定不缺追求者。她没指望过复合，甚至没指望过他是单身。

是从见面开始，一切都脱了轨。

“我们分开太久，周池，”江随试图说清楚自己的感受，“其实我不知道现在我有没有比以前好多少，也不太了解现在的你，我不知道我们……”

她没有说下去，但周池已经听懂。他知道，虽然她长大了，但某些方面还是和从前一样，心思重，有包袱。所以她会担心重蹈覆辙。

可是，分手后的种种，他难道没有体会？

那几年过成什么样子，他自己最清楚，再来一次，他又受得了？

但这话周池只放在心里。

“我们慢慢了解。”他说，“既然回来了，为什么不能跟我试试？”

过了一会儿，他看到江随点了头。

周池蹙起的眉好像被捋平了。紧绷的心一放松，胃里的疼痛却明显起来，好像知道他得了好处似的，要让他遭些罪。

他抱着江随，缓了一会儿才松手。

江随转过身，看了他一眼就发觉不对：“你怎么了？”

周池忍了忍：“没事。”

他脸庞苍白，这种天气，额上居然有薄汗，江随问：“你身体不舒服？”见他垂眼，抿着唇，她皱眉，又问：“你到底哪里难受？”

“胃疼。”周池笑了下，“大概酒喝多了点。”

江随把他扶到沙发上：“你坐一下，我倒热水给你。”她拿他的杯子去加热水，端过来递给他。

周池喝了两口，说：“没事，痛一会儿就好了。”

江随问：“经常这样？”

“有时候。”

“你有没有检查过？”

他摇头，看着江随的目光，又说：“只是小毛病，没那么严重。”

江随起身拿了茶几上的钥匙：“你坐一会儿，我去买药。”

周池一愣：“不用。”

江随没有听他的，把遥控器塞给他：“你看电视。”

她走得很快。

周池看着关上的门，又低头看看被硬塞到手里的遥控器，回想起她刚刚看过来的那一眼，忽然低头笑了。

她好像不再是软糯糯的小女孩。

楼下就有药店，江随很快买好药上来，开门进屋，看到电视没开，那人靠在沙发上翻着一本彩色封皮的书。

那是一本北美旅游画册，原本被她放在茶几下面。

听到声响，周池把画册放到一旁，抬眼看她。江随重新给他倒了水，把药递过去：“吃两粒。”

周池照做。

江随看着他的脸色，说：“有空去医院做个检查吧，小毛病也要看看，不然弄严重了，怎么办？”

她这样说话时，莫名显得温柔。

周池情不自禁地看着她，顺从地说：“等我从广州回来就去看。”

江随点点头，又听他说：“我大概去一周。”

“好。”

“你用微信吧？”周池拿出手机，“加一下。”

江随把账号告诉他，很快收到提示消息。

他的微信名也是“ZC”。

两人就这么坐在沙发上，好像很久以前加 QQ 好友似的，重新建立起社交账号上的联系，还互相翻了一下对方的朋友圈。

周池看到江随的朋友圈有去年的一张单人照，她坐在草地上，长发被风吹起，背景很模糊，他靠过去问她："这是在哪儿？"

"西雅图。"

周池的动态很少，总共也没有几条，还都是和工作有关的，江随一翻就到底了。

又待了一阵，周池看看时间，说："不早了，你睡觉吧。"

江随问："你胃还疼吗？"

"好多了。"他朝她笑了笑，"药很管用。"

江随把茶几上的药盒递给他："你带回去。"

他接过来塞到兜里："走了。"

"嗯。"

周池走到门口，回过身搂住江随："我回来再找你。"

"好。"

"能不能亲你？"

江随没有讲话，他靠近，轻轻地吻了她的唇侧："我走了。"

江随小声："要叫代驾。"

"嗯。"

# 08

# 交　心

周池去广州的那些天，江随也同样忙碌，大半心思都放到工作上。

这期间，他们用微信和电话联系。

一周后，周池忙完事情，回程时去了S市。

这两年，他师兄刘昱尘的公司很有起色，他们有过几次合作，这趟要谈新项目。周池傍晚到达，小黑来机场接他。

晚上，刘昱尘做东，几个老友凑一起吃饭。这几年，有人走，有人留，公司弄起来了，但他们最初的那拨人如今只剩一半。每聚一次，都是感慨。

吃饭时，小黑喝高了，话特别多，拍着周池的肩，反复抱怨："当初我可是跟着你进公司的，结果弄到现在咱们那届就剩我一个人坚守，你走了，阮婧也撤了，我孤家寡人真是可怜……"

他说到这儿，旁边一个师姐提到："哎，在群里婧婧不是也说要来聚聚吗，怎么还没见人？"

"她说有个会，晚点儿来。"小黑脑子还有些清醒，"也不晓得是不是真的。"他又看周池，"我说你弄到现在也还是个光的，怎么就不能想通一些，跟她试试怎么了，人一个姑娘……"

周池不接话茬儿。

刘昱尘打圆场道："行了，小黑你别提了。"

大家多年朋友，阮婧和周池那点事，谁都知道。那丫头追了周池几年没成功，最后弄得很不好看。

饭桌上短暂地静了一下，重新起了别的话题。

大家本以为阮婧不会出现，没料饭吃到一半，她还是来了，踩着高跟鞋，化了妆，穿一件偏成熟的毛衣裙，跟学生时代两种气质。

她同大家打招呼，目光在周池身上停了下，很快就移开。

即使小黑致力于调节气氛，饭桌上仍有一丝挥之不去的尴尬。

吃到差不多，周池去了趟洗手间就不想再进去了，他摸出手机想给江随打个电话，一抬头却见阮婧靠在过道里。

周池走到窗边，给江随发了条微信。

阮婧走过来，嘴边有笑容："干吗，我是洪水猛兽吗，都不理人了？"

周池问："有事？"

"没事不能跟你聊聊？"她还是笑着，眼睛却泛红，"我一年能见你几次啊？至于吗？你是说过别在你身上浪费时间，可难道我浪费个五分钟都不行？"

周池："你时间这么不值钱？"

"是啊。"阮婧抬着下巴，"我浪费那么多年，多五分钟算个屁啊。"

这时周池的手机响了。

他低头看了一眼，接通："江随？"

阮婧闻声脸一僵，怔怔然看着他。

时隔几年，再次从他口中听到这个名字，阮婧仿佛被抽了一记耳光，被酒烘热的心口一寸寸凉了下去。

周池看向窗外，握着手机低声说话。

在略微嘈杂的过道里，阮婧沉默地看着他，和从前一样，他没把她看进眼里，在她面前连回避都懒得去做。那头的女人不知说了什么，他眉眼弯了弯，低醇的声音应着"好"。

阮婧僵硬地站着。

半晌，她紧攥的手松开，别开脸，看着旁边玻璃窗上映出的人影，觉得这张精心描画过的脸像个笑话。

死心过多少次，她还习惯性地对他抱着那么点幻想，难道就为了等今天？

她沉默地站了片刻，转头走了。

周池挂了电话走回去，阮婧等在包厢外面狭长的走道里。

她到底没忍下去，还要再说两句。

“你前女友……回来找你了？”

这是第几年了？

阮婧轻轻一笑：“真没想到。”

周池无心和她多说：“跟你有关系？”他绕开她，迈步要走。

“周池。”阮婧叫住了他，“我们还算朋友吗？”问完，她自己先笑了，“算了，跟你做个屁朋友啊。”

自欺欺人，没意思。

“有件事，跟你说句实话。”她低头深吸口气，声音低了几分，“你女朋友走那年，给你打过电话，不过我接了。”

话说完，她看到那身影明显一震。

包厢这边，小黑迟迟不见那俩人过来，不免担心，毕竟刚刚阮婧喝了不少。想当年毕业聚餐，也是因为喝高了，阮婧表白被拒，哭得不成人样，话也说得乱七八糟，拿周池的前女友说事儿，结果弄得周池发了火，谁都下不来台。那晚特别混乱，周池当场甩手走人。

怕这次又出状况，小黑左思右想还是跑出来看看。

他这一看，正好赶在点上。

见走道里的两人僵站在那儿，小黑就有不好的预感，过去一看，果然发现周池脸色不对，阮婧则是一副无所谓的模样。

“我当时就想那么做，大概鬼迷心窍了。”她看着周池，扯着嘴角要笑不笑的，“你这么生气，是不是要揍我才行？”

小黑心里咯噔，怕闹起来，赶紧上前打岔：“你俩又干什么呢？”他往后拉周池的手臂，“聚一回不容易，别每回都搞得跟仇人相见一样，再怎么也是朋友吧……”

“谁跟她是朋友？”周池目光冷硬，怒气已经压不住，“少他妈把她跟我扯一起！”

“至于嘛，她一个女生，你跟她计较什么？”

周池脸色青白，胸口起伏：“你问问她做了什么？”

小黑吓了一跳，看向阮婧，她却出奇平静，抬着下巴看周池，整个晚上积攒起来的一切复杂情绪忽然全泄了。

她耗了几年青春，至少折腾了他一遭，谁都不痛快。正好，就这么撕扯开，扯平了。

阮婧不说话，小黑更是一头雾水，想劝周池，却被他一把推开。

周池头也不回地走了。

听到外面的动静，包厢门打开，里头又出来几个人。

小黑一脸无奈地对他们耸耸肩。

刘昱尘没多说，跟他们交代几句，让大家散了。他抓了车钥匙下楼，却没赶上，周池已经坐上车离开。

江随晾完衣服回到卧室，发现有一个未接电话，是周池。

她觉得奇怪，明明晚上他们已经通过电话。

是有什么急事？

江随拨过去，他很快就接了。

“周池？”她喊了他的名字。

出租车前行，周池心绪起伏，很不好受，胃也跟着疼起来。听到她的声音，他靠到座椅上，一只手掌盖着眼睛，自个儿缓了缓，低声说：“我明早就回去，告诉你一声。”

“不是说明天上午还有事吗？”

“取消了。”

江随还是敏感的，听出他的情绪有些变化。

“你怎么了？工作上出岔子了？”

“没有。”周池喉咙紧涩，“很顺利，只是想早点回去见你。”

他这么一说，江随不知怎么答。

周池也不再多讲，只说：“好好休息，我挂了。”

“好，你路上注意。”

挂掉电话，江随有些失神，站了一会儿才放下手机。可到临睡前，她忍不住给他发了微信。

“明天什么时候到，这边在下雨。”这是两人和好后她第一次主动发过去。

很快她收到周池的回复：“大概九点，下雨没关系，我的助理来接，你明天忙吗？中午我找你吃饭？”

江随：“好。”

没几秒，他回了：“睡吧，盖好被子，别着凉。”

江随：“嗯。”

她刚放下手机，提示音又响。

江随拿过来一看，是周池发了一个“摸头”的表情，简笔画的动态小人，一大一小，很可爱。

江随不知怎的就脸红了，等到意识到，才发现自己已经看了好一会儿。

第二天上午，江随很忙，手头两个策划案要推进，又有会要开，她从早上过去就没歇下来。中途知知给她发微信，晒自己在公司努力工作的摆拍照，江随顾不上评价他的幼稚行为，敷衍地回了个点赞的表情。

十点半会议结束，总算有喘气的工夫，趁着去茶水间弄咖啡的空当，她看了看手机，没有周池的信息。

他昨天说九点多到，那应该已经到了，不过晚点也有可能。

江随没有多想，又回去工作。过了十分钟不到，她的手机响了，以为是他打电话过来，没想到是知知。

电话里知知的声音有些焦急：“姐，你现在忙吗？”

“怎么了？”

“我小舅舅出大事了，你能不能来下医院……”

他话还没说完，听见电话那边砰的一声响，好像什么东西掉了。知知吓了一跳，良心发现，觉得自己这么吓她太不厚道，赶紧说：“姐姐姐，你别慌啊，我逗你来着……”

“我没慌，怎么回事？”江随站起身，看着翻倒的咖啡杯，发现自己的手有些抖，“知知，别开玩笑。”

“真没事儿，不骗你。”知知很诡异地想起“放羊娃”的故事，生怕江随不信，赶紧给她解释。

其实就只是个小意外。

“就我小舅舅身边那小陈助理车技不怎么样，磕了下，没啥大事……”知知挠挠脑袋，在医院过道里晃悠着，“我看他好像没打算告诉你，就想给你通风报信来着，哪知道吓着你了。”

江随想问他具体什么情况，又觉得他那张嘴不能信，便直接说：“哪家医院？”

“就新区人民医院。”

半个小时后，知知在院门口接到了江随。

知知没说谎，周池伤得确实算不上重，额头只是一道小口子，简单处理就好，主要是右胳膊那道伤口长了点，虽然已经缝合好，但之前流的血不少。恰巧他今天风衣里穿的是件白衬衣，血迹看上去很吓人。

医生处理伤口时剪开了他衬衣的右边袖子。这会儿，他刚靠到床上，还来不及收拾，点滴瓶在那儿吊着，脸颊和额头的擦伤明显，上身还穿着那件血迹斑斑的破衬衣，乍然看过去，十分落魄可怜。

江随跟在知知后面，一进病房就看到他这个样子。

周池没料到她来，一抬眼眸就愣了。

知知跑过来，无语地说："服了，那小刘他人呢，怎么没给你换衣服，你这样要吓死我姐啊。"说完，看到周池的眼神，他赶紧撇清，"我姐担心你，她自己要来的！不关我事啊，我去找下护士！"说完他转身溜之大吉。

周池看向江随："吓着了？我没事。"

江随问："医生怎么说？"

"要消炎，观察一下。"

江随点点头，盯着他的手臂看了几秒，去门口那边取纸杯接水，接到一半，就在那取水机前蹲了一会儿，缓了缓。

周池看着她的背影。

片刻后，江随直起身把水接满，走回来。

周池右手受伤，左手在吊点滴。她握着水杯送到他嘴边。

周池特别顺从地把杯子里的水喝光了，嘴边留下一些水珠。江随拉过旁边的凳子，在床边坐下，抽了纸巾帮他擦掉。

看了看他脸上的擦伤，她不由自主地又皱了眉。

"这里不用处理吗？"她指着那一处。

"只是擦了下，没什么要紧，我没让处理。"

"怎么就弄成这样？"

"抄了近道，下雨那段路况不好，陈松没注意，车溜了下。"陈松是他的小助理。周池受伤的手臂动了动，手掌握住她，"知知那浑蛋是不是糊弄你了？"

他一猜就准，江随也不想帮知知开脱："他是瞎说了几句。"

周池皱眉："我改天揍他。"

江随问他："为什么要着急回来？"

"想见你。"

昨晚电话里他已经说过，现在又说一遍。

这回江随没有沉默以对，看着他说："晚一点也可以见到我，我不会跑掉。”

周池沉默了一下，漆黑的眼睛看着她，堵在心里一晚上的话挤到喉咙口：“你给我打过电话？”

江随没听懂，茫然地看着他。

“我们分开那年，你给我打过电话，是不是？”周池脸色严肃，声音却很温和。见她愣了一下，他握住了她的手，“昨晚我见过阮婧。”

这回，江随明白了。

“对不起，过了这么久我才知道。”周池蹙紧眉头，头低下来，或许已经没有必要，但他还是认真对江随解释了一句，“我不喜欢她，也没理过她，以后和她连同学都不是。”

江随静了一下，问他：“你就为这个赶回来吗？”她垂眼，“周池，其实我没有那么在意这件事。”

回来后，知道他身边没人，她心里就已经明白。而且，当年他们的问题也不在这个电话上。

江随没有告诉他，她打那个电话是因为她那时冲动地跑过去找他了。

从答应和他再试试开始，江随就不再回头想旧事。如果说那些过去带来了什么经验教训，也已经足够深刻。

周池却不这么想。

因为那个电话，昨晚他心里已经难受了一晚上。

那些年，他心里有痛也有怨，一直觉得她太心狠，怎么能断得那么干净？现在却知道不是这样。

周池抿着唇，平复了片刻：“那时候，你……”

他想问她那时打电话是想说什么，但时隔太久，现在已经问不出口，只是又说一遍：“对不起。”

“周池，过去的事就算了。”江随摸摸他的脸，“下次不要这样急躁，安全重要。”

“好。”

这件事说开后，两个人之间更坦诚。

在等待点滴吊完的这段时间，他们聊了很多。

周池说了他毕业前后的经历。他依然不喜欢讲这些，但这次没有遗漏地都告诉了江随，他甚至给江随讲了张焕明坎坷的开店经历。

直到后来，电灯泡属性的知知闯了进来。他买午饭回来，因为懒得弄病号服，顺路就在外面的服装店给他小舅舅买了一件。

不知道尺码，知知就挑大的买，一件大 T 恤，进来就丢到床上："我够体贴吧，来，换了衣服吃午饭！我去看看那倒霉的小陈！"

他把摊子甩给江随，人又跑出去。

周池已经吊完点滴，左手能活动。他自己解扣子，单手不方便，动作很慢。

江随看不过去："我帮你吧。"她很快解开他衬衣的几粒扣子，害怕碰到手臂上的伤口，便很小心，轻轻地扯下袖子，把沾了血迹的衬衣脱下来，帮他穿上 T 恤。

下午，知知闲着没事留在医院，江随回去上班，临下班收到知知的信息，他已经把周池送回去。

江随知道周池在公司那边有住处，但不知具体哪栋公寓。她找知知要地址，知知二话不说，直接把钥匙给她送来，大方地表示小舅舅以后就移交给她。

江随下班后买了菜。这几年她已学会做饭，虽然不太美味，但足以填饱肚子。

园区的员工公寓都是一室一厅，适合单身独居人士。周池住在九层。

江随开了门，客厅是暗的。

她走去卧室。

落地灯亮着，床上的男人已经睡着，他歪着头，枕边的电脑半合着，床头堆着一沓文件。

江随把毯子抖开盖在他身上。

他似有所感，眉蹙了蹙，好像很难受似的，头转了一下，脸埋进枕头。

江随没有再碰他，转身去厨房。

江随发现，周池依然保留着好习惯，厨房收拾得很干净，锅碗不多，但够用。只是一开冰箱，她就皱了眉。

除了酒，没有别的饮料。

他好像变得很爱喝酒了？

快七点时，手机铃声吵醒了周池，他接完电话看了下时间，给江随发了一条微信，起床走出去，听到厨房的动静，一时愣了。

江随在煮汤，正往里面放调料，等她忙完回过身才看见门口的人。

他明显是刚睡醒，脸很白，头发乱，身上的 T 恤领口歪着。

江随放下汤勺："醒了？"

他还站在门边，几秒后，惺忪的眉目微微动了下，走过来把她抱住，下巴抵住她的头顶，微哑的嗓音叹气似的说了句话："有点儿像做梦。"

江随微微怔然。

怕弄到他手臂上的伤口，她不敢动，轻轻问："你梦到过我吗？"

"嗯，很多次。"周池低缓地说，"有几次梦到刚认识你的时候，你那时好小，我牵你的手像牵小孩。"

他第一次见她，在巷口，她背着双肩书包，真就是个小孩。

江随感觉到他热乎乎的胸口和微快的心跳。她抬起手抱着他的腰，不由自主地说道："我也梦到过你，还有你的阁楼、陶姨和知知……"

她在他怀里说话，热热的气息落在他的皮肤上，带着轻微的鼻音，声音和语气都很像从前絮絮叨叨和他讲话的时候。

这种熟悉的亲近感让周池有些放松了，下巴在她头发上蹭了蹭，他嘴角扬起一点，话里带出轻微的笑音："以为你只梦到我，怎么连知知都有份？"

"……"

江随本想说知知只是顺带的，但这话留在了喉咙里，因为听到周池已经笑了。

他松手，低头看她。这么近，江随发现他脸颊上那道擦伤更红。

“你这里……”她轻轻碰了下，“是回来洗过脸吗？”

“嗯。”

“不能洗的。”

“没太注意这个。”他对这点伤很无所谓，目光凝视着她。

江随看着他的眼神，一愣之后就明白了。

他没有问她，但眼睛已经说得很清楚。

想亲。

灶台上的汤锅冒着热气。

江随脸上的温度慢慢升高，已经不是十几岁尝试初吻的年纪，且对象仍然是这个人，为什么反而比以前更怯懦？

她想了一会儿，没有再纠结下去，手搂住周池的脖子，脸庞靠过去，在他嘴角轻轻一碰。她还没有退开，腰已经被他扣住。

周池好像不想再磨蹭了，亲得很直接，江随回应了他。这些天来，这是第一次在清醒状态下接吻，起初两人都有些小心翼翼，后来就慢慢激烈起来。

锅里的汤水已经煮沸，咕噜噜响着，厨房热气氤氲。

这通纠缠渐渐温柔，他们靠在一起。

江随环着周池的脖颈，脸埋下来，轻轻地喘息。

“周池，汤要煮干了。”可她即使这么说，也没有松开他。

周池抓错了重点：“你都会煮汤了。”

“我也会做菜、煮饭。”江随很诚实地说，“不过味道一般，你将就一下。”

周池笑了一声：“嗯，总比饿死好。”

也许是刚刚的亲密彻底拉近两个人的距离，他不由自主地揉了揉江随的脑袋，然后两个人都微微愣了一下。

以前两人玩闹时，他总喊她“小矮子”，又爱揉她的脑袋，江随有时会开玩笑地说：“被你揉了才长不高的。”

越说，他就越爱这样，江随就躲，就在小阁楼里，闹到最后就亲到一块儿去了。

这个动作对他们来说挺暧昧。

显然，他们都想起了那时候，互相看了一下，江随笑了：“你怎么老这样？”

周池也笑：“你长高了？”

“一厘米吧。”江随很辛酸地答道。

吃饭的时候，周池才发现是江随谦虚，她几个菜做得都不错，他吃了不少。

吃完饭，周池主动要洗碗，江随没让，她过来做饭就是因为他是个伤员。她在厨房忙碌时，周池就在旁边待着。

江随收拾完，把几个碗放到橱柜里，说：“我看到你冰箱里有很多酒，都是你一个人喝吗？”

周池顿了下：“买多了。”

江随说：“以后能不能少喝点？”

这个时候，周池什么都能答应她，想也不想就点头。

江随擦完灶台，说：“你去休息吧，我得走了……哦，对，知知把钥匙丢我这儿了，我拿给你。”

“别给我了，放你那儿……”他问，“你晚上有事？着急走？”

“嗯。”江随说，“还有点工作上的事，今天本来要加班，结果我先走了，回家再做吧。”

“可以在这里做。”

“那我晚上也得回去。”江随知道他什么意思，解释，“有一份明天要用的资料在家里。”

周池皱眉：“那我送你。”

“不用，你还有伤呢，开车也不安全。”

周池想了想，问：“这个时间不好打车，你开车熟练吗？”

“还好。”

“那开我的车走。”

江随：“方便吗？”

“嗯。”周池给她拿了车钥匙。

江随问：“你明天不去公司吧？”

“上午要去，有事情。”

江随也明白他忙，说：“我早上把车停过来。”

周池拉了她的手：“明晚来吗？”

江随点头：“下班过来。”

周池送她下楼取车，看着车开走，一路心情都好，上楼回到空荡的屋子又有些失落。很奇怪，那么多年他也是这样一个人过的，可现在不过是因为某个人回来了，得了一点好，就什么都不对了。

晚上，江随做完事情已经过了十点，看了下微信，有周池发来的消息。

“忙完没？”

江随回复：“刚刚弄完。”

很快跳出一条：“你登 QQ 了吗？”

江随登上以前的 QQ 号，有一条好友验证消息，来自“ZC”。

他的头像都没改过，还是那个卡通男孩。

江随点了通过，看到他是在线的。她发一个表情过去，过了两分钟才有回复，是个“捂脸”的小图。

江随笑了，敲一行字：“你刚刚是去下表情包了吗？”

对话框跳出新消息——

“是。”

他承认了。

江随又想笑。

高二时，他们聊 QQ，一个在楼上，一个在楼下，她叫他下楼吃饭，他说不。

她大着胆子问了句："你准备把自己饿死吗？"

他回："是。"

江随不知道他还记不记得这事。

周池发来新消息："你的空间我都进不去了？"

江随回："早就不用了。"谁还玩 QQ 空间？也就刚上大学的那一两年还有同学发 QQ 日志，后来谁都不玩了，江随以前用空间存过照片，后来也撤掉。

她又敲了句："设了只对自己开放，照片都删了，什么都没有。"

周池问："我的留言也没了？"

在用校内网以前，他在她的空间留过言。

这一句让江随顿了顿。

然后，她老实地给他回了："还在。"

等了几秒，来了几个字："那就够了。早点睡，明天见。"

江随给他发了晚安的小图。

他回："江随，晚安。"

## 09

# 一起住

第二天早上，江随开周池的车过去，在他的公司那边停好车，发现好几个年轻人看着她，有男有女，显然都是在这边上班的员工。

江随陡然想到，他们可能是周池公司的，认识他的车。

刚这么一想，就碰上从 B 区过来的知知，她看见他和那几个人打了招呼。

以为江随刚从周池的公寓出来，知知一脸坏笑：“姐。”

他嗓门大，这么一喊，同行的几个人都看过来，心里全明白了，很吃惊：小周总竟然有这么大的外甥女？

偏偏知知还口无遮拦：“你昨晚跟我小舅舅住的吗？”

几道目光立刻变得一言难尽。

江随直接把车钥匙丢给他，转身就走：“不想跟你说话。”

“……”知知莫名其妙。

这天晚上，江随又加班，到公寓那边，周池已经做好了饭。江随实在佩服他，不懂他怎么靠一只左手还弄出四菜一汤，反正她吃得很饱。

后来，江随洗碗，周池也跟去厨房，江随让他去休息，他没听，靠在冰箱柜门上，自始至终看着她，不知在想什么。

江随主动问：“怎么了，你有话要说？”

周池点头，说：“要不要一起住？”

“……”

同居吗？

江随一愣，想了想，才说："住在这里？"

"这里太小。有另一套，也在新区，还没带你去看……或者，我让小陈在周边再看几套，你挑一挑？"

"……"江随问他，"你刚刚就是一直在想这件事吗？"

"嗯。"

江随一时没接话。实话讲，她没有料到周池今天有这个提议。

大抵是看出她心里所想，周池解释："如果你觉得不好，那……"

听出他语气有一丝失落，江随打断了他："不是不好，只是有点突然，搬东西也不是一下子的事，还要收拾，会有点麻烦，是不是？"

"不麻烦，我过去帮你，会很快。"

江随："……"

周池又说："两个人住热闹些。"

"你觉得太冷清了吗？"

"嗯。"周池目光平静地看着她。

他脸上的伤还没好，眉目这样低垂着，江随有些说不出来的感觉，觉得他好像很乖的样子，让人无法拒绝。

她答应了他："那等你伤好一点再搬。"

"等我拆线了就搬？"

"好。"

江随本以为他的伤怎么也要十多天才能拆线，谁知一个礼拜后他自己就不声不响去了医院。

江随事先不知道，她周五一整天都忙，下午开完会，收到知知发来的一张偷拍照，配了文字："今日福利。"

江随点开大图，看到周池西装革履地坐在桌后，背景看上去像是会议室，他在看文件，侧脸严肃。

知知紧接着发来一条实时消息："从来没有开过这么长的会，今天的我姐夫是个严肃残暴 boy，感觉受到了伤害，哭唧唧。”

江随对他的套路很熟，二话不说一个红包发过去，一秒内就被知知收了，他转手回复了一个自制的动态表情——笑出血盆大口。

江随好笑又无语，没有理他，将周池的照片保存到手机里。

这些天，他们都是晚上见面，江随最近都要忙到七点多，周池便也在公司待到那时来接她。

她本想着今天可以早点忙完，早点下班，结果有个方案甲方不满意，他们整组人晚上都留下来干活，集体叫了外卖。江随发消息告诉周池，他似乎在忙，没有多说，回了个“好”，附一个惯用的“摸摸头”。

晚上事情做完，外面已经夜幕茫茫。江随和同事一道下楼，傍晚下过雨，走出门一阵冷飕飕的。

有男同事提议送她回去，江随婉拒，旁边女同事笑着指了指：“人家有男朋友来接的，要你操什么心。”

江随转过头便看到周池。

他站在不远处的一盏草坪灯旁，大概已经来了有一会儿，手里的烟头亮着，江随看过去的那一秒，他掐了烟丢进垃圾桶，迈步走过来。

江随和同事道别。

门口这片地方灯光很差，暗乎乎的，江随看不清周池的表情，她刚走近，他已经伸手，将她抱了个满怀。

“又抽烟……”

周池轻笑了声：“才抽了半支，你也太严格了。”

江随：“你等久了吗？我没说要你接啊。”

“没想接你，散了会儿步，不知道怎么就散过来了。”

“……”

周池用下巴蹭了蹭她的头，低声说：“晚上去你那儿，明天收好东西跟我一道走。”

“啊？”江随一愣。

“我拆线了。”

江随惊讶：“今天拆的？”

“中午去的。”

“伤口都好了？”

“嗯。”

“你是不是故意赶着去拆线？”

周池不回答，只问：“晚上去你那儿，你让吗？”刚刚他问过，现在又问一遍。

江随能不让吗？

“那你要回去拿衣服吗？”她家里肯定没有衣服能给他穿。

“不用。”他脸上的笑容很明显，“我车里有。”

“……”

准备工作做得如此充分，让人挑不出毛病。

晚上街道畅通，两人一路没有耽搁。

汽车驶到江随住的小区，在门口停下，江随下车去门口的生活超市，买了男士拖鞋和牙刷。

周池不是头一回来江随的住处，但是第一次在这里过夜。

进屋后，他换上新拖鞋，脱了外套，领带也扯掉，好像男主人一样，很顺手地将衣物挂在玄关，只穿件衬衣满屋晃荡，江随去做什么他都要过去看一下。

江随去厨房烧热水，他人就靠在门框上，姿态有点懒洋洋的，衬衣扣子解开几粒，也不知他究竟在看什么，视线和她一碰，嘴角就有笑，心情很好的样子。

江随被他弄得不自在，对他说：“你先洗澡。”

“好。”他特别爽快，转身走去洗手间。

这套房面积还可以，但由于房型问题，卫生间不宽敞，做了干湿分离，浴室就显得小。

江随平时自己用还好，周池个儿高，身板大，走进去就显得逼仄。他打开莲蓬头调出热水，用了她的沐浴露和洗发乳。

江随在厨房忙完，给桌上的花换水，听到浴室的水声响了一阵就停了，接着听到周池喊她。

江随走到门口："怎么了？"

周池隔着一道门问她："你的浴巾我能用吗？"

"你用吧。"

江随没有多想，走去阳台收衣服。

没一会儿，听到开门声，她转头一看，拿着衣架的手顿了顿。

她以为他要用浴巾擦身体，没想到这人根本没擦，他拿她的浴巾裹在腰那儿，就那么半裸着走了出来。

他走到沙发那边，腰一弯，俯身从纸袋里拿出自己的衣服。江随看得呆呆的，有点儿当年第一次撞见他浴后尊容的感觉。

周池回过身往卧室走，看见了阳台上的江随。

他以为她在厨房。

结果这样碰上，他不觉得有什么，仍然大大方方，尴尬的倒是江随。她指了指房门，转过头继续收衣服。

江随拿着衣服、毛巾去了浴室，洗完澡才回房间，看到周池站在床边，穿着松垮的 T 恤和长裤，手里拿着个本子。

江随一愣，那是她的素描本。

当年她没给他看，昨晚刚从一堆旧物中收出来，随手放在床头柜上，结果他今天就过来留宿。

那素描本已经很旧，纸页都泛黄，有些铅笔的印记已经淡掉。

周池翻到最后一页，看到那张所谓的裸画。

当年那些人传得绘声绘色，他很好奇江随究竟画了他什么，但她不给看，他也没勉强，自个儿凭空臆想好几天。

江随很窘："不要看了。"

周池抬了抬眉，没有忍住，笑了出来。

江随都不知道有什么好笑的："我早告诉过你，穿了裤子的。"

这话说完，反倒起了反作用，某人笑得眼睛都弯起，对着她的耳朵说了句荤话。

江随哑口无言，心一横，把他推到床上。

她难得这样粗暴一回，周池乐得直笑。两人像小孩一样在床上闹了一阵。

闹完，江随又觉得很幼稚，好好地躺到他身边。

忙碌一整天，他们其实都很累了。

周池闭着眼休息，江随探究似的摸了摸他的喉结，指腹在突起的那一处很轻地揉了一下，然后看到那浓密的一排睫毛微微颤了颤。

他的脸庞别向一边，下颌线条莫名性感。

江随起了玩心，又揉了一下，周池任她玩着。

过了一会儿，江随轻轻搂住他的脑袋，亲了他的睫毛。

"晚安。"

周池那栋空置的房子是两年前买的，在新区南边，地段和环境都好，之前他长住过半年，后来住到公司那边就很少再过来。

车开到附近，江随往外看，发现绿化很好，也不吵闹，进了小区，更觉得安静。

周池停好车，带她上楼。

这套房子很宽敞，装修风格偏简约，客厅和主卧都有一整面落地窗，采光很好。玄关处摆放着两双一模一样的新拖鞋，一大一小，米灰色。

周池去做午饭，江随听他的话去卧室放东西。

她拉开衣柜门，看到靠左的那边已经挂了衣服，衬衣、西装、风衣……全是黑白灰，简单纯粹又禁欲的颜色。

江随把自己的衣服一件件挂到右边。

柜子底下是抽屉，左右都有，江随打开左边的看了看，一共两格，一格是他的内裤，一格是袜子。她也照着样子把自己的放进右边抽屉。

忙完后，江随四处看了看，发现周池已经全准备好，卫生间有一整套新的洗漱用品和女士护肤品，置物架上放着两块叠好的新浴巾，淡粉色，还有卧室床上的熊猫大抱枕。

江随有些好笑，他似乎还拿她当小孩。

这是同居的第一天。他们在家里度过，下午窝在沙发上看电影，晚饭后一人占据一边，各自对着手提电脑做事。

周池偶尔抬头，看看坐在那边的人，觉得那些年过得多难受都无所谓了，她如今回到他身边，怎样都好。

隔天是周日，本是假期，可周池有事要处理，清早就要出门。江随蒙眬中感觉到他起床，混混沌沌的还以为在梦里，也没睁眼，恍惚地叫了他一声。

“没事，你睡。”周池安抚地亲了她，动作很轻地下床，去厨房忙活一通才离开。

后来江随醒来，屋里已经没人。

她反应过来这是在周池的床上，也想起来他一早就工作去了。

这感觉真特别。

江随懒得起床，拿过床尾的熊猫枕抱在怀里，手摸到床头柜上的手机。有两条十分钟前的新消息，一条问她起来没，一条叫她吃早饭。

江随回复后，没过一会儿，周池就打电话过来，声音刻意压低：“起床了？睡得好吗？”

“嗯。”她一边揉着熊猫屁股，一边说话，“为什么你声音那么小，不方便讲话？”

“是不太方便，有应酬，我出来溜个号。”

“你还要溜？”

“是啊。”他答得一本正经，问她，“早饭吃了？”

“我等会儿去吃。你为什么还做了早饭？”

“怕你饿。”

“我自己会做啊。”江随说，“下次你忙你的事，我自己会照顾自己。”

他爽快应了：“行。”

江随又问：“你什么时候回来？”

电话里静了下，接着她似乎听见他笑了一声：“你想我了？”

江随没答。

他仍是很开心，过了会儿才收敛：“暂时回不去，还有别的事，中午自己吃饭行吗？”

江随：“行啊。”

“晚点我回去接你。”

“去哪儿？”

“带你蹭饭去。”

傍晚和周池碰上面，江随才知道是带她去张焕明那儿。之前那次聚会，江随已经听说张焕明潜心学习烹饪，厨艺精湛，本以为是他自己吹牛，这回居然有机会见识。

这两天，隔壁那家搞装修，白天噪声严重，张焕明的麻将馆和台球室也受到影响，生意惨淡，即便是晚上也没几个人。他并不忧心，乐得自在，高高兴兴选了最拿手的菜做了一桌，得到江随一顿夸奖，他乐呵呵的，立马膨胀：“要不等这俩店开倒了，我整个小饭馆咋样？名字我都想好了，就叫‘明明餐馆’！”

江随觉得他不怕挫折的精神很值得肯定，鼓励他：“我觉得你现在这店挺好的，不一定会倒闭，坚持下去会更好。”

张焕明很高兴，喝了一口啤酒：“说实话，我做这行就是图个开心，自由自在的，养只猫，赚点小钱就够了，等过了三十再娶个老婆好好过安稳日子。”

他这话说得很是诚恳。

江随心里颇为感慨，当年也是刺儿头之一的张同学居然变得这么安分守己，看来，人一长大，少年时的张扬和放肆都渐渐收敛，越来越清楚自己喜欢什么、想要什么。

饭后，张焕明的小侄子把他的猫送来了。

江随吃饱了，过去看那大白猫。

桌边两个男人继续喝着酒。

“你们这是啥时和好的？”刚刚江随在这儿，张焕明憋住了，到这时候才好奇地问。

周池说：“有一阵了。”

“她回来也没多久吧，这速度够快！”张焕明笑他，“我说你那会儿不还端着吗，怎么就想通了？”

周池没答他的话，目光看向那边的懒人沙发，她和那小男孩一道逗猫玩，一直在笑，兴致高昂。

他眼底情绪涌动，在不知不觉中，目光已经很温柔。

张焕明啧啧两声：“你这人真是……”

他懒得问了，瞅瞅那边，说：“等以后大白生了小白，要不要给你留一只养养？”

“等我问问江随。”

“……”张焕明无语，“哟，你们家现在江随说了算啦？”

周池一笑，不置可否。

张焕明又啧叹：“你们什么时候把事儿办了吧，这年头要娶到一个好姑娘，多不容易。”他无奈地叹气，吐槽自己被老妈胁迫相亲的坎坷经历，末了羡慕地看着周池，“你是不是幸福死了，江随做你老婆，做梦要笑醒吧。”

这话他没有等到回答，但看周池的表情也就懂了。

恋爱中的男人哪。

晚上两人和张焕明道别。周池喝了酒，江随开车，她将汽车拐出小道，对周池说：“想不想去学校那边？”

她这么问就是想去了。

周池说：“行，我们去玩玩。”

车开上主路，行了十多分钟，到二中后面的小街入口，江随找地方将车停下。

窄窄长长的小街很热闹，夜市没结束，灯全亮着，餐馆、小吃摊一个不少，隔壁师专的年轻学生三五成群地过来吃东西。

周池牵着江随穿过小吃摊。

周围飘着各种食物的香味，江随都闻饿了，路过一个小食车，炸红薯球的阿姨正在吆喝，江随的脚步慢了下来。

周池问：“想吃？”

她点头：“我们买一点？”

“好。”

他们走过去，买了一份。阿姨用纸袋装好，周池接到手里递给江随。一路往前走，江随一路吃，时不时停下来，用竹扦戳起一个给周池。

这些小食周池平常并不喜欢，但江随喂的，他自然是什么都吃。

再往前一点，花店、蛋糕房、饰品店……这条街上始终有着十足的烟火气。

小街走到尽头，道路宽了，灯光更加亮。

江随跟在周池后面从小侧门进了二中。这个小侧门当年是男生逃课贪玩的专属通道。

这个时间，二中晚自习还没结束，教学楼灯火通明，校园里却安安静静。

他们从宿舍楼往前走，经过图书馆，到了操场。

怕江随冷，周池脱了风衣给她。两个身影缓慢地绕圈走着，边走边低声聊天。和当年不同的是，他们已经是步上社会的人，不再背着书包，也没有了学业的压力。

夜幕下的大操场零星亮着几盏灯，空旷静谧，灯光昏昧而温柔。

周池说起张焕明的那只猫。

江随很惊讶：“他说以后生了小猫给我们一只？”

“嗯。”周池借着昏暗的光线看她的表情，“要养吗？”

“可以啊，”江随眼睛亮亮的，“那大白什么时候生？”

“……”周池说，“傻不傻？这个我怎么会知道？”

“也对，你又不是猫，猫那么可爱，你……”她说到这里轻轻笑起来。

“我什么？”周池也笑了，手掌有点用力地把她搂过来，低头看着她的脸，一瞬间又想起张焕明的话。也许是气氛太好，他有点情不自禁，“江随？”

“嗯？”

“我……”

江随：“你什么？”

我想结婚。

这话搁在喉咙口，弄得他从胸腔到嗓子眼儿都是热的。一阵凉风吹到脸上，他冷静下来，把话憋了回去。

怕她觉得太快。

# 10
# 结婚行不行

进入十二月，天气一下子彻底冷下来。月初这一阵，公司几个新项目挤在一起，周池很忙，连续几晚都没空闲，回家已经过了凌晨。

江随有两次夜里等他，结果被他说了一顿，于是这几天她到时间就睡觉，经常半夜迷迷糊糊感觉有人回来了，窸窸窣窣地躺在她身边，还搂了她。

她本以为他忙过这几天能好好休息，谁知还没有等到休息的时候，他的胃病就犯了。江随夜里起来上厕所才发现他不太对劲，弓着背，手摁在腹部。

江随开了他那边的床头灯，见他皱着眉，脸色很白，额头上有汗。

她一看就明白了。

之前也有过一次，江随催促几回，他才去看医生，诊断是胃炎，只能慢慢养着。

也不知道这人疼了多久，居然一声不吭。

江随又心疼又生气："你胃疼，干吗不说？"

"没事。"他竟然还笑了下，"等会儿就好了，你睡觉。"

"你脸都白了。"江随不想跟他说话，拿纸巾给他擦汗，又去客厅拿来药。

周池自己撑着手肘靠到床上。

江随喂他吃药，他这时倒乖了，让张嘴就张嘴，很老实。

扶他躺下，江随看一眼时间，凌晨三点半，她往外走，被周池抓住手。

“你还不睡……”

他脸色不好，又这样蜷在被子里讲话，江随受不了他这个样子：“你早上只能吃粥了，我现在去煮上，早上起来就能吃，你先睡。”

大抵是为了安抚他，江随亲了他的脸。

她去厨房洗好小炖锅，放上白米和水，插上电，前后也就五六分钟。弄完她躺回床上，那家伙倒是自觉，靠过来抱她。

江随问他怎么样，他只说不疼。

不知这是真话假话，江随也不再问，手贴在他的胃部轻轻揉了揉，问他：“今天喝酒了？”

“喝了一点，啤的。”他经常有饭局应酬，无法避免。

但身体最重要。江随提了要求：“不许喝了，在你胃养好之前，啤的、白的都不行。”

他低哑地“嗯”了声，显得很好脾气：“都听你的。”

离天亮还有两个小时，不知药效什么时候起了作用，周池昏昏沉沉睡了过去。他早上醒来，江随已经出门上班，锅里有煮好的粥，她在床头柜上给他留了字条。

几行字，他看得很高兴。

生病有生病的好处，一生病，她就好像更爱他。周池快要沉溺于此。

歇了一个早上，周池九点钟又去公司。

给江随发信息时，他没说实话，以为她不会发现，可是很不凑巧，下午他出去一趟，回来时在园区入口碰见了她。她和一个年轻男人走在一起。

江随也看到他。她认识他的车，见他靠边停了，快步走过去。

车窗降下，两个人同时开口——

“你……”

“你……”

周池让她先说。

“你为什么在这里？不是说在家休息吗？”

他笑笑：“我已经好了。”

“一点都不疼了？”

“嗯。”

他脸色确实好了很多，江随看了看，问：“你刚刚要说什么？”

“你出来有事？”

江随指给他看：“就旁边那个汽车城，现在是我们的客户，去了一趟。”

“刚刚那是你同事？”

“嗯，我师弟乔铭，跟你提过的。”江随趴在车窗口笑了下，“干吗？”

周池伸手摸她的脑袋：“没干吗，随便问问。”

两人互相看了会儿，彼此都心知肚明地笑。

江随说：“我走了，你开进去吧。”

“上来，带你一程。”

“不上了，才几步路。”她从口袋里摸出几颗糖丢给他，“同事结婚的，给你吧。”然后她朝他挥挥手，转头走了。

傍晚，周池让小陈去订餐。

江随下班就过去找他。

周池的办公室江随已经很熟悉，前些天来过好几回。他喜欢订好晚饭让人送来，和她一起吃。公司里的人都知道小周总有了女朋友，正在热恋期，每天如胶似漆。

他们吃饭时，没人敢来打扰，除了不识相的知知。不过被周池骂过两回，知知已经学乖，今天没来做电灯泡。

江随吃完饭没走，一边做自己的事一边等周池下班。

他有两个视频会议要开，时间很长。

江随忙完，躺在落地窗边的大沙发上听音乐，窗外夜景很美，她拿了一本周池的财经杂志看，不知什么时候睡了过去。

后来被他叫醒，江随很恍惚，耳机还塞着，歌曲没停，她一时分不清是在哪儿，有种错觉，好像还是好多年前，在那小阁楼里被他叫醒。

她抬手摸他的脸：“周池？”

“嗯，”周池帮她拿开嘴边的长发，“困死了，是不是？”

江随没回答，觑着他，忽然一笑，眼神不怎么清明：“你怎么又好看了？”

“哪儿好看了，不是一样吗？”

“跟梦里不一样。”

“梦到我了？”

“嗯。”

“梦到什么？”

“给你过生日。”

他低头亲她：“过哪年的生日？”

“十九岁的。”

然而，再过三天，他就二十六岁。

江随搂住他的脖子，很轻地问：“周池，你有什么想要的吗，生日礼物？”

“想要什么都行？”

“嗯。”江随说，“我给不了的不行。”

周池想问她，结婚行不行？

江随以为他没想好，说：“你想到了再告诉我。”

“好。”

江随转过脸，窗外灯火依旧。她看了一会儿，说：“周池，回家吧。”

“好。”

江随原本以为三天时间可以让周池想一想他要什么礼物，也足够让她来准备，可是第二天她就出差了，要去 S 市。

这活儿本来该由小师弟乔铭负责，之前竞标也是乔铭去的，但他最近分不开身，最后落到江随头上，她实在不好以“要给男朋友过生日”为由拒绝出差，最后是她带着一个实习生一起去。

这趟有两家客户，一两天搞不定，她这么一走，周池的生日必然错过。

对这事周池多少有些失落，但他面上表现得很理解，也没说什么不高兴的话。出发前他帮江随收拾行李，当天也是他送她去的机场，似乎真的是好好地在做一个男朋友，所以不能拖她的后腿，对于工作也要尽心支持。

可人一旦得了甜头，就很容易上瘾。大抵是曾经的分别仍然留了些阴影，周池忙到深夜回家看到空空的屋子就不舒服，几天里他打了几次视频电话找她，每回一挂掉，想结婚的念头就汹涌一波。

这样过到第四天，他回家抽完一支烟，心里各种情绪缱绻半天，真就没忍住，开车出去挑了戒指。

晚上十点钟，江随和实习生小姑娘吃过夜宵，回了酒店，洗漱完毕，看到周池发来的照片。

是阳台上的那两盆多肉，上周他买的，长势很好。

看到阳台玻璃雾蒙蒙的，江随猜测他那边大概在下雨。

“你在干吗？”她问。

没过几秒，他就回了：“刚回来，在煮面。”

江随问：“没吃晚饭吗？”

周池回：“没吃饱。”他一边拿筷子翻了翻锅里的面，一边拨江随的电话。

实习的小姑娘刚好去洗澡了，江随接通了电话。

周池放下筷子，关火，把面倒进碗里，问江随：“你事情忙得怎么样了？”

“挺顺利的。”

“累吗？”

“还好。”

“什么时候结束？”

江随想了想，说：“应该大后天早上能回去。”

“二十五号？”

“嗯。”江随反应过来，“欸，是圣诞节。”

“刚好是周日。”周池说，“陶姨叫我们周末挑一天过去吃饭，她要包饺子，让我把你带过去。”

江随：“陶姨知道我们的事吗？”

“你说呢？”

看来是知道了。

江随：“知知说的？”

“嗯。”

果然一猜就中，知知嘴巴真大。不过他们现在不是高中，谈恋爱不用怕谁知道。

“那等我回来就去看陶姨。”江随说，“你先吃东西，我不说了。”

“回来提前打电话，我接你。”

“好。”

江随说二十五号回去，但实际上事情结束得比预想中早，她改签了高铁票。

夜里十一点半火车到站，一刻钟后坐上出租车，江随先把感冒的实习小姑娘送回家，再转道回去。

她到小区门口时已经快到凌晨一点，天下着蒙蒙细雨。

江随上楼开门，客厅一片漆黑。她摁亮了客厅的灯，轻轻把行李箱提进来，什么也没收拾，脱了鞋先去卧室。

房门没关，客厅的一束灯光从门口照出。

床上的男人似乎很累，已经睡熟。

江随借着半明半昧的光线看了他一会儿，俯身亲了下他的额头，轻手轻脚去了浴室。

怕吵醒周池，她洗得很快，一刻钟搞定，裹了条浴巾准备出来穿衣服，浴帘一拉，推开浴室门，吓了一跳。

也不知道他什么时候醒的，穿了她上周新买的毛袜子站在卫生间门口的地板上，皮肤白白的，嘴唇红红的，一副睡眼惺忪的样子，像幅画。

“你怎么起来了？”

眼看周池就要穿着袜子走过来，她赶紧道：“你别动，里面湿的。”她往上提了提浴巾，走到他身边，“我吵醒你了？”

周池伸手就把她抱到怀里。

江随推他：“我身上没擦干……”

周池抱得有些紧，脸贴着她湿漉漉的头发：“什么时候回来的，也不告诉我？”

“大半夜，难道还让你接吗？”

“半夜怎么了？”他声音带着些睡醒后的哑，“半夜才要接，下次要告诉我。”

“好吧。”江随应了，“等会儿抱行吗，我要穿衣服……”话没说完，他已经松手，转而将她打横抱起来，直接进了卧室。

屋里空调开到最高，热气很足，江随只穿了一件吊带的长睡裙。

她趴在被子上，乌黑的长发铺开，周池关了吹风机，伸手去脱她的裙子。他已经很熟练，两条肩带一抹，往下扯。

外面雨声淅淅沥沥。

结束后，雨下大了，敲得窗户直响。

江随趴在周池的胸口，平复半天，看他下巴上冒出头的短胡楂：“都不刮胡子了？”

“戳到你了？”

江随撒了谎：“还好。”

周池把被子拉上，搭在她身上，问："怎么今天回来？"

"给你个惊喜。"

他笑了："是很惊喜。"

这是二零一六年的平安夜。

江随小声问他："周池，你给我买平安果了吗？"

"买了。"

其实江随只是随口一问，她从他身上抬起头，带着红晕的脸露出笑："没骗我？"

周池眉尾微扬："要不要现在拿来给你看？"

江随摇头，眼神莫名温柔："我明天吃。"

周池"嗯"了声。

江随的头又低下去，靠在他颈间，轻轻吻他的脖子。

周池搂住她光滑的背，有些用力，呼吸重了起来："你今天……"他的话没有说完，因为江随吻了他的嘴巴。

不是错觉，她今天真的比较热情。

过了片刻，江随从他唇上退开，隔着一点距离，有些动情地看着他漆黑的眼睛。

周池贴着她耳边问了几个字。

"……"江随没有回答。

想看她点头，不大可能。

她没有摇头，已经是默认的意思。

周池没有忍住笑了笑，最初只是嘴角弯了弯，后来就紧紧地把她抱住了，笑声伴着热气在她耳边。他很开心。

这一觉睡到了大中午。

醒来时，江随稀里糊涂的，隔着窗帘都能感觉到外面已经艳阳高照。她摸过手机一看，还以为眼睛花了，居然快两点，她收到十二个未接来电，还有一堆微信消息，全是知知。

最新的两条是五分钟前——

“我要报警了啊！有没有人性啊，大过节的，我他妈又成留守儿童了！”

“我靠，你是不是跟我舅私奔了啊啊啊啊啊啊啊啊啊啊啊啊啊啊——”

江随顿时被这满屏的“啊”弄清醒了。

对，今天圣诞节。而她昨天答应知知，今天早上她会很早回去，陪他一起过圣诞。

哪知道昨晚……

果然，人不能贪欢。

江随立刻给他回消息，解释原因：“睡过头了。”

不到半分钟就有了回复。

知知发来一个自制的伤心表情包：一个灰扑扑的卡通小男孩蹲在墙角画圈圈，图底配一行小字——

“心已死，不要跟我说话。”

江随：……

无话可说，她只好回：“我马上叫醒你舅，一个小时后到。”然后她顺手发过去一个红包求原谅。

知知秒速收了红包。

周池最近大概从来没有睡过这么久，被江随弄醒时他特别迷糊，微肿的眼皮掀了掀，伸手把她抱过来，脑袋不清醒地说了句：“乖，再五分钟，别闹我啊。”

高三冲刺的那一阵，有时假期两人在小阁楼里学习，他中午困到不行会睡一觉，让她到点喊他，每次一喊醒，他都这副表现，连说的话都一模一样。

看样子他现在大概在做梦，好像活在过去似的。

江随真的就没再动，等他又睡五分钟才揉他的头发：“起来了。”

她揉了半分钟，把他揉得睁了眼。

“还做梦呢？”

他对她一笑，眼神懒懒的：“你饿了没有？”

久睡过后，他的声音低缓沉哑，有种不一样的磁性。

他这个样子很拿人。

见江随不说话，他又笑：“看我看傻了？”

江随说：“你猜几点了？”

“几点？”他毫不在意似的。

江随伸出两根手指：“知知好像要气死了。”

周池眉毛上扬：“别管他。”

“我跟他说一个小时后到。你的手机呢？”江随猜他的手机上肯定也是一堆未接电话和知知的咆哮。

周池翻个身，在地板上摸到手机递给她。

“……我能看？”

“嗯。”他的手机里也没什么她不能看的。

“密码？”

周池没答，抬了下眉毛，有种“你明知故问”的意思。

江随反应过来，低头输入：942020。

屏幕解开。

这是他们以前共用的一个数字密码，是江随弄的，谐音是“就是爱你爱你”，后来他们用的一些长密码都在这个基础上组合，比如江随的邮箱密码是 jiang942020，而周池的是 zc942020。

江随看了看，他的未接电话只有一个，微信也有知知的消息，但只有两条。看来，知知在他面前还是不敢放肆。

江随关掉对话界面，看到知知下面就是她，他不知什么时候给她改了备注，她的微信名就是全名，被他改成“阿随”。

江随随意地往下拉，他的对话列表不短，但看头像和名字，大部分都是男的，应该是工作上接触的人。

周池在她头顶问："看出什么了？"

江随说："作风良好，没有异常。"说完她自己先笑了，把手机还给他，催促，"快点起床了！"

她从他怀里爬起来，往身上套衣服："知知要骂死我。"

"他敢。"周池虽这么说，但他也起来了，光着身子下床，捡起床头柜上的内裤穿上。

两人各自拾掇好自己，同时进盥洗室，并排站在洗脸台前刷牙洗脸。明明已经是下午，硬生生被他们过成忙碌的清晨。

幸好这卫生间很宽敞，并不显得拥挤。

江随往脸上拍保湿水，周池对着镜子刮他的胡子，刮胡刀工作的声音不吵闹，反而很有生活气息。

江随看着镜子里抬着下巴的男人，忽然有种奇妙的感觉。也许，最平凡普通的时刻恰恰是最亲密暧昧的。

下午三点半。

知知总算等来两个没良心的人。原本他还很气，结果收到江随送的圣诞礼物立刻就没有话说了，一秒内欢快起来。

"服了，我姐厉害起来是真厉害，挑东西的眼光简直好到爆！"

江随正在厨房帮陶姨包饺子，知知像个大爷似的，戴着炫酷的新手表游手好闲地晃来晃去，凑在江随身边，嬉皮笑脸："姐，你可千万要把这个优点发扬下去，就冲这一点，你放我多少回鸽子都行，我绝对能再爱你五百年！"

江随："……"

其实，知知这话说得真心实意，可是踩了别人的尾巴，没有落到好下场。

周池毫不留情，将他从厨房拎了出去。

陶姨在切菜，一边笑一边摇头："多大人了哟，两个尽不省心。"

包饺子费了不少时间，不过成果丰硕，冰箱里都装满了。陶姨这些年保持着老习惯，不太喜欢外面现成的饺子，揉面、剁馅都要自己来。

好不容易凑这么一天，三个小孩都在，陶姨又弄出很丰盛的一大桌菜。江随吃到撑，晚饭后和陶姨一起收拾厨房。

忙完她走去客厅，看到知知一个人瘫在沙发上看电视，周池不在。

江随走过去："你舅上楼了？"

"是啊。人家公务繁忙，接个电话就上去了，搞得跟国家机密似的。"

江随以为是周池工作上的事情，没有多想，推了推知知："过去一点。"

知知往旁边挪，给她腾出位置。

江随躺到沙发上，拿起毯子盖住腿，身体很舒服地往后一靠，听到知知"嗷"了一声。她转过头。

知知从屁股底下摸出一个红色小盒，瞪大了眼，还以为是什么暗器，把他屁股都硌疼了，没想到居然是个戒指盒！

"这谁的？"

江随摇头。

姐弟俩面面相觑。

知知："刚才我小舅舅在这儿坐的……我靠，"他瞬间反应过来，无比激动，"他这是要求婚哪！"

话说完没几秒，江随还在愣着，他已经听到楼上开门的声音，立刻训练有素地闭上嘴，把戒指揣到兜里，朝江随眨眨眼睛。

没一会儿，周池下了楼。

沙发上的姐弟俩若无其事地看电视，表面上毫无破绽，实则一个心跳如擂鼓，一个心怀鬼胎。

周池走了过来，但他没坐下，眼睛好像在找什么。

江随有些紧张地看着他。

知知却一边看戏一边憋笑，好像大仇得报似的，疯狂腹诽：慌了吧，求个婚把戒指弄丢了，也是神了，装啊，使劲装，我看你怎么收场……

江随忍不住开口："怎么了？"

周池摇头，神色平静地说："没事，我去车里拿个东西。"他转身走出前门，去了院子里。

他一走，知知就憋不住笑了出来："哈哈哈哈哈……慌了慌了，肯定去车里找了！"

他笑得太夸张太幸灾乐祸，江随瞪他："戒指给我。"

"给你干吗？"知知眉飞色舞，"男的求婚那是要给你惊喜，戒指要是提前到你手上了，还有什么惊喜，他心都要凉成渣渣哦我告诉你！我这是在帮他，你想我舅凉吗？"

他笑得直嘚瑟，越想越觉得好玩："我还是第一回看他这表情，好像丢了几千万似的，还要装得没事儿人一样，憋死他，哈哈哈哈哈哈真过瘾！"

江随很无语："捉弄你舅舅，很值得开心吗？"

看她真要生气的样子，知知的笑脸僵了僵，呆了一下："怎么啦，生气啦？"

江随："你给不给？"

"行行行，凶我干吗，"知知摸摸鼻子，不嘚瑟了，"给你就给你呗，反正本来就是你的，我还能跟你抢吗？"说着他掏出戒指盒丢给江随。

院里的灯光不够明亮，周池开了车内灯，在驾驶位和副驾周围都找了一遍，一无所获。他仔细回想，很确定今天出门前把戒指放在裤兜里的。

丢在哪儿了？

他摸出手机看时间，已经快到八点。

江随沿着花坛走过去，看到他靠在车门上。她走近，站在两步之外喊他："周池。"

他转过头，半边脸庞背着光，很暗。

“怎么出来了？”他问。

江随莫名紧张，说：“拿到东西了吗，怎么不进去？”

周池没答，看了她两眼，忽然直起身：“你先进去，我出去一趟。”

江随一愣：“出去干吗？”

“买点东西，很快回来。”

他拉开车门就要坐进去，江随心跳很快，没有再多想，上前拉住了他的手：“不要买了。”

她将戒指盒塞到他的手心里。

周池一怔，转过头。

“知知在沙发上捡到的，他刚刚故意藏着。”江随解释。

微风吹来，树影乱晃，灯光不断摇曳。

周池静静地看了她几秒，又低头看看失而复得的小红盒，眼睛望向一旁的瘦竹，忽然笑了：“你知道了？”

“嗯？”

“我要求婚。”

江随点头：“嗯。”

他视线看过来，声音微沉：“没想到弄成这样。其实，我在楼上准备了一屋子，花、气球什么的……是不是很俗？”

江随眼里露出惊讶：“你什么时候准备的？”

“我昨天回来过。”他弯起嘴角，眼里有淡淡笑意，“刚刚你包饺子，我又上去弄了弄，打气球的那东西坏了，我自己吹了几个……”

“是吗？”江随也笑了，心跳却越来越快，脸有些发烫，“我不知道。”

周池“嗯”了声，朝她走近一步，笑容变得有点自嘲，“要不是我丢了戒指，还挺惊喜的，是不是？”他靠得近了，脸庞的轮廓在半明半暗的光线下有些朦胧。

江随没有说话。

周池低头，也没有再耽搁下去。他打开了戒指盒：“江随，我爱你。

我想跟你结婚，一辈子和你在一起。”

他目光专注，声音很低，也很郑重。

风吹得竹叶沙沙作响。

江随看着他，心窝和眼睛一起热了起来。

周池没有再说别的话，拿着戒指，膝盖一弯，在他要下跪时，江随抱住了他：“不用跪，周池。”

她眼睛湿漉漉的，脑袋贴在他的颈边：“我们结婚吧。”

周池紧紧地抱住她。

江随好像听见他笑了，不过风在吹，树叶的声音太响，她没有听清楚。过了会儿，感觉到周池捉住了她的手，把戒指给她戴上。

他们这样抱了很久。

二楼露台上，单身狗知知探着脑袋看着这一幕，等了大半天，没看到下一步，耐心终于耗尽，大笑着吼道：“哎，我说二位，我要冷死了，抱够了没有啊，该亲了！”

没有人理他。

一阵风刮来，他打了个哆嗦，瑟瑟发抖：“靠，真要冻尿了。”

然而，看戏的心大于一切。

知知仍然坚挺地站在露台上，执着地盯着楼下的他姐和他小舅舅，顺便开始思考一个世纪难题：等这俩结婚，生了娃娃，我究竟是做舅舅还是做表哥……

他刚想到纠结之处，看到那俩人松开手，紧接着，看到那昏黄的灯光下，他们终于磨磨叽叽地亲上了嘴。

知知啧了一声。

好了。

人生圆满。

♥♥♥

周池和江随是月底领的证。

确切地说，是这一年的最后一天。

那天是周一，可能是月底的缘故，很多人不想拖到下一年，所以领证的人很多。而他们虽然是早就决定这个日子，可当天早上江随赶着去公司交材料，又有一个她负责的短会要开，耽搁了很久，他们赶过来已经不早，前面排了不少人。

幸好他们是从公司过来，穿着上比较正式，外套里面都穿了衬衣，周池还打了领带，这样就不用再倒腾服装。

在等待的过程中，江随给自己补着妆。

周池帮她拿着小镜子，看她仔细地对着镜子描眉毛、补口红，她弄得很慢，周池也不催促。

他今天心情很好。

江随偶尔抬头，问他意见："这样行了吗？"

"嗯，很好。"

旁边的一对新人看着他们，女的拍了男的一下："你看看人家老公！"

那男的嗷嗷叫两声："太狠了吧，你看看人家老婆！"

江随笑出来，抬眼，看见周池也在笑。他眼睛弯弯的时候，脸上总是显出不一样的神采。

江随用唇语对他说了句：不要笑了，人家看着呢。

他不管，还是那个样。

"……"江随不看他了，继续对着镜子拾掇自己。

周池低声说："江小姐，够美了。"

等了很久才轮到他们，流程不复杂，真弄起来没多久就完毕。午饭前，他们拿到新鲜出炉的红本本。

两人走出民政局，心里的感觉和来时已然不同，那时激动期待，现在又多了很多别的滋味。

他们没有立即离开，坐在车里，彼此都稍稍平复了一下，互相看了一眼，而后一起笑了。

周池靠过去。

江随躲了下，他的唇从她的脸颊上擦过。

她低声说："有口红。"

"没事。"

"……不要。"

"那你叫我一声？"

"周池。"

"换一个。"

"……"

周池等了几秒，耳边轻轻一声，换了另外两个字。

他应了声，喉咙有些哑，带着笑音，到最后很轻地揉了揉她的脑袋："带你吃好吃的。"

汽车驶出停车场，从狭窄小街开出去，上了宽阔大道，一路往前。

这天之后，将是新的一年。

# 番　外

# 未读邮件

## 01

**江随：**

你换掉号码，也删了我的QQ号，是不是代表你永远不想再跟我有联系？

这样狠心的事我做不到。

我不知道你怎么样，这几个月我过得很糟。

你说我很过分，是，我是很过分。我就是介意陈易扬。

之前我们谈恋爱被我姐知道，你问我有没有被骂，我当然被骂了。我姐说如果我没有出息，配不上你，总有一天你会不要我。

我绝不想印证她的话。

高三时，我很想超过陈易扬，但没做到。我不想承认，但事实是他就是比我厉害，比我更配得上你。我不想看他跟你有一点可能。

你说我自己的事什么都不告诉你，我要告诉你什么？我现在没什么成绩值得捧到你面前，但你想听，以后我什么都跟你说。

对不起，我说了浑蛋话，让你伤心，但我从来没想过跟你分手。

你知道我作文写得烂，给你写邮件也写得很糟，但这些话我已经想了很久。我不想再跟你赌气下去。我最近在看交换生项目，你看到邮件，能不能给我打个电话？

周池

2011.02.20

## 02

**江随：**

今天陪我姐去签字，卖了老宅，所幸家具留下不少，包括你的小床和书桌。

我看到了你贴在床后的小青蛙，很可爱。

陶姨说如果你在，肯定舍不得这房子。其实我也舍不得，但是必须卖。

家里发生很多事，我姐生病，她的公司也出问题，事情总要解决，如果我有别的办法，一定会好好保住你的小房间。

陶姨身体还行，家里小事都靠她，周应知成绩很糟，我姐打算送他去德国。你也知道，你弟脑袋一直不怎么样，从小笨到大。

我不知道你回国没有，我最近没什么时间想别的事，课也落了很多，小黑说董教授气得准备揍我一顿，不过没关系，那些都很简单，看看也就会了，我明天回学校考试。

不指望你会看到这封邮件，只是很想你。

希望你过得开心。

**周池**

2012.01.06

## 03

**江随：**

这边下了雪，很厚，如果你在，够你堆一打雪人。

家里还是老样子，公司状况不好，今年裁员两次，我姐留在广州，周应知回国了，但现在不知去向，陶姨说他交了女朋友。不知道他那么笨为什么也有人要？

班里今年有聚餐，张焕明发起的，我昨晚到家，没赶上。本来也懒得去，没什么想见的人，也懒得去听张焕明吹牛。他说的总是那点屁话，我没兴致知道他又换了几个女朋友。不知道这有什么好骄傲的。

今天除夕，我不清楚你在哪里过年，江城还是美国？

你从没找过我，大概已经把我忘了，又或者，你已经有了男朋友。

上次去你学校，看见你和别人一起，不知道那个人是不是？

如果你真的喜欢了别人，我也不是不能接受，但你眼光得好点，不能找个比我差的，对吧？他至少得比我厉害，比我会照顾好你，知道你爱吃什么不爱吃什么，知道你怕黑，知道你喜欢毛绒玩具，吵架时能哄好你，让你开心。如果他做到这些，我是应该高兴，恭喜你遇到了很好的人。

但是，江随，我做不到那么好心，你也别想从我这里听到什么狗屁的祝福的话。我就算说了也是假的，我就是接受不了你喜欢别人。我想起来都要难受死。

你太狠心了。

**周池**

2013.02.09

## 04

**江随：**

很久没进这个邮箱，以为会忘记账号密码，但不知为什么还是记得很清楚。这两年，我并不想知道你的任何消息，但总是有人说到你，我知道你毕业后又去了美国读书，走得很潇洒，看来没什么让你留恋。

今天我把老宅买回来了，签完合同发现是你的生日。

生日快乐。

在旧电脑里翻到一张你十八岁生日的照片，很可爱。给你看看。

**周池**

**2015.06.16**

# 后　记

起初想写这个故事是源于《十九日》。我在《十九日》的前传中写起校园时光，也许是没有过足瘾，有很多蓬勃的想法和琐碎的记忆，想再写写少年人，不管是朝气蓬勃还是年轻懒惰，都觉得会挺可爱，于是又动笔。

因巧合而生活在同一个屋檐下的江随和周池，以及夹在姐姐和小舅舅之间的小男孩知知，这是最初确定的三个人物。很乖很上进的江随，骨子里有执着的坚持；冷淡懒散爱嘲讽人的周池看似很难与世界和解，也终究完成自己的成长；贪图享乐的知知即使好吃懒做，仍然算得上是个豁达独立的小男孩。

文中的角色像在我身边生活，他们有闪光点，也有弱点，处理事情并不游刃有余，有怯懦纠结，也有执拗幼稚。譬如周池，表面的张扬肆意掩盖的是作祟的自卑，对安全感的过度索求源于少年时被抛弃的经历，这些不可避免地投射在他的感情生活中。

故事的后半段写得不太舒服，以至于结束后的相当长一段时间内都因为这种情绪不想回头去看，但很久之后再翻开，私心觉得就该是这个样子，故事中并不只有原始的美好，所有随时间滋生的裂缝亦有迹可循。分别有太多种模式，可大多数人经历的往往就是最“无疾而终”的一种，我想我起初可能在下意识回避这种自己亲手造成的“残缺”，但哪有那么多自始至终的圆满？如果有，我们还需要什么成长？

我坦然接受了这样的周池和江随。所幸，他们还有很多时间。

君约

2019 年 3 月